双语译林
壹力文库
134

〔美国〕杰克·伦敦 著
方华文 译

马丁·伊登

译林出版社

译者序

十九世纪末，美国阿拉斯加发现金矿，这不啻在沉闷的下层社会响起一声震雷，消息一传十、十传百，很快传遍了全美国。在社会底层苦苦挣扎的人们，心里重新燃起了生活的希望，尽管这种希望对他们来说无异于海市蜃楼之于沙漠中的求生者。于是，破产的农民、失业的工人、城市的流民，这些形形色色、做着各式各样发财梦的人们为着共同的目的聚到一起，化作大小、长短、粗细不同的人流，朝着遥远的北方蠕动着。

年仅二十岁的杰克·伦敦也夹裹在人流中。谁也不知道这个青年是怎样上路的。时至今日，他阿拉斯加之行的真正意图早已随着时间的流逝而湮没了，我们只能凭借遗留在历史上的雪泥鸿爪进行揣测。首先，他此行的目的不能判断为淘金，似乎应该认定为探险或者猎奇。从史料中我们得知，杰克·伦敦出身贫困家庭，小小年纪便开始做童工。他曾在美国各地流浪，目睹了各种社会怪状，对当时的社会本质有着深刻的认识。他二十岁之前结束了流浪生活，以惊人的毅力发奋读书，同时接受马克思及尼采的思想，接受了人类一种全新的理想——社会主义的熏陶。他毕竟是读书之人了，有修养、有志向。他要用自己手中的笔，描绘今后美好的生活，而不愿成为一夜发财的暴发户，他的这种理想主义的思想，在其代表作《马丁·伊登》中有所流露。在杰克·伦敦的心目中，暴发户除却散发铜臭，还与粗俗、贪婪同名。因此，一个有理想、有抱负的文学青年，断不会像其他淘金者那样，千里迢迢来到阿拉斯加，乞求《天方夜谭》中阿里巴巴再现，口诵咒语，黄金洞现。如果说杰克·伦敦是在作家的好奇心理驱使下踏上阿拉斯加行程，虽然听上去有些浪漫，却是令人信服的。阿拉斯加之行，艰辛万状，险象环生。一路上，山峦叠嶂，河谷相连。他穿过荒原，翻过雪山，风餐露宿，啼饥号寒，以生命为代价完成了一次艰难的生活体验。

打阿拉斯加归来，杰克·伦敦创作出了《野性的呼唤》《白牙》等描写狼与犬的小说。前者描写一只有着狼血统的犬，这只犬为了生存与其他的犬进行了殊死的搏斗，最后在狼群的召唤下恢复了野性，逃进原始森林变成了狼。而《白牙》则是描写狼变犬的故事。一只狼崽被人相救并被养大，它克服了野性逐渐驯化。最后，在主人危难之时它舍身相救并咬死了主人的宿敌。这些小说惊险离奇，有时显现拟人化特征，作者自己称之为“北方故事”。当时，“北方故事”深受广大读者喜爱，杰克·伦敦由此获得文学事业上的成功。但他并不以此为荣耀，就像当年他不会企盼成为一夜发财的暴发户一样，今天他同样不会把“北方故事”当作自己的文学成就。他要创作出系统的、理想化的、有传奇性的、近乎完美类型的、经历了人世间的痛苦和幸福并受人崇拜的文学形象，以实现自己多年的夙愿，他把这一夙愿交由《马丁·伊登》付诸实现。

杰克·伦敦的代表作《马丁·伊登》，取材于作者早年的生活经历和个人的奋斗过程。前半部分有明显的自传体例，后半部分以及主要情节有虚拟之嫌。书中讲述的是青年水手马丁的文学生涯及其爱情经历。马丁出身社会下层，自选择了水手这一职业后只能与船随伴，长年在海上漂泊。特殊的职业和丰富的生活经历造就了他豪爽、开朗的性格和强壮的体魄。他才智过人，有进取心。自从与富家小姐露丝邂逅，两人相互产生爱慕之心。马丁在露丝小姐鼓励下，劳作之余刻苦学习，以求言谈举止文雅风趣，博得小姐的芳心。一个偶然的机会，促使马丁走上文学道路，从此他从自己丰富的生活经历中汲取素材，刻苦写作。久而久之，他撰写的故事既生动感人，又有文采。自己每每读罢，觉得十分满意，遂向报社、杂志社投稿。可是，杂志社的编辑们对马丁的文章不屑一顾，经常连看也不看便随手退稿。马丁不顾一切地忘情写作，稿件却屡屡被退回，导致他生活拮据，经常靠典当衣物来填饱肚子。房东催要房租，食品商拒绝赊账，正当他焦头烂额的时候，女友露丝又迫于家庭的压力要同他分手。他绝望到了极点，心中的五彩人生瞬间变得丑恶无比。马丁精神即将崩溃了，完全心灰意冷了。谁知此时此刻，幸运之神突然降临了——他的书稿和文章被多家杂志社选用出版了，他的境遇发生了翻天覆地的变化。房东对他笑脸相迎，食品商对他毕恭毕敬，原先瞧不起他的人们纷纷表示祝贺，露丝也前来要求和好。马丁经过一阵热闹的周旋后，冷静了下来，这才发觉全是金钱在作祟，一切都是虚伪的。这次，他的精神真的崩溃了。他用投海这一简单而古老的方式结束了自己的一生。

小说以生动感人的形象揭露二十世纪初美国社会金钱至上的腐朽、虚伪的社会现实，马丁经过自己超乎寻常的努力取得文学事业上的成功后，才发觉一切都如同幻化的梦境。当他撩开上流社会表面那层温情的面纱，才发觉里面竟然充斥着奸诈和冷漠，他实在经受不起这等精神上的打击。作者借此流露出对社会悲观失望的情绪。而马丁艰难而辉煌的经历，是杰克·伦敦竭力推崇和刻意营造的，从中不难看出尼采哲学对作者有着深刻的影响。甚至，尼采“个人奋斗”的思想可以说是作者的精神支柱。

我愿在沸腾的热血中了此一生！
我愿一醉方休，长梦不醒！
千万别让我目睹这灵与肉的殿堂
倒入尘埃，化为乌有！

第一章

那人用钥匙打开门，走了进去，身后跟着一位小伙子。小伙子笨拙地摘下帽子。他穿着粗布衣裳，浑身散发出海洋的腥味，与眼前这宽敞的大厅格格不入。他不知把帽子往哪里放才好，于是便要朝衣袋里塞，可对方却伸手接了过去。那人做得不动声色和从容不迫，真是叫这位尴尬的小伙子欣赏得很。小伙子心想："他能体谅人，会对我照应到底的。"

他走在那人的身后，肩膀一摇一摆，深一脚浅一脚的，就好像平坦的地板正随着大海的波动而起伏。他的步态摇摇晃晃，使原本宽敞的厅堂显得异常狭小。他忧心忡忡，生怕宽厚的肩膀会撞上门框，或者把低矮的壁炉架上的古玩给碰下来。在各种各样的陈设之间，他东躲西闪，结果使实际上仅存在于他脑海中的危险感愈加强烈。在一架大钢琴和厅堂中央一张堆着一厚摞书的桌子之间，空着好大的地方，足够六七个人并肩穿行，可他走过时仍是胆战心惊。他粗壮的胳膊松松地垂吊在身体两旁，真不知怎样处置自己的手脚。他忐忑不安，眼看一条胳膊快要碰上桌子上的书本了，便如受惊的马儿一般跳到一旁，结果差点把钢琴前的凳子撞倒。看到前面的那人走路不慌不忙，他平生第一次意识到自己走路的样子与其他人不一样。想想自己野里野气的步态，内心不由顿感羞愧，脑门上沁出了细细的汗珠。他停下来，用手帕擦了擦紫红的脸颊。

"等一等，阿瑟老兄。"他说道，想用开玩笑的语气掩饰心里的不安，"来得太突然，叫我措手不及。给我一点时间定定神。你清楚，我本来是不愿来的，再说你家里的人也不一定愿见我。"

"没关系，"对方安慰道，"在我们家你不必感到惊慌。我们可是平平常常的人家——哈，这儿有我一封信。"

他走到桌子跟前，拆开信看了起来，这就给新来的客人一个稳定情绪的机会。客人心领神会，十分感激。他天生富于同情及理解之心，所以这当儿尽管外表惊慌，仍能体会到别人的好意。他揩干额头上的汗水，控制住脸上的表情打量着四周，不过眼睛里却露出一种惊慌的神情，像是野兽害怕掉进陷阱一样。他置身于一个陌生的环境，唯恐会发生不测，对自己该干些什么心里没底，只知道自己的走路和举止都非常笨拙，生怕自己的一言一行均会同样叫人尴尬。他极端敏感，同时自惭形秽到了无可挽救的地步。所以，对方在看信时偷偷向他投来的好奇的目光，像匕首一样深深扎入他的心坎。他瞧见了那目光，然而却声色不动，因为在他所学到的本领中有一项就是控制自己。那只匕首也刺伤了他的尊严。他怪自己不该到这儿来，不过在同一时间又做出决定：既然来了，不管情况怎样，都应该坚持到最后。他脸上的线条开始绷紧，双目投射出战斗的光芒。于是，他比较轻松地将目光扫向四周，注意观察着，把美丽的大厅内每一个细小的物品都刻入脑海之中。他的两眼间距很宽，任何东西都逃不出他的视野；当这双眼睛欣赏面前的美景时，战斗的光芒逐渐消失，取而代之的是一种温和的亮光。他对美是敏感的，而这里正有能引起他共鸣的东西。

一幅油画吸引住了他，使他留住了脚步。惊浪拍天，冲上高矗的石岩；低垂的雨云遮盖住苍天；大浪的旁边有一只领航帆船被风儿吹得东倒西歪，甲板上的每一个物件都清晰可见，行驶在落日的余晖下，头顶风雨欲来的天空。画中的美景对他产生了无法抗拒的吸引力。他忘掉了自己走路时的笨拙相，来到油画的跟前，凑得很近很近。可是，画面上的美消失了。他露出困惑的神情，呆视着这幅看起来像是随意涂抹的画作，后来走到了一旁。但所有的美顷刻间又回到了画面上。“这幅画会变戏法。”他暗忖。油画给他留下了杂乱的印象，同时又令他不胜愤慨，因为他觉得不该为了变一个戏法就牺牲这么多的美。他不懂油画，从小看惯的只有五彩石印画和石版画，而这些画无论是近瞧还是远看，总是线条清晰、轮廓分明。以前在商店的橱窗里，他的确看到过油画，但橱窗玻璃挡住了好奇的他，使他不能把眼睛凑到跟前欣赏。

他回头去望正在读信的朋友，却瞥见了桌子上的那些书。他的眼睛里闪出期望和向往的神情，像是一个饿着肚子的人看到了食物一般。

于是，他不由自主地一个箭步，膀子左右摇晃了一下，来到桌子前，开始爱不释手地翻阅那些书。他浏览书名和作者的姓名，读上几段文字，手和眼都忙个不停，而且发现了一本他以前看过的书。至于其他的书和作者，对他来说都是陌生的。他偶然翻到斯温伯恩[①]的一部诗集，便一直看了下去，忘记了自己身在何处，脸上散发出红光。他两次用食指按在看到的地方，把书合上去看作者的名字。斯温伯恩！他要记住这个名字。这家伙有眼光，一定体验过五彩缤纷的生活。可斯温伯恩是谁呢？是不是和大多数诗人一样，死了已有百年之久了呢？或者现在还活着，仍在写作？他翻到了书名页……不错，这人还写过别的书；就这样，明天早晨第一件事就是到公共图书馆找几本斯温伯恩的书看。接着，他又翻回到原来的地方，出神地读了起来。他没留意一位年轻女子走了进来。直到听见阿瑟的声音，他才转过神来。阿瑟介绍说：

"露丝，这位是伊登先生。"

伊登按住书页，将书合起。还未扭过身来，他便被一种全新的感觉弄得心潮激荡，这种感觉不是由那女子引起，而是由她弟弟的言辞所导发。在他那肌肉发达的外壳里，裹着一团跳动着的敏感神经。外界对他的心灵哪怕是稍加触动，他的思想、情绪和感情都会活跃起来，如火焰般燃烧。他异常聪颖和出奇地敏感，丰富的想象力每时每刻都在区分相同之处以及不同的地方。令他激动不已的是"伊登先生"这个称呼——在他的一生中，人们一直称他"伊登"，"马丁·伊登"，或者仅仅把他叫作"马丁"。而这一次竟有人称他为"先生"！他从内心觉得这是了不起的称呼。他的大脑好像一下子变成了一个巨大的照相机暗盒，他看到在自己的意识周围排列着无数生活中的情景——锅炉房、船甲板、营地、沙滩、监狱、酒馆、传染病院和贫民窟的街道。在各种场合中，人们对他的称呼犹如一根线，把这些情景串联在一起。

接着，他转过身，看到了那女子。一见她，他脑海中的幻象便一齐消失了。她面孔白皙、身段轻盈，有一双灵秀的蓝色大眼睛和一头

---

① 19世纪英国著名诗人，作品为广大青年所喜爱。

浓密的金发。他说不出她的穿戴究竟怎样，只知道她的服饰和她本人一样美。在他的眼里，她宛若一朵结在细嫩枝条上的苍白色金花。不，她是一个精灵，一个天仙，一个女神，因为这样圣洁的美在人世间是找不到的。要不，书本上的话也许是对的，在上流社会她这样的人儿比比皆是。她应该得到那位诗人斯温伯恩的歌颂。诗人在刻画桌子上那本书中的姑娘伊索尔特时，脑子里或许想的正是她这样的人。刹那间，他眼花缭乱、感情复杂、思绪万千，周围的现实一刻不停地变换着。他看到她向他伸出手来，一边直视着他的眼睛，一边大大方方地像男士一样同他握手。他所认识的女人可不这样握手，其实，她们大多就不跟人握手。种种联想，以及种种他和女人结识的情景一齐涌入了他的脑海，大有淹没一切的可能。但他把所有的念头都抛至一旁，把眼光投向她。这样的女人从未见过。他以前的女相识不能与之相提并论！立刻，那些女相识在她的两旁排列成行。在这永恒的一瞬间，他仿佛置身于一个画像陈列馆里，许多女人的画像如众星捧月般将她围在中间，等待他用巡视的目光去测量和估价，而她就是测量和估价的标准。他看到了脸色憔悴、病容满面的工厂女工，看到了市场街南端的那些叽叽嘎嘎地又笑又闹的姑娘，看到了牧区的姑娘们，还看到了皮肤黝黑、抽着烟卷的墨西哥女郎。随后，这些女人的形象消失了，取而代之的是穿着木屐、走路扭捏作态、长得似洋娃娃一般的日本女人；眉清目秀，但打着堕落烙印的欧亚混血儿；身材丰满、头戴花冠、棕褐色皮肤的南部海岛国女郎。这些幻影渐渐变得模糊了，而接着出现的是一类奇形怪状、噩梦一般的女人——其中有在白色教堂区的街道上徜徉的邋遢婆娘，有喝得醉醺醺的卖春妇，也有满口脏话、横行霸道、令人作呕的母夜叉，她们都具有女人的躯壳，可怕地猎取着水手、港口的下等人以及人类社会的渣滓。

“你请坐，伊登先生，”姑娘说道，“阿瑟把你的事告诉给我们后，我一直盼着能见到你呢。你可真勇敢——”

他不以为然地摆了摆手，喃喃不清地说他所做的事根本算不上什么，碰上任何人都会那样干的。她发现他的那只摆动的手上有几处新划破的尚未愈合的伤口，再瞧瞧另一只垂吊在一旁的手，也是一副同样的情形。她飞眼又仔细打量了一下，看到他的腮帮子上留着一道伤疤，还有一条疤遮在前额的头发下，而第三道伤疤顺颈而下，消失在了硬领里。一看到他紫铜色的脖子上那条被硬领磨出的红痕，她就忍不住想笑。显而易见，他不习惯穿硬领衣服。而且，她还用女人的眼光审视了一遍他的穿着，发现他的衣服缺乏美观，属于廉价品，隆起的二头肌把肩部顶出一道横向皱褶，而袖子也因此显得皱皱巴巴。

他一边摆着手，喃喃地说自己什么也没干，一边则听从她的吩咐，想坐到椅子上去。他羡慕地望着她从容落座，然后跌跌绊绊地向她对面的座位走去，心里为自己的笨拙相感到无地自容。这对他是一种新的体验。以前，他从不知道自己的举止是优雅还是笨拙，因为他从未思考过这类事情。他谨小慎微地在椅子边坐下，被自己的双手搅得心烦意乱。不管把手放在哪里，都觉得碍事。此时，阿瑟走了出去，而马丁·伊登只好用遗憾的目光送他离开。和这位白皙的仙女单独待在房间里，他感到手足无措。这儿没有侍者端酒，也没有小厮到街角为他买酒，所以不能靠这种社交场上的饮料交流友谊。

“你脖子上的伤疤真怕人，伊登先生，”姑娘说道，“是怎么落下的？我想其中必有一段惊险的经历。”

“让一个墨西哥人扎了一刀。”他抿了抿干枯的嘴唇，清清嗓子说，“我们不过是打了一架。我夺过了他的刀，而他恨不得一口咬下我的鼻子。”

他虽然说得轻描淡写，但眼前却闪现出一幕热闹的场景——那是萨利那·克鲁兹[①]的一个布满星光的闷热的夜晚，在白色的海滩上，停泊在港湾里的蔗糖运载船上闪出点点灯火，远处传来酩酊大醉的水手喧闹的声音，周围的码头工人挤作一团，那位墨西哥人的脸上怒火燃烧，用钢刀扎入他的脖子，顿时血如泉涌，人群里爆发出呐喊声，墨西哥人的躯体与他的紧紧扭在一起，滚来滚去，扬起一阵白沙，而远处的某个地方却传来令人陶醉的吉他弹奏声。当时就是这样一种情景，至今回想起来他还觉得激动不已，心想如果那个把领港船绘制在墙上的画家能把这样的场景表现出来就好了。他以为，那白色的海滩、闪烁的星光、蔗糖船上的灯火，以及在沙滩中央把两位打架的人团团

① 墨西哥东南部一海港。

围住的黑压压的人群，可以构成一幅壮丽的画面。他觉得，将那把刀展现在画面上，在星光下刀光闪闪，看起来一定精彩。不过，这样的想法一丝一毫都没有掺入他的言谈之中。“他还想一口把我的鼻子咬掉呢。”他最后说道。

“啊！”姑娘失声叫道，声音既微弱又遥远。他注意到她那表情丰富的脸上露出一丝吃惊的神色。

他自己也感到有些吃惊，被太阳晒黑的脸颊上微微泛出困窘的红晕，腮帮子火辣辣地发烫，就好像在锅炉房里面对着敞开的炉门似的。像持刀斗殴这一类乌七八糟的事，显然不适于作跟小姐交谈的话题。书中的人物，以及她生活圈子里的人是不谈这种事的——这种事也许他们闻所未闻。

在他们刚刚开始的谈话中出现了短暂的停顿。随即，她以试探性的口吻问起了他腮帮子上那道疤的来由。一听她的问话，他就明白她在竭力谈他所熟悉的事情，于是便决定把话题引开，转向她的领域。

“那是在一次事故中落下的。”他用手摸着腮帮子说，“一天夜间，虽然没起风，但海浪汹涌，把主帆桅吊索打断了，紧跟着索具也掉了下来。吊索是用钢丝拧成的，呼呼地飞舞，像条蛇一样。值班的人都想抓住它，我也冲上前去，结果给拍了一下。”

“噢。”她这次说话时用的是一种会意的语气，可实际上她对他的解释有许多地方都听不懂，弄不清什么是“吊索”，也不知道“拍一下”意味着什么。

“斯万伯恩这个人……”他开始实施自己的决定，然而却把“温”拖得过长，发成了“万”字。

“谁呀？”

“斯万伯恩，”他又重复了一遍，但还是没有把音发对，“就是那位诗人。”

“他叫斯温伯恩。”她纠正说。

“不错，正是那伙计。”他期期艾艾地说，同时脸上又发起烧来，“他去世有多长时间啦？”

“哦，我没听人说起过他已不在人世了。”她以惊奇的目光望着他，“你是在哪儿和他认识的？”

“我从来就没见过他，”他答道，“不过，就在你进来之前，我在桌子上的那本书里看到了他的几首诗。你觉得他的诗写得怎么样？”

这个话题一经提出，她便口若悬河地讲了起来，他感觉好了些，把身子从椅子边朝后稍微挪了一下，但两手却紧紧抓住椅子扶手，仿佛椅子会从他的屁股下溜掉，将他摔到地板上似的。总算使她扯上了自己熟悉的话题。当她滔滔不绝往下讲时，他竭尽全力地侧耳倾听，陶醉地望着她那张如花似玉的白皙面孔，不知她那颗漂亮的脑袋里怎么装着这许多学问。她虽然流利地说出一些陌生的字眼，使用一些他不知道的绝词佳句和思维方式，使他感到困惑，但他仍然能听懂她的意思，觉得那些词句和思想刺激着他的大脑，令他兴奋不已。他暗忖，这就是美，热烈而奇妙，是他以前做梦都想象不到的。他忘掉了自我，以饥渴的目光呆视着她。他要为了她而生活和奋争，努力赢得她的青睐。书本上说得对，世界上果真有这样的女性，而她就是其中的一个。她给他的想象插上了翅膀，于是一幅幅场面恢宏、绚丽多彩的画卷展现在他眼前，上面描绘的是一些朦朦胧胧、充满爱情和浪漫色彩的巨人，他们为了一个女性——一个白皙的女人或金色的花朵创造着英雄业绩。透过这种摇晃和颤抖的幻象，犹如透过神奇的仙境一般，他呆呆地望着这位坐在他跟前高谈阔论文学艺术的有血有肉的女人。他也在倾听，但他紧紧盯着对方，全然不知自己目光逼人，不知自己本质里的男性全都聚在眼睛里闪闪发光。她对男人的世界知之甚微，但作为女人，她却强烈地感觉到了他火辣辣的目光。从没有男人这般凝视过她，这令她发窘，使她说话结巴，思维失去了连贯性。她害怕那目光，但同时又莫名其妙地喜欢这样被人盯着瞧。她的教养在向她发出警告：有危险，要出错，但那是一种微妙、神秘和诱人的错误。她的本能却吹响了传遍她全身的号角，怂恿她越过等级、身份和利益去接近这个来自于另一世界的旅人；接近这个手上带着伤、脖子上因不习惯穿硬领衣服而被磨出一道红痕的粗鲁小伙子；接近这个显而易见在粗俗的生活中沾染了满身污点的年轻人。她喜欢洁净，这种天性使她萌生了厌恶感；可她是女人，而且刚刚开始懂得女性的矛盾心理。

“正如我所说——我刚才说什么来着？”她突然收住话头，想到了自己如此困窘，不由得大笑起来。

"你刚才说，斯温伯恩不能成为伟大的诗人，因为——哦，你刚才就说到这里，小姐。"他提醒道。与此同时，他似乎突然产生了一种渴望，随着她的笑声，一股股微微的电流在他的脊梁骨爬上爬下，给他以甜美的感觉。他心想，那笑声宛若叮当的银铃声，顿时把他带到了一个遥远的地方；他坐在那儿的粉红色樱花下，吸着烟卷倾听尖顶塔上传来的钟声，那钟声召唤着足蹬草鞋的信徒们去做礼拜。

"不错，谢谢你，"她说，"斯温伯恩之所以不能成为伟大的诗人，是因为他有些粗俗，他的许多诗作根本就不值得一读。真正伟大的诗人所写的每一行诗都包含着美好的真理，能唤起人性中一切崇高和圣洁的品质。伟大的诗作，每删掉一行，世界就蒙受一份损失。"

"我只看了几句，还以为他了不起呢，"他迟疑地说，"没想到他竟然是一个——一个卑鄙的人。我猜想，他在别的诗作中就原形毕露了。"

"你刚才看过的那本书中就有不少诗句可以删掉。"她说，语气郑重、坚决和武断。

"我八成是把那些诗句漏掉了。"他声称，"我所读到的都是真正的地道诗，都是闪闪发光的诗句，犹如太阳或探照灯，把我的心里照得亮堂堂。我的感受就是如此，不过，我想我对诗歌是缺乏鉴赏力的，小姐。"

他有气无力地住了口。他被弄糊涂了，痛苦地感觉到自己说话有些语无伦次。他觉得自己刚才读过的作品蕴含着伟大和辉煌的生命力，然而他的话却说得很不恰当。他无法表达内心的感受。他暗自把自己比作一个水手，在一条陌生的船上，于茫茫的黑夜里，在不熟悉的活动桅杆间摸索。他心想，现在完全得靠自己了解这个新的世界。以前，他无论想掌握任何事情，都一定能称心如意。而现在，他必须设法学会表达心里的思想，让她能够听得懂。她在他心目中所占的位置愈来愈大。

"再谈谈朗费罗[①]吧——"她说道。

"嗨，我读过他的作品，"他冲动地插话说，急于展示和卖弄他那

---

① 19世纪美国著名诗人。

一星半点的书本知识，想让她知道他不完全是一个草包，“如《赞美生活》《精益求精》，还有……哦，我想就是这些。”

她嫣然一笑，点了点头。不知怎么，他觉得她的笑隐含着宽容，而且是怜悯性的宽容，他真是太愚蠢了。不该不懂装懂。朗费罗那伙计撰写的诗集恐怕多得数不胜数。

“请原谅我这么打岔，小姐。其实，我对这类事情了解不多。这不是我的专长，不过我一定会把它变为我的专长。”

他的话让人听起来像是恫吓。他声音果断，两只眼睛里燃烧着火焰，脸上的线条绷得紧紧的。她觉得他的下巴都扭得变了形，给人以好斗和咄咄逼人的印象。他的体内迸发出强烈的男子气质，如海浪般冲击着她。

“我认为你能够做得到——把它变为你的专长，”她笑了笑说，“因为你非常强壮。”

她的目光在他肌肉发达的脖子上逗留了一会儿。他的脖子肉筋隆起，粗得和公牛脖子一样，被太阳晒成了紫铜色，溢涌出旺盛的精力和强健的力量。尽管他红着脸傻坐在那儿，一副没出息的样子，但她又一次感到自己被吸引了过去。此时，她产生了一个荒唐的念头，这使她大为吃惊。在她看来，如果她把两手放在这脖子上，脖子里蕴含的力量和精力便会一股脑儿流入她的体内。她被这个念头吓坏了。这念头似乎揭示出：她的本性里有一种意想不到的堕落品质。再说，力量对她意味着粗俗和野蛮。她理想中的男性美历来都是纤弱和文雅的美。可是，这个念头怎么也摆脱不掉。她感到困惑不解的是，自己竟然渴望把手放在那太阳晒黑的脖子上。其实，她根本算不上健壮，她的肉体和精神需要的就是力量，可她当时不明白这一点。她只知道，从来没有一个男人像这个人一样对她产生这么大的作用，他的言谈不合文法，时时叫她吃惊。

“我并非一个弱不禁风的病人，”他说，“遇到难解的问题，就是生铜烂铁我也消化得了。可这次我却患了消化不良症，你说的话我大半都消化不了。你知道，我从未受过这方面的训练。我喜欢看书和读诗，一有空就阅读，但从来没有像你那样思考过问题。因此，我讲不出个所以然来。我就像一个航海者漂流在陌生的海域，既无航海图也无罗盘。我想弄清自己的方位，也许你可以为我指点迷津。你所谈到的这些，都是从哪儿学来的？”

“我想是从学校以及通过自修学来的。”她回答道。

“我小时候也上过学呀。”他反驳说。

“不错，可我指的是中学、讲座和大学。”

“你上过大学？”他问道，丝毫不掩饰自己诧异的心情。他觉得他们之间的距离更加遥远，起码又远了一百万英里。

“我现在正念大学，修的是专科英语。”

他不知道什么叫“专科英语”，但在心里记下了这一点空白，随后又继续进行谈话。

“得念多长时间的书，我才能够上大学？”他问道。

看到他有这样的求知欲，她笑了笑以示鼓励，然后说道：“这要取决于你已经念了多长时间的书。你上过中学吗？不用说，你没上过。那么，你小学毕业了吗？”

“我离开校门的时候，还差两年毕业，”他回答道，“但我上学的时候，学习成绩一直都是优秀。”

一转眼，他就生起自己的气来，怪自己不该自我吹嘘，于是便狂烈地牢牢抓住椅子扶手，把每个指尖都弄得发痛。此刻，他发现一位妇女走进房间来。只见姑娘离开座椅，脚步轻盈地迎了上去。两人相互吻了一下，接着便用胳膊勾着对方的腰，朝他走过来。他心想，来人一定是姑娘的母亲，她身材细长，一头金发，显得端庄美丽。她的服饰在他看来十分适合于这样的人家，优美的线条令他觉得赏心悦目。她以及她的装束，使他想起戏台上的女人。随后，他回忆起往事来——他见过这等高贵的女士穿着这等华美的服装步入伦敦剧院看戏，而站在一旁观看的他却被警察推入遮篷外的雨幕之中。接着，他的思绪又飞向了横滨的大饭店，他站在人行道上，曾看到过华贵的夫人小姐出入于饭店。随即，横滨市区和港口化为一千幅画面，一幕幕开始从他的眼前闪过。但由于当下有紧急事情要办，他就不得不把记忆中千变万化的情景迅速推至一旁。他知道自己必须站起来等待人介绍，于是便艰难地挣扎起身来。他伫立在那儿，裤子的膝盖处鼓起两个大包，可笑地垂着两条臂膀，绷紧面孔准备迎接即将来到的考验。

第二章

走进餐厅的一路，像是经历了一场噩梦。他忽而停步，忽而绊跌，忽而猛冲，忽而蹒跚，有时似乎寸步难行。不过，他最后还是抵达了目的地，而且在她身旁坐了下来。一排排的刀叉充满了不可知的危机，吓得他胆战心惊。他出神地望着这些刀叉，后来刀叉发出的耀眼光芒转变成一种背景，衬托出一幅幅轮船上的场面——他和伙伴们坐在一起，用出鞘的刀子和手指头吃腌制的牛肉，或者用烂铁匙从小锅里舀稠稠的豌豆汤喝。他鼻子里闻到的是牛肉发腐的臭味，耳朵里听到的是船板的吱嘎声、舱壁的呻吟以及吃东西的人响亮的咀嚼声。他望着伙伴们吃东西时的样子，觉得他们和猪相差无几。如今到了这里，他可得当心点，千万别弄出声响，时时都得留意才对。

他把餐桌旁的人扫视了一圈，看到对面坐的是阿瑟以及阿瑟的弟弟诺曼。他们是她的亲弟弟，他提醒自己，于是心里对他们产生了一股温情。这个家里的人是多么相亲相爱啊！他的脑海里闪现出她母亲的形象，闪现出母女俩相互亲吻并相互挽着对方的胳膊向他走来的情景。在他的生活圈子里，父母和子女之间缺乏这种亲昵的表现。这说明，上流社会的人过的是一种崇高的生活。而在这个上流社会的小小一隅，他所看到的最美好的东西就是这种爱。他为这种爱深受感动，心里产生了亲切的共鸣。他一生都渴望得到爱，因为对爱的追求是他的天性，是他生活中一个必不可少的部分。可是他始终未能获得爱，从而逐渐变得冷酷和麻木。他以前不知道自己需要爱，现在也不知道。他只是看到了爱的表露，并为之兴奋，觉得爱是美好的、崇高的和圣洁的。

令他感到高兴的是，摩斯先生不在座。他跟阿瑟虽说已经有点熟了，可是和她、她的母亲以及她的弟弟诺曼交往绝非轻而易举之事。他觉得，做父亲的要是也在场，一定会叫他难以招架。他认为，自己一辈子都没这般劳累过，连最繁重的工作与这相比也只能算是儿戏。一下子要干这许多自己所不习惯的事情，累得他心力交瘁，额头上沁出细细的汗珠，衬衣都被汗水湿透了。以前他可从未这样吃过饭：得使用陌生的餐具，得偷眼四瞧，学着别人的样做每一桩新的事情，得接受潮水般涌来的种种印象，还得在心里对这些印象进行注释和分类；他感受到自己对她产生了一种欲望，而这种欲望搅得他心神不宁，令他迟钝和痛苦；他觉得自己渴望进入她的生活圈子，并耽于沉思，朦朦胧胧制定了接近她的计划，可他得不时地敦促自己不要去胡思乱想。还有，当他偷眼看对面的诺曼或其他人，想弄清在哪种情况下使用何种刀或叉时，他会记住对方的相貌特征，不由自主地对他们进行评估，以此推断他们是哪一类人——这一切都和她联系在一起。另外，他还得讲话，倾听别人对他说的话以及大家的言谈，还得在必要时回答提问，时时约束他那个惯于信口开河的舌头。乱中加乱的是那个不断对他造成威胁的仆人，此人无声无息地出现在他的身旁，活似提出谜语和难题，要人马上解答的可怕的司芬克斯[①]。这顿晚餐从头到尾他总是想到洗指盆，搅得他心烦意乱。他的思绪支离破碎，但持续不断，有好几十次他都在思量着洗指盆何时会端上来以及它们是什么样子。他听人说起过这种东西，现在迟早不出几分钟他就可以亲眼看到，可以和这些高贵的人坐在一起，观看他们洗指——啊，他自己也要用用那洗指盆。而最为重要的是：在这些人面前，应该怎样表现自己，这个问题埋藏在他的心底，但总是浮现在他的脑海里。自己应该采取什么样的态度呢？为此他绞尽脑汁、苦思冥想。怯懦的想法是装模作样，扮演一个戏中人物；而更怯懦的想法是：这样做会一败涂地，因为他的天性与这样的行为格格不入，结果只能见笑于人。

晚餐的前一半时间，他苦苦琢磨应采取什么样的态度，所以沉默寡言。谁料想他的沉默却驳斥了阿瑟在前一天所说的话——她的这位弟弟曾宣布要把一个野蛮人带回家吃饭，并让家里人不必惊慌，因为他们会发现这位野蛮人相当风趣。马丁·伊登毫无察觉，压根没想到

---

① 希腊神话中的狮身人面怪兽，给路人出谜语，要求解答。凡是答不上来的，就被它杀掉。

她弟弟会如此忘恩负义——要知道，正是由于他帮忙，这位弟弟才得以摆脱一场令人不快的争斗。他就是这样坐在餐桌旁，为自己的格格不入感到不安，同时又对周围发生的一切感到心醉神迷。他生平第一次意识到，吃饭的作用不仅仅局限于实用的目的。他不知自己都吃了些什么，反正全是食物。在这张餐桌旁，吃是一种艺术活动，他对美的热爱在此处得到了满足。而且，吃饭也是精神活动，使他的心里难以平静。他听到了自己所不懂的话以及在书本上才能看得到的话，他以前认识的男男女女都愚昧无知，讲不出这样的话来。他听到这些话从这个了不起的家庭——她的家庭成员的口里随随便便地讲出来，高兴得心花怒放。书本里描绘的传奇故事、美，以及充满生气的场面，在此处变成了现实。他欣喜若狂——这是一种少有的心情，是一个人看到自己的梦步出幻想的裂缝而转变成现实时所产生的心情。

他从未遇到过如此崇高的生活气氛，于是退居幕后，默默地聆听、观察和欣赏，答话时只使用单音节词，对她说“是，小姐”或“不，小姐”，对她母亲说“是，夫人”或“不，夫人”。他克制住冲动，没有按船上训练的那一套，对她的弟弟们说“是，先生”或“不，先生”。他觉得这样说话不得体，等于承认自己低人一等——如欲赢得她的芳心，就绝对不能这样做。再说，这也是他的自尊心所不允许的。他曾在心里喊叫过一句：“上帝啊，我和他们是同样的人，如果他们的确懂得一些我不懂的东西，那么，我也有一些东西可以教给他们！”一转眼的工夫，她或她的母亲叫他一声“伊登先生”，他就会把他那咄咄逼人的自尊抛到九霄云外，心里感到乐悠悠、暖烘烘。他是一个文明人，事情原来就是如此，正和自己在书本上看到的人物们坐在一起共进晚餐。他本人也是书中的人物，游历于书本的字里行间。

他的形象与阿瑟的描绘是不相符的，因为他不是野蛮人，倒像一只温顺的小羊。但与此同时，他正在挖空心思寻找一条行动的方案。他不是温顺的小羊，他那争强好胜的个性绝不容许他充当配角。只有在万不得已的情况下，他才开口讲话，而他的话语和他来餐厅时的步态一样，忽而急促，忽而停顿。他在自己杂乱的词汇库里搜索字眼——有些词他明知很恰当，可又害怕发不准音，于是便斟酌再三；有些词怕别人听不懂，或者过于粗俗、刺耳，他便舍弃不用。同时，他始终有这样一种感觉：这般斟词酌句只会把他变成一个呆子，使他无法表达内心的感受。再说，他喜欢无拘无束，这就跟条条框框起了摩擦，情况非常类似他的脖子和硬邦邦的浆领所起的摩擦。而且，他敢肯定，这样的做法不能持久。他天生富于思想和情感，心里骚动和冲撞着创造精神。心中的想法和感触在经历分娩的痛苦，急于寻找表达的方式，这时他很快会失去控制，忘掉自我，忘掉自己身在何处，于是，那些古老的词语——他所熟悉的语言工具，便悄然溜出口来。

一次，那个缠在他身边、给他带来干扰的仆人递过来一些东西，他拒绝不要，便简短而重重地说了声："波奥！"

席上的人一下子都支棱起耳朵，期待着解释。仆人暗自得意，而他却羞愧得无地自容。不过，他很快就稳定住了情绪。

"这是卡拿加[①]语，意思是'吃完了'，"他解释道，"就那么自然而然说了出来。这个单词的拼法是 P-a-u。"

他注意到她在以好奇和疑问的目光紧紧盯着他的手，而他解释得正带劲，于是便又说道：

"前不久我在一艘太平洋邮轮上工作，沿海岸线行驶。轮船误了点，在普吉特海峡那一带的口岸上，我们拼命地干活，往船上装货——那是些杂货，也许你知道这是什么意思。结果，手上被碰掉了点皮。"

"哦，我不是指这个。"她连忙解释说，"根据你的身材，你的手似乎显得太小了些。"

他觉得脸上发烧，认为她的话揭出了他的又一个缺陷。

"是的，"他自卑地说，"这双手是不够大，经不起磨炼。我的胳膊和肩胛健壮有力，撞起人来像骡子一样有劲，可是用拳头揍人家的腭骨，手也会被弄破的。"

他对自己的这一席话并不满意，不由恼恨起自己来。他放松了对舌头的控制，讲出一些难登大雅之堂的事情来。

"你和阿瑟素不相识，然而却那样帮助他，真是见义勇为啊！"她看出他有些狼狈，但不知是什么原因，于是便非常体贴地说。

---

① 夏威夷群岛上的土著人。

他体会到了她的好意，心里油然升起一股温暖的感激之情，也就忘掉了自己信口开河的舌头所带来的苦恼。

“那根本算不了什么，”他说，“任何人都会那样做的。那几个流氓是在找麻烦，因为阿瑟并没有惹他们。他们推搡他，而我也推搡他们，并打了他们几拳头。我手上的皮掉了一些，但那帮家伙的牙齿却让我打掉了几颗。不管怎样，我不能放过他们。当我看到——”

他讲到半截，却觉得自己过于庸俗，实在不配和她相处，于是便停了下来，嘴巴还张得大大的。阿瑟接过话头，把自己在渡轮上和那帮喝醉了酒的流氓如何发生冲突，以及马丁·伊登如何冲上前搭救他的经过又讲了一遍（这件事他已讲了足有二十遍）。这时的马丁紧皱眉头，思量着自己简直是当众出丑，同时更加绞尽脑汁地考虑起在这些人面前应该有怎样的行为和举止。当然，截至目前他做得并不成功。他自认为不属于他们的阶层，讲不了他们的语言，而且伪装不了他们的同类。弄虚作假是会露馅的，再说，这也不符合于他的天性。他心里根本容不下欺骗和诡计。不管发生什么样的情况，他都必须保持本质。现在还讲不了他们的那种话，但最终他一定能学会，这就是他的决心。可此时此刻，他得讲话，得讲自己的话，当然措辞要缓和些，好让他们听得懂，同时不至于使他们过分吃惊。另外，对不熟悉的事情他绝不会硬说自己熟悉，甚至连默认都不会。根据这项决定，待那兄弟俩谈起大学经、三番五次提到“三角”这个名词的时候，马丁·伊登便问道：

“‘三角’是什么？”

“即三角学，”诺曼说，“是一门高等数理学。”

“什么叫数理学？”这第二句提问不知怎么使大伙儿都笑起诺曼来。

“即数学、算术。”诺曼说。

马丁·伊登点了点头。他瞥到了一眼显然是无边无际的知识领域。他所看到的都是可以摸到的实物。在他非凡的眼光里，抽象的概念拥有具体的形态。他的大脑可以点石成金，把三角学、数学以及它们所代表的整个知识领域转变成辽阔的景色。于是，他看到了绿叶和林间通道，一景一物都散发着柔和的光泽，或闪烁出耀眼的光芒。远处的紫色雾霭遮住了视线，使一切都显得模模糊糊，可他知道，就在那片紫色的雾霭之后有着未知数和浪漫的故事，这些在吸引和诱惑着他。对他来说，这就宛若美酒一般。他要去冒险，靠头脑和双手干一番事业，去征服一个世界——他的意识深处涌出一个念头：征服和赢得这个坐在他身旁的白皙的百合仙女。

这幅朦胧的幻景由于阿瑟的插话破碎了，随即便消失了。阿瑟整整一个晚上都在处心积虑地想使他露出野蛮人的本质。马丁·伊登记起刚做的决定，第一次恢复了自我。起初还是左思右想，但很快便陶醉于畅所欲言的喜悦之中，把他的生活经历一五一十展现在周围的人眼前。当走私船翠鸟号被缉私艇扣住时，他是船上的一名水手，目睹了所发生的事情，因而可以把自己看到的讲给他们听，他给他们描绘了汹涌澎湃的大海，描绘了海上的人们及船只。他把自己观察事物的能力赋予对方，使他们能够以他的眼光看待他目睹过的情景。他采用艺术家的手法从大量的素材中筛选出细节，描绘出一幅幅五光十色的生活画面，而且讲得活灵活现，以粗犷的语言、热情和力量感染听众，令他们随他一道沉浮。有时，他的生动叙述以及他的言辞会叫他们震惊，但暴烈的场面之后旋踵而至的往往是一种美感，悲剧之中总是穿插着幽默，穿插着他对水手们离奇古怪心理活动的形容。

当他侃侃而谈时，姑娘向他投来惊诧的目光。他的激情使她感到温暖。她不由想到，她以前的岁月都是在冰冷中度过的。她渴望紧偎这个熊熊烈火般的男子，这个像火山口一样喷发出力量、野性和勃勃生气的男子。她觉得她必须向他靠拢，费了很大的劲才克制住了自己。同时，她也感受到一阵相反的冲动，想躲开他。他的双手伤痕累累，皮肤里深嵌着辛勤劳作的生活留下的斑斑污垢，肌肉高高隆起，这些都激起了她反感的心理。他的粗野吓坏了她，他每一句粗野的话都是对她耳朵的侮辱，每一个粗野的生活片断都是对她灵魂的亵渎。可他一次又一次地吸引着她，使她觉得他肯定掌握着控制她的邪恶的力量。她头脑中根深蒂固的观念正在全面瓦解。他的传奇经历和冒险生涯在冲击着传统的惯例。他把冒险视为家常便饭，而且动不动就开怀大笑，这样看来，生活不再是严肃认真的事情，不再需要自我克制，而变成了一件任你玩来玩去的玩具，待你轻轻松松玩够了、娱乐够了，可以随随便便将它扔到一边去。“因此，尽情玩吧！”这种声音在她的心里鸣响，“只要有这个愿望，就靠上前去，把双手放在他的脖子上！”这种轻率的念头一经出现，她真想大喊出声，她考虑到了自己清白的生活和教养，权衡了她和他在地位上的悬殊，可这些都无济于事。她四周瞧瞧，发现大伙儿都在着了迷似的望着他；要不是看到母亲的目光中含着恐惧，她一定会绝望的。不错，那是一种陶醉般的恐惧，但不管怎么说也是一种恐惧。这个来自于黑暗的外部世界的男人是个恶人。母亲看出了这一点，而且绝不会看错。平时她事事都依着母亲，这一次她也相信母亲的判断。于是，他的激情对她不再散发出暖意，而她对他也不再感到那般胆战心惊。

后来，她坐到钢琴前为他弹奏，同时也是对他的一种蔑视，因为她有个朦胧的意图，想以此强调他们之间横着一条不可逾越的鸿沟。她弹奏的乐曲犹如当头狠狠一棒，打得他头晕目眩，栽倒在地，但同时他又为之感到兴奋，他敬畏地凝视着她，他心里的鸿沟和她心里的一样，变得愈来愈宽，而他逾越这道鸿沟的野心却以更快的速度膨胀。他过于敏感，情感过于复杂，不可能望着一条鸿沟整晚上呆坐在那里，特别是在有音乐的时候。他对音乐有着异乎寻常的感受力。音乐犹如烈性酒一般，使他热血沸腾，感情奔放；音乐又似麻醉剂，操纵着他的想象，令其腾云驾雾，直刺青天。它驱散了污秽的现实，把美感和浪漫的想象注入他的心房，给他的思想插上飞翔的翅膀。他听不懂她弹奏的乐曲，因为那曲调与他以前在舞厅里听到的呼呼响的钢琴声及呜啦呜啦的铜管乐迥然有异。然而，他在书本上看到过一星半点有关于这种音乐的知识，于是主要靠着一种信念去领会她的弹奏。起初，他耐心期待着轻松活泼、朴素明快的旋律，可过不了多久，这种旋律便会中止，使他陷入迷惘之中。一旦他抓住旋律的起伏，感到心情激动，任想象展翅高飞之时，这种旋律总会在一阵听不懂的杂乱无章的声音中消失，把他的想象和内心的情感抛回到大地上。

他一度闪出一个念头，认为这是在有意嘲弄他。他觉得她怀有抵触情绪，于是便努力分析她的双手按琴键时所表达的含义。后来，他却觉得自己的想法既卑鄙又荒唐，便打消了这种念头，更加陶醉于音乐之中，重新沉湎于刚才的那种欢快的心境。他的双脚脱离了大地，血肉之躯化为灵气，眼前和身后都闪耀着灿烂的光芒；随即，面前的场景骤然消失，他开始游历于一个对他说来十分亲切的世界。他所看到的是梦幻般的壮丽景色，熟悉的事物和陌生的事物交融在一起。他来到阳光普照的奇特港埠，混身于闻所未闻的野蛮人中间在市场上溜达。香料岛的香味扑鼻而来，他航海时曾在温暖无风的夜晚嗅到过这种香味；或者，他迎着东南贸易风行驶，在热带海域度过了一个又一个漫长的日子，身后碧绿色的海洋上棕榈丛生的珊瑚岛逐渐隐去，而前方的碧绿色大海上又涌现出座座长满了棕榈树的珊瑚小岛。一幕幕情景飞快地交替闪现。他忽儿骑着野马，疾驰在具有神话色彩的五彩沙漠[①]上，忽而透过颤抖的热浪垂首俯视白色坟墓般的死亡之谷[②]；或者在结冰的海洋上划船，那儿耸立着巨大的冰山群，于阳光下闪闪发光。他躺在珊瑚海滩上，那儿的椰子林一直延伸至柔声细语的海浪跟前。一艘古老船只的残骸在熊熊燃烧，发出蓝色的火焰，火光中有一群人在跳草裙舞，而伴唱的歌手却和着叮咚的四弦琴和隆隆的锣鼓声高唱野蛮的情歌。那是一个充满诗情画意的热带的夜晚。一座火山口于星光映衬下呈现出黑色的轮廓，组成了背景，头顶上飘浮着一弯苍白的新月，南十字星座[③]低悬在天边，发出燃烧的光焰。

他犹如一架竖琴，而他所体验和感受到的全部生活则是琴弦；阵阵乐声宛如清风，拨动着琴弦，带来回忆和梦幻。他不仅仅是在感觉。他的感觉已经有了具体的形式、色彩和光芒，把他想到的景物以神奇和升华的方式展现出来。过去、现在和未来交织在一起；他在这个温暖而辽阔的世界上不断地闯荡，历经艰险，屡建功勋，终于来到了她身旁——啊，他赢得了她的青睐，用胳膊搂着她，带她一道在他的心灵王国里飞翔。

她侧首望了望，从他的脸上看出了几分他的心思。那张面孔改变了形状，闪亮的大眼睛穿破声音帷幕，看到幕后有跳跃、搏动的生活以及巨大的精神幻影。她不由吃了一惊。那个野蛮和笨手笨脚的粗人不见了。不合体的衣服、伤痕累累的手以及太阳晒黑的面孔虽然犹在，但这些却像是监狱里的铁栅栏，透过栅栏她看见一个伟大的灵魂在张

① 在著名的大峡谷以东，沙土呈红、白、紫、棕等色，故得名。

② 加州东部一盆地，气温颇高，寸草不生。

③ 由四颗明星组成，在南半球可以看得见。

望，那个灵魂寡言少语，因为它拙嘴笨舌，说不出话来。这仅仅是短瞬间的一瞥，随即她又看到了那个粗人，于是不由为自己的胡思乱想哑然失笑。不过，那短暂的一瞥却留下了久久不散的印象。待他起身告辞，跌跌绊绊朝外走时，她把斯温伯恩的那册诗集借给了他，另外还借给他一本勃朗宁[①]的书——她所上的英语课程正在研究勃朗宁的作品。他看上去活像一个小男孩，红着脸站在那里，结结巴巴地向她道谢。她心里油然涌起一股母性的怜悯之情，忘掉了那个粗人和那个被囚禁的灵魂，忘掉了那个以男子气十足的目光凝视着她，既给她带来喜悦又使她感到恐惧的男人。她眼前所看到的只是一个小男孩。这孩子在跟她握手，手上的老茧像是豆蔻擦子，折磨着她的皮肤，口里还在语无伦次地说着：

"这是我一生中最伟大的时刻。你知道，我不习惯这里的……"他不知所措地望了望四周，"……不习惯这里的人和房子。一切对我都是新奇的，叫我喜欢。"

"希望你下次再来。"当他跟她的弟弟们道晚安时，她这样说道。他戴上帽子，深一脚浅一脚地、狼狈地出了大门，接着就不见了。"喂，你觉得他怎么样？"阿瑟问。

"他非常有意思，像是一缕新鲜的空气，"她说，"他有多大啦？"

"二十——快满二十一啦，今天下午我才问过他，我当时没想到他会这么年轻。"

她跟弟弟们亲吻道晚安时，心里则暗忖，我比他大三岁。

---

① 19世纪英国著名诗人。

第三章

马丁·伊登走下台阶，把手插进上衣口袋，掏出一片棕色卷烟纸和一撮墨西哥烟草，然后熟练地卷了一支纸烟。他将第一口烟深深吸入肺部，再徐徐吐出。“上帝保佑！”他出声地说道，声音里带着敬畏和惊异的成分。“上帝保佑！”他又说了一遍。这还不算完，他最后又咕哝了一句：“上帝保佑！”接着，他伸手把领子从衬衫上撕下来，塞进衣袋里。天空中飘着冷冰冰的蒙蒙细雨，但他摘下帽子，光着脑袋淋雨，还解开背心上的扣子，摇摇晃晃地走着，一副满不在乎的样子。他沉浸在狂喜之中，只迷迷糊糊觉得天在下雨，心里做着一个一个的美梦，构想着刚才发生过的情景。

他终于遇上了这个女人——他不喜欢老去想女人，所以很少想到这样的女性，但他隐约觉得自己总有一天会碰上。吃饭时，他就坐在她的身旁。他曾感觉到自己握住了她的手，曾望过她的那双眼睛，看到了一颗美丽的灵魂——而充当灵魂窗口的眼睛以及表达和体现灵魂的肉体也是同样的美丽。他没有把她的肉体视为肉体——这是一种新鲜的思维，因为对于以前结识的女人，他只是把她们看作一具具肉体。她的肉体则有所不同。在他的心目中，她的血肉之躯不再是肉体，因为肉体会有种种疾病和弱点。她的肉体不仅仅是灵魂的外装，也是灵魂的延伸，是她那神圣本质的纯洁和奇妙的结晶。这种关于神圣性的感觉吓了他一跳。他从梦境中惊醒，开始冷静地思考。以前他未受过这方面的影响，哪怕是片言只语或任何启迪和暗示他都没往心上放过。他一直都不相信有什么神圣性，也不信仰宗教。他曾经毫无恶意地嘲笑过牧师以及他们关于灵魂不朽性的说教。他认为根本就没有什么来世，生命只存在于现世，而后便是永恒的黑暗。然而，他在她的眼里却看到了灵魂——永不消亡的不朽的灵魂。在他以前结识的人当中，无论是男是女，没有一个人给过他关于这种不朽性的启示，而她却给了他。她向他投来目光的第一个瞬间，就同时把这一点悄然无声地告诉了他。他走着路，眼前浮现出了她的面容——白皙、严肃、甜美、敏感，挂着一丝只有灵魂才具有的怜悯和温柔的微笑，其纯洁性是他以前做梦都难以想到的。她的纯洁对他犹如当头棒喝，使他大吃一惊。他辨得清善恶，但纯洁作为人生的一种美德，却从没有进入他的脑海。而现在从她身上，他看到纯洁是善良和清白的最高境界，二者的总和便构成了永恒的生命。

顿然，他野心勃发，企图赢得永恒的生命。他连为她打水都不配——这一点他很清楚；今晚他之所以能够见到她、接近她以及跟她交谈，全靠的是神奇的命运和美妙的侥幸。事情是出自于偶然，不包含有人为的因素。他不配交这样的好运。论思想本质，他是诚实的。他谦卑和恭顺，怯生生的，打心眼里瞧不起自己，罪人们到忏悔室去的时候就是怀着他这样的心情。他也是罪人。不同的是，那些唯唯诺诺、恭恭敬敬的罪人在忏悔室看到的是未来高尚生活的美景，而他看到的则是占有她后他将要抵达的辉煌境界。可是，这种对她的占有是虚无缥缈的，完全不同于他以前的占有。野心鼓起疯狂的翅膀，直冲九霄；他看到自己跟她一道攀登高峰，一道思考问题，一道追求美妙和高尚的理想。这就是他梦寐以求的那种灵魂的占有，纯净得不夹杂丝毫粗俗的成分，属于一种他无法具体想象的无拘无束的精神友谊。他没有苦思冥想，其实他压根就没动脑筋去想。感情代替了理智；他浑身颤抖，产生了一种前所未有过的激动情绪，陶醉地漂浮在情感的海洋上，那里，感情得到升华和神圣化，超越了生命的顶点。

他步履蹒跚，活像个醉汉，口里狂热地一个劲低声喊："上帝保佑！上帝保佑！"

街拐角有个警察怀疑地打量着他，注意到了他那一摇一晃的水手步态。

"怎么喝成了这样？"警察问。

马丁·伊登又回到了现实中来。他好比流动的有机体，能够迅速地适应环境，不管是凹角还是缝隙都能够流得进和充得满。听到警察的吆喝，他立刻恢复了平时的样子，清楚了是怎么回事。

"这很奇怪，是吗？"他哈哈笑了声说，"我没留意到自己竟然把这话讲出了声。”

“你还会喝出声呢。”警察断言道。

“不，这倒不会。劳驾，借个火，我要搭辆车回家去。”

他点着烟。道过晚安，然后继续朝前走去。“你说这事让人糊涂不？”他低声叫了起来，“那警察还以为我喝醉了呢。”他暗自一笑，不由乱想起来，“我想我是真的醉了，”他又说，“没料到一个女人的脸蛋竟能让人如醉如痴。”

在电报大街，他搭上了一辆开往伯克利的电车。车上挤满了年轻人，他们唱着歌，而且一遍又一遍喊着大学啦啦队的口号。他好奇地打量起他们来。这些年轻人都是大学生，和她上的是同一所学校，社会地位与她相等，可以同她结识，只要愿意，每天都可以见到她。他不理解，这些人为什么晚上不愿意待在她身旁，崇拜和爱慕地围她而坐，和她一起聊天，而是自己跑出来寻欢作乐。他的大脑不停地胡思乱想。他注意到有个小伙子眯缝着眼、耷拉着嘴唇，便断定他是个恶人。那家伙要是到船上干活，肯定会行窃、发牢骚和搬弄是非。而他马丁·伊登却比那家伙强。这一念头使他感到振奋，似乎把他和她之间的距离缩短了。他开始将自己和那群学生作比较。他觉得自己身体强健、肌肉发达，坚信在体格上他要胜那些学生一筹。但一想到学生们的脑袋瓜里装着知识，能够和她有共同语言，他就泄了气。他在心里情绪激动地问：一个人的头脑是派什么用场呢？他们干的事情，他也会干。他们从书本上了解生活的时候，他则在忙于生活。和他们一样，他的脑袋瓜里也装满了知识，只不过他的知识属于另一种类罢了。他们当中有多少人会打绳结，有多少人会操纵舵轮或充当瞭望员呢？他的一生以一幅幅惊心动魄、英勇壮烈、艰苦卓绝和辛勤劳作的画面展现在他眼前。他仍记得自己在学习生活的过程中所遇到的困难以及所遭受的失败。起码，在这方面他是强者。总有一天，那些大学生也得置身于生活，像他一样经受磨炼。好啊！待他们忙于生活时，他可以从书本上了解生活的另一侧面。

电车穿过奥克兰和伯克利之间那片疏落散布的居民住房时，他留意寻找一幢熟悉的二层楼房，楼房的门面上挂着一块招眼的牌记：希金波森零售店。马丁·伊登就是在这个角落下了车。他抬头先把那块牌记瞅了一会儿，因为牌记上的字对他有更深的含义，似乎有一个卑鄙、自私和狡诈的人从那些字眼里跳了出来。伯纳德·希金波森娶了他的姐姐，所以他对这个人非常了解。他用钥匙打开前门，爬到了二楼。他的姐夫住在这一层，而楼下开着食物杂货店，空气中都弥漫着蔬菜腐烂的气味。为数众多的外甥和外甥女，不知是哪个把一辆童车丢到了过道里，使他在摸路时绊了一跤，“砰”的一声撞到了一扇门上。“这个守财奴，”他心想，“真是吝啬到家啦，连破费两分钱点盏煤气灯都不肯，非得把房客的脖子摔断不可。”

他摸到门把手，推门走进一间亮着灯的屋子，看到姐姐和伯纳德·希金波森正坐在那里。姐姐在为他补裤子，而姐夫把骨瘦如柴的身体横在两把椅子上，两只脚穿着破旧的便鞋，悬在第二把椅子的边沿上。他正在看报，此时从报纸上端露出他那双阴森、奸诈和咄咄逼人的眼睛，瞧了瞧马丁。马丁·伊登一看到他，总会产生一种厌恶的感觉。他不理解姐姐究竟看上了这个人的哪一点。他觉得这个人简直是条害虫，总是让人忍不住想踩死他。“总有一天，我会把他的脸揍得稀巴烂。”他常用这样的话安慰自己，以容忍这个人的存在。那双黄鼠狼似的恶毒的眼睛，此时正用抱怨的目光观望着他。

“有话就讲吧。”马丁说。

“那扇门是上个星期才漆的，”希金波森先生半埋怨半威吓地说，“工会规定的工钱你是知道的，所以应该小心点才是。”

马丁原想还嘴，可又觉得那样只会白费口舌。他的目光越过这个狰狞、卑鄙的人，落在了挂在墙上的一幅五彩石印画上。他一直都很喜欢这幅画，然而此刻却像是第一次见到似的，心里感到惊奇。他觉得这幅画庸俗不堪，和这幢房屋里所有其他的东西一样。他又回想起自己刚离开的那户人家，先想到的是那些油画，接着便想到了她，想到她同他握手告别是怎样用柔媚动人的目光注视着他。他忘掉了自己身处何地，忘掉了伯纳德·希金波森的存在，直至听到后者的吆喝声。

“见到鬼了吧？”对方厉声问。

马丁醒过神来，望了望那双含着轻蔑、恶毒和怯懦的贼亮的小眼睛，脑海里突然像映电影一样浮现出这个人在楼下卖东西时的情形——还是这双眼睛，然而却带着谄媚、自满、世故和巴结人的神情。

“不错，我的确见到了一个鬼，”马丁答道，“再见吧。晚安，葛特露。”

他挪步朝外走时，被那肮脏的地毯上裂开的一条缝绊了一下。

“别把门关得山响。”希金波森先生警告他说。

他觉得血管里的血直朝上冲，但他还是克制住了自己，随手轻轻地带上了门。

希金波森乐滋滋地瞅了瞅自己的妻子。

“他喝酒了。”他压低嗓门，嘶哑着声音说，“我告诉过你，他会喝醉的。”

她无奈地点了点头。

“他的眼睛闪着亮光”，她承认说，“出去时他穿的是硬领衬衫，回来却不见了领子。不过，他也可能只喝了一两杯。”

“他站都站不稳了，”她丈夫宣称，“他走路时我瞧着呢，一跌一绊的。你自个儿也听到了，他在过道里差点摔跟头。”

“我想那是让爱丽丝的车子绊了一下，”她说，“黑灯瞎火的，他一时看不清。”

希金波森先生怒火冲胸，提高了嗓门。白天在店里营业，他抹杀了自己的个性，而晚上和家里人在一起，他便原形毕露。

“告诉你，你那个宝贝弟弟喝醉啦。”

他的声音冷酷、尖刻和不容置辩，两片嘴唇恰似机器上的印模，给每个字都盖上一个印。他妻子叹了口气，没作声。她是个肥大的妇人，衣着老是邋里邋遢。笨重的躯体、繁忙的家务以及丈夫的折磨，把她弄得总是疲惫不堪。

“告诉你，酗酒是他父亲遗传给他的，”希金波森先生不住口地数落着，“将来他也得死在街上的水沟里。这你知道。”

她点点头，叹了口气，接着便继续缝补。他们俩都认为，马丁是喝醉酒后回家的。他们压根就不懂得美，否则，就一定能看得出，那闪闪发亮的眼睛以及投射着异彩的面孔都说明小伙子第一次对爱情产生了憧憬。

“瞧瞧他给孩子们做的好榜样吧。”希金波森先生突然怨恨起妻子的沉默态度，哼了声鼻子说道。有时，他真希望她多跟他顶顶嘴。“他要是再酗酒，就让他滚蛋。明白吗？我可不愿听凭他胡作非为，喝得酩酊大醉，毒害天真无邪的孩子。”希金波森先生很喜欢这个字眼，这是他词汇库里的一个新词，还是最近阅报时从新闻栏目中搜集来的。“不错，就是‘毒害’，再没有别的说法了。”

他的妻子又叹了口气，伤心地摇摇头，继续缝补着。希金波森先生又开始埋头看报。

“他把上个星期的食宿费交了没有？”他把报纸略微朝下放放，突然问道。

她点了点头，然后说道：“他还有些钱呢。”

“他什么时候再出海去？”

“我想，得待他花完工钱吧，”她回答说，“昨天他到旧金山去找过活。不过，他口袋里还有钱，所以比较挑剔，不轻易和哪条船签合同。”

“他那样的末等水手还摆什么臭架子，”希金波森先生哼了声鼻子说，“还挑三拣四呢！他配吗？”

“听他说，有一只船要到一个遥远的地方寻找宝藏；如果他的钱能用到那时候，他就随着一块去。”

“他要是打算安顿下来，我倒可以给他一个赶马车的活。”她丈夫这样说道，然而声音里听不出丝毫的善意，“汤姆不干了。”

他妻子露出一副惊愕和狐疑的神情。

“汤姆今晚就走，为卡鲁塞家干活去。那一家出的工钱比我的高。”

“我说过你会失去他的，”她嚷嚷起来，“他的价值不止你给他的那一点点钱。”

“听着，老婆子，”希金波森恐吓道，“我已经讲过有一千遍了，叫你别多管闲事。下次我可不客气啦。”

“我才不怕呢。”她轻蔑地说，“汤姆是个好小伙子。”

她丈夫对她瞪起了眼睛，因为她的话简直是一种反抗。

“你的那个弟弟要是真有本事，可以把马车接过来嘛。”他说着哼了哼鼻子。

“不管怎样，他又没短你食宿费。”她反驳道，“再说，他是我弟弟，只要不欠你的钱，你就没权利整天找他的茬儿。就算这七年来我是你家的人，可我也有做姐姐的感情呀。”

“如果他再在床上看书，就得收他灯油钱，这一点你对他说过吗？”他责问道。

希金波森夫人一声也没吭。她的反抗情绪消退了，精神萎缩进了疲倦的肉体里。她丈夫战胜了她，一副得意扬扬的样了，眼睛里冒着凶光，兴高采烈地用耳朵倾听她那咝咝的鼻息声。他压服了她，并从中得到极大的快感。这些年月，压服她是很容易的，但在他们刚结婚的头几年情况却不是这样。后来是因为生了一大群孩子，再加上丈夫无休无止的唠叨，她的精力才削弱了下来。

“好吧，你明天就告诉他吧。”他说，“另外，趁我没忘记之前，我想告诉你，明天最好把玛丽安叫来照料孩子。汤姆一走，我就得赶大车去，而你考虑一下，到楼底下站柜台吧。”

“可明天是洗衣服的日子呀。”她怯声怯气地抗议说。

“那就早点起床，先把衣服洗完。我要到十点钟才出门呢。”

他恶狠狠地把报纸揉搓得沙啦沙啦响，接下来又看他的报了。

第四章

马丁·伊登离开了他的姐夫之后，仍感到热血在体内蠕动。他在没一线光亮的后半截过道里摸索着，来到了自己的房间——一个小得像鸽子笼一样的房间，只够放一张床、一个脸盆架和一把椅子。希金波森先生很会精打细算，不肯雇用人，因为他妻子就可以干用人的活。再说，腾出用人的房间可以多招一个房客。马丁把斯温伯恩和勃朗宁的诗集放在椅子上，脱下外套，一屁股坐到了床上。他身体的重量一压上去，弹簧床垫便像患了气喘病一样吱吱发响，然而他却没加留意。他动手去脱鞋，可眼光却落到了对面的那堵白粉墙上——那儿斑痕点点，被房顶渗下的雨水冲出一道道又长又脏的棕褐色条纹。在这脏污的背景上，一幕幕幻景开始闪动和放射光彩。他忘掉了脱鞋，久久凝视着，最后嘴唇开始蠕动，喃喃地叫了一声："露丝！"

"露丝！"他没料到一个简单的音节竟会如此动听、如此悦耳。他一遍又一遍地叫着，逐渐陶醉了。"露丝！"这个名字就是一件奇宝，是一个能够带来奇迹的充满魔力的字眼。他每叫一声，都会看见她的面孔在眼前晃动，使肮脏的墙壁蒙上一道金光。这道金光不是停留在墙壁上，而是向无穷无尽的空间延伸。他的灵魂穿过金光的深处，去寻觅她的灵魂。他心中最美好的东西，似壮丽的浪潮奔涌而出。想到她，他就变得高尚、纯洁和完美，或者希望变得完美。这是一种新的感觉。以前所认识的女人，没有一个使他变得完美，而总是起着相反的作用——使他变得卑鄙下流。他不知道，虽然结果是一团糟，但她们当中有许多人都曾不遗余力。他向来缺乏自我意识，所以不知道自己的身上具有一种能够赢得女性青睐的东西，一种能够使女人们垂涎于他的青春的东西。那些女人倒是常来骚扰他，可他却从不为之动心。他也永远想象不到，竟会有些女人因为他的缘故而循规蹈矩。他一直都是浑浑噩噩地度日，直到现在才觉得她们老是伸出邪恶的手拖拽他。

这对她们无益，对他也无益。可他现在平生第一次开始产生自我意识，觉得自己没有权利指责别人。望着反映自己出乖露丑的幻象，他羞愧得满脸发烧。

他霍地立起身，想在脸盆架上方的镜子里看看自己的面容。他用毛巾抹了抹镜面，又看了看，仔仔细细打量了好半晌。他算是第一次真正看到了自己。他的眼睛擅长于观察，然而在这之前，它们却忙于观察千变万化的大千世界，从未有过闲暇顾及他本人。他看到了一个二十岁小伙子的头和脸，可由于不习惯评头论足之类的事情，故不知做怎样的评价。在方方正正的高额头上方，他看到的是一簇棕色的头发——那头发是深棕色的，呈波浪式，微微打着卷儿，让任何女人见了都会喜欢，都会手发痒和手指头发颠，忍不住上去捋摩和抚弄。然而他只是匆匆扫了一眼，觉得这头发在她眼里没有任何价值，却长久地、若有所思地端详着那高高隆起的四方额头，拼命想看穿它，弄清里面的脑子是聪颖还是愚笨。那儿到底藏着什么样的脑子呢？他一再这样问自己。它有什么样的本事呢？能给他带来多大好处？可以帮助他接近她吗？

他想知道，是否有一颗灵魂潜伏在那双铁灰色的眼睛里——那眼睛常常湛蓝湛蓝，在阳光普照的海洋上被带着咸味的海风锻炼得非常锐利。他还想知道，他的这双眼睛对她会产生怎样的效果。他努力把自己想象成她，盯着他的这双眼睛瞧，可这种想象一无所获。他可以成功地钻进别人心里，但他必须熟悉对方的生活方式。对于她的生活方式，他却一无所知。她是一个奇妙的谜，所以他怎能猜透她的心思呢？不管怎样，他认为自己的眼睛是诚实的，既不显得小气也不显得卑鄙。他那张被太阳晒成棕色的面孔却叫他感到意外，他料想不到自己竟然这么黑。他卷起衬衫袖子，把胳膊下边的白皮肤和自己的脸色做比较。是呀，他毕竟是个白种人！可是，就连他的胳膊也被太阳曝晒过。他把胳膊扭过来，用另一只手将二头肌推开，仔细瞧了瞧胳膊下边阳光极少光顾的地方，那儿显得十分白。他望着镜子里的紫色脸膛，想到这张脸曾经跟他胳膊下边的皮肤一样白，便不由笑了起来。他想象不来，世界上只有极少数女人——苍白得似幽灵般的女人可以称得上皮肤比他白细，即比他身上未遭阳光蹂躏的部位白细。

他那两片富于美感的厚嘴唇遇到情绪紧张时便抿起来，牢牢贴在牙齿上，要不是由于这一点，他的嘴巴完全可以说是天使的嘴巴。有时候，由于唇片贴得太紧，使他的嘴显得严峻和冷酷，甚至给人以禁欲主义的印象。他的嘴唇是战士的嘴唇，又是恋人的嘴唇，可以津津有味地品尝生活的甘甜，也可以将甘甜抛至一旁，去支配生活。他的下巴和颚部，坚实而略带一些赤裸裸的挑衅性，协助嘴唇征服生活。力量和美感达到平衡，由此而产生良好的效果，鼓舞他热爱健康的美，促使他对美好的情感发出共鸣。在两片嘴唇之间，是一副从没有得到过牙科医生的医治也不需要医治的牙齿。他看了看那两排牙齿，觉得它们既洁白又生得结实和整齐。可是他看着看着，心里却起了烦恼。他搜索了一下大脑的某个角落，模模糊糊记起一种印象——有些人每天都刷牙。那些人属于上流社会，是她那个阶级的人。她肯定也是天天刷牙。要是了解到他这一辈子从没刷过一次牙，她会怎么想呢？他打定主意先买一把牙刷，养成刷牙的习惯。他要立即行动起来，明日就开始。不能指望单靠成就赢得她，还必须对自己进行彻头彻尾的改造，甚至包括刷牙和戴硬领，尽管硬邦邦的领子会使他产生浑身不自在的感觉。

他抬起手，用拇指球揉了揉结满了老茧的手掌，呆望着深嵌在皮肉里的污垢——用任何刷子都无法擦掉的污垢。这和她的手有着天壤之别！一回忆起她的手，他的心里就有一种甜美的情感在跳动。他认为那手宛若玫瑰花瓣；凉丝丝、软绵绵的，又似雪花。他万万想不到一个女人的手竟会如此美妙和柔软。他发觉自己在想象由这样的一只手抚摸而产生的奇妙感觉，于是不由惭愧得红了脸。这样去想她，未免太粗俗了，从某些方面而言，似乎亵渎了她崇高的灵魂。她白皙而纤弱，是一个远远超脱了世俗的仙女。可尽管如此，他仍然念念难忘她那柔软的小手。工厂女工和劳动妇女那结着硬茧的手，在他已司空见惯。他非常清楚她们的手为什么变得粗糙；然而，她的小手……她的手之所以柔软，是因为她从不用手去干活。想到一个人不必为生计而干活，他便肃然起敬，同时觉得他和她之间的鸿沟愈裂愈大。蓦然，他看到一群不劳动的贵族形象耸立在对面的墙壁上，那是铜铸的塑像，高傲而威风。他自己终生劳作，最初的记忆似乎就和劳动密不可分，而且，他的家庭就是劳动之家。拿葛特露来说吧，她的手由于不停地干家务而变得粗硬，由于洗衣服而红肿，就像煮熟的牛肉一样。还有玛丽安妹妹，她去年夏天到罐头厂上班，一双漂亮的小手让番茄刀割得伤痕累累；去年冬大在纸箱厂干活，又叫切削机削掉了两个指头尖。他还记得自己的母亲是怎样带着粗硬的手掌躺在棺材里。他父亲也干了一辈子活，直到咽下最后一口气；父亲死时，手上结的硬茧一定有半英寸厚。可是，她的手是柔软的，她母亲以及她弟弟的手也是柔软的。最后这一点使他感到吃惊；这充分说明他们的社会地位高高在上，而她和他之间横着一段极大的距离。

他苦笑一声，又坐回到床上，把鞋脱了下来。他真蠢，竟让一个女人的脸蛋儿和柔软、白皙的手搅得神魂颠倒。这时，他眼前的那堵肮脏的粉墙上又出现了一幅幻景。那是夜晚时分，他站在伦敦东区[①]的一幢灰蒙蒙的廉价公寓房前，而对面立着一位叫玛吉的十五岁的工厂小女工。他们刚刚参加过厂里举办的宴会，他这是送她回家来。她就住在这幢猪圈不如的灰蒙蒙的公寓房里。他边道晚安，边伸出手去和她握手。她却扬起嘴唇等待亲吻，不过，他不愿吻她，因为他有些怕她。后来，她拉起他的手，异常激动地紧紧握着。他觉得她手上的硬茧摩擦着他的老茧，心里涌起一股强烈的怜悯感。他望了望她那双期待和渴望的眼睛，望了望那匆匆从童年时代步入可怕和残酷的成熟期的营养不良的女儿身段。最后，他极不情愿地用胳膊搂住她，低头吻了她的嘴唇。她快活的叫喊声在他的耳边回荡；他感到她就像猫一样紧偎在他身上。她真是个可怜的小瘦猫！对于这幅很久以前发生过的场景，他不住眼地盯着瞧。此时此刻，他仍感到浑身起鸡皮疙瘩，就跟那天晚上她紧紧贴在他身上时一样，同时，他心里也温丝丝的有几分怜悯之情。这幅场景昏暗而油腻，连落在人行道石板上的蒙蒙细雨也给人以油腻腻的感觉。突然，一道灿烂的光芒照射到了墙壁上；她的那张白皙的面孔，头顶皇冠似的金发，横贯那幅昏暗的幻景，并取而代之，闪闪烁烁，如远不可及的朗星。

他从椅子上拿起勃朗宁和斯温伯恩的诗集，放在嘴上吻了吻，暗

① 贫民窟。

忖：好在她发过话，让我再到她家去。他又照了照镜子，然后极其严肃地对自己出声说道：

“马丁·伊登，你明天要干的第一件事就是到公共图书馆去查阅有关礼节的书籍。明白吗？”

他熄掉煤气灯，躺倒在床上，使弹簧床垫吱吱扭扭乱响了一通。“你不能再说脏话啦，马丁老伙计；你必须停止讲脏话。”他这样出声地念叨着。

最后，他沉沉入睡，并做起梦来；就这些梦的疯狂和大胆程度而言，与大烟鬼的幻想不差上下。

第五章

次日早晨，他从玫瑰色的梦境中醒来，回到弥漫着水蒸气的环境里，这儿散发着肥皂水和脏衣服的气味，回响着杂乱的生活所具有的刺耳噪音。走出房间时，他听到了哗啦哗啦的搅水声、尖厉的叫喊声和响亮的掴耳光的声音，那是他姐姐在拿众多儿女中的一个出气。孩子的哭叫声像刀子一样扎在他的心头。他觉得周围的一切，包括他所呼吸的空气，都叫人感到厌恶和不舒服。他心想，这与露丝家的那种美好和宁静的气氛有着多么大的差异。那儿的一切都属于精神世界，而这里的一切却如此现实，现实得令人作呕。

"到这里来，阿尔弗雷德。"他对那个哭哭啼啼的孩子叫道，同时把手伸进了裤袋里。他的钱就放在那儿，随随便便的，和他平日自由散漫的生活方式一样。他把一张二角五分的钞票放在孩子的手里，然后将孩子搂在怀里，哄着他，叫他不要再哭。"去吧，去买点糖果吃，别忘了分给弟弟妹妹一些。记住，要买最经吃的那种。"

他姐姐从洗衣盆上抬起涨红的脸，望了他一眼。

"五分钱就够了，"她说，"瞧你这个样子，一点也不知道珍惜钱。让孩子吃那么多，会把他吃出病的。"

"没什么，姐姐，"他乐呵呵地说，"我会节省着花钱的。要不是你这么忙，我会亲亲你，向你道个早安。"

他很想对他的这个姐姐表示自己的一片温情，因为她是个好人；他知道，她在以她的方式爱着他。可是，不知怎么，随着时光一年年地流逝，她变得愈来愈不像过去的她，愈来愈难以叫人捉摸。他觉得，全是由于繁重的家务、成群的孩子以及丈夫的唠叨，她才变了样。他突生异想，认为她的天性似乎遭到了腐烂的蔬菜和难闻的肥皂水的污染，遭到了她在零售店的柜台上收下的一角一分钱币的污染。

"去吃你的早饭吧！"她尽管心里很高兴，但说话的语调却粗声粗气。在分布各地的所有的兄弟中，她一直最疼爱的就是这个。“我真想吻吻你啊。”她说，心里突然感到一阵激动。

她用拇指和食指抹去一条胳膊上滴下来的肥皂水，接着又去抹另一条胳膊。他把两条臂膀搂在她粗大的腰肢上，吻了吻她那湿漉漉、水汽蒙蒙的嘴唇。泪水在她的眼眶里打转转——这可不全是因为感情冲动，多是由于过度疲劳，身体虚弱的缘故。她一把将他从身边推开，可他还是瞧见了她那泪水模糊的眼睛。

“你的早饭在炉子上热着，”她慌忙说道，“吉姆这个时候也该起来了。我今天起了个大早，因为要把衣服洗出来。汤姆不干了，找不到人手，伯纳德只好亲自去赶大车，今天绝不会有好脸。”

马丁怀着沉重的心情走进了厨房。姐姐红涨的面孔和邋遢的身段像硫酸一样蚀入了他的大脑。他敢肯定，她如果能有点闲暇，会好好疼他的，可惜她干起活辛苦得要命，因为伯纳德·希金波森是个畜生，把她逼得太狠。但话又说回来，他总觉得她的吻里没有一丝一毫美好的成分。不错，这是一个不同寻常的吻，因为多年来，只有当他航海归来或出海时，她才吻他。不过，这个吻带着肥皂水味，而且他还注意到她的嘴唇松弛无力，缺乏亲吻时应该具有的热情和活力。她的吻是精疲力竭的吻，因为她长期以来辛苦劳作，已忘掉了该怎样亲吻。记得她结婚之前当姑娘的时候，在洗衣坊辛苦了一天，还要和最出色的男孩通宵达旦地跳舞，丝毫不理会自己跳完舞后还要干一天重活。接着，他又想到了露丝，想到她的芳唇一定有一种凉丝丝、甜蜜蜜的味儿，因为她浑身上下都散发出这种芳香。她的吻一定像她的握手或打量人的眼神，坚定而坦率。他放大胆幻想着她的芳唇印在了他的嘴唇上，而且这一想象异常逼真，使得他飘飘欲仙，仿佛穿行在玫瑰花瓣组成的云彩之间，闻到的净是芬芳的花香。

在厨房里，他看到另一个房客吉姆正在慢吞吞地喝麦片粥，眼睛里露出一种病态的恍惚神情。吉姆给一个管道工当学徒，尖尖的下巴，乐呵呵的性格，有点神经质和傻里傻气的，一看就知道在人生的角逐场上是个没出息的人。

“怎么不吃呢？”他见马丁郁郁寡欢地用羹勺一个劲搅动冷冰冰的煮得半生不熟的麦片粥，便问道，“昨天晚上又喝酒啦？”

马丁摇了摇头。他心情沉重，因为他觉得所有的一切都是那样庸俗。露丝·摩斯似乎离他更加遥远了。

“我倒是喝了酒，一直都灌到了嗓子眼儿。”吉姆吹嘘道，同时神经质地哧哧一笑，“啊，她真是个美人儿。还是比利把我送回家的呢。”

马丁点点头，表示自己在听着——他生来就有这样一种习惯，不管是任何人跟他讲话，他都侧耳倾听——然后斟了一杯温吞吞的咖啡。

“今晚一块到莲花俱乐部跳舞吧？”吉姆问，“那儿可以喝到啤酒。台美斯加尔那帮人如果也去，准会闹个天翻地覆。不过，我不在乎，照样带女朋友去。见鬼，我嘴里怎么有一股味儿！”

他扮了个鬼脸，喝了口咖啡，想把嘴里的异味除掉。

“你认识朱莉亚吧？”

马丁摇了摇头。

“她是我的女朋友，长得可漂亮啦，”吉姆解释道，“我把她引见给你，只是你别将她抢走。不知姑娘们看上了你哪一点，这我的确弄不懂。你抢别人女朋友的手段实在叫人厌恶。”

“我可从未抢过你的女朋友。”马丁丝毫不感兴趣地说，心里巴不得赶快把这顿饭吃完。

“不对，我的女朋友你也抢过，”对方激动了起来，口气坚定地说，“就拿玛吉来说吧。”

“我与她没任何关系，那天晚上除外，从来没跟她跳过舞。”

“对啊，问题就出在那天晚上。”吉姆嚷嚷道，“你和她跳了跳舞，瞧了她几眼，一切就都完了。当然，你是无心的，可是却永远断送了我。她再没正眼看过我，老是问到你。如果你当时有那个意思，她会迫不及待地和你幽会。”

“可我当时并没那个意思。”

“反正都一样，我受到了冷落。”吉姆羡慕地望着他，问道，“你是怎么得手的，马特[①]？”

“靠的是对她们不理不睬。”马丁答道。

---

① 马丁的爱称。

“你是说装着不理睬她们？”吉姆急切地问。

马丁考虑了片刻，然后回答说：“那样也许可以成功，可我觉得我的情况略有不同。我从来就不管那回事——不太管那回事。倘若你能够装得像，也可以，很可能会得手。”

“昨天晚上你要是到赖利家参加谷仓舞会就好啦，”吉姆前言不对后语地宣称，“在场的人都大打出手。西奥克兰来了个顶呱呱的家伙，人称‘耗子’，身手矫健敏捷，谁也近身不得。我们当时都希望你能在那儿。你到底上哪里去了？”

“上奥克兰去了。”马丁说。

“去看演出？”

马丁将餐盘推开，立起了身。

“今晚一块去跳舞吧？”对方冲着他的背影问。

“不去，我不想去。”他回答说。

他下了楼，来到街上，大口地呼吸着空气。刚才的气氛实在沉闷，那位学徒的唠叨逼得他要发疯。有时候，他得全力克制自己，才不至于伸手把吉姆的那张脸按到粥盘上。吉姆愈唠叨，他就觉得露丝离他愈远。和这样的人为伍，他怎么能配得上她呢？摆在面前的问题令他失去了胆量，而他的劳动阶级身份压得他直不起腰。他的姐姐、姐姐的住房和家庭、学徒工吉姆以及他所认识的每一个人、生活中每一层关系——所有的一切都在拖他的后腿。他所品尝到的生活并不美好。在这之前，他和周围的人们一样埋头生活，把生活当作一种美好的东西。对于生活，除非是在看书的时候，否则他从不提出疑问；可书毕竟是书，神话故事毕竟是神话故事，描绘的是奇妙和不可能存在的世界。不过，他现在亲眼看到了那个世界，明显而真实，最中央有一位叫露丝的如花似玉的女人；从今往后，他难免会品尝到辛酸和剧烈的痛苦，产生强烈的渴望和绝望心情——这种绝望会给他一些满足，因为它建立在希望之上。

起初他举棋不定，不知是到伯克利公共图书馆还是奥克兰公共图书馆好，结果选择了后一个，因为露丝就住在奥克兰。图书馆是她最可能去的地方，也许在那儿能见到她。这谁说得准呢？他不了解图书馆的布局，在一排排小说书架之间转个没完，后来，一位五官小巧玲珑、看起来像是负责人的法国人模样的姑娘告诉他说参考书都在楼上。他也不知道问一声桌旁的管理员，就钻进哲学书室瞎闯起来。他听说过哲学这门科学，但没想到竟有如此之多的哲学书籍。大部分的著作充斥了高高的书架，使他自叹才疏学浅，同时又令他兴奋不已，因为这些书可以为他那充满活力的大脑提供用武之地。在数学书库，他拿起几本有关三角学的书，边翻阅，边望着那些看也看不懂的公式和图形发呆。他认得英语，但书上看到的却是一种陌生的语言。诺曼和阿瑟懂得这种语言，因为他听到他们讲过，那两人可是她的弟弟呀。走出书库时，他陷入了绝望之中。那些书似乎从四面八方向他压来，像是要把他压死。想不到人类积累的知识竟如此浩瀚，他一下子给唬住了，他的大脑怎么能够消化得完呢？过了一会儿，他记起有些人，或不少人，已经掌握了这些知识。于是，他怀着激昂的心情低声发了一个冲天大誓：凡是别人的大脑能够办得到的事，他的大脑也能办得到。

他就这么到处游荡，望着那些满载着智慧的书架，忽儿沮丧忽儿高兴，心情变化个不停。在一个杂类书库，他找到了一本《诺利氏备要》，便恭敬地翻阅起来。从某个方面来说，这本书和他用的是同一类语言，都属于海洋语言。随后，他又找到一部鲍迪奇[①]的著作，以及几本莱基和马歇尔的作品。这下可好啦，他可以自学航海术，把酒戒掉，一步一步朝上努力，当一名船长。刹那间，他觉得露丝离他近在咫尺。当上船长，他就可以娶她（如果她愿意嫁他的话）。假如她不愿嫁他，他也会为了她好好做人，把酒戒掉。接着，他突然想起来，作为船长就得为水险商及船主效劳，而这两种主子利益截然相反，弄不好就可以并且准会毁掉他。他将眼光四下扫了扫，看到那成千上万册的书，不由合上了眼帘。不，不能再航海了。这浩瀚的书海里蕴藏着极大的力量。要想建立丰功伟业，就得在陆地上干。再说，船长是不允许携带妻子一道出海的。

时间到了中午，接着就是下午。他忘记了吃饭，继续寻找有关礼节的书籍。因为，除了事业，他还在苦苦思考一个非常具体的简单问题：如果你结识了一位小姐，她请你去看她，那么，应该何时登门造

① 18世纪美国著名航海家兼数学家。

访呢？他就是这样在询问自己。可是，等他找到了那个书架，却白忙活一场，怎么也寻觅不到答案。关于礼节的讲究竟如此之大，吓得他目瞪口呆。上流社会那一套传递名片的礼仪错综复杂，使他感到困惑迷惘。他放弃了努力。他没有找到要找的东西，只发现了一点：要想讲究礼仪，就得花一生的时间去研究；他必须先活上一辈子，才能学得礼致彬彬。

“你需要的书找到了吗？”他朝外走时，桌旁的管理员这样问他。

“找到了，先生，”他答道，“你们的图书馆真好。”

那人点了点头。“欢迎你常来。你是水手吧？”

“嘿，他是怎么知道的？”马丁下楼时，不由问自己。

在穿过第一个街段时，他的步子迈得呆板和笨拙，后来他陷入沉思，忘掉了自我，才恢复了雄壮、优美的步态。

第六章

一种近乎饥饿感的不安情绪在折磨着马丁·伊登。他渴望见到那位以纤巧的手有力控制着他生活的姑娘，但他鼓不起勇气登门看望她，生怕操之过急会犯下错误，触犯那种被称为“礼节”的可怕东西。在奥克兰图书馆及伯克利图书馆，他花去了大量的时间，为他自己、他姐姐葛特露、妹妹玛丽安和吉姆填写领取借书证的申请表格。他请吉姆喝了几杯啤酒，才征得了他的同意。用四张借书证把书借来，他就在用人的房间里挑灯夜读，为此希金波森先生每星期收他五角钱的灯油费。

书读得愈多，他心情便愈加不安。每一页书都是一个窥视孔，从中可以看得到知识王国。书中的内容滋养着他的求知欲，使之逐渐膨胀。不过，他不知从何处入手，常常为自己的基础浅薄而苦恼。一些最一般性的知识——显而易见，每位读者均应该掌握的知识——他都一无所知。至于他所读到的那些令他高兴得发狂的诗篇，也是同样一种情形。他不但读了露丝借给他的那册斯温伯恩诗集，还读了斯温伯恩的另外一些作品，其中，他理解比较深的是《陶洛兰丝》。他认为，露丝肯定理解不透这首诗。她过的是温文尔雅的生活，怎么能理解得透呢？后来，他偶然看到了吉卜林的诗，看到吉卜林对熟悉景物的描绘那般富有韵律、节奏和魅力，于是不由给迷住了。诗人对生活的共鸣以及深刻的心理描写，使他大感惊讶。“心理”作为一个新词，贮存进了马丁的词汇库。他买了一部词典，这项开支减少了他的积蓄，使他不得不出海挣钱的日期有所提前。而且，这件事令希金波森先生也大为光火，因为希金波森先生巴不得他能用这笔钱支付膳宿费。

白天，他不敢走近露丝的家，可到了夜里他就像小偷一样埋伏在摩斯府邸的周围，偷偷观望那一扇扇的窗口，用爱的目光打量那为她遮风挡雨的屋墙。有几回，他险些让她的弟弟们撞上；一次，他尾随摩斯先生进了闹市区，在灯火通明的街上端详着后者的面孔，心里一直盼着她的父亲突然会遇上死亡的威胁，这样他便可以跳出来舍身相救。另外有一天晚上，他总算没有白辛苦，透过二楼的一扇窗口瞧见了露丝的倩影。他只看到了她的头部和肩膀，当她对着镜子梳头时又看到了她扬起的胳膊。那仅仅是一瞬间的事情，可对他来说却是长长的一瞬间——在这一瞬间，他的热血化成了美酒，欢快地在他的血管里沸腾。后来，她拉下了窗帘。但他已经发现，那儿就是她的房间。此后，他常常到那儿去，躲在街对面黑魆魆的树影里，没完没了地抽烟。一天下午，他看到她的母亲从一家银行走了出来，这件事又一次证明他和露丝之间存在着巨大的距离。只有她的那个阶层和银行打交道，而他一辈子都没进过银行，认为到那种地方去的仅仅是有财有势的人。

从某方面而言，他经历了一场思想上的革命。她干净的外表和纯洁的品性对他产生了影响，于是他觉得自己的体内迸发出一种强烈的愿望，想把自己洗得干干净净。他必须这样做，否则他就不配和她相处。他又是刷牙，又是用厨房里的板刷洗手，后来在一家杂货店的橱窗里看到指甲刷子，便立刻联想到了它的用途。买刷子时，店员瞧了瞧他的指甲，建议他买一把指甲锉，这样一来他又多了一件梳洗用具。在图书馆，他看了一本有关保养身体的书，便立刻开始培养每天早晨洗冷水浴的习惯。吉姆见了又惊又奇，而希金波森先生大为困惑，他看不惯这种赶时髦的举措，于是便认真地考虑起是否应该对马丁加收水费。还有一项行动与裤子的折缝有关。马丁既然对这类事情发生了兴趣，他很快便注意到：工人阶级的裤子，膝部总是鼓囊囊的，而高居工人阶级之上的那些人所穿的裤子，从膝部到脚面都是笔挺的。而且他还找出了原因，于是便潜入姐姐的厨房寻找熨斗和烫衣板。一开始他就出了乱子，笨手笨脚地熨糊了一条裤子，只好再买一条，而这笔花销又把出海的日期提前了许多。

这样的自我改造不仅局限于外表。他虽然还是抽烟，但却把酒戒掉了。在此之前，他一直认为喝酒是男人的体面，并以自己的海量感到骄傲，因为大多数男人都不是他的对手。旧金山有许多他的水手朋友；每每碰上这些人，他都要照老规矩宴请一顿，对方也回请他；可他给自己要的不是淡啤酒就是姜汁酒，听到伙伴们的嘲笑，他也毫不动气。待他们发起酒疯，他便静静观察，看着他们丑态百出和失去理性，心里暗暗庆幸自己已不再和他们是同一类人。他们借酒消愁，一旦喝醉，头脑便变得模糊和迟钝，感到飘飘欲仙，陶醉于天堂幻境之中。而马丁对烈性酒的渴望已经消失。他以新的更美好的方式得到陶醉——追求露丝，因为是露丝使他燃起了爱情的火焰，使他看到了高尚和永恒的生活；博览群书，因为是书籍在他心中激起了强烈的求知欲；渴望搞好个人卫生，因为这样可以使他更加强健，令他通体舒泰，在体质上达到完美。

一天晚上他到剧院去瞎碰运气，期望在那儿看到她；他从二号楼厅望去，果然看到了她。他见她同阿瑟以及一个陌生的年轻人沿过道走了过来，那人蓬松着一头足球状的乱发，还戴着一副眼镜，一看见他，马丁便顿生忧虑和忌妒之心。只见她在乐池前坐了下来，而他在这个晚上除了她之外，任什么都视而不见——只顾看她那纤美、雪白的膀子以及她淡黄色的秀发，不过由于距离太远，这些只能看个模模糊糊。可是看他的却大有人在；他不时要扫一眼周围的人，结果发现前排有两个姑娘，隔着十几个座位，眼睛里带着大胆的神情冲着他微笑。他向来都比较随和，天性不愿给人难堪。要是在过去，他会回以微笑，而且不仅如此，还会鼓励对方的笑容。可现在情况发生了变化。他虽然冲姑娘们笑了笑，但随后便把目光掉开，再没有着意去观望她们。他忘却了这两个姑娘的存在，可是有好几次，他的目光都撞上了她们的笑脸。他不可能在一天之内便脱胎换骨，也不可能违背自己固有的善良天性；于是，在这种时刻，他便冲姑娘们发出了温和、友好及通情达理的微笑。这档子事儿对他并不陌生，他知道她们在向他伸出女性的手。可眼下的情况有所不同，他的心全在远处乐池前的那个世界上独一无二的女人身上——那女人和他自己阶层中的这两位姑娘天差地别，是如此不同，使他由不得对这两位姑娘产生了怜悯和悲哀的心情。他衷心希望她们能有几分她的典雅和高贵，不过，他绝不会因为她们做得太过分而伤害她们的自尊心。他的内心并不高兴，甚至觉得有些羞愧，因为正是由于他出身卑贱才引出了这种现象。他知道，自己如果属于露丝的阶层，这两位姑娘就不会对他含情脉脉了；她们每冲他瞟一眼，他就觉得自己的阶层在用手把他朝低处拉。

演到最后一个剧情，未等落幕，他便离开了座位，指望着能在她朝出口走时，一睹其芳姿。门外的人行道上总是站立着许多人，他可以把帽檐拉低遮住眼睛，躲到别人的身后，让她看不到他。他随着第一股人流出了剧院，可是在人行道边沿处立足未稳，就见那两位姑娘跟了来。她们是来找他的。当时他恨不得把自己臭骂一顿，怪自己具有吸引女人的魅力。她们穿过人行道向这边漫不经心地徐徐走来，愈靠愈近，眼看就要发现他了。她们把步子放得越加缓慢，裹在人群里来到了他跟前，其中的一个用身子碰了碰他，样子像是刚刚看到他。这姑娘身材苗条、皮肤黝黑，生着一双乌黑高傲的眼睛。但这双眼睛在冲他微笑，于是他也笑了笑。

"你好。"他说。

他说话不假思索，因为以前在和别人初次见面的同样的情况下，他不知把这话都说过多少遍了。再说，他只能这样做。他天性宽宏厚道、富于同情心，容不得他怠慢他人。黑眼睛姑娘喜滋滋地笑了笑，给他打了声招呼，露出了想站住的样子，而挽着她胳膊的那个同伴咯咯一笑，也显出了止步的意图。他飞快地转动着大脑，心想绝不能让她出来时看到他在和她们聊天。于是，他非常自然，一点也不做作地靠到黑眼睛姑娘身旁，和她一道朝前走。他丝毫不觉得尴尬，舌头根也不打绊了。他如鱼得水，说出串串俚语和警句，同姑娘打情骂俏，而这在过眼烟云般的恋情中通常是相互了解的前奏。到了街拐角，人流继续向前行进，而他想挤出人群，到横街上去。可黑眼睛姑娘拽住他的胳膊，紧跟着他，而且把女友也拖着一起走，嘴里叫喊着：

"等等，比尔！急什么呢？就这么一下子想把我们甩掉？"

他哈哈一笑收住了脚步，朝她们转过身来。越过她们的肩头，他可以看到人群在路灯下川流不息地移动。他站的地方光线不太亮，如果她从此处走过，他可以看见她，而对方却瞅不到他。她一定会经过的，因为这条道路通向她的家。

"她叫什么名字？"他问那个咯咯笑的姑娘，同时冲着黑眼睛姑娘点了点头。

"你问她自己好啦。"对方说着，笑得前仰后合。

“喂，你叫什么？”他把脸转过来对着那个不知名的姑娘，问道。

“你还没把你的名字告诉我呢。”她针锋相对地说。

“你可从来没问过呀，”他笑了笑说，“再说，你刚才一下子就猜出来了呀。我叫比尔，没错，就是这样。”

“啧，见你的鬼吧。”她紧盯住他的眼睛，而她自己的眼睛含情脉脉，勾人魂魄，“老实讲，到底叫什么！”

接着，她又投来一个飞眼。自打人类产生了情欲，世世代代沿袭下来的女性魅力在她的眼中清晰可辨。他大大咧咧地打量着她，胆气也壮了，因为他知道自己一旦步步进逼，她便会羞怯和巧妙地撤退；可如果他畏缩不前，她势必将局面颠倒过来。不过，他毕竟是个男人，感觉得到她的吸引力，内心由不得对她那讨人喜欢的美意产生了好感。是啊，他了解这类事情，也十分了解她们，理解她们的一言一行。用她们的那个阶层的标准来衡量，她们可以说是好女人，为了微薄的工资辛勤劳作，不愿为了追求舒适的生活出卖自己，一心一意希求能在生活的荒漠里得到一丁点幸福；她们所面临的前途犹如一场赌博，一边是没完没了的可怕苦役，而另一边则是更为可怕的凄惨的火坑——走这条路虽然报酬较为丰厚，但长久不了。

“我叫比尔，”他点着头回答道，“这是真的，我的确叫比尔。”

“不是在哄人吧？”她问道。

“他根本不叫比尔！”另一位姑娘插嘴说。

“你怎么知道？”他责问道，“你以前可从没见过我呀。”

“没这个必要，反正我知道你在撒谎。”对方反驳说。

“直说吧，比尔，你到底叫什么？”第一个姑娘问。

“就是叫比尔呀。”他语气肯定地说。

她伸手抓住他的胳膊，淘气地摇晃着说：“明明知道你在撒谎，可我还是觉得你相当不错。”

他握住了那只多情的手，在掌心摸到了他所熟悉的疤痕以及变了形的骨头。

“你是什么时候离开罐头厂的？”他问。

“你怎么知道？”“好样的，你可真是洞察秋毫啊！”两个姑娘异口同声地说。

他一边和她们瞎扯些傻里傻气的闲淡话，一边浮想联翩，想到了图书馆里那满载着千秋万代智慧的一架子一架子的书。想到这前后的差异，他不由苦笑起来，心中产生了种种疑问。可尽管他内心苦思冥想、嘴上谈笑风生，他还是留意观看着从他身旁经过的看完戏的人流。最后他终于在路灯下瞧见了她，看见她夹在她弟弟以及那个戴眼镜的陌生小伙子中间，顿时，他的心脏似乎停止了跳动。这一时刻他已等了许久。他注意到她那高贵的头上裹着一条毛茸茸、薄薄的头巾，注意到她那穿着衣服的身躯仍显出典雅的线条，还注意到了她那雍容的举止以及提起裙边的优美的手。转眼之间，她就不见了踪影，撇下他一人望着跟前的这两位罐头厂的姑娘发呆。这两位姑娘既庸俗又可悲，拼命想把自己打扮得漂亮些，穿得整齐干净些，可无论是身上的衣料、头上的丝带还是手上的戒指，都是廉价品。他感到胳膊被人拉了一下，接着听到一个声音说道：

"醒醒，比尔！你这是怎么啦？"

"你说什么？"他问道。

"噢，没什么，"黑眼睛姑娘甩了甩脑袋，答道，"我只是说——"

"说什么？"

"我说，如果你能为她（此处指她的女友）物色一位男朋友，那就太棒了。这样，咱们可以找个地方喝冰淇淋苏打水，或者咖啡什么的。"

他心里突然感到一阵厌恶。从露丝那儿转换到这个场景，显得过于急剧。跟前的这个姑娘一双大胆、高傲的眼睛，在这双眼睛的旁边他看到了露丝那清澈明亮的眼睛，像圣女的眼睛一样无比纯洁，正紧紧盯着他。不知怎么，他感到体内有一种力量在涌动。他有一种优越感，觉得他的生活意义要高于这两位姑娘，因为她们的思想总是围着冰淇淋和男朋友兜圈子。他记得自己在内心始终过着一种秘密的生活。他曾经试图把心里的想法和别人分享，却怎么也找不到能够理解他的女人或男人。他屡次尝试，但只会让听者迷惘困惑。这时他心想，既然他的思想已经超越了他们，那他本人也必须与众不同。他攥紧拳头，觉得力量在体内运动。假如生活对他有较大的意义，他就应该向生活索取更多，但索取也不能从这类伙伴身上索取。这双大胆的黑眼睛没有什么可以提供给他。他知道，这双眼睛的背后隐藏的无非是冰淇淋之类的念头。而旁边的那双圣女的眼睛却能够提供他所知道的一切以及他连想也想不到的东西；可以提供书本和绘画的知识，提供美和安宁，以及上流社会所有高贵和典雅。那双黑眼睛背后的每一个思维过程他都了如指掌，因为那种思维似钟表般有规律，可以看得到每个齿轮的转动。它们要求的是低级享受，和墓坑一样狭窄，叫人心生厌恶，到头来等待它们的正是这种墓坑。而这双圣女的眼睛要求的则是生活之谜、不可思议的奇迹和永生。他在这双眼睛里看到了她的灵魂，也看到了他自己的灵魂。

“麻烦就麻烦在一件事情上，”他出声地说，“我已经有约会了。”

姑娘的眼睛里露出了失望的神情。

“我想，是陪生病的朋友吧？”她讥讽道。

“不对，是一个真正的约会——”他停顿了一下，“是跟一位姑娘。”

“你不是在骗我吧？”她认真地问。

他望着她的眼睛，说道：“不骗你，这是实话。咱们可以改个时间再见面嘛，你还没把你的名字告诉我呢。还有，你住在哪儿？”

“我叫丽茜，”她说着，态度软了下来，拉住他的胳膊，用身子贴紧他，“丽茜·康诺莱，家住第五大街和市场街之间。”

他又聊了几分钟，然后便和她们分了手。他没有立即回家去，而是来到了那棵他夜夜守望的树下，抬头望着一扇窗口，喃喃地说：“那个约会就是跟你呀，露丝，我把它留给了你。”

第七章

那天晚上和露丝·摩斯初次见面之后，他闷着头苦读了一个星期的书，可还是不敢登门去看望她。他屡次三番鼓起勇气，但由于疑虑重重，决心便随之垮台。他不知何时去才算得体，也无人为他指点迷津；他真怕自己会犯下无法挽回的错误。他摆脱了昔日的伙伴以及旧的生活方式，又没有结下新的朋友，于是便无事可做，唯有读书。他看书一看便是老半天，换上普通人的眼睛，十几双也会被毁掉的。可他的眼睛十分结实，由异常强健的体魄做后盾。再者，他的大脑一直闲着，至于书本上的那些抽象的概念，他一辈子连想也未想过。而今，一切准备就绪，只盼着播种收获了。他的大脑从未因学习而疲倦不堪，现在以利齿咬住书本上的知识，死也不肯松。

一个星期下来，他觉得像过了几个世纪，把昔日的生活和观点远远抛到了身后。但由于缺乏准备，他遇到了挫折。有些书需要多年的专门研究才能看得懂，他也跃跃欲试地想读一读。一天，他会拿起一本过了时的哲学书，而第二天又涉猎于超时代的著作，于是大脑被相互冲突和矛盾的观念搅得昏昏沉沉。在经济学方面也是同样一种情形。在图书馆的同一个书架上，他会找到卡尔·马克思、李嘉图、亚当·斯密和密尔的著作，而这些人的经济法则极其深奥，也不知谁的理论已是陈词滥调。他被弄得糊里糊涂，然而他渴望搞明白。一日之间，他就对经济、工业和政治产生了兴趣。一次，在穿过市政厅公园时，他注意到那儿聚着一群人，中间的五六个人涨红着脸，高喉咙大嗓门地在认真辩论着。他站到旁听的人群里，从那些人民哲学家的嘴里倾听着新鲜和陌生的语言。那些人其中的一个是流浪汉，另一个是劳工鼓动家，还有一个是法学院的学生，其余的则是口若悬河的工人。他第一次听到了社会主义、无政府主义和单一税[①]这样的理论，从而得知

① 以一物为课税对象，废除其他捐税。

各类社会哲学之间相互征战不息。他听到了数百个陌生的专门术语，而这些术语出自他那浅薄的书本知识尚未涉及的思想领域。由于这一层原因，他无法完全听懂辩论的内容，只能猜测和推想这些生僻词汇里所包含的思想。参加辩论的还有一个信仰神智学[①]的黑眼睛餐馆侍者，一个提倡不可知论的工会面包师，和一个以奇怪的哲学理论“自然即公理”[②]令众人困惑的老者；另外还有一个老者，滔滔不绝地议论着宇宙、阳原子及阴原子。

马丁·伊登一连听了几个小时，走开时头昏脑涨。他急匆匆赶到图书馆，因为有十几个古里古怪的词需要查阅。离开图书馆时，他腋下夹着四部书：勃拉伐茨基夫人的《秘密教义》[③]《进步与贫困》《社会主义精义》和《宗教与科学之战》。不幸的是，他一开始就拿起了《秘密教义》阅读，每一行都遇到许多看不懂的多音节词。他坐在床上看书，花在词典上的时间比花在书上的时间还多。由于查的生词过多，等到这些词再出现时，他已忘记了词的含义，只好再查。后来他想了个办法，把词义写在笔记本上，一页一页写得满满的。可他还是看不懂，一直到凌晨三点钟，脑子都成了一盆糨糊，书中的一条基本思想也没抓住。他抬头望去，觉得整个房间像大海上的船只一样，又是起伏又是左右摇摆。他把《秘密教义》扔到墙角那儿，连连骂了许多声，然后熄掉煤气灯，稳定好情绪入睡。看另外三部书时，运气也没好到哪儿去。这倒不是因为他无能或智力低下；如若不是缺乏思维方面的训练以及缺乏思维方式，他完全可以领会书中的观点。他看出了这一点，于是想出了个主意：什么书也不看，光看词典，直至彻底掌握词典里的每一个词。

真正给他带来欢乐的是诗歌。他读了许多的诗，觉得自己最喜欢的还是那些比较容易理解的普通诗行。他热爱美，而在诗里面他发现了美。诗歌如同音乐一样，深深打动了他；于不知不觉之中，他的大

---

① 一种神秘学派，提倡轮回学说，研究人神媾通。

② 自然主义伦理学派的主张，认为“天理”即道德标准。

③ 勃拉伐茨基夫人（1831—1891）是俄国神智学者，生平足迹遍及欧美两洲，先在纽约成立神智学会，后把总会迁往印度，去世时，信徒达十万之众。《秘密教义》是她的重要著作。

脑已在准备迎接即将来到的繁重工作了。他的大脑犹如白纸，不费力气便一节节地印上了诸多他所读到和喜欢的诗篇；这样一来，他很快便能够把自己看过的壮丽优美的诗行低吟或高歌，从中获取巨大的喜悦。一次，他在图书馆的一个书架上偶然发现并排放着盖莱[①]的《古典神话》和勃尔芬区[②]的《寓音时代》。在他那无知的黑暗当中亮起一盏灯，投射出灿烂的光芒，于是他更加如饥似渴地读起诗来。

桌旁的那个图书馆馆员见马丁经常出入，逐渐变得对他十分和气，总是以微笑迎接他，看到他进来便频频点头。正是由于这一点，有一次，马丁做了一件大胆的事情。他取了几本书来到桌旁，待那人在借书证上盖印时，他脱口说道：

“劳驾，有点事情想问问你。”

那人笑笑，注意听着。

“如果你结识了一位年轻小姐，她请你到她家去，那么你该何时登门拜访呢？”

马丁吃力得汗都冒了出来，觉得衬衫紧紧贴到了肩头上。

“让我说，任何时候都可以，”那人答道。

“不错，可我的情况不同，”马丁不同意地说，“她——我——你瞧，事情是这样的：也许她不在家，到大学里上课去了。”

“那就再去一次呀。”

“我的话没有把我的意思表达出来。”马丁支支吾吾地说，同时，他打定主意要把情况向对方和盘托出，“我不过是个粗人，没见过社交界的场面。那姑娘和我全然不同，而我与她也无丝毫相同之处。你不会觉得我在冒傻气吧？”他猛不愣丁问道。

“不，不，一点也不，这你放心好啦。”对方断然声明，“你的问题原本不是参考书库分内的事，不过我倒很乐意助你一臂之力。”

马丁感激地望了望他。

“如果我能那般洒脱，就好啦。”他说。

“你说什么？”

---

① 19世纪末美国教育家兼作家。

② 19世纪美国著名作家。

“我是说，但愿我能把话讲得自如和礼貌，举止得体。”

“噢。”对方理解地这么说了一声。

“最好什么时候去看她？下午？——不要离吃饭时间太近？或是晚上？星期天？”

“我来告诉你吧，”管理员脸上放着光彩说，“你可以先给她打个电话，约个时间。”

“好，就这么办。”他说着，拿起书来，转身要走。

可他又把身子扭了回来，问道：

“如果你对一位年轻小姐讲话——譬如说，对丽茜·史密斯小姐讲话，你称她‘丽茜小姐’还是‘史密斯小姐’？”

“称她‘史密斯小姐’。”管理员以权威的口气说，“一定要称她‘史密斯小姐’，直至你和她混熟。”

就这样，马丁·伊登解决了自己的问题。

他在电话上结结巴巴地问露丝他什么时候可以去还借来的书，而露丝的回答是：“什么时候都可以，我整个下午都在家。”

她亲自来门口迎接他，以女性的目光立刻发现他的裤子烫了缝，并隐约觉得他身上起了细微的变化，那是朝好的方面转变。同时，她被他的那张面孔所深深打动。他的虎虎生气似乎从体内奔涌而出，滚滚向她冲来。她又一次感到一阵冲动，直想靠到他身上去摄取温暖；又一次觉得惊奇，不知他为什么会对自己产生如此大的影响。而他接触到她那只迎接他的手，也又一次飘飘欲仙，感到无比喜悦。两人之间的区别在于：她冷静和沉着，而他的脸都红到了头发根处。他步履蹒跚，笨拙地跟在她身后，膀子左右摇晃，东倒西歪的走路姿势叫人替他捏一把汗。

来到客厅里坐下，他才开始觉得自如了些，而且自如得出乎他的意料。她的举止令他感到轻松；而她的那种体贴人的善良心肠使得他对她的爱更加疯狂。他们先从他借去的那两本书谈起，接着谈到了深受他爱戴的斯温伯恩以及令他费解的勃朗宁。她把谈话从一个话题引向另一个话题，同时在心里考虑着如何帮助他。自从他们初次相逢，她就常常思考这个问题，因为她很想对他有所帮助。他引起了她的怜悯和一片柔情，而这在以前是从来没有过的；不过，她的怜悯并非看低对方，而是一种母性般的感情。她的怜悯绝非普普通通的怜悯，因为激起她怜悯的是一个男子气概十足的人，这个人令她震惊，给她带来种种恐惧，使她心惊肉跳、脉搏扑扑颤动，叫她生出怪诞的念头和感情。他的脖子还是那样诱人，使她甜蜜蜜地思想着要把手放到上面去。这仍旧像是一种荒唐的冲动，但她已经习以为常。她想不到新生的爱会以这种形式表现出来，也想不到他在她心中激起的那份感情竟然是爱。她以为自己对他感兴趣只是因为他是一个具有种种潜在优点的不同寻常的人罢了，所以，她甚至觉得自己在行慈善之事。

她不知道自己渴望得到他，可情况对他就不同了。他清楚他爱她，对她的欲望比以往在生活中对任何东西的欲望都要强烈。他过去爱好诗歌，只是为了欣赏到美，可自从和她结识以后，通往爱情诗广阔原野的那扇门便大大敞开了。她帮助他理解到的东西，甚至比盖莱的勃尔芬区还要多。“狂热的恋人愿为一吻而死”——这样的诗行，要在一个星期前，他恐怕连想也不愿多想，可现在却始终萦绕在他心间。诗的奇妙及真实性令他惊叹不已，因为当他以目光注视着她的时候，他知道自己心甘情愿为一吻而死。他觉得自己就是一个狂热的恋人，并感到无比自豪，不管授给他什么样的骑士爵位都不会使他产生这样的感觉。他终于懂得了生活的真谛，知道了自己为什么诞生于人世。

他注视着她，倾听着她讲话，心里生出一个个大胆的念头。他回味着刚才在大门口同她握手时，自己的那一番欣喜若狂的感觉，渴望着再来那么一次。他的目光不时都会移到她的芳唇上；他多么希望能吻吻那两个唇片啊。不过，这种愿望当中不包含有一丝一毫低级下流的东西。她说话时，望着她那两片嘴唇的一翕一动，他感到兴奋异常。那嘴唇不是一般男女的那种普通嘴唇，不单纯是血肉的组合。它们是纯精神性质的嘴唇，所以他对这两个唇片的欲望迥然不同于那种诱惑他去亲吻其他女人的欲望。他渴望亲吻她的芳唇，把自己的吻印在上面，但他所怀的是一种高尚和庄严的感情，就像一个人去亲吻上帝的圣袍。他没觉察到自己的内心产生了这样的价值观，也不知道他望着她的时候，眼睛里闪射出的正是所有的男人在爱欲中烧时眼神里所带有的那种光芒。他意想不到他的目光是那样炽烈和富于男性气概，也意想不到自己的目光中那热情的火焰会影响到她的心灵。她那晶莹清澈的纯洁性装点了他的感情，使其升华，令他的思想如寒星般高雅；他要是知道自己眼里射出的光芒变成了股股热潮涌遍她的全身，激起同样的热情，一定会大吃一惊。他的目光一次又一次微妙地影响着她，不知为什么，总是甜丝丝地打断她的思路，随后又督促她去寻找尚未表达完的观点。她平素讲话一向轻松自如，所以，她如若不是觉得他绝非平庸之辈才这般使她心乱神移，一定会感到困惑不解。她对外界印象十分敏感，难怪一个来自于另一世界的旅人竟会对她产生如此大的影响。

她的意识深处在斟酌着如何帮助他，所以她把谈话引向那个方向；可首先提出这个问题的还是马丁自己。

“不知你能不能给我提些建议？”他这样问道，看到对方表示默许，心里便不由扑扑乱跳，“上次我来这儿时，曾说过我谈论不了书本一类的东西，因为我不知怎样谈才好，这些你还记得吗？回去后，我想了很多，而且到图书馆去了许多趟。书倒是看了不少，但大半都读不懂意思。也许，我应该从头开始。我从未享受过优越的条件，自小便苦苦干活。自打和图书馆结下了缘分，开始以新的眼光去看书——也包括看新书——，我得出了这样的结论：自己以前看的书不对劲。举个例子来说，牧场和轮船上的那类书与你们家的书就不一样。唉，我所习惯的就是看那一类书。还有——我可不是吹牛，我和我的那伙人是不同的。这倒不是说，我比那帮子和我一道走南闯北的水手及牛倌强到哪里去——要知道，我自己也放过一段时间的牛——，不过，我一直都喜欢看书，搞到什么书就看什么书。所以嘛——，我觉得自己跟他们大多数人的想法就不一样。

“啧，让我谈谈心里话吧。我从来都没进过这样的房子。一个星期前我到这里来，看到这一切，看到你、你的母亲以及你的两个弟弟，还有一什一物，我都打心眼里喜欢。以前听说过这种生活，在有些书上也看到过，当时我环顾了一下你们家，觉得书本上的东西变成了现实。我想说的是，我喜欢这种生活，希望能得到它，现在就想得到。我希望能呼吸上你们家里这样的空气——这种气氛里到处都是书画以及漂亮的东西，人们低声讲话、穿戴干净、思想纯洁。平时我所呼吸的空气中弥漫着饭菜、房租、垃圾和黄汤的气息，人们谈论的也全是这些。上次当你走上前去吻你的母亲时，我心想那是我所见到的最美好的景象。我见过不少世面，从某种程度而言，我比我们那伙大多数人见的世面要多得多。我喜欢见世面，见更多的世面，而且要见不同的世面。

“瞧，我还没扯到正题上呢。是这样的：我想过上你们家的这种生活，因为生活不仅仅是灌黄汤、苦干和四处流浪。可是，怎么样才能如愿以偿呢？从何处入手呢？我愿靠自己的努力去争取；要知道，若论苦干，一般人都不是我的对手。只要干起活，我可以昼夜连轴转。我竟然向你请教这些，也许让你觉得可笑。我知道，这个世界上最不该问的就是你，可我不晓得还有谁可以讨教——除了阿瑟。也许，我该去问他。如果我——”

他的话音消失了。一想到他去向阿瑟请教很可能会导致可怕的后果，弄得他自己丢乖露丑，他决心要讲出的话便戛然而止了。露丝并未马上开口，因为她正在全神贯注地想把他结结巴巴、粗声粗气的话语及其简单的思想内容与他脸上的表情联系到一起。她从未见过，人的眼睛竟能显示出如此大的力量。她从这个人的眼里看得出，他什么事情都能够办到，这与他拙嘴笨舌的表达力极不相符。她本人的头脑过于复杂和敏锐，以至于她无法公正地评价简单的头脑。可她发现对方的头脑在探索中显示出了力量。她似乎看到一个巨人在痛苦地扭动身躯，试图挣脱束缚着他的镣铐。待她开口说话时，脸上布满了怜悯的表情。

“你自己也意识得到，你所需要的是接受教育。应该回过头把小学上完，然后念中学和大学。”

“可是那得花钱呀。”他插话说。

“嗨！”她叫出了声，“这我可没考虑到。不过，你总有亲戚或什么人资助你吧？”

他摇了摇头。

“我父母已经去世。我有一个姐姐，已嫁了人，还有一个妹妹，大概马上也会嫁人。我在弟兄中最小，有一长串哥哥，可他们谁的忙也不帮。他们自顾自，浪迹天涯海角。老大亡身于印度，有两个哥哥现在南非，另外一个在海上捕鲸，还有一个在马戏团里演空中飞人，随团周游世界。我想，我跟他们是一个样。我十一岁时母亲去世，我就开始自己照料自己。我看，我非得自学不可；我想知道的是从何处入手。”

“让我说，当务之急是搞一本语法书来。你的语法真是——”她原本要说“糟糕”，但却改口说成了“不十分好”。

他飞红了脸，汗水直冒。

“我知道，我一定是用了许多俚语以及你不理解的词。可是，我只会用这类语言，只会这样说话。我脑子里倒装了些从书中学来的词，只是不会发音，所以就用不成。”

“问题不在于你说什么，而在于怎么说。我的话直了些，你不会介意吧？我并不想刺伤你的自尊心。”

“不介意，不介意，”他嚷嚷道，心中暗暗感激她的好意，“尽管说吧。我反正非得搞清不可，与其从旁人口中听到，倒不如向你讨教。”

“那好吧。你说 You was，其实应该说 You were。你把 I saw，说成了 I seen。再者，你还用了双重否定——”

“双重否定是怎么回事？”他问。接着，他又自卑地说：“你瞧，我甚至连你的解释都听不懂。”

“恐怕我还没解释呢，”她笑了笑说，“双重否定即——让我想想——比如，你说 Never helped nobody。Never 是否定词，而 nobody 也是否定词。根据语法规则，双重否定等于肯定。Never helped nobody 的意思是‘从不帮无人的忙’，那就是说一定帮了某人的忙。”

“解释得非常清楚，”他说道，“我以前可从没想到过。但这并不表示着他们就一定帮了某人的忙吧？我觉得，Never helped nobody 说明不了他们是否帮了某人的忙。以前我从未朝这方面想过，往后再不这样说了。”

他头脑敏捷、思维准确，叫她又高兴又惊讶。一旦理出头绪，他不仅能理解她的话，而且可以纠正她的错误。

“这些在语法书上都能找得到。”她继续说，“你说话时，我还注意到一个问题。你把 don’t 用得也不得当。Don’t 是个缩略形式，代表着两个词。知道是哪两个词吗？”

他略加思忖，然后答道：“Do 和 not。”

她点了点头，接着说："你在该用 does not 的地方，却用了 don't。"他感到困惑不解，没立刻弄明白。

"给我举个例子吧。"他请求道。

"这个——"她边思考，边皱起眉头和噘起小嘴，而他在一旁观察着她，觉得她的表情可爱极了，"例如，It don't do to be hasty. 把 don't 换成 do not，全句就该读 It do not do to be hasty，而这听起来荒唐透顶。"

他把这个问题在心里琢磨和思考着。

"你不觉得刺耳吗？"她问。

"说不上刺耳（Can't say that it does）。"他慎重地回答。

"你为什么不说 Can't say that it do 呢？"她问。

"那样让人听起来不对头。"他慢吞吞地说，"至于刚才的那一句，我还是拿不准是对是错。大概是因为我的耳朵和你的不一样，未经过训练吧（ain't had the trainin）。"

"根本就没有 ain't 这个词。"她一字一板地强调说。

马丁又红了脸。

"还有，你把 been 说成 ben，"她继续指教着，"把 I came 说成 I come；另外，你总是将词尾砍掉，真是太糟糕了。"

"怎么解释呢？"他把身子前倾，恨不得跪倒在这位智力超群的才女面前，"我怎么砍词尾了？"

"你不把词尾念出来。And 的拼写是 a-n-d，你却把它念成 an；ing 的拼写是 i-n-g，你有时念 ing，而有时却将 g 砍掉。还有，你惯于砍掉词首的字母和双元音，发出的音模模糊糊。Them 的拼写是 t-h-e-m，而你却念成——嗨，算啦，没必要一一列举。你需要的是学语法。我去给你找本书，告诉你如何入手。"

当她立起身时，他脑海里闪过了自己在礼节书上看过的一段话，于是也笨拙地站了起来，可他心里却又顾虑重重，生怕这样做不合适，让对方误以为他要告辞。

"顺便问一声，伊登先生，"她走出房间时，回过头来高声发问，"什么是'黄汤'？这个词你说过好几遍。"

"噢，黄汤，"他笑了起来，"那是俚语，意思是指威士忌和啤酒——反正是能让你喝醉的饮料。”

“瞧，又出问题啦。”她也笑了起来，“当不涉及个人的时候，不要用‘你’字。‘你’字完全是涉及个人的，你刚才的用法未能精确地表达你的意思。”

“这我可不懂了。”

“你刚才对我说：‘威士忌和啤酒——反正是能让你喝醉的饮料。’让我喝醉？这你还不明白吗？”

“是能让你喝醉，不对吗？”

“对当然是对，”她笑了笑说，“不过最好别把我扯进去。如果用‘人’替代‘你’字，听起来就会好得多。”

她把语法书取来，将一把椅子拖到他跟前——他思量着是否应该帮她搬一下椅子——在他身旁坐了下来。她翻动着书页，而两人的头凑在一起。她讲述着他必须做的工作，可他硬是听不进去，因为她近在身旁，叫他又惊又喜。可是，待她开始讲解动词变位的重要性时，他忘掉了她的诱惑。他以前从没听说过什么动词变位，而今聆听到一些有关语言构造的指教，便一下子着了迷。他把脸凑近书本，觉得她的秀发轻拂在他的面颊上。他一辈子只昏倒过一次，而现在感到自己又快要昏过去了。他简直有些透不过气来了，因为心脏把血液输送到喉管处，使他感到窒息。她似乎从来没有像现在这样容易接近过。刹那间，横在他们之间的那道宽阔的鸿沟上架起了桥梁。可是，他对她的感情还是那般圣洁。她并未降格屈就他，而是他攀上祥云，赶到了她身旁。在这一瞬间，他对她的崇敬简直跟教徒的敬畏和狂热不差上下。在他看来，他好像闯入了神界仙境，于是，他小心翼翼地慢慢把头移开，免得再触到她那似电流般令他震颤的秀发，而她对这一切却毫无察觉。

第八章

几个星期的时光过去了。在这段时间里，马丁·伊登一方面钻研语法和温习关于礼节的书籍，一方面还大量阅读自己所喜欢的书。对于他那个阶层的人，他一个都不见。莲花俱乐部的姑娘们不知他出了什么事，缠住吉姆问这问那；而在赖利家寻衅闹事的那群家伙中，有几个对马丁不再露面感到很高兴。另外，他在图书馆又发现了一本宝贵的书。语法书向他揭示的是语言结构的奥秘，而这本书揭示的则是诗歌的结构。于是，他开始研究诗的韵律、结构和格式，因为他不仅喜欢美，还喜欢弄清为什么美。他还发现了一部现代作品，这部作品把诗歌作为一种描写性艺术详加论述，选用了优秀文学作品中的大量例子。以前看小说时，他可从没有像研读这些书一样怀着如此高涨的热情。他头脑清新，因为这副头脑二十年来未负过重荷，而现在受到强烈欲望的驱动，便牢牢抓住他所读到的东西，其充沛的精力是学生的头脑不常有的。

站在今天的高度朝回看，他觉得自己所熟悉的那个旧世界，那个由陆地、海洋、船只、水手和恶女人组成的世界，显得十分渺小；可是，那个世界与眼前的新世界交织在一起，就会变成广阔的天地。他的心向往着两者的统一；当他最初看到两个世界的接触点时，他感到十分惊讶。他在书中看到了高雅的思想和美，而他自己也因此而变得崇高起来。这使他比过去更加坚定地相信，在他的上面，在露丝一家的那个社会里，无论男女都怀着这种思想和体现着这种思想。而在他的那个下层社会里则生活着一些卑贱的人，他渴望脱胎换骨，把污染了他一生的卑贱品质清洗干净，跻身于上流阶层的那个高雅的王国。他的整个童年时代及青年时期都笼罩着一种朦胧的不安情绪；他一直弄不明白自己到底想得到什么，但他的确有所渴望，并进行过徒劳无益的追求，直至遇到露丝。而今，他的不安情绪更加强烈，给他带来更大的痛苦，因为他终于确切、清晰地了解到，自己执着追求的是美、才智和爱情。

这几个星期里，他见过露丝五六面，每次见面都给他以新的鼓舞。她帮他学英语，为他纠正发音，并着手教给他算术。不过，他们的交往并不局限于基础性的学习。他生活阅历广、思想成熟，所以绝不会仅仅满足于学习分数、立方根、研究和分析词句；有时，他们的谈话会转到别的题目上去——讨论他刚刚读到的诗歌以及她新近研究过的诗人。当她把自己喜爱的诗章朗诵给他听时，他便喜不自禁，像到了天堂一样。他听过女人们讲话，但没有一个有她这样动听的声音。她的声音，不管有多么低，都会激起他的爱，而她吐出的一词一字都会叫他兴奋和心跳。她的音色、和谐的结构以及悦耳的抑扬顿挫，是修养和一颗高雅灵魂的结晶，既柔和华美，又令人难以捉摸。他聆听着她讲话，回忆起往事来，耳边响起那些野蛮泼妇刺耳的吼声，响起那些女工及他那个阶层中年轻姑娘的虽不很刺耳但却十分尖厉的喊叫声。随后，幻象开始出现，她们鱼贯掠过他的脑海，每一个人和露丝作一比较，都会给露丝的形象增添一份光辉。他的喜悦心情也在逐渐升级，因为他发现她不仅能理解所读书中的思想，而且在欣赏到优美的词句时还激动得发抖。她常给他读《公主》一书，而他常见她热泪盈眶，因为她天生的审美感就是这么敏锐。在这种时刻，她的感情使他也得到升华，把他变成一个超凡的人；他注视着她，倾听着她的话语，就像是在观察生活的本来面目和发掘生活最深奥的秘密。他意识到自己的感情已上升到微妙的高度，断定这就是爱情，而爱情是世界上最伟大的东西。回首以往，他过去所经历过的惊险和火热的场面——醇酒的陶醉、女人的爱抚、打架闹事以及生与死的搏斗——会从他的记忆长廊里一一通过；可是，跟他现在正体味的崇高热情相比较，过去的经历便显得微不足道和庸俗无聊。

这种情况露丝是注意不到的。她从未有过爱情的体验，而她在这方面的知识全都源自书本，书的作者根据幻想，把日常的生活片断引入非现实的童话王国；她不知道，这位粗鲁的水手正在潜入她的心房，在那儿积聚力量，总有一天这力量会爆发出来，似团团烈火燃遍她的全身。她不懂得真正的爱情之火是什么，因为她对爱情的理解仅局限在理论上。她把爱情看作闪烁的光焰，轻柔有如露水的滴落或静水中的涟漪，静谧有如黑色天鹅绒似的夏季夜空。在她的心目中，爱是一种比较温柔的感情，向心爱的人献上一片温馨，周围的气氛是花香馥郁、光影迷离和幽雅宁静。她想象不到会有火山爆发似的爱，想象不到爱情会释放出高温，将周围的一切化为焦土。她既不了解她自己，也不了解这个世界；生活对她来说犹如梦幻的海洋。父母的伉俪之情就是她心目中理想的爱情模式；她盼望着有那么一天，自己能够安宁、和谐地同一位心上人一道步入这种静谧和甜蜜的生活。

所以，她把马丁·伊登看作一个新奇和陌生的人，就连他对她产生的影响，她也觉得新奇和陌生。这是再自然不过的了。同样，她看到动物园里的野兽，听到狂风的怒吼，或者看到令人颤抖的道道闪电，也会产生非同寻常的感觉。这类现象有一种广泛性的因素，而他的身上也有一种广泛性的因素。他来到她身边，吐露着浩瀚天空和广阔原野的气息。他脸上带着热带太阳的熊熊烈火，那高高隆起、富有弹性的肌肉里充满了原始的生命力。他的那个神秘世界遥远得超出了她的想象，那是一个充斥着粗鲁人和暴力事件的世界，所以他才遍体鳞伤。他桀骜不驯、粗暴狂野，可是对她却俯首帖耳，这无形中满足了她的虚荣心。同时，她产生了一般人都具有的想驯服野兽的冲动。这是一种不知不觉的冲动，是她根本想象不到的；她的愿望是按父亲的形象重新塑造他，因为她认为父亲的形象是世界上最完美的。由于缺乏经验，她无法知道，她从他身上感觉到的广泛性因素最广泛地存在于万物之中；爱情可以把男人和女人从天南地北吸引到一处，可以驱使处于发情期的公鹿自相残杀，甚至还可以使元素跟元素不可抗拒地化合。

他神速的进步既叫人感到惊讶，又使人产生浓厚的兴趣。她在他身上发现了意想不到的优秀品质，而这些优秀品质似鲜花一样，栽在适宜的泥土里，便一天天茁壮成长。她给他朗读勃朗宁的作品，而他常对属于争论性的章节做上些古怪的解释，叫她如坠五里雾中。她压根想不到，他无论是对男人、女人还是生活都有着丰富的经验，所以他的解释常常比她的正确。他的观点在她看来是幼稚的，可是她又常常为他那大胆狂放的理解而兴奋不已；他的理解以星空为轨道，范围无比辽阔，叫她跟也跟不上，只好坐在那里，在捉摸不定的力量冲击下战栗。后来她弹琴给他听——这回不是刺激他，而是想用音乐试探他，因为音乐能达到她本人所无法达到的深度。他天生向往音乐，就像花朵向往阳光。他过去听的是工人阶级的拉格泰姆乐曲和小调，现在听的则是她弹得差不多滚瓜烂熟的古典乐曲，这是一个急剧的变化。然而，他跟一般的听众一样，流露出对瓦格纳[1]乐曲的喜爱；当她解释了《汤豪叟》[2]的序曲时，一下就让他着了迷，而她弹奏的其他曲子从未赢得他如此青睐。这阕曲子直接反映出了他的生活。他的过去就是"维纳丝堡"主题曲，而他则把她视为一阕"朝圣者合唱曲"；他被合唱曲带入一个崇高的境界，然后继续凌空飞翔，前往广阔、朦胧的精神王国，那儿善与恶之间进行着永久的战争。

有时候，他的提问会使她心中产生疑窦，一时怀疑自己对音乐的解释和观点是否正确。可是在听她唱歌时，他却从不提问题，因为她的歌完全表现的是她自己。她那纯正的女高音唱出的回肠荡气的曲子，每一次都使他心醉神迷。他会不由自主地把她的歌声与营养不良、缺乏训练的女工那难听的尖嗓门及刺耳的颤音作比较，与沿海口岸那些被烈性酒烧坏了嗓子的娘们所发出的沙哑叫声作比较。她喜欢为他唱歌和弹琴。说实话，她这是第一次同一个人的灵魂打交道，而改变他那可塑的灵魂会给人带来欢乐。她认为自己正在重新塑造他的灵魂，而且她的意图是好的。再说，和他在一起使她感到快乐。他并未引起她的厌恶之心。最初的那种反感其实只是她对隐秘的自我的一种恐惧，而今这种恐惧已烟消云散。她虽然并不知道，但她已经感到自己对他具有控制权。再说，他对她产生的是良好的影响。她在大学里刻苦学习，可一旦钻出无聊的书堆，他的出现便如清新的海风拂面吹来，似

---

① 瓦格纳（1813—1883），德国歌剧大师。

② 歌剧《汤豪叟》为瓦格纳的早期杰作，描写主人公汤豪叟被妖女所惑，在维纳丝堡过着声色犬马的生活，后来觉悟了，遂以朝圣者的身份到罗马去请求教皇赦免，而教皇说，除非他手里的手杖开花，才能赦免他的罪过。汤豪叟失望之余，想回维纳丝堡去，恰逢一队出殡的行列从身旁经过，方才知道他的爱人已为他忧愁而死。汤豪叟扑倒在爱人的棺材上，当场死去。一队朝圣者自罗马返回，带来汤豪叟的手杖，上面开着花，说明他的罪过已被赦免。该剧序曲以"朝圣者合唱曲"开始，接着是"维纳丝堡"主题的迷人曲调，最后仍以"合唱曲"作结尾。

乎使她力量倍增。力量！她需要力量，而他把力量慷慨地奉送给她。和他同处一间房屋，或者到门口迎接他，就是获取生命的动力。他走后，她会带着更大的热忱和新补充的精力回到书本上。

她熟悉勃朗宁的作品，然而却从未想到过和灵魂打交道是件棘手的事情。她对马丁的兴趣愈来愈浓厚，而重新塑造他的生活成了她的强烈愿望。

"有个勃特勒先生，"一天下午，等到把语法书、算术书及诗集都搁置一旁时，她这样说道，"起初，相对而言，他的条件一点也不好。他父亲是个银行出纳员，后来染上痨病，拖了好几年，死在了亚利桑那州。他这一死，勃特勒先生（他叫查尔斯·勃特勒）在这个世界上就成了孤零零一个人。要知道，他父亲来自澳洲，所以他在加利福尼亚举目无亲。我听他多次提起，他一开始进一家印刷所打工，每星期挣三块钱。而现在，他的年薪至少有三万块钱。他老实、忠厚、勤奋和节俭，对大多数年轻人所醉心的享受娱乐从不问津。他立志每星期都要攒一笔钱，不管做出什么样的牺牲他都愿意。当然，他每星期的收入很快就超过了三块钱，而随着工资的提高，他积攒的钱数也愈来愈大。

"他白天干活，晚间上夜校，总是着眼于未来。后来，他进了夜晚中学。他当时年仅十七，就有一笔可观的固定收入，但他是个有抱负的人，渴望的是事业，而不是糊口的生计，所以情愿为了远大目标牺牲眼前的利益。他选中了法律，来到我父亲的事务所当勤务员——你想想吧！每个星期的工资只有四块钱。但他已学会了精打细算，就是这四块钱里他还要省出些钱来。"

她停下来想喘口气，同时注意着马丁的反应。他对勃特勒先生年轻时代的奋斗史很感兴趣，脸上闪着亮光，但也皱起了眉头。

"让我说，这对一个年轻人可真够艰苦的。"他评论道，"啧，一星期只有四块钱！他可怎么活呀？我敢肯定，他任何讲究都不会有。我现在每星期就要交五块钱的膳宿费，而且这还是极普通的。他的日子一定过得猪狗不如，他吃的东西——"

"他用一个小煤油炉子自己做饭吃。"她打岔道。

"比远洋轮船上水手的伙食更糟的不会多，可他吃的东西一定还不如轮船上最差的饭菜。”

“可是你想想他现在的情况吧！”她激动地叫喊道，“想想他现在的收入能给他提供多大的方便，早年的牺牲而今得到了一千倍的补偿。”

马丁用犀利的目光望着她。

“有一点我可以和你打赌，”他说，“那就是勃特勒先生现在虽然富裕了，但绝不会享受。他当时年纪还小，多年来却吃得那么差，我敢说他现在的肠胃不会好到哪里去。”

在他那疑问的目光注视下，她垂下了眼睑。

“我敢打赌他如今落下了消化不良症！”马丁步步紧逼地说。

“不错，是这样，”她承认道，“不过——”

“我打赌，”马丁一口气说了下去，“他严肃和古板得像一只老猫头鹰，尽管年收入有三万块钱，却不懂得吃喝玩乐。我还敢打赌，看到别人享受生活，他不一定会感到高兴。我说得对吗？”

她点头表示同意，然后却急忙解释说：

“他不属于那类人，因为他天性沉稳和严肃。他一贯都是这个样子。”

“你可以这样说他，”马丁言称，“每星期挣三块钱，后来又挣四块钱，一个小孩子家为了攒钱竟用煤油炉子自己煮饭吃，白天劳动一天，晚上还学习，光是埋头干活，从不玩耍，从不享乐，也不知道怎样享乐——他的三万块钱的确来得太迟了。”

他那丰富的想象力飞快地运转，脑海里马上闪现出了成千上万种情景，概括了那孩子的生活，概括了那个心地狭窄的孩子成长为年收入三万块钱的富翁之过程。通过这一番敏捷、广泛和繁杂的思索，查尔斯·勃特勒的一生全都集中到了他的眼前。

“你知道吗？”他继续说道，“我为勃特勒先生感到难过。他当时年少不更事，放弃了生活中的乐趣，全都是为了这三万块钱的年收入，而现在有了这笔钱却于事无补。三万块钱是个大数目，可是却抵不上他小时候用攒下的一角钱就能买到的东西——水果糖、花生或者一张楼厅上的戏票。”

这些独特的观点令露丝感到吃惊，不仅因为这是一些新颖的观点，与她的信仰背道而驰，也因为连她自己也觉得他的看法里包含着点点滴滴的真理，很可能会推翻或改变她的见解。如果她的年龄不是二十四岁，而是十四岁，她也许会改变主张；可她已二十四岁，无论在天性上还是教养上都是保守的，已经被夹在了那条她出生和成长的生活狭缝里。他那古怪的见解刚一出口，的确扰乱了她的心，可她把这归结为他是个奇特的人、过的是奇特生活的缘故，很快便淡忘了。不过，她虽然不同意他的观点，但他说话时表现出的力量、闪闪发光的眼睛以及认真的表情，却令她激动不已，时时在吸引着她。她永远也不会想到，这个来自于她那个世界以外的人，此时此刻所产生的观念比她的世界更辽阔、更深邃。她的眼光受到她那个世界的限制；而鼠目寸光的人只会觉得别人身上有局限性。所以，她认为自己的视野非常广阔，认为他和她的观点上的冲突标志着他的思想局限性。她想帮助他像她一样看问题，扩大他的视野，使他的眼光与她的一样。

“我还没有讲完呢。”她说道，“他工作起来，据父亲说，没有一个勤杂员能比得上。勃特勒先生总是怀着一股工作热情，从不迟到，通常提前十分钟就赶到办公室。可是他对自己的时间却非常吝啬，业余时间分分秒秒都用到学习上。他学习簿记和打字，晚上则给一位法院记者口述稿件，帮他练习速记，挣点钱交付自己的速记课程学费。他很快就当上了办事员，并成为一个不可多得的人才。父亲很赏识他，看出他定会平步青云。他接受父亲的建议，到法学院读书，后来当上了律师。他刚一回到事务所，父亲就拉他当了年轻的合伙人。他是个栋梁之材。国家参议员屡次请他，均遭到他的拒绝。父亲说，只要他愿意，最高法院的法官席位一有空缺，他就可以就职。这样的人生经历对我们大家都是一种勉励，它告诉我们，一个有志向的人可以从逆境中崛起。”

“他是个了不起的人物。”马丁诚恳地说。

然而他却觉得，这段故事里有些东西和他的审美观以及对人生的看法格格不入。在勃特勒先生那节俭和艰苦的生活中，他无法找到恰当的动机。如果他那样做是为了爱一个女人或者为了追求美，马丁是能够理解的。疯狂的恋人可以万死不辞嘛，但那是为了一吻，而不是为了三万块钱的年收入。所以，他对勃特勒先生的经历不以为然，觉得其中有不足为训的因素。一年挣三万块钱固然是件好事，但落下消化不良症，又加之不会享受人间乐趣，便把这笔可观收入的全部价值一笔勾销。

他把这种看法大体向露丝讲了讲，结果让她感到震惊，使她明白还需要做更多的改造工作。她所具有的是一种普遍的褊狭思想；这种思想使人们确信只有他们自己的肤色、信念和政见才是优秀和正确的，而散布在世界其他地方的人却不如他们幸运。正是这种褊狭的思想，使古代的犹太男人感谢上帝没有让他们投做女胎，使现代传教士以上帝代言人的身份跑遍天涯海角；也正是这种思想，使露丝渴望改变这个来自生活另一条狭缝的人，把他塑造得和她那条狭缝里的人一模一样。

第九章

马丁·伊登从海上归来，怀着一种恋人的欲望回到加利福尼亚。他曾在积攒的钱花完之后，登上了那条寻宝的帆船当水手；探险队用了八个月的时间也没找到财宝，于是便在所罗门群岛散了摊。大家在澳洲领了报酬后，马丁立刻搭了一条远洋轮回旧金山。这八个月里挣的钱，不仅够他在陆地上住许多日子，还可以助他从事大量的学习和阅读。

他具有学者的头脑，而他在学习方面的才智却是以他不屈不挠的天性以及他对露丝的爱作为后盾。他随身带着语法书，一遍一遍地复习，直到他那精力充沛的大脑掌握为止。他留意到同船的伙伴们讲起话来不顾语法，于是便在心里对他们的粗糙语言进行矫正和修改。他异常惊喜地发现他的耳朵愈来愈敏锐，正在形成对语法的感觉。双重否定结构像噪音一样让他听起来刺耳，可由于缺乏实践，这种刺耳的话往往从他自己的嘴里漏出。他的舌头硬是不肯一下子就用上新学到的技巧。

他把语法书反复看过之后，就开始阅读词典，每天给自己的词汇库增加二十个单词。他发现这可不是件轻松的工作，于是在掌舵和值班守望时，便一遍遍地温习那越来越长的注音和词义表，每次睡觉都是在默记中进入梦乡。他把 never did anything、if I were 以及 those things 这些短语和诸多的词尾变化，反复地默念，为的是使自己的舌头适应露丝讲的那种语言。他把 and 和 ing 念了不知有几千遍，反复重读 d 和 g 这两个音；他惊奇地注意到，他讲的英语已经逐渐比高级船员以及客舱里那些资助探险的绅士冒险家的英语还要纯正、还要精确。

船长是个目光呆滞的挪威人，他不知从何处搞到一部莎士比亚全集，然而却从没看过。马丁为他洗衣服，获得了他的允许，才能够阅读到这部珍贵的书卷。一时间，他陶醉在剧情中，陶醉在许多他所喜爱的诗章中，而这些几乎毫不费事地就印在了他的脑海里；他觉得好像整个世界都改变了形状，变成了莎士比亚的悲喜剧，他的思想则成为自由诗。他的鉴别力由此而受到训练，使他能够敏锐地欣赏高雅的英语；但同时，这样的阅读又把大量的古旧词和废弃词灌进了他的大脑。

这八个月得到了很好的利用，他不仅学会了讲正确的语言和思考高深的问题，还充分地了解了自己。以前他因孤陋寡闻而自惭形秽，如今却对自己的力量产生了信心。他觉得自己和同船的伙伴之间存在着极大的差异，并且明智地看出这种差异是在潜力上，而非成就上。他能做的事情他们也能做；然而，他感到心里有一团混沌的酵母在活动，这团酵母告诉他：他身上有潜力，能干出更多的事情来。这个世界那精彩的美景撩拨着他的心，他多么希望露丝能和他一道分享这一切。他决心把南海的旖旎风光好好地向她描绘一番。想到这里，创作的欲望在他心里熊熊燃烧，怂恿他把这种美展现给比露丝更广大的民众。于是，一个伟大的念头闪着金光披着异彩诞生了。他要写作，成为全世界的人用来观看的眼睛，用来倾听的耳朵以及用来感受的心脏。他要写——什么都写——诗歌、散文、小说、描写文，还有莎士比亚的那种剧本。这就是事业，就是赢得露丝的道路。文学家是这个世界的巨人，他认为他们要比一年挣三万块钱、只要愿意就能当最高法院法官的勃特勒先生之流优秀得多。

这种思想萌发后，便主宰了他，使他在返回旧金山的路上像做梦一样。他为自己身上意想不到的力量而陶醉，感到自己无所不能。在辽阔和荒凉的大海上，他获得了正确观察事物的能力。他算是第一次看清了露丝以及她的世界。她的世界似一件具体的东西出现在他的脑海里，他可以捧在手中，翻来覆去看个仔细。这个世界虽有多处模糊和朦胧的地方，可他看的是整体而非局部，他还看到了征服这个世界的途径。写作！这念头令他遍体发热。他一回去就动笔，第一篇就写这次寻宝之行。他要把文章卖给旧金山的某家报馆。这事先不告诉露丝，要让她看到他的大名登在报上时，感到惊讶和喜悦。写作的同时，他还可以继续学习，每天都有二十四个小时哩。他是战无不胜的，知道怎样去工作，一切堡垒都会在他的面前崩塌。他再也不用作为水手游历大海了；刹那间，他产生了幻觉，似乎看到了一艘蒸汽游艇。别的有些作家不就是拥有自己的游艇嘛。当然啰，他告诫自己，一开始不能急于求成，能靠写作挣点钱维持学习就该满足了。过一段时间之后——很难说得清得过多长时间——待到学好本事、准备停当，他就会写出伟大的作品，而他的名字将受到万人称颂。但意义更重大、无限重大和最最重大的是，他将以此证明自己能配得上露丝。成名固然是件好事，但他是为了露丝才勾画出了如此瑰丽的梦境。他并非一个追名逐利的人，而仅仅是一个狂热的恋人。

他口袋里装着工钱，回到奥克兰，仍旧住在伯纳德·希金伯森家他的那个房间，接着便动手写作。他甚至没通知露丝他已经回来，因为他想待写完“寻宝记”再去看望她。要克制住自己不去见她并不困难，因为狂热的创作热情正在他心里燃烧。再说，他写的这篇文章会把她带到他身旁。他不知这篇文章该写多长，但他数了数《旧金山考察家报》星期日增刊以两个版面登载的一篇文章，以此作为标准。经三天白热化的苦干，他完成了初稿；但当他以容易辨认的大字体把文章仔细誊写完，却在一本由书馆借来的修辞书里发现了段落划分和引号这类讲究。这些他以前从没想到过；于是，他立即动手重写这篇文章，并时不时参考修辞书，一天内学到的作文知识比普通学生一年学的还多。他把写好的文章又誊了一遍，小心翼翼地卷起来，可看报时在一则初学写作者须知中发现了这样一种铁的规定：手稿不能卷，而且只能写在一面纸上。在这两方面他都违反了规定。他还从这则须知中了解到，第一流报纸的稿酬至少十块钱一个栏目。于是，在第三次誊稿时，他用十块钱乘以十个栏目，以此安慰自己，而得数算来算去都等于一百，他认为这比出海强。如果没出现错误，他三天便可以完稿。三天就是一百块钱呀！在海上挣这笔钱，得花三个月或更长的时间。他认为，一个人尽管不重视金钱，但如果会写作还出海，那才是傻瓜呢。钱的价值在于能给他带来自由，可以为他买到像样的衣服，而这一切使他更接近、迅速地接近那个改变了他的生活、赋予他灵感的苗条和白皙的姑娘。

他把手稿装入一个平平展展的信封里邮出，信封上写着“《旧金山考察家报》编辑收”。他以为凡是报馆收到的稿件，立刻就予以刊登，而他的手稿是星期五寄出，所以星期天大概就能够见报。他心想，露丝读到文章就会知道他已返回，那该有多妙啊。待到星期天下午，他便登门去看望她。与此同时，他在琢磨着另外一种想法，他自豪地觉得这是一个特别明智、谨慎和谦虚的想法。他打算为小朋友们写篇探险故事，卖给《少年之友》杂志。他到公共阅览室查阅了一下《少年之友》的合订本，发现这份周刊的系列故事通常分为五期登载，每期约三千字。他还发现有几篇系列故事分七期连载，于是就决定写篇同样长短的文章。

他参加过一次赴北冰洋的捕鲸航行——那次航行预计历时三年，但由于船只失事，半年就宣告结束了。他的想象力丰富，有时甚至离奇古怪，但他基本上还是热爱现实的，这一点就迫使他只写自己知道的事情。他熟悉捕鲸生活，于是根据自己掌握的真实材料，以两个男孩为主人公，开始写一篇虚构的历险记。待到星期六晚上，他觉得写作并非难事，因为他当天就为第一期的连载写了三千字。吉姆见了感到十分有趣，而希金伯森先生却公然冷嘲热讽，吃饭时不住嘴地嘲笑家里出现了一个“文化人”。

马丁自我安慰，想象着他姐夫星期天早晨打开《考察家报》，看到“寻宝记”时脸上所露出的惊奇表情。这天一大早，他亲自跑到大门口，心情激动地把那份多页报纸翻阅了一遍，接着又异常仔细地翻第二遍，最后将报纸折起，放回了原处。他暗自庆幸没向任何人讲起过这篇文章。他想了想，觉得自己以前的判断是错误的，文章不会这么快就登到报纸栏目中。另外，他的文章缺乏新闻价值，很可能编辑会写封信先向他挑明这一点。

早饭后，他继续写系列故事。字句从笔端涌出，但他也常常停下来查词典或参考修辞书。趁着这种间歇，他就一口气把文章通读一遍或两遍；令他聊以自慰的是，他表现的虽然并非心里所感受到的伟大事物，但不管怎样，他在训练自己如何构思和抒发情感。写到天黑时分，他跑到阅览室去查阅杂志和周刊，一直待到阅览室十点钟关门。这就是他一个星期来的安排：白天写三千字，而晚上则苦苦研读杂志，特别注意那些在编辑看来适宜登载的故事、杂文和诗歌，天天如此。有一点是肯定的：芸芸众作家们能写的，他也能写，而且只要给他时间，他还能拿出那些作家写不出的文章。一次，在《新书消息》上看到一段有关杂志撰稿人报酬问题的文章，内容讲的不是罗德雅德·吉卜林的稿酬每字一块钱，而是一流杂志每字最少出二分钱的稿费，他为此感到振奋。《少年之友》当然是一流杂志，以此算来，他当天写的三千字就可以给他带来六十块钱——相当于海上两个月的工钱！

星期五晚上，他完成了这篇长达两万一千字的系列故事。按每字二分钱计算，他将得到四百二十块钱。这一星期干得真不赖。他手头从未有过这许多钱，真不知怎样才能够花得光。他挖到了一个金矿，这儿有取之不尽的财宝源。他打算添几身衣服，多订点杂志，再买几十本参考书，因为眼下他不得不跑到图书馆查参考。可这四百二十块钱里还有一大部分花不出去。他绞尽脑汁，后来想出了一个解决的办法：为葛特露雇个用人，再为玛丽安买辆自行车。

他把这份厚厚的手稿邮寄给了《少年之友》。星期六下午，他构思了一篇关于潜水采珠的文章，然后前去看望露丝。露丝接到他的电话，亲自来到大门口迎接他。他身上散发出的勃勃生气是那样熟悉、那样火辣辣，猛烈地冲击着她。这股生气似乎钻入她体内，似暖流在她的血管里奔腾，散发出的力量令她颤抖不已。他握住她的手，望着她那蓝色的眼睛，不由兴奋得红了脸，幸好八个月的阳光晒出一片紫铜色，遮住了脸上的红潮。然而，这紫铜色却遮不住他的脖子上被硬领磨出的伤痕。她注意到了那红痕，心里觉得好笑。但瞧了瞧他的衣服，这种感觉很快便消失了。这是他第一次定做服装，穿上去的确合体，使他看起来身材更修长、模样更英俊。另外，原来的便帽被一顶礼帽所替代。此时，她吩咐他把礼帽戴上，然后夸他外表潇洒。根据她的记忆，她从未如此高兴过。他的变化是她一手造成的，她以此而自豪，同时心里燃起强烈愿望，想进一步帮助他。

但最彻底的变化、最让她高兴的变化，则发生在他的谈吐上。他说话不仅比以前准确，也比以前自如，增加了许多新词。可心情激动和热情高涨的时候，他又会犯老毛病，发含混不清的音以及吞掉词尾的辅音。而且，在试用学来的新词时，他常常迟疑不定，让人觉得别扭。另一方面，他除了说话自如，还表达出轻松、幽默的思想，让她听了感到高兴。过去他插科打诨和谈笑风生，在他那个阶层中很受宠，可到了她面前，由于缺乏词汇和训练，却发挥不出这种风度。现在他刚刚开始适应，开始感觉到自己并不完全是个闯入者。但他十分拘谨，拘谨得有些过了头，让露丝掌握谈话的火候和观点，自己只是随着，绝不敢越雷池一步。

他把他近来所做的事情讲给她听，说他打算靠写作谋生，同时也不放弃自己的学习。可她并没把他的蓝图当回事，连句赞成的话也没说，这叫他大失所望。

"要知道，"她坦率地说，"写作跟干别的事一样，是一种行业。当然，这倒不是说我懂写作，我仅仅根据普遍现象泛泛而论。要想当一名铁匠，非得学个三年五载不可！而作家的收入比铁匠高得多。所以人们趋之若鹜，喜欢写作和试着写作的也会多得多。"

"但如果我对写作有特别的素质，那会怎样呢？"他这样问道，同时，心里为自己的措辞感到得意；他那敏捷的想象力把眼前的场景、气氛以及一千幅自己生活中粗俗下流、野蛮凶残的场景一起投射到了一面庞大的银幕上。

这种混合的幻景像一道光样一闪而过。没有岔断他们的谈话，也没有干扰他冷静的思路。在想象的银幕上，他看到自己跟这位甜蜜、美丽的姑娘待在一个满是书籍和油画、充溢着高雅情调和文化气息的房间里，他们面对面以纯正的英语促膝交谈，而周围的一切都沐浴在永恒的灿烂光辉中；在这幕场景的四周，在银幕的最边缘处，则模糊地现出幅幅截然相反的场景，每幅场景都是一张图画，由他这个旁观者随心所欲地观看。这些场景透过飘浮的烟云以及缕缕在鲜亮夺目的红光照射下逐渐消失的惨雾，展现在他眼前。他看到一些牛仔在酒吧间喝烈性威士忌，嘴里不干不净地说着粗俗下流的话；他看到自己也和他们在一起，边喝酒边粗野地骂人，或者在冒着烟的油灯下跟他们一道围坐于桌旁斗牌，把赌博的筹码抛得咔嗒咔嗒山响。他还看到自己精光着上半身，赤手空拳跟利物浦红鬼在萨斯奎哈纳号的水手舱里打得不可开交；他还看到了约翰·罗吉斯号那血淋淋的甲板——在发生暴乱的那个灰蒙蒙的上午，大副躺在主舱舱盖上痛苦地垂死挣扎，而船长手里的左轮枪喷着火舌、冒着青烟，周围的那些气歪了脸、粗野地叫骂着的暴徒一个个倒下。接着，马丁把目光移回中央的那幅场景上——那儿沐浴着永恒的光，安静和清洁，他和露丝在书籍及油画的氛围里坐着交谈；他看到了那架大钢琴，而她将用那架钢琴为他弹奏；随后，他听到了自己那经过斟酌的正确词句在耳边回响："但如果我对写作有特别的素质，那会怎样呢？"

"一个人不管具有怎样的当铁匠的特别素质，"她大笑着说，"我还从没听说过有哪个人未经学徒就能当铁匠。"

"那你的意见呢？"他问，"可别忘了，我觉得自己有这种写作的能力——我解释不清，但我知道自己有这样的才能。"

"你必须接受全面的教育，"她回答说，"不管你最终是否当作家。任你选择什么样的职业，这种教育是必不可少的，而且来不得半点马虎或粗糙。你应该进高中学习。"

"不错——"他刚要说话，就被她打断了，因为她又想出了这样一个建议：

"当然，你还可以同时搞搞写作嘛。"

"我不得不写下去。"他坚定地说。

"为什么？"她不理解地问，她不太喜欢他的这种一意孤行的顽固劲。

"因为不写作就上不成高中。要知道，我必须生活，还要买书和衣服。"

"这我倒忘了。"她笑着说，"你为什么不生下来就有一笔收入呢？"

"我情愿有健康的身体和丰富的想象力。"他回答道，"钱我可以挣得来，但在其他方面也得发达，这全是为了——"他差一点儿把"你"字说出来，可后来却改口说成"为了一个人而发达"。

"别说'发达'，"她嚷嚷道，可爱地发了点小脾气，"这是俚语，听起来就让人反感。"

他红了脸，结巴着嘴说："对，对，希望你时时纠正我。"

"我——我很乐意帮你，"她吞吞吐吐地说，"你身上有很多优点，我希望你能成为一个十全十美的人。"

他一下子变成了她手中的黏土，热烈地渴望由她来塑造自己，而她也渴望把他塑造成她理想中的人物形象。当她指出下个星期一正巧要举行高中入学考试时，他立刻表示自己一定去投考。

随后，她弹琴和唱歌给他听，而他带着如饥似渴般的欲望盯着她瞧，为她那可爱的表情而陶醉。他暗自思忖，她的身后应该有上白个追求者，像他这样听她弹唱和渴望得到她。

第十章

他当天晚上留下来吃饭，而且给露丝的父亲留下了良好的印象，这叫她十分满意。他们谈起了航海业——一个马丁十分熟悉的话题，摩斯先生事后说他看上去像是个头脑清晰的年轻人。为了避免使用俚语、寻找合适的字眼，马丁说话时只得慢条斯理，这一来使他能够发掘内心最优秀的思想。他比近一年前头一次来吃饭时自如了一些，他的腼腆和谦恭的态度甚至博得了摩斯夫人的欢心，后者为他显著的进步感到高兴。

“他是第一个能让露丝多瞧几眼的男人。”她对丈夫说，“她对男人老是无动于衷，真叫我为她担心。”

摩斯先生诧异地望了望妻子。

“你的意思是想利用这个年轻的水手把她唤醒？”他问。

“我的意思是，只要有办法补救，就不能让她老死闺中。”夫人答道，“如果这位年轻的伊登可以引起她对人们的普遍兴趣，倒真是件好事。”

“而且是件非常好的事情。”他评价道，“可是，假设——有的时候我们必须假设，亲爱的——假设他引起了她的特别兴趣呢？”

“不可能，”摩斯夫人大笑着说，“她比他大三岁，另外，这没点可能性。不会出什么事的，请相信我好啦。”

马丁的角色就这样定了下来，而他本人此时正受到阿瑟和诺曼的怂恿，考虑着要干一件奢侈的事情。他们打算星期天上午骑自行车进山玩。马丁对这个计划原来并不太经意，后来听说露丝也会骑车子，而且要跟着去，这才产生了兴趣。他既不会骑车子也没有车子，可是，露丝既然会骑，那么他就应该学会——这便是他的决定；辞别了摩斯一家，回去的路上他拐进自行车店，花四十块钱买了一辆。这笔花销比他一个月辛辛苦苦挣的工钱还要多，大大减少了他的积蓄；然而，

《考察家报》将付给他一百块钱的稿酬，而《少年之友》的稿费不少于四百二十块钱，这两笔钱加起来一算，他就觉得额外的开支所引起的苦恼消退了几分。回家时，他一路学骑车子，把衣服都挂破了，他也毫不在乎。当夜他就从希金波森先生的店里打电话给裁缝，重新定做了一套衣服。接着，他扛着自行车攀上像太平梯杆紧贴着后墙的窄楼梯；待到把床从墙根挪开，他发现自己的房间小得刚能容下他本人和那辆自行车。

他本来打算星期天复习功课，准备参加高中考试，可是那篇关于潜水采珠的文章在诱惑着他，于是他整整一天都似发高烧一般挥毫描绘在他心里翻腾的美感以及浪漫的情调。这天早晨，《考察家报》没有刊登他的“寻宝记”，但他并未因此而泄气。他已经攀上了高峰，是不会轻易认输的。别人唤了他两次，他都没听见，于是便错过了丰盛的星期日晚餐——希金波森先生每个星期都要用这样的晚餐为他的饭桌增光添彩。在希金波森先生看来，这样的一顿晚餐反映出他的成就和富裕；为了表示庆祝，他针对美国制度发表了一通陈腐的言论，说这样的制度为每个勤奋的人都提供了飞黄腾达的机会，他没有忘记指出他本人就是由食品店的伙计干起，最后当上了希金波森零售店的老板。

星期一上午，马丁·伊登望着那篇尚未完稿的“潜水采珠”，叹了口气，然后就搭电车到奥克兰的那家高中去了。数天之后，他去问考试结果，方知自己除了语法课，别的课程全部不及格。

“你的语法学得很好，”希尔顿老师透过厚厚的眼镜片注视着他，告诉他说，“但对别的课程就不熟悉了，简直是一无所知；你的美国史糟糕透顶——没有别的词可以形容，只能说糟糕透顶。我建议你——”

希尔顿老师打住了话头，用眼睛紧盯着他，既冷漠无情又缺乏想象力，活似他自己的试管。他在高中教物理，家里人口众多，薪金却少得可怜，满脑子装的都是机械地学来的知识。

“是，先生。”马丁毕恭毕敬地说。不知怎么，他真希望希尔顿老师的位子上坐的是图书馆桌旁的那个馆员。

“我劝你回到初中去，至少再学两年。再见吧。”

这次名落孙山并没给马丁造成多大影响，但他把希尔顿老师的话讲给露丝听时，对方却显出震惊的表情，这倒叫他感到意外。她的失望表现得如此明显，真让他为自己的失败觉得惋惜，然而他的惋惜主要是为了她的缘故。

“瞧，我的看法是对的吧，”她说，“你比那些考进高中的学生知识渊博得多，却未能通过考试，全因为你学的东西太零乱、太肤浅。你需要的是严格的教育，而这些只有懂行的老师可以提供给你。你必须具备扎实的基础。希尔顿老师的话是对的，我要是你，我会到夜校里进修。在那儿学一年半能赶得上学两年的水平。另外，白天你还可以搞写作；假如你无法靠写文章维持生计，那么白天就找个工作干。”如果我白天工作，晚上上课，那么，什么时候来看望你呢？——这是马丁闪过的第一个念头，但他忍了忍没说出来。只听他这样说道：

“我到夜校上课，似乎显得太孩子气了。要是真的划得来，那我倒不在乎，可我觉得这样做划不来。我自己学比他们教的要快。上夜校是浪费时间——”他想到了她以及自己对她的欲望——“我可浪费不起时间，说实话，我匀不出时间来。”

“有许多课程都是必须学的。”她说着，向他投来柔情的目光，让他觉得自己和她作对简直太残忍了，“拿物理和化学来讲——不做实验是学不成的；你还会发现，没人辅导，简直没指望能学得好代数和几何。你需要的是懂行的教师以及善于传授知识的专家。”

他一时没言声，挖空心思地寻找最谦虚的词句表达自己的意思。

“请别以为我在吹牛，”他启口说道，“我没有一点吹牛的意思。但我有一个感觉，我可以称得上一个天生的学者。我可以自学，因为我喜欢学习就像鸭子喜欢水一样。你自己也看得到我学习语法所取得的成绩，我还学了许多其他的知识——多得让你想也想不到。我还只是刚开了个头，等到我——”他犹豫了一下，弄准了发音后才继续说道，“待我攒足了力量吧。我现在总算第一次对事物产生了真正的感受，刚刚开始掌握（size up）情况——”

“别用‘size up’这个词。”她插话说。

“那就是估摸（get a line on）形势。”他急忙更正道。

“地道的英语里根本没这一说。”她仍不同意。

他慌乱地想重新再来一句。

“我的意思是说，我现在刚刚开始触摸到（get the lay of）情况。”

出于怜悯，她没再插嘴，由着他说了下去：

“知识对我就像一间海图室。一走进图书馆，我就有这种印象。教师扮演的角色是系统地向学生讲解海图室里的东西。其实，教师只是海图室的向导，他们自己的大脑不生产知识，既不杜撰也不创造。知识全在海图室里，他们不过熟悉入室的路径罢了。他们的任务是为外行引路，否则那些外行就会迷失方向。我可不会轻易迷路，因为我有辨别方位的能力。我一般都清楚自己在何处（where I’m at）——这次又错了吗？”

“别说‘where I’m at’。”

“对，”他感激地说，“是 where I am。可是，where am I at——我是说 where am I 呢？噢，明白啦，该说在海图室里。至于有些人（people）——”

“应用 persons。”她纠正道。

“有些人（persons）需要向导，大多数人都是如此；可我觉得自己没有向导也能前行。我在海图室里已待久了，快能摸清里面的路径了，到时候我就可以知道查阅什么样的海图以及踏勘什么样的海岸。依我看来，我自己朝前走反而快得多。要知道，一个舰队的速度是其中最慢的船只的速度，而教师的速度也会受到类似的影响。他们授课的速度绝对不能超过落后的学生。这样，我的速度就可以高于他们为全班学生规定的速度。”

“独行者最速。”她冲着他引用了一句格言。

他真想脱口喊出：“我和你一道前行，照样可以比别人快。”此时此刻，他看到了一幅阳光普照、晴空万里的幻景，他携带着她游历于天地之间，用胳膊搂着她，而她那淡金色的秀发轻拂着他的脸颊。就在这一瞬间，他意识到自己的语言贫乏得可怜。上帝啊！要是能想出绝词佳句，把他看到的奇景展现给她就好啦！他感到内心一阵激动，那是一种折磨人的强烈愿望——他渴望把那些突如其来闪现在他大脑镜面上的幻景描绘出来。啊，原来如此！他总算接触到了谜底。这就是那些大作家、大诗人成功的诀窍，这就是他们之所以伟大的原因，他们懂得怎样表达自己想到、感受到以及看到的事物。在阳光下昏睡的狗常常哀鸣和狂吠，然而却说不出它们究竟看见了什么，才会哀鸣及狂吠，他经常对这种现象感到纳闷。按说，他自己就和在阳光下昏睡的狗是一样的。他看到了高雅和壮丽的景色，然而却只会冲着露丝哀鸣和狂吠。不过，他再也不想昏睡在阳光之下了。他要站起来，睁廾眼睛，不断奋争、苦干和学习，直至变得耳聪目明和伶牙俐齿，那时才能和她一道分享他所看到的美景。有些人发现了表达思想的诀窍，能够把文字变为顺从的奴隶，能够把字字词词联在一起，表达出单独的词字所表达不了的含义。他感到异常振奋，因为他瞥见了这一秘密；他的眼前又出现了那幅阳光普照、晴空万里的幻景——后来，他回到了现实中，觉得周围十分宁静，瞧见露丝眼里含着笑，正兴趣盎然地打量着他。

“我目睹了一幕壮丽的幻景。”他说。听到自己的话音在耳边回响，他感到怦然心跳。这些词是从哪里蹦出来的？它们恰当地形容了他在谈话中穿插的幻景。简直是奇迹！他从未用如此高雅的词句表达过高雅的思想，但那是因为他从未尝试过用语言形容高雅的思想。正是这样，这就清楚了。他从未尝试过，而斯温伯恩、丁尼生、吉卜林以及所有其他的诗人都做过尝试。他的心里仍在翻江倒海，继而想到了他的那篇“潜水采珠”。对于壮观的事物，对于在他心中燃烧的美感，他从来都不敢试笔。待到这篇文章完稿时，就会变成另外一种模样。文章应该表现波澜壮阔的美，想到这里他油然产生了敬畏感。接着，他又一闪念头，继续大胆地遐想。他责问自己：为什么不能像那些大诗人一样，用高雅的诗句歌颂美呢？他对露丝的爱既神秘又欢快，是精神上的奇迹。他为什么就不能像那些诗人，也讴歌这种爱呢？他们歌颂过爱情，而他也要歌颂爱。上帝啊！——

他耳边听到自己的一声呼叫，不由吃了一惊。他刚才精神迷乱，才喊出了声来。热血一阵阵涌上脸来，淹没了脸上的紫铜色，直至这股羞愧的红潮从硬领的边缘漫到头发根。

“我——我——请你原谅，”他口吃地说，“我想问题走了神。”

“听上去你像是在祈祷。”她嘴上虽这么说，但内心感到的却是失望和消沉，她这是第一次听到一个她所认识的男人说诅咒的话。她感到震惊，这不仅仅是原则和教养的问题，也是因为在生活中刮来的这股狂风侵入了她那隐蔽的处女园地，震撼了她的心灵。

不过，她原谅了他，而且为自己就这么轻易原谅人觉得意外。不知为什么，原谅他的任何过失不是件特别困难的事。他没有机会能像其他的人那样，他在竭力改造自己，同时正在走向成功。她怎么也想不到，自己对他如此宽宏大量或许还有别的原因。她对他柔情种种，然而她自己却意识不到，也没法意识到。二十四年的生活平静如水，未发生过一起恋爱事件，所以她对她自己的感情也缺乏敏锐的感觉；她从未对爱燃起过热情，此时也就觉察不到自己已动了情。

第十一章

马丁回过头又写他那篇关于潜水采珠的文章。要不是他屡次三番停下来尝试着去写诗歌，这篇文章早该完稿了。他的诗都是以露丝为灵感的爱情诗，但没有一首写完过。是啊，他怎能在一天之内就学会以高雅的诗句讴歌爱情呢！韵律、音步和结构本身就够呛，可除此之外，还有一种无形无体、虚无缥缈的东西。在所有伟大的诗歌中他都可以感觉得到这种东西，然而他却捕捉不到，将其放入自己的诗章。

这就是飘忽不定的诗歌的精神——一种他能够领悟并刻意追求，但抓不到手的精神。他觉得这精神宛如一团火焰、一股暖烘烘悠荡的气体，让他够不着捞不到，但有的时候他捕捉到这种精神的片鳞只爪，将它们编织成词句，在他的头脑中经久不息地回响，或者似美丽无比的云雾从他的眼前飘过。说来让人困惑，他怀着强烈的愿望想抒发感情，但写出的东西却枯燥乏味，像普通人那样胡诌一通。他把自己一篇篇未写完的诗歌朗读起来，发现这些诗里音步十全十美，韵脚朗朗上口，节奏也无懈可击，可就是缺乏他心里感觉到的那团火焰和高昂的激情。他搞不清这是怎么回事，于是时常感到绝望、气馁和沮丧，拐回头写他的那篇文章。散文当然是一种比较容易写的体裁。

继《潜水采珠记》之后，他又写了三篇文章：第一篇描绘航海生涯，第二篇刻画的是捉乌龟，而第二篇讲的是东北贸易风。接着，他开始写短篇故事，原只是作为试笔，不料写了六篇才住手，并把它们分别寄给各杂志社。他大量而紧张地创作，从早写到晚，夜深时仍然在写，除非上阅览室、到图书馆借书或者去看望露丝，才停下笔来。他过得非常快活，生活的调子十分紧张，像是害了没完没了的热病。据说创造的欢乐只属于非凡的人，而今他也品尝到了这种欢乐。周围的种种事物——烂菜和肥皂水的气味、姐姐邋遢的身段以及希金波森先生那带着嘲笑的面孔——都成了梦幻。真实的世界存在于他的心中，而他写的故事则是他心中的那个现实世界的斑斓片断。

白天实在太短，而他想学的东西又如此之多。他把睡眠时间缩减到五个小时，并发现这样做是完全可以的。他又试着只睡四个半小时，但马上就后悔地恢复到五个小时。要干的事情着实不少，他恨不得把所有醒着的时间都用在自己的追求上。每次停止写作转向学习，每次停止念书到图书馆去，每次硬着头皮离开知识的海图室，或放下阅览室里那满载着作家出售稿件秘密的杂志，他都怀着依依难舍的心情。和露丝在一起时，每次他起身离开，都心如刀绞；但一走上漆黑的街道，他便健步如飞，为的是路上尽量少花时间，好赶回家看书。最难办到的是合上代数课本或物理课本，推开笔记本和铅笔，闭上疲倦的眼睛睡觉。一想到要停止生活，即便只停短短的一段时间，他也感到难过。此时他唯一的安慰是：闹钟被上到了五个钟点后的位置。不管怎样，他只损失五个钟点，到时候丁零零的闹钟声就会把他从无知无觉的境况中惊醒，将又一个由十九个小时组成的辉煌日子呈现在他面前。

时光一星期一星期地流逝，他的钱愈用愈少，可进项却一个子儿也没有。那篇写给小朋友看的系列冒险故事邮出一个月之后，便被《少年之友》退了回来。退稿单上的措辞写得很委婉，使他对那位编辑产生了好感。然而对《旧金山考察家报》的编辑，他就没有这种感觉了。足足等了两个星期后，马丁给那人写了封信。过了一个星期，他又写了一封。待到月底，他亲自到旧金山拜访那位编辑。可是由于一位年轻的红头发勤杂员像狗一样把守着大门，他没能见到那位贵人。第五个星期结束时，他的稿件被邮寄了回来，上面连一条意见都没有附。没有退稿单和解释的话，什么都没写。寄给旧金山其他几家大报馆的文章，也遭到了同样的冷遇。他收到退稿，就邮寄给东部的几家杂志社，而那些杂志社退稿更快，每次都附着铅印的退稿单。

那些短篇故事也以同样的方式退回。他把文章看了一遍又一遍，觉得它们都是佳作，猜想不出为什么会被退回，直到有一天，他在报上看到凡是稿件都应由打字机打出，心里才明白了过来。当然，编辑工作太忙，没时间也没精力看手写的稿件。于是，马丁租来一台打字机，花了一天的时间掌握技巧。每天他都把写好的文章打出，而且以前的稿件一经退回，他也即刻打出。当这些稿件也开始被退回时，他感到非常惊讶。他的颌骨看上去更加倔强，下巴也更加咄咄逼人。他把稿件包起来，又寄给另外的一些编辑。

这时他产生了一个念头，觉得他不适合于判断自己作品的优劣。于是他找来葛特露，试着把故事念给她听。只见她眼放异彩，高兴地望着他说：

“你能写出这样的东西，真是了不起。”

“是啊，是啊，”他不耐烦地说，“可是——你觉得这篇故事怎么样？”

“太棒啦，”她答道，“简直棒极啦，而且动人心弦。真是让我感到太激动了。”

他看得到她的大脑已经混乱，和善的脸上明显地露出困惑的表情。于是，他等待着。

“可是，马特，”对方隔了好一段时间才说，“故事是怎么结尾的呢？那个说大话的年轻人最后得到她了吗？”

从艺术的角度来看，故事的结尾已经交代清楚了，然而他还是解释了一遍。听完之后，她说道：

“这正是我想知道的。你为什么不写进故事里呢？”

给她念了许多篇故事之后，他了解到一点：她喜欢幸福的结局。“故事写得太感人了。”她说着，在洗衣盆旁边直起腰来，疲乏地叹口气，用红红的、冒着热气的手抹一把额头上的汗珠，“可是，也让我感到悲伤。我真想哭一场。世界上的伤心事实在太多了。多想想高兴的事，才会叫我感到高兴。假如他和她结下百年之好，假如——这样说你不介意吧，马特？”她担心地问，“这只是我一时的感觉，大概是由于疲倦的缘故吧。不管怎么说，故事写得很好，简直棒极啦。你准备把它卖到哪里呢？”

“那可是另一码子事。”他哈哈大笑起来。

“如果东西出了手，你认为能拿到多少钱？”

“哦，一百块钱吧。照现在的价格，至少得这个数目。”

“好家伙！但愿你能把稿子卖出去！”

“钱来得容易吧？”随后他补充说，“我两天就写完了，平均每天挣五十块钱。”

他渴望把自己写的故事念给露丝听，可就是缺乏这份胆量。他决定等到刊登出几篇后再说，那时她就会明白他的工作价值了。在这段时间里，他继续勤奋耕耘。这是一次思想领域的惊人探险，冒险精神从未像现在这样强烈地诱引着他。除了原有的代数书，他还买来了物理课本和化学课本，又是解题又是论证。他对实验室得出的结果确信无疑；由于想象力强，他对化学反应比实验室里普通的学生还理解得透彻。他孜孜不倦地翻阅厚厚的书本，最后兴奋地发现自己正步步接近事物的本质。以前他只是从表面现象看待世界，而现在他开始理解这个世界的构造，理解力与物质的作用及相互作用。他的脑海中不断涌出过去所看到的事物，并自然而然地对其进行解释。杠杆和起重装置令他着了迷，这使他回想起海船上的木梃、滑车和辘轳。他现在明白了航海原理，明白了轮船为什么能在荒海上准确无误地沿着自己的航线行走。暴风、雨和潮汐的秘密暴露了出来，而贸易风的成因使他想到自己的那篇关于东北贸易风的文章未免动笔过早。他觉得，他现在可以把文章写得更好。一天下午，他跟着阿瑟到了加利福尼亚大学，屏住呼吸，怀着教徒般的敬畏感，参观实验室、观看示范、旁听一位物理学教授为几个班的学生举办的讲座。

然而，他对写作并未掉以轻心。短篇小说在他的笔下泉涌而出；他还扩大范围，创作了一些格式简单的诗——即他在杂志上看到的那种——遗憾的是，他竟然昏了头，浪费掉两个星期用自由体创作出一首悲剧诗，直至遭到六七家杂志社的当即退稿，他这才如梦方醒。后来他发现了亨莱[①]的作品，便模仿《病院素描》的格式写了一组海洋系列诗。这组诗风格朴素，描写的是光与色、浪漫与冒险。他为其题名为《海洋抒情诗》，觉得这是他迄今为止最优秀的作品。这组诗共分三十首，计一个月完稿。每天完成了写小说的工作量之后，他便赋诗一首——他这一天的工作量相当于一般成名作家的一个星期。辛勤的劳动对他来说算不了什么。那根本不是劳动。他的语言日臻完善：多少年来，由于笨嘴笨舌，他把美感和妙语都积压在胸中，而今这些

① 亨莱（1849—1903），英国诗人，代表作是《病院素描》。

都似狂涛巨浪奔涌而出。

这组《海洋抒情诗》他谁都没让看，甚至包括那些编辑。他对编辑产生了怀疑，但这也不是他不愿拿出《抒情诗》的原因。他觉得这组诗美丽无比，于是便不由自主地要把它们留下来，等到那遥远的灿烂时刻垂降，等到他敢于把自己写的东西念给露丝听的时候，他要和露丝一道分享。为了那一时刻，他将诗珍存在身边，并一遍遍朗读，直至倒背如流。

醒着的时候，他分分秒秒都勤作不息，在睡梦中他也不安宁；在安歇的五个小时里，他的主观意识始终在运转，把白天想到的问题和经历的事情编织成奇特的、不可思议的画面。实际上，他一刻也没休息过；如果换上一个身体较差、意志较薄弱的人，定会筋疲力尽地垮下去。傍晚去看望露丝的次数愈来愈少，因为六月正姗姗而至，那时她将获得学位，结束大学生活。文学学士！——每当想到她的学位，他就觉得她离他飞奔而去，快得使他追赶莫及。

每星期她都分出一个下午给他；由于去得晚，他经常留下来吃饭，然后听音乐。这种日子是他的大喜日子。摩斯府内的气氛与他生活的条件形成巨大反差，再加上有她相伴于身旁，这一切每一次都使他向上奋进的决心更加坚定。固然不错，他胸中怀着美感以及强烈的创作欲，但他奋斗的原因却是为了她。他首先追求的是爱情，也永远追求爱情。所有的一切都是为爱情服务，所以爱情冒险要高于思想领域的冒险。世界本身并不奇妙，因为它是在不可抗拒的力量作用下，由原子和分子所组成；真正使这个世界散发出奇妙魅力的是露丝生活在其中。她是他所知道、想得到或料得着的最奇妙的东西。

可她是那么遥远，这一直使他感到苦恼。她和他距离太远，叫他不知怎样接近她才好。和同阶层的姑娘及妇女在一起时，他曾经春风得意；可是，他从未爱过她们当中的任何一个，而今，他爱上了她，这不仅仅因为她属于另一个阶层。他的爱把她捧上了云霄，使她高于所有的阶层。她是个远不可及的生物，他不知怎样才能像普通恋人那样亲近她。不错，他获得了知识、完善了语言，正在步步接近她，按她的模式谈吐、寻找共同思想及乐趣；但这些满足不了他爱情的热望。他用恋人的想象力使她神圣化，而且是过于神圣化和理想化，觉得她已非凡身肉胎，和他毫无相似之处。正是他自己的爱情将她从他的身边推开，使她显得可望而不可即。爱情本身令他无法得到自己朝思暮想的尤物。

有一天，他们之间的鸿沟上突然架起了一座桥；自那以后，鸿沟虽然依旧是鸿沟，但比以前却要窄了些。那天，他们在一起吃樱桃——那是些香甜可口的黑樱桃，汁液的颜色似黑色的葡萄酒。之后，她为他朗读《公主》里的诗句，此时他不经意地发现她的芳唇上沾着樱桃渍。顷刻间，她的神圣性土崩瓦解了。原来她也是血肉之躯，和他以及所有其他的人一样，也是凡身俗体。她的嘴唇和他的一样，都是由血肉构成，樱桃染黑了他的嘴唇，也同样染黑了她的。如果她的嘴唇是这样，那么她所有的一切都不会例外。她是个女人，一个地道的女人，和别的女人一模一样。他恍然大悟，被这一发现惊得目瞪口呆。就好像他看到了太阳从天上坠落，或者看到了人们顶礼膜拜的圣物遭到了玷污。

随后，他意识到了这一发现的重大意义，于是，他的心儿怦怦跳动，怂恿着他去充当这个女人的情侣，因为她并非来自天外的仙女，只不过是个普通女人，双唇照常可以被樱桃染上颜色。这一放肆的念头使他浑身颤抖；然而，他的灵魂却在欢唱，理智得意扬扬地称赞他，说他的这种想法是正确的。她一定觉察到了几分他的这种变化，只见她停止了朗读，笑盈盈地抬起头望着他。他的目光从她的蓝眼睛移向她的嘴唇，一看到那儿的樱桃渍，他就要发疯。他差点伸出臂膀去拥抱她，像昔日生活放荡不羁的时候一样。她似乎身子向他倾斜，期待着，而他用全部的意志才克制住了自己。

“你连一个字也没听进去。”她噘着嘴说。

随后她冲着他大笑起来，因为她看到他那副慌乱的表情，觉得十分有趣。他望着她那双坦诚的眼睛，知道她丝毫没有猜透他的心思，不禁羞愧得无地自容。他的思想的确太狂妄了。除她之外，他所认识的女人，没有一个猜不出他的这种念头。可她没有猜出来，这就是区别。她与众不同。他对自己的庸俗下流感到震惊，对她的纯洁无邪肃然起敬，于是，那架桥梁垮了下来，他又隔着鸿沟向她瞭望。

不过，这件事到底还是使他朝她靠近了些。它萦绕于他的记忆之中，每当他极度消沉的时刻，他便热切地追忆这段往事。他们之间的鸿沟再也不会似从前那样宽了。他跨过了一段距离，这远远胜过获得一个文学学士学位，或十来个学士学位。她是纯洁的，固然不错，而且纯洁得超过了他的想象；可是，樱桃染黑了她的芳唇。她和他一样，也得严格地受宇宙法则的制约。她必须吃饭才能维持生命，弄湿了脚，也会着凉。但这并不是问题的所在。如果她能够感到饥、渴、冷、热，那么她也能感觉到爱情——对一个男人的爱情。他就是男人，为什么不能成为那个男人呢？“这得由我自己争取，”他常常这样热烈地对自己说，“我一定要成为那个男人，一定要把自己造就成那个男人。我一定能办得到。”

第十二章

一天黄昏时分，天色尚早，马丁费尽心思在写一首十四行诗，但写出的诗句歪曲了似火焰和云雾盘绕在他脑海里的美感及思想。正在这时，他被叫去接电话。

“是一位小姐的声音，一位高贵的小姐。”来喊他的希金波森先生嘲讽地说。

马丁来到屋角的电话机旁，一听到是露丝的声音，就感到一股热流涌遍全身。刚才苦苦作诗时，他忘掉了她的存在，而此刻听到她的声音，他就像挨了棒击一样，燃起了对她的爱。多么美的声音啊！——轻柔和甜蜜，似远处传来的隐隐乐声，或更贴切地说，像一串银铃，音色纯正，清澈似水晶。凡俗的女人发不出这样的声音。这声音含有仙界的成分，因为它来自天外。他神魂颠倒，简直连对方说的话都听不进去了，然而他却控制着脸上的表情，他知道希金波森先生正用雪貂样的眼睛紧盯着他。

露丝没有许多话要说——她仅仅说，诺曼原打算晚上陪她去听讲座，但由于头痛不能前往，她感到非常失望，因为票已搞到手；她问他有没有别的约会，愿意不愿意陪她一道去。

哪能不愿意！他说话时竭力按捺住急切的心情。真是让人感到意外。他总是到她家去看望她，从不敢请她同他一起上任何地方。此刻在电话上和她交谈着，他心里却胡思乱想，产生了一种愿为她一死的强烈欲望，于是，一幕幕英勇献身的场面在他那眩晕的大脑里形成又消失。他非常爱她，爱得情深意切，爱得不可自拔。她竟然想和他一道出去，一道去听讲座——和他，马丁·伊登。这是一个让人高兴得发疯的时刻，顿然，她凌空而起，离他是那样遥远，使他觉得无路可以企及，只有为她一死。唯有这样，才能恰当地表达出他对她所怀有的深沉和崇高的感情。这种庄严的献身精神就是真正的爱情，是所有的恋人都具备的，而此刻在电话机旁，这种精神似火与光的旋风袭上他的心头；他觉得为她而死就意味着曾经活得有价值、爱得深沉。他年仅二十一岁，以前从未坠入过爱河。

他用颤抖的手放下了听筒；刚才她的声音深深打动了他，令他筋酥骨麻。他的眼睛闪闪发光，就像天使的眼睛一样，他的面容焕然一新，一扫凡尘间的庸俗，变得既纯洁又神圣。

“到外边吊膀子去吗？”他姐夫冷言冷语地说，“要知道这会导致什么样的结果，你会被警察抓去审讯的。”

可马丁高居云端一时下不来，即便这样恶毒的话语也无法使他重返大地。他感觉不到愤怒，也感觉不到自尊心受到伤害。他目睹了一幕伟大的幻景，不由飘然若仙；对这个蛆虫样的小人，他只感到非常非常可怜。他不用眼睛去看他，即使目光掠过他的身上，也视而不见；犹如在梦里，他恍恍惚惚走出大厅去换衣服。直至来到自己的房间，在打领带的时候，他才感觉到一种叫人不舒服的声音在耳边回荡。辨别了一下，他断定这是伯纳德·希金波森最后哼的那声鼻子，不知怎么，他刚才竟然没把这哼鼻声往心上放。

露丝家的大门在他们身后关上了。和露丝一道步下台阶时，他感到十分慌乱。陪她去听讲座，可不是一种轻松的幸福。他不知应该怎样做才好。他曾在街上看到过，她那个阶层的人走路时，女人挽着男人的胳膊，但有时他也看到过女人不挽男人的胳膊。他弄不清是否只有在晚上才挽胳膊，或者只有夫妻和亲属之间才挽胳膊。

快走到人行道跟前时，他想起了明妮。明妮总喜欢拘泥于形式，第二次陪他逛大街时，曾责骂过他，怪他靠内侧行走。她为他订了条规则：上等人和女士上大街，总是靠外行走。每次从街道的一侧走到另一侧，明妮就踢他的脚后跟，提醒他绕过去靠外边走。他感到纳闷，不知她的这种礼节是从哪里学来的，不知这是否从上流社会渗漏下来的，也不知它到底对不对。

待他们踏上人行道时，他心想试试看总不会有什么坏处；于是，他从露丝的背后绕过去，走到了她的外侧。接着，又出现了另一个问题：是不是应该把胳膊伸给她呢？他一辈子都没伸过胳膊给别人。他认识的那些姑娘从不挽男人的胳膊。头几次逛马路，男女挨在一起各走各的，之后，女的就用胳膊搂住男的腰，在没有灯光的街面还把头靠在男的肩膀上。可这次不一样，她不是那种姑娘。他必须有所行动。

他把靠近她的那条胳膊弯了弯——只是微微一弯，这并非邀请，却暗中带点试探性，显得漫不经心，就好像他习惯了这样走路。此时，奇妙的事情发生了。他感觉到她的手搭上了他的胳膊。这一接触，使一股股欢快的电流传遍了他的全身。短瞬间，他感到非常幸福，仿佛他离开了坚实的大地，随她一道凌空翱翔。可是，他马上又返回到地面上，被一个新的问题搅得心神不宁。他们正在穿过马路。到了那边，他的位置就会换到内侧，而他应该走在外侧。那么，他是不是应该放下她的胳膊，把位置再调回去呢？如果这次调换了，下一次是否还得重复一遍呢？还有下下一次呢？这里边有不对劲的地方。于是，他决定不蹦来跳去地出洋相。可他对自己的这个决定并不满意，当走到内侧的时候，他就快言快语、热烈地讲话，显出一副入神的样子，这样，万一没调换位置是件错事，也会让她觉得他是因为过于专心致志才导致了疏忽大意。

横过百老汇大街时，他又迎面遇到了个新问题。在刺眼的电灯光下，他看到了丽茜·康诺莱和她的那个爱咯咯笑的女伴。他仅仅犹豫了片刻，就抬手摘下了帽子。对待自己的同类人，他可不能要阴谋诡计，再说，他摘帽子并不是单单向丽茜·康诺莱致意。她点点头，向他射来大胆的目光，她的眼睛不似露丝的那般温柔、和顺，而是俊俏中带点严厉，只见她的目光从他身上转向露丝，端详她的面孔、衣着和揣测她的身份。他觉察到，露丝也在飞眼打量对方。露丝的眼睛和鸽子的一样既胆怯又柔顺，但她疾眼一瞥就看到那个工人阶层的姑娘身裹廉价的俗丽衣服、头戴当时在年轻女工中十分流行的怪模怪样的帽子。

“多么漂亮的姑娘！”过了一会儿，露丝赞叹道。

马丁对她感激万分，然而嘴上却这样说道：“这我倒不清楚。我想这纯粹是个人口味的问题吧，依我看她并不特别漂亮。”

“什么？像她那样端正的容貌，一万个女人当中恐怕都挑不出一个来，可以说是如花似玉。她的脸庞轮廓清晰得像雕像一般，眼睛也长得非常美。”

“你真的这么想？”马丁问话时心不在焉，因为对他而言世界上只有一个美丽的女人，她现在就在他身旁，手搭在他的胳膊上。

“我真的这么想？如果那姑娘能够穿上一身得体的衣服，伊登先生，如果她能学会高雅的举止，就会让你眼花缭乱，令所有的男人为之倾倒。”

“她还得学学怎样说话呢，”他评价道，“否则大多数男人都听不懂她的话。我敢说，要是照平素那样讲话，她的话你恐怕连四分之一都听不明白。”

“一派胡言！你一旦攻击起人来，就变得和阿瑟一样坏。”

“你忘了咱们第一次见面时，我是怎样讲话的。自那以后，我学会了一种新的语言。而在那个时候之前，我说起话跟这姑娘一个样。如今，我总算能让你听明白我的话了，能用你的语言向你解释你不了解这位姑娘的语言。你知道她的一举一动为什么是那个样吗？过去对这种事情我从不问津，现在却想得较多，而且开始明白——明白许多事情。”

“到底是为什么呢？”

“因为她长年累月在机器旁劳动。一个人在年轻的时候，身体非常柔韧，而艰苦的劳动可根据其性质把人体像对待油灰一样进行塑造。在街上遇到的工人中，有许多我搭眼一瞧就知道他们是干什么行当的。你瞧瞧我。我走路为什么摇摇摆摆呢？因为我在海洋上度过了许多年头。我年纪轻、身体可塑性强，如果把这些年头用来当牛仔，那我现在就不会一摇一摆了，而会变成弓形腿。那位姑娘的情况也是这样。你也留意到了，她的眼睛可以说是很严厉的。从来没有人保护她，所以她只好自己照料自己。一个姑娘家，如果目光温柔、和顺，譬如像你的一样，就保护不了自己。”

“我想你的话是对的，”露丝低声说，“真是太不幸啦，她是个多么漂亮的姑娘呀。”

他望了望她，看到她的眼睛里闪烁着怜悯的光。这时，他想起自己在爱恋着她，并为自己交的好运感到惊讶，因为正是这股运气给他带来了爱情，使他能够用自己的胳膊引着她去听讲座。

你是谁，马丁·伊登？当夜回到自己的房间时，他冲着镜子里他自己的影子这样问道。他好奇地久久凝视着那个影子。你是谁？你是干什么的？你的根在哪里？你只配爱丽茜·康诺莱那样的姑娘。你应该待在劳力阶层，跟卑贱、粗俗及丑陋的人在一起厮混。你只配与牛马及苦力为伍，居身于臭气熏天、肮脏不堪的环境里。现在就能闻到烂菜的气味，那些土豆正在腐烂。闻呀，该死的，闻呀。你竟敢翻动书本、倾听优美的音乐、学习欣赏美丽的油画、讲地道的英语、思考你的同类绝对想不到的问题；你竟敢离开牛群以及丽茜·康诺莱那些姑娘去爱一个距你一百万英里、生活在局局星空上的白皙的仙女！你算老几？你是干什么的？去你的吧！癞蛤蟆还想吃天鹅肉？

他冲着镜子里的自己晃晃拳头，然后坐到床沿上，睁着眼做了一会儿梦。接着，他取出笔记本和代数书，全神贯注演算起二次方程题，不觉时光流逝，星辰黯淡，灰蒙蒙的晨曦泻照在窗户上。

第十三章

这个伟大发现的起因，是唠唠叨叨的社会主义者以及工人阶级哲学家于暖和的下午在市政厅公园里举行的那种集会。每月有一两次。马丁骑自行车穿过公园到图书馆时，会在半路跨下车子听辩论，每一回离开那儿都恋恋不舍。辩论会的格调与摩斯先生饭桌旁的谈话相比，要低得多。那伙子人既不严肃也不庄重。他们动辄发脾气和骂人，嘴里常常说粗话、脏话。有一两次他还看到他们相互打了起来。但不知为什么，他觉得那些人的思想从本质上来说有一股勃勃的生气。他们的唇枪舌剑给他的大脑所带来的启迪远远胜过摩斯先生的那种含蓄、沉稳的武断见解。他们操着面目全非的英语，像疯子样指手画脚，带着原始的怒火争辩不休，可他们似乎比摩斯先生及其密友勃特勒先生更具活力。

在公园里，马丁屡次听到有人引用赫伯特·斯宾塞[①]的语录。一天下午，斯宾塞的一个信徒来到了现场，此人是个不修边幅的流浪汉，肮脏的外套在领口处扣得紧紧的，以掩饰自己没穿衬衣。激烈的舌战开始了，不知抽了多少支香烟，吐了多少口嚼碎的烟丝，流浪汉始终坚持自己的观点。一位信仰社会主义的工人讥笑地说什么“世上没有上帝，只有‘不可知物’[②]，而赫伯特·斯宾塞是其先知”，即便在这时，流浪汉还是丝毫不退让。马丁弄不清他们都辩论些什么，不过，待他骑上车子奔向图书馆时，心中已经对赫伯特·斯宾塞产生了兴趣。由于那个流浪汉反复提到《第一原理》，马丁就把这本书借了出来。

伟大的发现就这样拉开了序幕。他曾经一度想读斯宾塞的作品，一开始便选了一本《心理学原理》，结果就跟看勃拉伐茨基夫人的著

---

① 19世纪英国唯心主义哲学家，其理论以进化论为基础，但却反对社会革命。

② 根据不可知论，这是一种超越认识的“绝对实在”。

作一样，遭到了惨败。由于看不懂，他没把书看完就还了回去。而这天晚上，他学了会儿代数和物理，又试着写了写十四行诗，然后上了床，翻开《第一原理》看了起来。一直到第二天早晨，他还在看书，简直无法入睡。这天他没写作，只顾躺在床上看书，身子不舒服了，就仰面朝天地躺在坚硬的地板上看，把书高举到空中，或者左右侧着身子看。这天夜里他睡着了，次日上午写了些东西，接着，他又被那本书吸引住了，于是躺到床上看了一下午，忘掉了一切，忘掉了那是个露丝留给他的下午。后来，伯纳德·希金波森一把推开门，责问他是否把他们看成了开饭馆的，他这才回到了现实世界中来。

马丁·伊登自始至终一直在受着好奇心的驱使。他渴望了解世界，而正是这种求知欲怂恿他到世界各地冒险。可是，眼下他从斯宾塞的书中学到的是些他以前所不知道的知识；如果他老是航海和流浪，那他永远也不会了解这些知识。过去他仅仅涉猎事物的表象，观察孤立的现象，积累零碎的事实，引出肤浅的结论，认为这个世界变幻无常和杂乱无章，充满了偶然及巧合，而世界上所有的事物都互不相关。他观察过飞鸟的身体结构，并根据自己的理解推论过其飞行的原理；但他从来没想到过去解释鸟儿这种具有飞行结构的生物是怎样进化来的。他想不到其中会有一段进化过程。他没思考过鸟儿怎么是这个样，只觉得它们历来如此，里边没道理可讲。

飞鸟是这样，所有其他的事物也是这样。在哲学方面，他既无知又缺乏准备，所以他的尝试一无所获。康德[①]的中世纪式的形而上学没给他以任何启迪，只起到了一种作用——使他怀疑自己的智力。同样，他研究进化论的尝试仅局限于阅读罗马奈斯[②]撰写的一部云雾缭绕的专业著作。他一点也看不懂，只从中得出一个印象：进化论是一种扑朔迷离的理论，是一群掌握着大堆晦涩词汇的小人杜撰出来的。现在他才知道，进化论并不纯粹是理论，也是一种公认的生物发展过程；科学家对此已意见统一，他们之间唯一的分歧是如何进化的问题。

那个叫斯宾塞的人把所有的知识都替他汇总在一起，将一切事物

① 18世纪德国哲学家，宣扬不可知论，认为人类的智力只能理解事物的现象，理解不了事物的本体。

② 19世纪英国生物学家。

缩为一个整体，详细阐述事实的根源，使他惊奇地看到了一个具体、清晰的宇宙——这个宇宙具体得就像水手们制作的放在玻璃瓶里的轮船模型。世上没有偶然，也没有巧合，一切全是有规律的。正是服从了规律，鸟儿才能飞翔；正是服从了这同一规律，泥沼里的酵素才翻腾、蠕动，最后长出腿和翅膀，变成鸟儿。

马丁向知识的殿堂节节攀登，爬到了一个前所未有的高度。所有的神秘事物都把谜底袒露出来，而理解令他陶醉。夜里睡着的时候，他在噩梦中与神鬼相处；白天醒来后，他则像个梦游病患者，到处走动，以恍惚的目光观看这个他刚刚发现的世界。吃饭时，他听不到别人关于鸡毛蒜皮小事的谈话，可是对于面前的一什一物，他却一心要探个究竟，把其前因后果弄个水落石出。餐盘上的肉会使他联想到照耀的太阳光，继而联想到太阳能及其种种变化，最后追溯到远在数亿英里开外的能源；也许，他还会继续联想下去，想到他胳膊上的肌肉有了能量就可以切肉，而指挥肌肉运动起来去切肉的则是大脑，直至最后，他会觉得自己看到了那轮太阳在他的大脑里闪闪发光。他大彻大悟，完全入了迷，没听到吉姆低声骂他“疯子”，没看到姐姐的脸上露出了担忧的表情，也没留意到伯纳德·希金波森在用一个手指转圈圈，以此暗指他的小舅子已经痴癫。

从某种程度而言，给马丁留下印象最深的是知识的相互关系——各种知识之间的相互关系。他对了解事物一向都很有兴趣，不管获得什么样的知识，他都分门别类地贮入大脑的记忆库。这样，他贮存了大量有关航海的知识。对于女人问题，他也掌握着丰富的材料。可这两个方面互不相关，这两个记忆库之间无任何联系。从知识的角度讲，如果说一个歇斯底里的女人和一条随风转舵，或在暴风中顶风停泊的帆船有联系，不管是什么样的联系，都会让他觉得可笑和荒唐。然而，赫伯特·斯宾塞却向他指出，这不仅不可笑，而且两者之间如没有联系那才是荒唐呢。所有的事物之间都存在着联系。从广漠太空中最遥远的星辰到脚下沙粒中无数的原子，莫不如此。这种新观念激起了马丁永恒的兴趣，于是他孜孜不倦地忙于寻觅天下万物之间以及天上万物之间的相互关系。他把各种极不和谐的现象列成表格，直至找出它们之间的关系方才心满意足——如爱情、诗歌、地震、火灾、响尾蛇、彩虹、宝石、怪物、日落、狮吼、煤气灯、食人习性、美、谋杀、恋人、支轴和烟草彼此间的关系。这样，他把宇宙汇合成一个整体拿在手中查看，或者漫游于宇宙间的僻径、小道上和丛林里，这次可不是一个胆战心惊的旅人，在神秘的气氛中探寻不知底细的目标，而是观察和绘图，熟悉一切可以了解的事物。他了解得愈多，就愈迷恋这个宇宙，迷恋生活，迷恋处于宇宙中心的他自己的生活。

“你这傻瓜！”他冲着镜子里自己的影子喊道，“你渴望写作，并试着写作，然而你的心里连点可写的东西都没有。你的体内装的是什么？——几缕幼稚的思绪，些许不成熟的感情，很多凌乱的美感，一大团无知的黑影，一颗被爱情充塞得快要迸裂的心，以及一种与爱情一样强烈、和无知一般可悲的抱负。就凭这还想写作！你不过刚沾了点边，刚刚开始找到一点可写的东西。你对美的本质一无所知，却妄想创造美，这怎么可能呢？你期望描写生活，可是却不知道一丝一毫的生活基本特征。你渴望描写世界和生命的主题，却不知世界对你是个谜，而在生命的主题方面你所能写的也只是自己的无知。可是别灰心，马丁，我的老伙计，还应该写下去。你知道得太少，简直少得可怜，但现在走上了正确的道路，会步步深入的。如果走运的话，总有一天，你会接近谜底，了解到真谛，那时你就尽情写吧。”

他带着自己的伟大发现来见露丝，把心中的喜悦和惊奇全都讲给她听。可她对此好像并不怎么热心，只是默默地听着，让人觉得，她似乎早已悟出了其中的道理。和他不一样，她没有被深深地打动。若不是想到这种理论对她不像对他自己那样新鲜，他一定会感到诧异。他发现，阿瑟和诺曼虽然相信进化论，也读过斯宾塞的书，但斯宾塞的学说并没有给他们留下深刻的印象，而那个叫威尔·奥尔奈的戴着眼镜、蓬松着一头乱发的年轻人竟然讨人嫌地嘲讽起斯宾塞，把那句诗又重复了一遍：“世上没有上帝，只有‘不可知物’，而赫伯特·斯宾塞是其先知。”

不过，马丁原谅了他的嘲讽，因为他已经看出来奥尔奈并没有爱上露丝。后来，从一些小事上他还不无惊愕地发现奥尔奈不仅不爱露丝，还对她十分反感。这叫马丁无法理解，他无法把这一现象与宇宙中其他的现象联系起来。尽管如此，他还是为这位年轻人感到惋惜，觉得他缺乏一种素质，以致无法正确地看待露丝的高雅和美。有好几个星期天，他们都骑车子一道进山，这样马丁就有充足的机会观察到露丝和奥尔奈之间存在着剑拔弩张的关系。奥尔奈爱和诺曼待在一起，丢下阿瑟和马丁去陪露丝，对此马丁十分感激。

这些星期天对马丁来说是了不起的日子，主要因为他能和露丝在一起，也因为在这种时候他可以同她那个阶层的人平起平坐。尽管他们受过多年的严格教育，但他发现自己在智力上与他们是伯仲之间，而且和他们在一起谈话的时候他可以练习着应用自己所辛辛苦苦学来的语法。他丢掉关于礼节的书，重新依靠观察来了解如何举止。除非激动得忘乎所以，平时他总是处处留神，仔细观察他们的一举一动，从中学习细小的礼节以及文雅的举止。

在一段时期，马丁老是感到奇怪，因为斯宾塞的读者面竟然小得可怜。“赫伯特 · 斯宾塞嘛，”图书馆桌旁的那个馆员说，“哦，不错，是一个伟大的思想家。”可是，那位馆员对这位伟大思想家的学说似乎一无所知。一次吃晚饭的时候，勃特勒先生也在席，马丁把话题引到了斯宾塞身上。摩斯先生猛烈地抨击这位英国哲学家的不可知论，可末了却承认他并没有看过《第一原理》；勃特勒先生声称自己无法容忍斯宾塞，对他的作品连一个字都没看过，而且照样能生活得很好。马丁心里产生了疑团，要不是他个性特别坚强，他会接受大家的观点，放弃掉赫伯特 · 斯宾塞。但他觉得斯宾塞对事物的解释让人信服；他对自己这样说：放弃斯宾塞就相当于航海家将罗盘和航海针抛入大海。于是，马丁着手彻底研究进化论，愈来愈精通这门学说，对千百个有独立见解的作家所写的论证深信不疑。随着研究的步步深入，他看到知识园地里有许多东西前人都未涉猎过。遗憾的是一天只有二十四个小时，他常常对此牢骚满腹。

一天，鉴于时间太短，他决定放弃代数和几何。至于三角学，他以前连碰也没碰过。随后，他又砍掉了学习安排中的化学，只留下了物理一门。

“我不是专家，”他对露丝为自己辩解道，“我也不想当专家。专业的科目多如繁星，不管是谁，就是花一辈子的时间也掌握不了十分之一。我要了解的是一般性的知识。如果用得着专家们的理论，我可以查考他们的著作嘛。”

“但这和你自己掌握知识可不一样。”她反驳道。

“没必要自己去掌握，我们可以利用专家们的知识，他们的用处就在于此。我进来的时候，注意到有几个烟囱工在清理烟囱。他们就是专家，待他们清理完，你可以用上干净的烟囱，而没必要了解烟囱的构造。”

“这样举例恐怕有些牵强。”

她诧异地望着他，他觉得她的目光和态度中都包含着责怪。不过，他相信自己的观点是正确的。

“普通领域的思想家们，实际上连天底下最伟大的思想家，全依赖于专家。赫伯特·斯宾塞就是这样，依赖的是成千上万学者的成果才总结出了自己的理论。如果光靠自己，他得活一千辈子。达尔文也不例外，他利用的是花匠及牲口饲养员所得来的全部知识。”

“你是对的，马丁。”奥尔奈说，“你懂得自己在追求什么，而露丝却不然，她甚至连她为自己追求些什么都不知道。”

“——噢，不错，”奥尔奈没容她反驳，就抢着说了下去，“我知道你把这称为‘一般性修养’。不过，如果你想得到的是一般性修养，那你学什么都可以。你可以学习法语、德语，或者两者都不学，干脆学世界语，也照样算是一种修养。出于同一目的，你还可以学希腊语或拉丁语，即便这对你一无用处。这不也是修养嘛。对啦，露丝学过撒克逊语，而且学得很出色——那是两年前的事——，而今她只记得一句：‘whan that sweet Aprile with his schowers soote’[①]——是这样念吧？

“对你而言，这同样是修养。”他还是没容她辩驳，笑着说道，“我知道，咱们俩曾修过同样的课程。”

“可你所说的修养好像是达到某种目的的手段，”露丝嚷嚷起来。她眼睛闪闪发光，脸蛋上出现了两团红晕。“修养本身就是目的。”

“马丁渴求的却不是这个。”

“你怎么知道？”

① 14世纪英国著名诗人乔叟的杰作《坎特伯雷故事集》序诗中的第一行。

“你追求的是什么，马丁？”奥尔奈转过身来，直截了当地问他。马丁感到十分不自在，恳求地望了望露丝。

“对，你追求的是什么？”露丝问，“这下事情总算可以了结了。”

“我当然想成为有修养的人。”马丁吞吞吐吐地说，“我热爱美，而具备了文化修养，就可以更细腻、更深刻地欣赏美。”

她点点头，显露出得意的表情。

“胡说，你明知道这是胡说，”奥尔奈发表意见道，“马丁追求的是事业，并非修养。只不过他的事业碰巧需要修养作为陪衬罢了。倘若他想当化学家，修养就是不必要的了。马丁想从事写作，可他又不敢这样说，因为那样一来就会显出你是错的。”

“马丁为什么想从事写作呢？”他继续说道，“因为他不是个大富豪。你为什么满脑子装的是撒克逊语和普通文化知识呢？因为你没必要闯荡世界，你的父亲可以为你做出安排。他为你买衣服以及其他的东西。咱们的教育——你的、我的、阿瑟的和诺曼的，顶什么用处呢？咱们浸泡在一般性的修养里，父亲大人们今天破产，咱们明天就得放下架子去报考教师。露丝，你最多只能当个乡村教师，或者到女子寄宿学校教音乐。”

“请问，你能干什么呢？”

“干不了有出息的事。我可以当一名普普通通的苦力，每天挣上一块半钱；也许还可以进汉莱的那家补习学校当个教师——请注意，我说的是‘也许’——也许教完一个星期，就会因能力太差被撵出校门。”

马丁侧耳倾听他们辩论，相信奥尔奈的话是对的，可是他又为奥尔奈对露丝的那种傲慢态度感到气愤。他一边听，一边在心里对爱情产生了新看法。理智和爱情毫不相干。他的心上人讲的道理不管正确与否，都无关紧要，因为爱情凌驾于理智之上。如果她不能充分意识到他需要的是事业，她的可爱也不会因此而稍有逊色。她总是可爱的，她的思想丝毫不会影响她的可爱性。

此刻，奥尔奈提了个问题，打断了他的思路，可他没听清，于是便问道：“你说什么？”

“我说希望你不要傻得连拉丁语也学。”

“可拉丁语不仅仅是修养，”露丝插言道，“它也是一种工具。”

“那么，你打算学拉丁语吗？”奥尔奈追问着。

马丁被弄得左右为难。他看得出，露丝在急切地等待着他回答。“恐怕没时间，”他最后说道，“我很想学，就是没时间。”

“瞧，马丁追求的不是修养，”奥尔奈高兴地说，“他想获得点成就，干出些名堂来。”

“可是，学拉丁语是一种大脑训练，可以规范人的思想，造就出条理清晰的思想家。”露丝满怀期望地望着马丁，仿佛在等待他改变主张，“你知道，篮球运动员在大赛前要进行训练，而拉丁语对思想家则是异曲同工，也是一种训练。”

“真是胡言乱语。小的时候就听他们这么说。可有一点他们当时没告诉咱们，让咱们长大后自己发现。”奥尔奈顿住话头以增强效果，然后才继续说道，“他们没告诉咱们，凡是上等人都应该学习拉丁语，但没有一个上等人需要掌握拉丁语。”

“这不公平，”露丝嚷道，“你刚才话头一转我就知道你要说俏皮话喽。”

“俏皮话是俏皮话，”对方反驳道，“但也不能算不公正。真正掌握拉丁语的是药剂师、律师和拉丁语教师。如果马丁想当他们当中的一员，那就是我把事情估计错了。问题在于，所有的这一切与赫伯特·斯宾塞有什么关系呢？马丁刚刚发现了斯宾塞，并崇拜得五体投地。原因何在？因为斯宾塞可以使他有所作为。斯宾塞就不能使你我有所作为。咱们没有什么事业可以追求。你早晚都会嫁人，而我将无所事事，仅仅盯着那些律师和经济代理人就行了，因为他们将料理父亲留给我的钱财。”

奥尔奈起身告辞，但走到门口又转回身，来了一通临别赠言：

“别去干涉马丁，露丝。他知道怎样做对他最有利。你瞧瞧他已经取得的成就吧。他有时候让我为自己感到伤心，既伤心又惭愧。对于这个世界、生活、人的价值以及所有的一切，他比阿瑟、诺曼或你我，都更为了解，尽管咱们掌握了些许拉丁语、法语、撒克逊语和文化修养。”

“可露丝毕竟是我的教师呀，”马丁献着殷勤说，“我所学到的那点知识，都应该归功于她。”

“胡扯！”奥尔奈扫了露丝一眼，露出一种恶狠狠的神情，“接下来你大概还会对我说，你是在她的指引下才看斯宾塞的书——只不过事实并非如此。她对达尔文和进化论并不比我对所罗门国王的宝藏了解得多。那天你针对某种现象运用斯宾塞的观点下了一通佶屈聱牙的定义——讲的是什么模糊和不连贯的同类性。你再把那定义给她讲讲，她要是能理解一丁点就怪了。这不是修养，你要明白。噢，好啦，假如你研究起拉丁语，马丁，我对你的尊敬就会丧失干净。”

马丁对这场争论很有兴趣，但也感到有些恼怒。他们争的是学习和课程，论的是基础知识，满口的小学生腔调和他心中的冲天大志格格不入；和他那即使在此刻都令他弯起手指似鹰爪般紧紧抓住生活的抱负格格不入；和那种在他周身燃烧的广大无边的激情格格不入；也和他刚刚萌发的能够征服一切的感觉格格不入。他把自己比作一个因船只失事而流落异国他乡的诗人，心里涌动着美的力量，试图用异国兄弟那粗鲁、野蛮的语言歌颂美，然而却结结巴巴说不出来话。他的情况就是如此。他对宇宙间的伟大事物很敏感，敏感得要命，然而却被迫在小学生式的话题上打转转，考虑是不是应该学拉丁语的问题。

“拉丁语到底和这有什么关系？”这天夜里他站在镜前问自己，“但愿死去的永远死去。我和我心中的美为什么要受死人的支配？美是活生生的，是永恒的。语言可以产生也可以消亡，它们是死人的骨灰。”

他觉得这段言辞十分精彩，上床时不由想道，和露丝在一起时，自己为什么就讲不出同样精彩的话呢？在她面前，他不过是个小学生，说出的话也像小学生。

“给我时间，”他出声地说，“只要给我时间。”

时间！时间！时间！他连声哀叹着。

第十四章

最后他终于不顾露丝，不顾自己对她的爱，决定不学拉丁语了，但这也不是由于奥尔奈的缘故。他的时间就等于金钱。比拉丁语重要的东西多着呢，有那么多学科在用急切的声音呼唤着他。他必须挣钱，可他的稿子没有一篇被采用。四十篇稿件在各杂志社之间没完没了地兜圈子。别人是怎样投稿呢？他在公共图书馆用去大量时间仔细琢磨别人写的东西，以批评的眼光研究他们的作品，拿他们的作品跟自己的稿子作比较。他心里觉得纳闷，想不通他们到底发现了什么诀窍，才卖出了自己的作品。

大批刊载出的作品都死气沉沉，真令人不胜惊讶。那些文章缺乏五光十色的生活，没有一丝生气，然而却卖了出去，一个字两分钱，一千字二十块钱——这是报刊剪辑上公布的价格。不知有多少篇短篇小说都使他感到困惑，他承认那些作品笔调轻松、措辞巧妙，可是却没有生气或不真实。生活是如此奇异和精彩，充满了斑斓的色彩、梦幻和英雄事迹，而那些小说却偏偏只描写它平庸的一面。他感觉得到生活中的压力、紧张、狂热、烦恼和剧烈的冲击——要写就写这些！他渴望讴歌进行最后拼搏的杰出人物，疯狂的恋人，以及那些在重重压力下、于恐怖和灾难中奋斗不息、以自己的努力使生活冒出火花的伟人。而杂志上的短篇小说似乎一味吹捧勃特勒先生那种利欲熏心的人，渲染平庸男女的无聊风流韵事。莫非全是由于杂志社的编辑都是些庸俗的人？他这样问自己。要不，就是因为那些作者、编辑和读者都害怕生活？

不过，他的主要问题在于他连一个编辑或作者都不认识。不仅不认识作者，就是尝试过写作的人他也不认识一个。没有人指点他、暗示他，没有人给他提哪怕是一个字的建议。他开始怀疑那些编辑不是活生生的人。他们像是一台机器里的齿轮。正是这回事，一台机器。

他在短篇小说、杂文和诗歌中倾注了自己的心血，把它们交给这台机器，他把稿件折好，将回信所需的邮票和稿件一道放入长信封，然后封上信封，外面再贴上邮票，最后投进邮筒。稿件横穿大陆，过上一段时间就会被邮递员再拿回来，外面又换了个长信封，上面贴着他附去的邮票。那一头的编辑绝非人类，而是一些安排巧妙的齿轮，它们把稿件从信封中取出，塞入另一个信封，外面贴上邮票。这就像自动售货机，一旦投入硬币，机器就会咔嚓咔嚓运转，吐出一块口香糖或巧克力。到底能拿到巧克力还是口香糖，得取决于选择哪个投币口。编辑机器也是这种情况，一个口出支票，另一个口出的是退稿单。迄今，他只找到了后一个口。

正是退稿单使这种事情十足地像是可怕的机器运转过程。那种印刷得千篇一律的退稿单他已经收到了数百张——早期的稿件每一份都换来十几张。如果这些退稿单上哪怕附有一句话，一句私人的话，也会使他感到振奋。可是没有一个编辑显露出生命的迹象。这只能叫他觉得，那一端根本没有富于同情心的人，只有润滑得当、在机器上平稳运转的齿轮。

他是个出色的战士，一个不屈不挠、顽强执着的战士，情愿继续喂养这台机器，一年一年地喂下去；然而，他失血太多，生命垂危，因此用不了几年，只消几个星期这场战斗便会决出胜负。每过一个星期，他的食宿费都会使他向毁灭的深渊跨近一步，而四十份稿件所需的邮资，也在同样严重地吮吸着他的血汗。他不再购买书籍，在小的地方精打细算，力求使无法避免的末日迟一天到来。可是，他不懂怎样理财，竟然给了他妹妹玛丽安五块钱让她买件衣服穿，一下就使末日的降临提前了一个星期。

他在黑暗中苦苦挣扎，得不到忠告和鼓励，净遇到些叫人沮丧的事。甚至连葛特露也开始以不满的眼光看待他。起初，她怀着姐姐的爱心一味容忍他那在她看来十分愚蠢的行为；可现在出于姐姐的关心，她感到十分焦虑，她觉得他的愚蠢正在发展成为疯狂。马丁明白她的心情，这比伯纳德·希金波森当面唠叨的奚落更叫他难过。马丁对自己有信心，但持有这种信念的毕竟只他一人，连露丝也不相信他。她想让他全力以赴学习，虽然没公开反对过他写作，但也没表示过赞同。

他从没提出过要把自己的作品拿给她看，一种复杂微妙的心理阻止他那样做。再说，她在大学里的功课很重，他不愿剥夺她的时间。可是，她在获得了学位之后，却主动提出要瞧瞧他写的东西。马丁既高兴又胆怯。这下有裁判员啦！她是文学学士，曾在行家的指导下研究过文学。也许，那些编辑也是有能力的裁判，但她却有所不同。她不会递给他一张铅印的退稿单，也不会通知他的作品未被采用并不一定意味着他的作品没有价值。她是个富于同情心的人，会把看法干脆、明了地讲出来；更为重要的是，她可以借此了解他马丁·伊登的真实情况。从他的作品中，她可以了解他的心胸和灵魂，了解到一些关于他的梦想和能力的情况。

马丁把几份短篇小说的复写本集中到一块儿，后来略加思忖，又把《海洋抒情诗》也补充了进去。那是六月底的一个下午，他们骑上车子向山里进发。他们俩单独外出，这已是第二次。原本暖烘烘的空气在海风的吹拂下刚刚转凉，送来阵阵爽意。当两人骑车前行时，他深深感受到这个世界是如此得美和井然有序，生活和爱情充满了乐趣。他们将自行车放到路旁，爬上一座开阔的褐色山丘，那儿的野草遭到阳光的曝晒，散发出浓郁的、干燥的香气，令人心旷神怡。

“这些草儿已完成了使命，”两人朝下坐时，马丁这样说道。她坐到了他的外套上，而他伸开四肢贴紧温暖的大地。他嗅黄褐色的草散发出的香气，那香气钻进他的大脑，使他浮想联翩，由一株草想到所有的草。“它们实现了生存的目的，”他亲切地用手拍拍枯草，继续说道，“去年冬天的那场瓢泼大雨唤起它们的勃勃生气，于是它们战胜早春料峭、开鲜花、引蜂蝶、散播种子，无愧于自己的职责，无愧于这个世界——”

“你看待事物为什么老用这种实际透顶的眼光？”她打断他的话，问道。

“我想，是因为我在研究进化论的缘故吧。说实话，最近我才算开了眼界。”

“可我觉得，你这么实际就会失去美感，就会毁掉美，正像孩子们捉住蝴蝶后，把花粉从它们美丽的翅膀上抹掉一样。”

他摇了摇头。

“美有着深切的含义，遗憾的是，以前我并不了解这一点。我只是把美看作一样无意义的东西，认为美就是美，没有规律或原因可言。那时我对美一点也不懂，而现在才明白过来，或者不如说，才开始明白过来。我知道了草为什么能成为草，知道了正是由于阳光、雨水和土壤的隐秘化学作用它们才变成了草，所以它们在我的眼里就格外美。每一株草的生活史都充满传奇色彩，而且也富于冒险的情调。想到这些，我就激动不已。每当想到力与物质的作用，想到其中所发生的艰苦卓绝的斗争，我就觉得简直可以为那些草儿写一部史诗。”

“你讲得真是太好了。”她心不在焉地说。他发现她正在用灼人的目光打量着他。

他顿时慌乱起来，感到困窘不堪，脖颈和脸上都涌起了红潮。

“但愿我正在学会怎样讲话，”他口吃地说，“我心里似乎有千言万语要说，但要表达的东西却大得要命，让人不知怎样才能说得清心里究竟都有些什么。有时候，我觉得好像整个世界、整个生活以及所有的事物都聚集在我的心里，呼唤我去充当它们的发言人。我感到——嗨，这种感觉难以形容——我感到它们是那样伟大，可我一旦说话，却如小孩子家咿呀学语。把感情和感觉转变成书面或口头的语言，并且还要让别人读到或听到后产生同样的感情和感觉，这实在是件了不起的任务，也是崇高的工作。瞧，我把脸埋在草里，鼻孔里吸进的气息使我产生千百种思想和幻觉，令我激动得浑身颤抖。我所呼吸到的是宇宙的气息。我听到了欢歌笑语，看到了成功与痛苦、奋争与死亡；野草的芳香使我的大脑产生了种种幻觉，我真想讲给你、讲给世人听。可是，怎么讲呢？我的舌头打了结。刚才我努力想把草香对我产生的影响描绘给你听，然而却未能如愿，只说出了些在我看来简直是胡言乱语的拙劣词句。我的心里感到窒息，真想一吐为快。啊！——”他绝望地举起了双手——“让人不可思议、无法理解，又难以言喻！”

“可你讲得很好呀，”她仍坚持说，“你可以想一想，在我认识你后的这么短时间里，你就取得了如此的进步。勃特勒先生是个著名的演说家，每次大选时都被州委会请去演讲，但那天吃晚饭时你的那一通言辞也不次于他，只不过他比较善于控制自己罢了。你太容易激动；

不过，多练练，你会克服这个缺点的。你完全可以成为一名优秀的演说家，只要肯干就大有前途。你是出类拔萃的，可以成为佼佼者。我相信，你无论干任何事情都没有理由不成功，就像你学语法那样。你可以成为出色的律师，也可以在政界崭露头角。你能够战胜一切困难，像勃特勒先生一样取得巨大成就。就是不要患他那样的消化不良症。”她微笑着补充说。

谈话在继续进行。她说话温和，但却很固执，一个劲地强调全面基础教育的必要性，强调把拉丁语作为事业基础的好处。她所刻画的理想中的成功男性，主要以她父亲为楷模，同时也无可置疑地带有勃特勒先生的特点和色彩。他侧耳认真倾听，仰面躺着，观望和欣赏着她那在讲话时一翕一动的唇片。不过，他的大脑却没有在倾听。她所描绘的图画中没有一处引人入胜，他感到的只有叫人隐隐作痛的失望以及对她的满腔爱情。她的话里始终没提他的写作，而他带来念给她听的那些手稿放在地上，没人予以理睬。

最后，趁着谈话间歇的一会儿工夫，他望望太阳，估摸了一下它在地平线上方的高度，提醒似的把手稿捡了起来。

“唉，我全忘了，”她赶忙说，“我很想听你念念。”

他给她念了篇故事，那是他自以为写得最好的作品之一。他给这篇作品题名为《生活的美酒》，那酒的醇香在写作时就曾钻进他的大脑，而现在朗读时又悄然在他的脑海里飘荡。故事的原始构思就具有一种魔力，后来他又以富于魔力的词句和笔触加以点缀。创作时火焰般的激情重新在他心中燃烧，使他陶然若醉，对作品里的缺点不闻不见。而露丝却不一样。她那训练有素的耳朵听出了用笔的不足和夸张，听出了新手那过分强调的语气；语句的节奏一出错、一打绊，她就能立刻察觉。她很少指出作品里的节奏错误，除了在过于浮华的地方——这时她会感到不舒服，觉得作品里的外行味太浓。外行——这就是她对整篇故事的最后评价，只不过她没把这话讲给他听。当他念完时，她仅仅指出了些小错误，然后说自己喜欢这篇故事。

可是，他却感到失望。她的批评是公正的，这他承认，然而他把作品念给她听并非为了几句课堂式的纠正话。细节问题无关紧要，不必小题大做，他自己可以修改，也能够学会怎样去修改。他从生活中捕捉到伟大的现象，力图展现在故事里，而他读给她听的正是这种伟大的东西，并非什么句子结构及分号。他想让她和自己一道感受这属于他的伟大东西——这种东西他亲眼看见，经过思考，亲手将其打印在稿纸上。是啊，他失败了，他心里暗自这样思忖。也许，那些编辑并没有错。他感受到了伟大的事物，可是却没能够表达出来。他掩饰住内心的失望，表面轻松地聆听她的批评，所以她全然不知他的心底深处正有一股抵触的湍流在涌动。

“还有一篇文章，题目叫《罐子》，”他摊开手稿说，“四五家杂志社都退了稿，可我仍认为它是篇佳作。其实，我也不知道怎样评价它，只是觉得里面有一种力量。也许，你不会和我有同感。文章很短——只有两三千字。”

“真是太可怕啦！”她听他念完后，失声喊叫起来，“太可怕了，简直可怕极啦！”

他看到她脸色苍白，两只眼睛睁得大大的，紧张得双手牢牢握在一起，于是心中暗暗感到高兴。他成功了。他把自己的幻想以及内心的情感转达给了别人，而且效果显著。不管她喜欢不喜欢，这篇文章感染了她、控制了她，使她只顾坐在那儿倾听，忘掉了挑出细节问题。

“这是生活，”他说，“生活并不总是美好的。也许我生来与别人不同，所以，我觉得这里存在着一种美的东西。在我看来，这种美增加了十倍，因为——”

“但是那个可怜的女人为什么不能——”她以断断续续的声音插话说。接着，她把后半截话又咽了回去，大声喊道：“天呀！真是一种堕落，那样肮脏和下流！”

刹那间，他觉得自己的心脏好像停止了跳动。下流！这他可没想到过，他的本意也不是要写这种东西。整篇短文摆在面前，字字都是燃烧的火团，他在这样通明的火光中查找，但找来找去都找不到下流的地方。于是，他的心脏又开始了跳动，因为他没有错。

“为什么不选个美好的题材呢？”只听见她在说，“我们知道世界上有下流的事情，但不能因此就——”

她用愤怒的声调滔滔不绝地朝下说，可是他却没有留心听。他只顾醉心地望着她那张纯洁的面孔——那面孔如此天真，又是那般出奇地无邪，其圣洁性好像无时无刻不在冲击着他，涤荡着他心里的污泥浊物，使他沐浴在一种清凉、柔和，一如星光的灿烂辉照中。“我们知道世界上有下流的事情！”一想到她那种老于世故的腔调，他就暗自发笑，觉得她的话既可爱又可笑。紧接着，一幅包罗万象的幻景闪现出来，他过去所熟悉和经历过的下流事情如海洋一般展现在他面前，于是，他原谅了她没理解那篇故事。她没有过错，因为她理解不了那种事情。感谢上帝，她一生下来就受到保护，才如此天真无邪。可是，他了解生活，了解生活中的美与丑，知道生活中虽然污痕斑斑，却也有它伟大的一面，对上天起誓，他要把自己对生活的看法讲给世人听。天堂里的圣徒——他们怎么可能不高雅和纯洁呢？而污泥里的圣徒——啊，那才是千古奇迹！生活的价值就在于此。他看到邪恶的泥潭里闪出道德之光；他爬出泥潭，眼梢上挂着泥浆，第一次瞥见了美，朦胧而遥远；他看到了怯懦、脆弱、邪恶、种种暴虐、新生的力量、真理以及崇高的精神品质——

此时，她说的几句话飘进了他的耳中。

“文章的整个格调有点低，格调高的作品比比皆是，《纪念》[①]就是一例。”

他忍不住想提出《洛克斯莱堂》[②]为例，要不是由于自己再次沉湎于幻景，他真会说出口；只见他呆呆望着她，看见这位与他同类的女性爬出洪荒时代的混沌，沿着巨大的生命阶梯向上攀登，历经百万年之久，终于出现在最高的一级上，演变成一个露丝，纯洁、美丽和神圣，使他懂得了爱，使他向往纯洁和渴望神圣——他，马丁·伊登，也是在绵绵不尽的生活中体验了无数失误和挫折才奇迹般爬出了沼泽泥潭。这就是浪漫、奇妙和光荣的事迹。这就是写作的素材，他要做的是寻找到表达的语言。天堂里的圣徒！——他们仅仅是圣徒而已，也是身不由己啊。然而，他是个人啊。

“你有力量，”他可以听到她在说，“但那是一股蛮力。”

“我像是瓷器店里的一头公牛，动辄闯祸。”他主动提出，赢得对

---

① 丁尼生为悼念亡友而作的著名长诗。

② 也是丁尼生的名诗。

方嫣然一笑。

“你必须培养鉴别力，必须考虑到趣味性、高雅性和格调。”

“我的确太冒失了。”他喃喃不清地说。

她赞许地笑了笑，然后静下心准备听另一篇故事。

“这一篇不知你会怎么想，”他带着歉意说，“文章有些古怪，恐怕我在写作时过于自不量力，但我的本意是好的。不要理睬里面的细小情节，且试试看是否能理解其中伟大的含义。也可能我表达不清楚，但文章的主题是伟大的、真实的。”

他开始读了起来，边读边观察着她，心想自己最后总算打动了她。她纹丝不动坐在那儿，眼睛直勾勾盯着他，几乎停止了呼吸，他认为是被他作品中的魔力迷得神魂颠倒了。本篇题为《冒险》，是对冒险生活的礼赞——它描写的不是故事书里的那种冒险，而是真正的冒险精神。它好比一个野蛮的监工，赏罚分明、奸诈成性、反复无常，要求手下人具有极大的忍耐性，逼迫他们不分昼夜地辛苦劳作，给他们的酬劳不是灿烂如阳光的荣誉就是由饥渴导致的黑色死亡，或者是一种由长期患热病，神志昏迷而导致的死亡；他带领着人们经历血与汗的洗礼和蚊虫的叮咬，沿着由低级、卑鄙的事件组成的长链向光辉的顶点攀登，最后取得崇高的成就。

他写进文章里的就是这种精神，一无遗漏，而且还超出了这个范围。他坚信正是这种精神温暖了她，使她坐在那儿静静倾听。她睁大了眼睛，苍白的脸上泛出红晕，他还没念完就觉得她已经气喘吁吁了。的确，她得到了温暖，但这种温暖不是来自于故事中，而是源自他的身上。对于这篇文章她倒没有多高的评价；但马丁体内的那种强大的力量，那种一向过剩的力量，却似乎奔流而出，覆盖和淹没了她。奇妙的是，凝聚着他的力量的文章，此刻成了他向她输送力量的通道。她感觉到的只有这股力量，却感觉不到通道的作用。她表面看起来像是对他的作品着了迷，但实际上却陶醉于另外一种完全无关的东西——一种突如其来在她的脑海中形成的危险、可怕的念头。她发现自己在思量婚姻到底是怎么一个样；这是个多么任性和狂妄的念头呵，一意识到这一点她便吓得心惊肉跳。这不是姑娘家该有的念头，与平时的她格格不入。她可从未为终身大事牵过肠挂过肚，因为她一直生活在丁尼生诗歌里的梦幻之乡，甚至对那位大师含蓄提及的女王和骑士间的暧昧关系也一知半解。她一直在沉睡，而今生活却猛烈叩响了她的重重大门。她心里一片恐慌，直想锁上插销，上好门闩，可是她任性的本能却怂恿她敞开人门，请进这位诱人的陌生人。

马丁得意地等待着她的裁决。他毫不怀疑那将是什么样的评价，所以她的话一旦出口，叫他格外吃惊。

“写得很美。”

“写得很美。”她停了一下，又强调地重复了一遍。

文章当然是美的；但除了美之外，还有一种别的特点，那特点灿烂绚丽，使美只能成为它的陪衬。他默默地躺在地上，眼看着一个形状可怕的偌大疑团在他的面前形成。他失败了，这是因为他不善于表达自己的思想。他明明看到了天底下最伟大的一件事情，却没能把它表现出来。

“你认为这个——”他迟疑起来，这是他第一次想用个生词，不禁有点羞怯，“你认为这个主题怎么样？”他问道。

“模糊不清，”她答道，“从大的方面讲，我只能这样评价。内容我倒是听得明白，但里面夹带的东西太多，显得太啰唆。你写了那么多题外话，妨碍了情节的发展。”

“那才是重要的主题呢，”他连忙解释说，“这是埋在下边的大主题，是一种宇宙性、世界性的东西。我尽量使它和只是作为表层的故事本身保持一致，这种路子没有错，可就是写得差了些，没能讲清心里要说的话。不过，我终究会学会的。”

她没能听懂他的话。她虽然是位文学学士，但这席话却超出了她的理解范围。她听不懂，却把自己不懂的原因归结为他的文章太松散。

“你未免过于善辩了，”她说，“不过，文章有些地方的确写得很美。”

他觉得她的声音仿佛来自远方，因为此刻他正考虑着是否把《海洋抒情诗》念给她听。他怀着失望感郁郁不乐地躺在那儿，而她仔细打量着他，心里又突然涌出了关于结婚的任性念头。

“你想当名人？”她猛不愣丁问道。

“是的，有点想，”他承认说，“这是冒险的一个组成部分。当不当名人倒不重要，重要的是为之奋斗的过程。对我来说，成名只是达到某种目的的途径。为了这个目的，为了这个缘故，我强烈地渴望成名。”

“全都是为了你。”他很想这样声明。她要是对他念的文章表现出浓厚的兴趣，他会把这话说出口的。

此时的她正忙于思考，想为他寻找一种至少能行得通的道路，所以没问他所指的最终目的究竟是什么。他在文学方面无前途可言，这一点她深信不疑。他今天念的那些幼稚、肤浅的作品就是证明。他可以讲出精彩的话，却不能够以文学的方式表达自己的思想。她拿丁尼生、勃朗宁以及一些她所推崇的散文大师与他相比，结果把他比得一无是处。不过，她没把心里的想法全告诉他。造成这种妥协的原因是她对他所产生的莫名其妙的兴趣。他的写作欲望毕竟是小小的遗憾，随着时间的推移会逐渐消失。那时候，他将全力以赴干些正经事儿，而且会取得成功。这她是知道的。他是那样强壮，绝不会失败——只要他肯放弃写作。

“希望你能把你写的东西都拿给我看看，伊登先生。”她说。

他高兴得红了脸。她产生了兴趣，这一点是肯定的。起码，她没有递给他退稿单。她曾说他的作品中有些段落写得很美，这可是他第一次从别人口中听到鼓励的话。

“我会的，”他激动地说，“我向你保证，摩斯小姐，我一定要干出些名堂。我知道，自己已走了很远的路；前边的道路依然很长，即便用双手和膝盖爬着走，我也要走到头。”他拿起了一叠手稿，“这是《海洋抒情诗》。回到家，我把它交给你，有空的时候看看。你可一定要把你的看法告诉我。你知道，我最需要的就是别人的批评。请你务必坦率直言。”

“我一定会十分坦率。”她嘴里答应着，而心里却有些不安，认为自己刚才对他就不坦率，并且怀疑自己下一次在他面前是否就能做到直言不讳。

第十五章

“第一场战斗结束了，”十天之后，马丁冲着镜子这样说，“但还会有第二场战争和第三场战争，一仗仗地打到最后，除非——”

他没把话说完，而是扫视了一圈简陋的小屋，最后将忧郁的目光落在了一堆退回的稿件上，那些稿件仍然装在长信封里，放在屋角的地板上。他没有邮票再把它们寄出去了，所以一个星期来它们堆积成了山。明天、后天和大后天还会有稿件退回，直到它们全部物归原主。他没有能力再寄稿子了，因为他已经欠了一个月的打字机租用费，这笔钱他拿不出来，手头的一点钱差不多刚够支付已到期的本星期的食宿费和职业介绍所的手续费。

他坐下来，若有所思地望着写字桌。桌子墨迹斑斑，他突然感到自己很喜欢这张桌子。

“亲爱的桌子呀，”他说道，“我和你一起度过了美好的时光，总而言之，你一直是我的好朋友。你从不拒绝我的要求，从不给我不应得到的退稿单，对于加班加点的工作也从不发一句怨言。”

他把胳膊放到桌上，然后将脸埋在肘弯里。他喉头发痛，直想哭一场。他想起了六岁时第一次打架的情形，当时他脸上淌着泪水一拳拳打出去，而对方是个比他大两岁的男孩，不停地揍他，直揍得他筋疲力尽。四周围观的孩子们像野蛮人一样大喊大叫。最后，他感到头晕目眩，终于摇摇晃晃地倒了下去，鼻孔里鲜血纵流，泪水从被打伤的眼里泉涌而出。

“可怜的小伙子，”他喃喃地说，“现在你也遭到了同样的惨败，你被打得血肉模糊，倒在地上爬不起来。”

第一次打架的情景仍滞留在他的眼帘下，后来在他的注视下逐渐消失，演变成了以后所打的几场架。过了半年，干酪脸（这是那个对手的绰号）又把他揍了一顿。不过，他也打青了干酪脸的一只眼睛，所以战绩还算不错。现在回想起一次次打架的经过，他总是失败，而干酪脸总是为战胜他欣喜若狂。可是他从未临阵脱逃过，想起这些他就感到力量倍增。他每次都坚持到底，苦苦忍受。打架时的干酪脸简直是个小魔鬼，对他从来都不留情面。可是他坚持了下去！坚持了下去！

他下一幕看到的是一条窄巷子，两边是摇摇欲坠的木板房。一幢砖砌平房堵在巷尾，里面传出印刷机有节奏的隆隆声，那是在印《问讯报》的第一版。他当时十一岁，干酪脸十三岁，两人都是《问讯报》的报童，所以都在那儿等着取报。当然，干酪脸又找起了他的事，两人又打了起来。打到半截他们就停了手，因为四点差一刻印刷所的门一开，孩子们便蜂拥而入取自己的报纸。

“明天再收拾你。”干酪脸对他说，而他噙着满眼的泪水，用尖厉、颤抖的嗓音答应第二天一定到场。

次日，他一出校门便匆匆往那儿赶，为的是当第一名，结果比干酪脸早到了两分钟。孩子们夸他是好样的，接着便为他出谋划策，并指出他出手时的缺点，说如果按他们的办法打，一定能取胜。这些孩子也为干酪脸出了主意。那次打架，他们看得真是过瘾！他停止了回忆，不由羡慕起那些孩子来，因为他们目睹了他和干酪脸创造的壮观景象。那场架不分回合，一口气打了半个小时，直至印刷所开门。

他观望着自己小时候的幻象，观望着自己是怎样日复一日地从学校往《问讯报》巷子里赶。那时，他走不快，由于持续不断地打架，关节僵硬，腿一瘸一拐。他用前臂挡住了无数次拳击，所以从手腕一直到肘关节处，全都变成了青紫色，有好多溃烂处已开始化脓。他的脑袋、胳膊和肩膀在发痛，腰也在发痛——全身上下都在发痛。他大脑昏沉，两眼发花，在学校里既不玩耍也不学习。整天守在课桌旁，就是一种折磨。自从开始天天打架以来，似乎已过了几个世纪，可是，这样的打架还得像噩梦一样，无休无止地持续下去。他常想：干酪脸为什么不垮下去呢？干酪脸一垮，他马丁就可以摆脱苦难了。他从来没想到过自己停下手来，让干酪脸把他击垮。

他拖着沉重的步子向《问讯报》巷子走去，虽感心力交瘁，但培养了持久的耐力，去迎击他的死对头；干酪脸也和他一样疲惫不堪，要不是那帮报童在旁边观战，使他不得不痛苦地考虑到面子问题，他真有点想退出战场。根据规矩，不准脚踢和拳击裤带以下的部位，一方倒下后应立刻停手。一天下午，两人依照这种规矩鏖战了二十分钟，后来干酪脸气喘吁吁、东摇西晃地提出了休战的建议。马丁脸埋在胳膊上，激动地回想着那个很久以前的下午自己的情形：他也摇摇晃晃，气喘吁吁，干裂的嘴唇鲜血直流，那血淌进他的嘴里，然后滚入嗓子眼，呛得他透不过气来；他步履蹒跚地向干酪脸走去，吐出一口血才说出话来，大声嚷嚷自己决不休战，除非干酪脸低头认输。可干酪脸没有认输，于是两人又继续开战。

过了一天又一天，日子简直没个尽头，每天下午都有一场恶战。每次一举拳头，他就感到胳膊痛得要命，刚交手的头几拳，无论是打出去的还是身上挨的，都叫他一直痛到心头；之后，他就感觉麻木了，只顾胡乱厮打，像做梦一样看到干酪脸的那张大脸和那双燃烧着怒火、野兽般的眼睛晃来晃去。他把注意力都集中到了那张脸上，而周围其他的东西全变成朦胧一片。除了那张脸，世界上的所有事物都不复存在；他绝不住手，绝不，一定要用自己血淋淋的拳头把那张脸揍个稀巴烂，或者让眼前那双血拳头和那张脸的主人把自己揍得体无完肤。到了那个时候，他才会得到某种形式的安歇。但是，要让他休战，让他马丁休战，是绝对办不到的！

总算有一天，当他拖着沉重的脚步走进《问讯报》巷子时，没看到干酪脸的踪影。那天，干酪脸没来。孩子们恭贺他打败了干酪脸。但马丁并不感到兴奋，因为他没打败干酪脸，干酪脸也没打败他。问题并没有得到解决。直到后来大家才得知，干酪脸的父亲那天突然死了。

马丁的思路跨过好几个年头，跃到了在大剧院楼厅看戏的那个夜晚。那时他十七岁，刚刚出海归来，剧院里出了事，有人在欺负人。马丁挺身出来打抱不平，结果遇上了眼睛里冒火的干酪脸。

“看完戏等着我收拾你。”他的老对头恶狠狠地说。

马丁点了点头。此时，楼厅里的值班员正朝出事地点走来。

“看完最后一出戏，我到外边恭候你。”马丁低声说，而眼睛却看戏台上的木屐舞，满脸津津有味的表情。

那位值班员怒目扫了扫，便走开了。

“有帮手吗？”待木屐舞跳完时，他问干酪脸。

“当然有。”

“那我也得找几个人来。”马丁宣称。

幕间休息时，他寻来了自己的帮手——三个他在铁钉厂认识的工人、一位机车司炉工、五六个街头流氓，还有五六个十八街区和市场街黑帮里的恶棍。

散戏后，两班人马不引人注意地沿街道两侧鱼贯来到一个没人的拐角，然后聚在一起开了个作战碰头会。

“地点选在八马路桥吧，”干酪脸帮内的一个红头发小伙子说，“你们就在中间的电灯底下打，警察不管从哪边来，咱们都可以从另一边溜掉。”

“这主意挺好。”马丁和自己帮里的头儿商量后说道。

八马路桥架在圣安东尼奥河口湾的一个支流上，有城市里的三段街区那么长。桥中央以及桥的两端都安着电灯。警察从桥头的灯下一走过，就会被看到，所以在这儿打架是很安全的。马丁的眼帘下又复现出当时的情景，他看到两班人马都气势汹汹，阴沉着面孔，分成两个阵营为各自的斗士助威；他看到自己和干酪脸在脱衣服。附近的地方布置了瞭望哨，负责监视灯火通明的桥头。一个小流氓为马丁拿着外衣、衬衫和帽子，一旦警察来干涉，就带着东西往安全的地方跑。马丁看到自己走到桥中央，面对着干酪脸，警告似地举起一只手说道：

“这次没有握手言和的余地，懂吗？什么都不用讲，光出手打就行了。也不能半途退，这是一场解决恩怨的战斗，必须打到底。懂吗？得有一方被打败才算数。”

干酪脸想反对——这马丁看得出来——可是当着两班人马的面，干酪脸又得顾及自己那受到威胁的面子。

“好啊，那就来吧。”他答道，“唠唠叨叨地吹牛皮顶个屁用！我一定奉陪到底。”

接着，他们打了起来，活似两头小公牛，带着全部的青春活力，挥舞着拳头，怀着仇恨，怀着伤害、残杀和毁灭对方的强烈愿望。人类在千年发展史中辛辛苦苦取得的成就便这样被葬送了。剩下的只有那盏电灯——人类伟大的冒险历程上的一块里程碑。马丁和干酪脸是两个野人，他们属于石器时代，属于洞穴和莽林。他们在泥潭里越陷越深，又回到了生命起源时愚昧的原始时期，像起了化学反应似的盲目冲击，宛如原子或太空中的星尘，相撞在一起，然后分开，再撞在一起，以至永远。

“天啊！我们简直是畜生！凶残的野兽！”马丁观看着这场恶战，不由喃喃出声。他具有超凡的想象力，所以这情景就似看电影一样清楚。他既是旁观者又是参与人，由于已经具备了数月的文化修养，他看到眼前的情景，不禁浑身打战；接着，“现在”从他的意识中消失了，“过去”的鬼魂却附在了他的体内。他又成了那个刚刚出海归来，和干酪脸大战于八马路桥的马丁·伊登。他忍受着痛苦，坚持打下去，脸上淌着血和汗，每当自己的拳头击中对方，便感到一阵欢喜。

他们是两股仇恨的旋风，凶狠地扭打在一起。过了一会儿，两班充满敌意的人马都鸦雀无声了。他们从未目睹过如此凶残暴虐的场景，敬畏之心油然而生。这两位战士比他们所有的人都野蛮，青春和身体里最初所爆发出的充溢着勃勃生气的活力已消耗殆尽，两人的搏斗趋于谨慎和小心，双方谁都没有占优势。马丁听到有人说：“鹿死谁手，还不知道呢。”随后，他使了个假动作，再左右出拳，而对方也猛烈还击，他感到腮帮子被打裂了开来，露出了骨头，光用拳头是做不到这一点的。他听到了旁观者看见这可怕的伤口时低声发出的惊叫。鲜血流了他一身，可他却丝毫不动声色。他格外警惕起来，因为他清楚自己的同类善于玩卑鄙的花招、使出见不得人的手段。他注视着，等待着，最后疯狂地扑了上去，但冲到半截却停了下来，因为他看见了金属的闪光。

“把手举起来！”他厉声喝道，“原来戴着指节铜套，用它来打我！”

两边的人涌上前来，愤怒地吼叫和咆哮。眼看一场混战一触即发，那时他就没机会报仇了，他气得发了疯。

“你们都退下去！”他嘶哑着声音喊道，“明白了吗？你们听懂了吗？”

大伙儿畏缩地退了回去。他们是野兽，而他是野兽之王，是一种凌驾于他们之上和支配着他们的恐怖生物。

“事情由我解决，谁都不许介入。快把铜套交出来。”

干酪脸清醒了过来，显得有些惊慌，把凶器交了出去。

“那个藏在后边的红毛鬼，是你把铜套递给了他。”马丁把铜套扔进河里说，“我看到你鬼鬼祟祟的，当时还不知道你在玩什么花样。要是再敢做这种事情，我就打死你。懂吗？”

他们继续开战，直打得筋疲力尽还不住手，后来，他们疲劳的程度简直超出了人们的估量和想象。旁观的恶棍们已满足了嗜血欲，被眼前的情景吓坏了，不偏不倚地劝他们休战。干酪脸随时都会倒下死去或站着死去，一副面孔被打得变了形，显得狰狞可怕。他摇晃着身子，犹豫着，可马丁却扑上来，一拳又一拳地向他猛击。

时间仿佛过了有一个世纪，干酪脸的攻击在迅速减弱。接着，在一阵混战当中传来了咔嚓一声响，马丁的右臂垂了下来，一根骨头折断了。所有的人都听到了，并知道是怎么回事；干酪脸也知道发生了什么事，于是便趁着对方情况危急，猛虎般扑上去，拳头似雨点一样落下。马丁的人马涌上前想干预。尽管被接二连三的猛拳打得头昏眼花，马丁还是骂着脏话，呵斥他们退下去。在这极端危急和凄惨的时刻，他一声声地呻吟着。

他仍在坚持战斗，现在仅出左拳，一边顽强而迷迷糊糊地打着，一边听到人群里传来了像是来自远方的恐慌的低语，其中有个家伙用发抖的声音这样说：“这不是打架，伙计们，简直是在杀人，应该制止住他们才对。”

然而，没人出来制止，这叫马丁感到高兴。他疲倦地挥动着一条胳膊，永无休止地击打眼前的那团血淋淋的东西——那东西不是人的面孔，而是恐怖的怪物，是一种摇摇晃晃、丑陋可怕、哼哼哧哧、难以名状的怪物，滞留在他昏花的眼前，硬是不肯走开，他一拳一拳地打着，但动作愈来愈慢，最后的一丝力气好像经历了千百年的漫长时期，从体内渗光了。最后，他朦胧地觉察到那团难以名状的东西在慢慢倒下去，倒向那粗糙木板铺就的桥面。紧接着，他居高临下地站到了那团东西前，摇摇摆摆、双腿打战，用手在空中乱抓一气想找寻支撑物，以一种自己都辨不出的声音说：

“还想打吗？说啊，还想打吗？”

他把这话说了一遍又一遍——又是询问、又是恳求、又是恫吓，想知道对方是否还想打下去。后来，他感到自己帮内的人把手放到了他身上，拍了拍他的脊背，要为他穿衣服。接着，他眼前突然一阵昏黑，失去了知觉。

桌上的白铁闹钟嘀嗒嘀嗒地响着，可马丁·伊登脸埋在臂弯里，却没有听见。他什么都听不见，也什么都不想。他真实地重新体验着当时的生活，竟然昏了过去，就像数年前在八马路桥昏倒一样。足足有一分钟的时间，他两眼昏黑，脑子一片空白。随后，仿佛死而复生一样，他一跃而起，眼睛里冒着火，脸上淌着汗，高声喊道：

"我打败了你，干酪脸！我等待了十一年，但终于还是打败了你！"

他双膝颤抖，感到浑身无力，于是踉跄着步子走到床前，身子朝下一沉，坐在了床沿上。他仍然沉湎于对往事的回忆。他向屋子的四周望望，感到既困惑又慌张，不知自己身在何处，直到看见了屋角的那堆稿件，心里才明白过来。回忆的车轮向前滚动，穿越了四个年头，他才意识到了"现在"，意识到了自己翻开的书以及从书中看到的天地，意识到了自己的梦想和雄心；意识到了自己对一位精灵般白皙女子的爱——那女子生性敏感、娇生惯养、温文尔雅，只消看一眼他刚才经历过的场景，看一眼他体验过的肮脏生活，准会被活活吓死。

他立起身来，直视自己在镜中的映影。

"你从污泥里爬了起来，马丁·伊登，"他庄重地说，"你迎着灿烂的光芒擦干净眼睛，跻身于群星之间，像所有的生物一样，'摆脱野蛮和残暴'[①]，不畏千难万险，为自己争取最好的命运。"

他更加仔细地打量着镜中的影子，哈哈笑出声来。

"有点歇斯底里，也有点戏剧味，是吧？"他问道，"哦，请别在意。你打败了干酪脸，也会打败那些编辑，哪怕花去两个十一年也在所不惜。你不能就此罢手，必须坚持下去，一战到底，这一点你可要明白。"

---

① 丁尼生的长诗《纪念》中的诗句。

第十六章

闹钟丁零零响起来，霍然把马丁从睡梦中惊醒，若是换上一个体质差些的人，肯定会闹头痛。虽然睡得很死，但他马上似猫儿一样醒了过来，而且醒得很急切，庆幸无知无觉的五个小时已经过去。他痛恨昏昏沉沉的睡眠，因为有许多事情要做，有许多生活等待他去体验。睡眠夺走的一分一秒都令他感到心疼，未等闹钟的丁零声停止，他就连头带耳浸在了脸盆里，被冷水激得直哆嗦。

可他没有依照计划按部就班地工作，手头既无未完稿的文章，也无新作需要付诸笔端。昨夜他学习一直学到很晚，现在醒来已快到吃饭时间了。他想把费斯克[①]的作品看上一个章节，但脑子里太乱，只好合上了书。今天将拉开一场新的战斗的序幕，在今后的一段时间里他将辍笔停止写作。他感到一阵凄哀，心情类似那些离家别亲的人们。他望了望屋角的稿件，原因就在那里。他就要离开它们，离开他的这些受尽欺侮、到处都不受欢迎的可怜孩子了。他走过去，动手翻阅那些稿件，拣自己喜欢的段落，这儿看一段那儿看一段。他特别欣赏《罐子》，大声朗读了一遍，而对待《冒险》也是如此。最令他垂青的是新作《欢乐》，这篇作品昨天才完稿，由于没邮票寄，便抛到了屋拐角。

“我简直不理解，”他自言自语道，“或者，也许是那些编辑无法理解。这篇东西看不出哪个地方有毛病。他们每个月都登劣质文章，篇篇——几乎是篇篇都比这差。”

用过早餐，他把打字机装进箱子，然后提着来到了奥克兰。

“我欠了一个月的租借费，”他对租赁店里的职员说，“不过你可以转告经理，我要去找活干，不出一个月我就会回来把账还清。”

---

① 19世纪美国历史学家和进化论者。

他乘轮渡到了旧金山，向一家职业介绍所走去。“我什么活都愿干，就是不会手艺。”他对办事员说。这时进来一个人打断了他们的谈话，只见此人衣着花里胡哨，完全是有些爱赶时髦的工人那样的打扮。办事员沮丧地摇了摇头。

“一点办法都没有，呃？”来者说，“唉，今天我必须雇到人手。”

他转过身，把眼光投向了马丁。马丁也打量起他来，看到那张浮肿和苍白的脸倒是很英俊，但却无精打采，显然是昨夜熬通宵的缘故。

“找工作吗？”对方问，“能干什么活？”

“干重活，还能当水手、打字，就是不会速记；会骑马，什么活都愿意干，也愿意尝试。”马丁说。

对方点了点头。

“听起来倒是不错。我叫道森，乔·道森，正想物色一个洗衣工。”

“这活我可干不了。”马丁说着，心里想到了自己为娘们家熨白色绒毛衣的可笑场景。可是他对那人产生了好感，于是便补充说：“光洗洗衣服我还是可以干的，那是我在航海时学会的。”

乔·道森一时没吭声，显然在考虑。

“这样吧，咱们一块合计一下，愿意听吗？”

马丁点了点头。

“那是家小洗衣店，位于内地，归属雪莱温泉旅馆，干活的只有两个人：老板和伙计。我是老板。你不是为我干活，但你得听我的指派。你考虑一下，是不是愿意去试试？”

马丁没言声，暗自考虑起来。前景是诱人的，干上几个月，他就可以腾出时间学习了。他可以边发愤工作边刻苦学习。

“伙食不赖，而且还有自己的房间。”乔说。

这一说使他打定了主意。有了自己的房间，他可以不受干扰地挑灯夜读。

“但工作却非常重。”对方追加了这么一句。

马丁意味深长地摸了摸肩膀上隆起的肌肉说：“这是干重活练出来的。”

“那咱们就谈正经事吧。”乔把手放到头上，按了一会儿，“唉，有点头晕，简直看不清东西。昨天喝了一夜酒，把钱花了个精光。情况是这样的：除了吃住，两个人的工资总共是一百块钱。平时都是我拿六十块钱，伙计拿四十块钱。可他是内行，你却是生手。要是由我来带你，开始的时候我得替你干许多活，所以你先拿三十块钱，干一阵再升至四十块。我会对你公平的。你一干完自己分内的活，就拿四十块钱。"

"一言为定。"马丁说着，伸出手和对方握了握，"能预支点钱吗？买火车票和做盘缠，行吗？"

"我把钱都花光了，"乔愁眉苦脸地回答，又用手摸了摸发痛的脑袋，"身上只剩下一张往返车票了。"

"付过食宿费，我就分文全无了。"

"那就一溜了之呗。"乔建议道。

"不行，那是欠我姐姐的钱。"

乔不解地吹了一声长长的口哨，然后挖空心思想办法，但终究无计可施。

"我还有点喝酒的钱，"他绝望地说，"咱们去喝一盅，也许能想出个办法来。"

马丁谢绝了。

"戒掉啦？"

马丁这次点了点头，而乔哀叹道："我要是也能戒掉就好啦。"

"可不知怎么，这酒就是戒不掉，"他为自己辩解说，"辛辛苦苦干上一个星期的活，我就要喝个酩酊大醉。要是不喝酒，我会割破自己的喉管，或者放把火将房子烧掉。不过，你能戒酒，这让我感到高兴。望你坚持下去。"

马丁情知自己和这个人之间横着一条巨大的鸿沟；但他觉得，要让他回到鸿沟的对岸，也绝非难事。他过去一直都生活在劳动阶级的圈子里，劳动人民之间的友谊和忠诚是他的第二天性，至于对方那发痛的头脑解决不了的交通费用问题，他倒想出了个办法。他可以托乔乘车，把自己的箱笼捎到雪莱温泉旅馆去，他有自行车当交通工具。到那儿的路程有七十英里，他星期天动身，星期一早晨就能够开始干活了。当务之急是回家收拾行李，他不用和任何人告别，因为露丝和她全家都到内华达群山中的太浡湖畔消磨漫长的夏季了。

星期天晚上他赶到雪莱温泉旅馆时，已是筋疲力尽、风尘仆仆。乔热情地欢迎他。乔发痛的头上缠着湿毛巾，已干了整整一天活。

“上个星期我去雇你的时候，一部分活就积压了下来，”他解释道，“你的箱子已平安到达，现在你的房间里。把那称为箱子未免太沉了些。里边装的是什么？莫非是金砖不成？”

乔坐到床上，看着马丁解行李，行李箱原是装早点的货箱，希金波森先生收了马丁五角钱才把箱子给了他。马丁在上边钉了两个绳柄，巧妙地把它变成了能上行李车的衣箱。乔鼓起眼珠，看到他拿出几件衬衫和换洗的内衣后，就源源不断地朝外取书。

“底下全都是书啦？”他问。

马丁点点头，接着便开始把书排列到一张在这间房里充作脸盆架的餐桌上。

“好家伙！”乔惊叹一声，随后就哑了音，琢磨起其中的名堂来。最后他终于悟出了点道理。

“你不追女孩子——不太追女孩子吧？”他问。

“是的，”马丁回答说，“以前倒是经常追，可后来迷上了书，我就没时间了。”

“到这儿来也没时间，除了干活就是睡觉。”

马丁心想自己每天只睡五个小时，于是微微笑了笑。他的房间位于洗衣房的楼上，和那架抽水、发电以及带动洗衣机的引擎在同一幢房屋里。住在隔壁的技师来迎接新人时，帮马丁在分线上装了个灯泡，这灯泡可以顺着一条绷在桌子上方的绳子拉到床前。

次日清晨六点一刻，马丁被从床上唤了起来，因为六点四十五要吃早饭。洗衣房里有一个工作人员用的澡盆，他在里边洗了个冷水浴，这叫乔极为震惊。

“好样的，你可真是好样的！”他们在旅馆厨房里的一个角落坐下来用餐时，乔这样称赞他。

同他们一道就餐的还有那位技师、花匠、助理花匠以及两三个马房里的人。大伙儿阴沉着脸急匆匆地吃着，都不太讲话。马丁边吃边听，心中意识到自己已远远地离开了他们的阶层。那些人低下的智能叫他伤心，于是他巴不得赶快从他们身边躲开。他和他们一样，匆匆吞下这顿令人作呕的、泥浆般的早饭，待到出了厨房门，才轻松地舒了口气。

这是家设备齐全的小型蒸汽洗衣房，凡是机器能做的事情都由最新式的机器代劳。马丁得到些许指点，开始把大堆的脏衣服按种类分开，而乔开动洗衣机，又调制了一些软皂——这是一种含有腐蚀性化学物质的半液体肥皂，逼得他只好用浴巾把口鼻及眼目团团裹住，活似一个木乃伊。马丁分完类，就帮着把衣服弄干。干这种活，得把衣服扔进一个每分钟转几千圈的容器里，靠离心力把衣服里的水分甩出来。接着，马丁在烘干机和绞干机之间跑来跑去，叼空还"抖平"短袜和长袜。下午，他们边加热熨斗，边用轧液机处理短袜和长袜，一个负责往里放，另一个则把袜子拿出来摞好。随即，就用热熨斗烫内衣，一直干到六点钟，乔还是没把握地直摇头。

"干得太慢了，"他说，"吃过饭还得干。"

晚饭后，他们在雪亮的电灯光下一直干到十点钟，直至把最后一件内衣烫好和折叠好，送入分发室里。这是一个炎热的加利福尼亚之夜，窗户虽然都大敞着，但由于生着火红的熨铁炉子，屋里简直成了个大熔炉。马丁和乔只穿着件背心，光着膀子，冒着热汗，大口喘着粗气。

"这活真像是在热带装卸货物。"两人上楼的时候，马丁说。

"你能干得了，"乔回答说，"你工作起来真是好样的。照这样干下去，你这三十块钱的工钱恐怕只拿一个月，第二个月就可以拿到四十块钱。别跟我说你以前没熨过衣服，我可是明眼人。"

"不骗你，我以前从来没熨过衣服，今天这是第一次。"马丁争辩道。

回到房间里，他吃惊地发现自己已十分疲惫，全然忘了他一刻也没停地站着干了十四个小时的活。他把闹钟上到六点钟，屈指一算，减去五个钟点就是一点钟。看书可以看到那个时候。他脱掉鞋舒展发肿的脚，然后在摆满了书的桌旁坐了下来，他把费斯克的书翻到两天前合上的地方，开始阅读。可是刚看第一段就有些吃力，于是他把那段又看了一遍。他不知不觉睡着了，醒来时感到浑身酸痛、肌肉僵硬，叫窗口灌入的山风吹得发冷。他看看表，时针指着两点钟，他已经睡了四个小时。他把衣服脱掉，爬到床上，头一挨枕头就睡着了。

星期二仍是一个不停干活的日子。乔手脚麻利，干活一个人顶十二个魔鬼，深得马丁的敬佩。他工作效率极高，在漫长的一天里无时无刻不在争分夺秒。他干活精力集中，千方百计节省时间，指教马丁在哪些地方可以用三个动作干原需五个动作的活，或者用一个动作干三个动作的活。马丁边观看边效仿，称其为“取消无用动作”。他自己也是个干活能手，又快又灵巧，而且一向引以为自豪的是：不让别人替他干一点活，也不让别人超过他。所以，他工作起来也是精力集中、全神贯注，热心接受工友的提示和建议，他“擦净”领子和袖口，将两层亚麻布之间的浆水揩掉，免得熨时起泡，其工作速度赢得了乔的赞扬。

他们一刻也不闲，从未遇到无活可干的时候。乔不是等着活儿找他，也不专门料理一件事情，而是连续不断地把活干了一件又一件。他们为两百件白衬衫上浆，干的时候一把抓起一件衬衫，让袖口、领子、抵肩和前胸都突出在这只紧握着的右手之外。同时，左手托起衣身，免得沾上浆水，而右手则浸入浆水里——由于浆水烫得厉害，他们必须时不时地把手伸进冷水桶里泡泡，才能把浆好的部位弄干。这天晚上，他们一直干到十点半，给“高档服装”上浆——这些都是小姐太太们穿的那种镶着褶边、既轻薄又精致的衣服。

“我情愿上热带去，那就不用洗衣服了。”马丁笑着说。

“那我可就要失业了，”乔一本正经地答话道，“除了洗衣服，我什么都不会干。”

“洗衣这一行你十分精通。”

“这倒是真的。十一岁时，我就在奥克兰的康特拉·科斯塔开始为人家洗衣服，把衣服一件件“拉平”送入轧液机。那是十八年前的事情，至今都没干过别的工作。这活真是太吓人了，至少得两个人联手干，明天夜里还得加班，因为星期三夜间总少不了用轧液机处理领子和袖口。”

马丁拨好闹钟，来到桌前，将费斯克的书翻开，可是连一段也没看完。一行行的字模糊起来，挤到了一处，而他打起盹来。他起身来回走动，用拳头猛擂自己的脑袋，还是驱赶不走睡意。他把书竖到面前，用手指撑开眼皮，就这么睁着眼入睡了。最后，他只好作罢，几乎无知无觉地脱掉衣服，倒在了床上。他睡了七个小时，像野兽一样睡得很死，被闹钟叫醒时还觉得自己没睡够。

“书看多了吧？”乔问。

马丁摇了摇头。

“没关系，今晚是得操纵轧液机，但星期四六点钟就歇工，让你有时间看看书。”

这一天，马丁用手在一个大桶里洗毛料衣服，软皂调得浓浓的，而且借助于一个装在一根杆子上的马车轮子的车毂，那杆子连着头顶上方的一根弹簧杆。

“这是我的发明，”乔自豪地说，“比用洗衣板和指关节强，除此以外，每星期至少还能节省十五分钟的时间。十五分钟，在这种行当里，可是不能小瞧的。”

用轧液机处理领子和袖口，也是乔想出的主意。这天夜里他们在电灯下一边苦干，他一边解释着。

“除了这家洗衣店，别人没这样干过。要想在星期六下午三点钟完工，我只得这么干。我知道怎么去做，这就是诀窍。必须有适当的温度和适当的压力，而且要处理三次。你瞧！”他用手拎起一只袖口，“无论是手工还是用熨衣机，都不会有这么好的效果。”

待到星期四，乔却火冒三丈，因为有人送来一捆额外的“高档服装”让他们洗。

“我不打算干啦，”他宣称道，“简直让人无法容忍，我干脆辞职算啦。整整一个星期，我像奴隶一样只知道干活，节省一分一秒的时间，可他们却跑来把额外的衣服堆到我的头上，这算怎么回事呢？这是个自由的国家，我要去找那个肥胖的荷兰猪讲讲我对他的看法。我在他面前才不说法语呢。我觉得美国话对我挺合适。哼，他竟敢把额外的衣服推给我浆洗！”

“今晚咱们又得干活了。”他紧接着就这样说道，态度来了个一百八十度大转弯，向命运屈服了。

这天晚上，马丁没有看书。他已经整整一星期没看日报了，而且惊奇地发现自己竟然失去了阅报的欲望。他对新闻不感兴趣。由于疲倦和劳累，他对什么事情都不感兴趣。星期六下午三点如果能把活干完，他打算骑车子到奥克兰去。到那儿的路程是七十英里，星期天下午赶回来还得骑七十英里，这一来一去就会使他无法得到休息以应付下个星期的工作了。乘火车倒是挺便当，但来回得花两块半钱，而他正在一个心思攒钱呢。

第十七章

马丁学会了干许多活。头个星期的一天下午，他和乔一起熨烫二百件白衬衫。乔操纵熨衣机，这种机器里有一只钩在一根钢丝上的热熨斗，而钢丝的作用是提供压力。用这种工具，他又是烫抵肩和袖口又是熨领子，使领子和衣身形成一定的角度，最后再把前襟熨得平平展展。一熨好，他就把衬衫扔到他和马丁之间的一个架子上，由马丁拿去“复熨”。马丁的这项工作是熨烫未上浆的所有部位。

这是件耗人体力的工作，以极高的速度一个钟点一个钟点地持续着。在外边，旅馆宽敞的阳台上，一些男女穿着凉爽的白衣服，呷着冰镇饮料，保持着正常的体温。可是在洗衣房里，空气却热得发烫。大火炉子呼呼吐出火红和白热的火焰，熨斗在湿布上移来移去，散发出如云似雾的水蒸气。这些熨斗的热度与家庭妇女所用的是不一样的。通常用湿指头测其温度的熨斗对乔和马丁来说就太凉了，所以这样的测试是无用的。他们把熨斗拿起来靠近脸颊，完全靠某种玄妙的心理活动测试温度，对此马丁很是欣赏，可就是弄不明白其中的道理。当刚热好的熨斗太烫的时候，他们就把熨斗挂到铁棒上，浸泡到冷水里去。这也需要精确而微妙的判断力。在水中哪怕多泡几分之一秒，那不太冷不太热恰到好处的温度就会消失。马丁感到惊奇的是，自己竟能达到如此高的精确度——这是一种无意识的精确度，所依据的准则似机械般万无一失。

可是，马丁没有时间去赞叹，他的全部精力都集中到了工作上。他一刻不停地干着活，头脑并用，活像一台智能机器，而提供这种智能的是他的全部身心。他的大脑里没有余地可以容纳宇宙以及宇宙间的重大问题，那儿的所有宽阔的通道都已关闭，封得严严实实。他心里的回音堂变成了斗室和控制塔，只知道操纵他的胳膊、肩上的肌肉和灵巧的十指去移动熨斗——那熨斗来去如飞、上下舞动，精确得不多不少、不远不近，身后留下团团水蒸气；他永无休止地熨着衬衫的袖子、腰身、后背和后摆，熨好一件就扔到架子上，一点皱襞也不起。他心情急切，扔着第一件的当儿，就去取第二件。这样的工作一个钟点又一个钟点地连绵不断。加利福尼亚的太阳顶头高照，外面的整个世界都昏昏欲睡，而这间闷热难熬的房子里却没有人昏睡，因为阳台上的那些乘凉的客人需要穿干净的衣服。

马丁汗如雨下。他喝了大量的水，可是由于天气太热、用力太猛，他体内的水分从每个毛孔不停地朝外泄。在海上作业的时候，少数情况除外，他总是有许多时间思考问题。船主仅仅支配马丁的时间；可是在这儿，旅馆的经理不仅支配马丁的时间，还支配他的思想。他万念俱空，除了这折磨精神，摧残肉体的苦活，什么都不想，而且也不可能去想。他忘掉了自己在爱着露丝，她甚至压根就不存在，因为他那颗受人驱使的心无暇想到她。只有夜间爬到床上，或早晨用餐的时候，他才会想到她，但这种回忆转瞬即逝。

“这儿是地狱，对吗？”有一次，乔这样说道。

马丁点了点头，可是心里却感到一阵恼怒。这句话是无可非议的，就是有点多余。他们干活时是不讲话的，因为一讲话会打乱他们的步调。譬如，这一次马丁就少熨了一下，他只好又补熨了两下才赶上了原来的步调。

星期五上午，洗衣机开动了。每星期两次，他们得洗旅馆里的亚麻织物——被单、枕套、被罩、桌布和餐巾。洗完这些，他们又接着认认真真地开始对付“高档服装”。干这活可快不成，既讲究又细致，马丁学来着实不容易。再说，他可不能鲁莽行事，一出错就会造成灾难。

“你瞧，”乔拎起一件薄如蝉翼、团在手心里就可以让人看不见的紧身胸衣，说道，“要是把这玩意儿熨糊了，就得扣你二十块钱的工钱。”

所以，马丁没有把衣服熨糊。他放松了紧绷的肌肉，可精神却空前紧张起来，艰难而痛苦地熨着那些无须自己洗衣的女人们所穿的漂亮玩意儿，一边同情地听乔在那儿骂骂咧咧。“高档服装”给马丁带来了噩梦，也给乔带来了噩梦。正是这种“高档服装”剥削走了他们辛辛苦苦节省下的时间，使他们终日劳作。傍晚七点钟，他们停下手中的活，把旅馆里的亚麻织物送入轧液机。十点钟，当旅馆客人入睡时，这两位洗衣工又继续汗流浃背地熨“高档服装”，直至午夜一点钟，两点钟。干到两点半钟，他们才歇工。

星期六上午又穷于应付“高档服装”和一些零碎的小玩意儿，下午三点钟这一星期的活才算干完。

“这么累了，你不会又要骑车赶七十英里的路跑到奥克兰去吧？”当他们坐到楼梯上，悠然自得抽烟的时候，乔问道。

“我得去。”马丁回答。

“图什么呢？——去追求姑娘？”

“不是。是为了节省两块半钱的火车票。我想到图书馆续借几本书。”

“为什么不用快件把书寄去，再求他们寄来呢？来去都只花两角五分钱。”

马丁考虑着他的建议。

“明天休息一下，”对方劝告道，“你需要休息，我知道我也需要。我简直累得要死。”

他的确是倦容满面。他一往无前，未有过片刻的休息，一星期来争分夺秒，避免了种种耽搁，摧毁了道道险障，活似不可抗拒的力量源泉和开足马力的肉体机器，工作时显示出超人的精力。现在，一星期的任务已经完成，他却处于崩溃的境地。他疲倦、憔悴，一张英俊的面孔累得颓萎不振。他无精打采地抽着烟，声音出奇地单调和死气沉沉。他体内的活力和生气消逝得无影无踪。他的胜利看来是场凄惨的胜利。

“下星期还得从头干，”他忧郁地说，“唉，累死累活有什么用呢？有时候真想当个流浪汉，因为他们不用干活，照样可以活下去。老天！多么希望能有杯啤酒喝，可就是打不起精神到村里去买。你最好留下来养精蓄锐，把书邮寄过去，不然你就太傻啦。”

“星期天在这儿待一天，能干什么呢？”马丁问。

“休息。你意识不到你有多疲倦。唉，一到星期天我就累散了架，连报纸也看不进去。有一次我染上了伤寒，在医院里躺了两个半月，一点活也不干。那滋味真是美。”

“真是美啊！”隔了一小会儿，他又做梦似的重复了一遍。

马丁洗了个澡，出来却发现洗衣工头不见了踪影，心想他八成去喝酒了，可是要到村里找他得走半英里的路，未免太远了些。他脱掉鞋躺到床上，想集中一下思想。他没有伸手取书看，累得连睡意也没有了，而只是昏昏沉沉躺在那儿，几乎什么也不想，一直到吃晚饭的时候。乔没回来吃饭，马丁听花匠说他很可能是到酒吧痛饮去了，这才明白了过来。吃完饭他就上床睡觉了，第二天早晨觉得体力已大大恢复。此时，乔仍未归来。马丁拿上一份星期日报纸，找块树荫躺了下来。于不知不觉之中，一上午的时间都过去了。他没有睡着，也无人来打扰，可他连一份报纸也没看完。吃过饭后，他下午又回到原地看报，看着看着就睡着了。

星期天就这么打发掉了。星期一早晨，他又开始苦干，忙着对衣服进行分类，而乔把一条毛巾紧缠在头上，哼哼唧唧、骂骂咧咧地又是操纵洗衣机又是调制软皂。

“我简直克制不住自己，”他解释说，“一到星期六的晚上，就得一醉方休。”

又一个星期过去了。他们天天晚上都鏖战于电灯之下，这场恶战一直持续到星期六下午三点钟才宣告结束。此时的乔仅仅短暂地品尝一下苦涩的胜利滋味，便又溜到村里借酒浇愁了。马丁的星期天过得一如以往。他躺在树荫下漫无目的地胡乱看着报，仰面朝天躺在那儿，一待就是好几个小时，什么也不干什么也不想。他头脑昏昏沉沉，思考不成问题，但心里却明白他并不喜欢自己的这个样子。他自我厌恶，仿佛他已经堕落，或者原本就是个混蛋。他心里所有的神圣观念都化为乌有，勃勃雄心变成了麻木不仁；他已经丧失了所有的活力去感受雄心的跳动。他死了。他的灵魂似乎死了。他是一头畜生，一条干活的牲口。在他的眼里，绿色的树叶间洒下的阳光失去了美感，蔚蓝色的天空不再像以前那样对他窃窃私语，向他描绘浩瀚的宇宙和急切地吐露秘密。生活枯燥乏味得令人无法忍受，含到嘴里是苦涩的味道。他心里的明镜蒙上了一层黑布，而幻想则躺在一间不透光线的昏暗病房里。他羡慕乔，因为乔可以毫无顾忌地跑到村里的酒吧间畅饮，任大脑胡思乱想，发发伤感的感慨，痛痛快快、欢欢喜喜喝个酩酊大醉，忘掉星期一，忘掉下个星期那叫人死去活来的苦活。

第三个星期过去了；马丁憎恨自己，也憎恨生活。一种失败的感觉在左右着他。那些编辑冷落他的作品，是有原因的。这些他现在看得一清二楚，于是不禁嘲笑自己，嘲笑自己曾经怀有的梦想。露丝把《海洋抒情诗》寄还给了他。他冷淡漠然地看了她的来信。她竭力声明自己是多么喜欢这些诗，说这些诗写得非常美。可是她不会撒谎，掩饰不住内心的真实看法。在她看来，这些诗是失败之作，从她的信中每一句敷衍和淡漠的话里他都可以瞧出她的不满。按说，她是没有错的。他把这些诗又重新看了一遍，对这一点深信不疑。他已经失去了美感和幻想，而今重温诗句，禁不住纳闷起来，不知自己当初创作的时候心里想的是什么。那些大胆的词语现在读起来显得荒诞不经，巧妙的措辞显得滑稽可笑，一切都是那样荒唐、不真实和无法思议。他恨不得立时就把《海洋抒情诗》付之一炬，只是他缺乏这样的强烈愿望。引擎机房就在那儿，可是要把诗稿拿去投入火炉却有些得不偿失，因为他的全部气力都用于为别人洗衣服了，已没有丝毫的精力干私事。

他决定待到星期天，自己将打起精神给露丝回封信。然而星期六下午一干完活，他洗了个澡，就涌起了忘掉一切的欲望。“我想还是去看看乔的情况吧，”他这样对自己说；话一出口，他就知道自己在扯谎。不过，他没有精力考虑这是否谎话；即便有精力，他也不愿考虑，因为他想忘掉一切。他慢吞吞信步朝村里走去，接近酒吧时，脚下不由自主加快了步伐。

“我原以为你戒酒了呢。”乔招呼他道。

马丁不屑辩白，而是要了瓶威士忌，为自己斟满一杯，然后把瓶子递给了对方。

“别净扯这些。”他粗鲁地说。

对方斟酒时慢慢悠悠，马丁等不及，便把杯里的酒一口饮干，又斟了一杯。

“这一杯可以等等你，”他冷冰冰地说，“不过，请你放快点。”

乔连忙为自己斟上酒，二人对饮起来。

“干这样的活叫你开了戒，是吗？”乔问道。

马丁不愿讨论这个问题。

“这儿是活地狱，我心里清楚，”对方继续说道，“但我不愿看到你大开酒戒，马特。算啦，让我敬你一杯！”

马丁默不作声只顾喝酒，把自己要的酒以及对方请的酒都一杯杯饮干，使那位长着一双水汪汪的蓝眼睛、梳着中分头的女里女气的乡下年轻招待肃然起敬。

“他们逼着咱们这些可怜人拼命干活，实在是可恶，”乔说道，“要是没酒做伴，我准会失去控制，把那地方放火烧掉，告诉你，多亏有了酒，才使他们幸免于难。”

马丁没搭腔，又喝了几杯，有些陶陶欲醉，觉得有些小虫在脑子里爬来爬去。啊，这才是生活！三个星期来，他第一次呼吸到了生活的气息。美梦又重新出现，而幻想步出昏暗的病房，似一团灿烂夺目的火球，诱引他前行。他心里的那面镜子洁净如洗，宛若一尊光芒四射、令人眼花缭乱的铜像。奇迹和美感与他携手并进，把力量注入他的全身。他想把这情形讲给乔听，可是乔也沉湎于幻想，勾画着自己的宏伟蓝图——摆脱奴役般的洗衣苦活，开一家大规模的蒸汽洗衣店，自己当老板。

“告诉你，马特，我的洗衣店不雇童工——绝对不雇。下午六点钟一过，所有的人都停止工作。你听我说！我的店里机器多，人手也多，正常的上班时间就能把活干完。说真的，马特，我要任命你为洗衣店的总管，所有的一切都听命于你。你听听我的计划。我要把酒戒掉，攒上两年的钱——有了钱就——”

可是马丁把身子转了过去，丢下他把心里的话向那位招待倾吐。后来，那位招待也受到马丁的支使，去为两位刚进门的庄稼汉取酒。马丁慷慨解囊，请大家一道痛饮，其中有几位庄稼汉、一个马夫、旅馆里的花匠助手、酒吧招待，还有一个似幽灵般溜进来又似幽灵般在酒吧间的一端转来转去的流浪汉。

第十八章

星期一早晨，乔哼哼唧唧地把第一车衣物推到洗衣机跟前。

“听我说。”他启口道。

“别跟我讲话！”马丁咆哮了起来。

“对不起，乔。”中午歇工吃饭的时候，他说道。

对方的眼里涌出了泪花。

“没什么，老伙计，”他说，“咱们都生活在地狱里，控制不了自己。你知道，我是非常喜欢你的，这才是让我伤心的原因。从一开始我就对你产生了好感。”

马丁握了握他的手。

“干脆不干啦，”乔建议道，“咱们丢下这份工作流浪去。我虽然没尝试过，但四处流浪一定轻松得很。什么事情都不用做。你想想吧，什么事情都不用做！有一次我患伤寒症住院，那滋味真是美。真希望再病上一场。”

这个星期，时光过得很慢。旅馆里人满为患，“高档服装”似潮水向他们涌来。他们创建了英雄的业绩。每天他们都在电灯光下奋战到深夜，吃饭时狼吞虎咽，甚至在早饭前还要赶半个小时的活。马丁不再洗冷水澡。每一分钟都是拼搏、奋战和苦干；而乔是个专横的时间牧人，细心地控制着分分秒秒，不让有丝毫闪失，像守财奴数金子一样把时间计算来计算去，干起活就发疯，恰似一台开足马力的机器。为他充当干练助手的是另一台机器，这台机器自以为曾经是个名为马丁·伊登的人。

不过，马丁很少去思考。思想的殿堂大门深锁，窗户被木板钉得严严实实，而他是这座殿堂影影绰绰的守门人。他是个幽灵。乔说得对，他们俩都是幽灵，永无休止地干着地狱里的苦役。莫非这是一场梦？有时，当他把沉重的熨斗在白色的衣服上拉来推去，周围升腾起热烫的蒸汽时，他觉得眼前的一切都是梦。只消一会儿工夫，但也许要在一千年之后，他就会从梦中醒来，回到自己的小屋里和那张沾满墨迹的桌子前重新开始撰稿，从昨天辍笔的那个地方写起。或者，这也是一场梦。他醒来时也许会赶上换夜班，那时他将在东摇西晃的水手舱里跳下床铺，登上甲板，头顶热带的繁星操掌舵轮，听凭凉爽的贸易风渗透肌肤。

星期六下午三点钟，空洞的胜利再次来到。

“我得去弄杯啤酒喝喝。”乔说道，声音古怪而单调，流露出周末的疲倦。

马丁似乎猛然从梦中惊醒。他打开工具包，给自行车上好油，往链条上涂些石墨，又调了调轴承。他超过正在朝酒吧走的乔，弯下身子，手握车把，两腿均匀用力蹬动九十六齿的齿轮，表情坚定地赶那高低不平、尘土飞扬的七十英里路程。当天夜里他宿在奥克兰，星期天又骑了七十英里朝回赶。星期一早晨，又一个星期的活儿开始了，他虽然周身疲倦，但头脑却得到了清醒。

第五个星期过去了，紧接着就是第六个星期。他生活和工作都像台机器。体内只剩下了一点点活力和一丝丝精神，就靠这些他每个周末要走一百四十英里的路程。这样的旅行根本不是什么休息，而是地地道道的机械运动，摧毁了他以前所残留下的最后一丝精神。第七个星期结束时，他抵挡不住诱惑，身不由已地跟乔一道跑到村里喝得死去活来，直至星期一早晨。

以后每逢周末，他又紧着赶那一百四十英里的路程。平时干活他耗力太多，感到头脑麻木，而骑车子旅行耗力更多，所以头脑更麻木。第三个月结尾时，他和乔第三次到村里喝酒。他喝得忘掉了一切，接着又清醒过来，就在清醒的当儿，他清楚地看到自己正在变成畜生——这并非饮酒的缘故，而是由苦活所造成。饮酒是结果，不是原因。它是苦活的必然结果，就像白天过后紧跟着就是黑夜一样。威士忌悄悄告诉他，沦为干活的牲口是无法跻身社会上层的，对此他点头称是。威士忌是明智的，它吐露了生活的秘密。

他要来纸和笔，然后为大伙儿斟酒。当人们为他的健康干杯时，他却伏在柜台上挥笔疾书。

“这是份电报，乔，”他说，“你把它看看。”

乔醉醺醺、好奇地斜眼瞧了瞧，但他所看到的电文似乎让他清醒了过来。他责怪地望着对方，泪珠打眼里滚出，顺着脸颊朝下淌。“你难道要背叛我，马特？”他绝望地问。

马丁点点头，随后把一个闲汉唤到跟前，让他把电文送到电报局去。

“请等一下，”乔口齿不清地说，“容我想想。”

他用手抓住柜台，两条腿抖如筛糠，马丁伸出条胳膊搂住他，扶着他让他思考。

“把电文改为两个洗衣工，”他霍然开口说，“拿来，让我改吧。”

“你为什么也不干了？”马丁问。

“和你的原因一样。”

“我去航海，那活你是干不了的。”

“不错，”对方说，“但我可以流浪呀，那也挺好的。”

马丁对着他仔细打量了一会儿，然后叫嚷道：

“老天，我觉得你是对的。宁肯当一个流浪汉也比做只知道干活的牲口好。啊，老兄，你会过上满意生活的，以前你可没过上一天舒心的日子。”

“我住过一次医院，”乔纠正他的话说，“那段时间过得很舒心，当时染的是伤寒症——这事我对你讲过吧？”

马丁把电文改成了“两个洗衣工”。趁他修改的工夫，乔又接着说：

“我住院的时候，一点都不想喝酒。听起来有点可笑，是吧？我要是像奴隶一样干上一个星期的活，就必须痛饮一顿。你可曾留意过厨子们都是不要命地喝酒？——面包师不是也一样？那是干活导致的，是一种必然结果。来，让我付一半电报费。”

“咱们抛骰决定谁付钱吧。”马丁建议道。

“来呀，大伙儿都喝呀。”乔叫喊道。他和马丁咔啦咔啦地摇着骰子，抛到湿漉漉的柜台上。

星期一早晨，乔怀着急切的心情期待着。他不顾自己的头痛，对工作也不热心了。大量的时间悄然走失，而心不在焉的时间牧人却呆望着窗外的阳光和树木。

“瞧那儿的风光！”他叫喊道，“全是我的，一个铜板也不收！我可以躺到树下，随心所欲地睡他一千年。喂，你过来，马特，咱们现在就离开这儿吧。再多待一会儿也早晚是个走。到自由的天地去，那儿什么活都不用干。我有一张到那里去的车票——这次可不是往返车票！”

几分钟后，乔把一些脏衣服装到车上，准备送到洗衣机那儿，不料看到了旅馆经理的衬衫。他认得衬衫上的标记，心里突然产生了一种大胆的念头，于是把衬衫扔到地上，用脚乱踩一气。

“真希望你就在衣服下，猪头猪脑的荷兰佬！”他喊道，“你要是真在这儿，就让我踩着了！把这一脚送给你！还有一脚！还有一脚！去你妈的！拉住我呀，让人拉住我呀！快把我拖回去呀！”

马丁哈哈大笑，拉着他让他干活去了。星期二晚上，新雇的洗衣工来了，这星期剩下的几天就是调教他们，让他们熟悉工作。乔坐在一旁讲解他的那套方法，自己却什么也不干。

“再也不干了，”他声称，“一点都不干了。想开除就让他们开除吧。他们一解雇我，我正好离开。谢谢你们喽，我可是再也不干啦。我向往的是货车和树荫。加油干呀，你们这些奴隶！对，汗流浃背地拼命干吧！累个半死，流一身臭汗！你们死后会和我一样腐烂掉，所以你们现在过怎样的日子又有什么关系？呃？说呀——到头来有什么关系呢？”

星期六他们领到工钱，就到了各奔东西的时候。

“你愿意听我的劝告，改变主意，和我一道浪迹天涯吗？”乔绝望地问。

马丁摇了摇头。他站在自行车旁，已准备启程。他们握手时，乔把他的手拉紧说：

“在你我离开人世之前，我还会见到你的，马特。这可不是虚无缥缈的愿望，我打骨头缝里都能感觉得到再见，马特，请多保重。你知道，我是非常喜欢你的。”

他站立在路中央，一副凄惨的样子，目送着马丁拐过弯去，不见了踪影。

“那小伙子是好样的，”他自言自语地说，“他是好样的。”

随后，他拖着沉重而缓慢的步子朝水塔的方向走去，那儿有六七节空车皮停在支线上等待装货。

第十九章

露丝和家人都回到了府里。马丁返回奥克兰后，他们常见面。她拿上了学位，就不再看什么书了；而他累得心力交瘁，所以也没有写作。这样，他们便有了大量时间相处，这是前所未有过的，两人的关系一天天亲密起来。

起初，马丁无所事事，只顾一个劲地休息。他老是睡觉，除此之外就长时间地沉思默想，别的什么都不干。他像是经历了一场可怕的灾难，正在逐渐恢复。这种复苏的最初迹象表现在他对日报不再是漠不关心，而是产生了一定的兴趣。接着，他又开始看起书来——先是看轻松的小说，继而读诗歌；几天之后，他便全神贯注地阅读起搁置已久的费斯克的作品来。他那强壮和健康的身体里又涌出了新的活力，青春又重新焕发，回到了他的身上。

当他声称自己一休息好还要再次出海远航时，露丝明显地露出了失望的神情。

"为什么要出海呢？"她问。

"为了钱，"马丁答道，"我得积聚实力，再次向编辑们发动进攻。钱就是军费，而我既需要钱也需要耐心。"

"如果你想得到的仅仅是钱，那你为什么不留在洗衣店呢？"

"因为洗衣店把我变成了一头牲口。那种活干得太多，就会把人逼得酗酒。"

她向他投来惶恐的目光。

"你是说——？"她的声音都在颤抖。

按说，要想摆脱眼前的困境也不难，可他生性喜欢直来直去，此时他没忘记自己以前做出的决定：不管发生什么情况，对人都以坦诚相见。

"是的，"他答道，"是那么回事，喝过几回酒。"

她身子一哆嗦，朝后缩了缩。

“我认识的人没有一个喝酒——那是绝没有的。”

“那是因为他们没一个在雪莱温泉旅馆的洗衣店里干过活，”他苦笑一声说，“劳动是桩好事情，为保持健康所必需，所有的传教士都这么说，上天知道我从来就不害怕劳动。但有的时候，好事会过了头变成坏事，洗衣店里的工作就属于这种情况。所以，我要再次出海。我觉得这将是我的最后一次航行了，因为回来后，我就会打入杂志社。对此，我是有把握的。”

她没有作声，对他的话无动于衷。他闷闷不乐地望着她，意识到如欲让她理解他所经历过的事情，简直是不可能的。

“总有一天，我会把洗衣店里的生活详细写出——用《劳役使人堕落》或《工人阶级中的喝酒心理》这一类题目。”

自打第一次见面以来，他们似乎从未像今天这样疏远过。他的坦率直言里隐含着反抗精神，这让她感到厌恶。然而，使她最为吃惊的还不是厌恶本身，而是引起厌恶的原因。这说明她和他已过于接近，她一旦承认了这一点，他们之间的关系会更加亲密。怜悯之情在她的心里油然而生，随之而至的是改造对方的天真和充满理想主义色彩的念头。她要挽救这个尚未成熟的堕落青年，使他摆脱早期环境种下的祸根，帮助他走上正道。她以为这是一种崇高的思想境界，可她万万想不到这种念头的背后和深处暗藏着恋人的挑剔及欲望。

在秋高气爽的季节，他们常骑自行车外出兜风，到群山里轮流朗诵诗歌，朗诵那些催人向上、令人向往崇高事物的诗句。通过诗歌她所间接宣扬的是克己、牺牲、忍耐、勤勉和发愤努力这样的原则——在她的心目中，能够体现这种抽象概念的是她的父亲、勃特勒先生，以及安德鲁·卡内基——此人从一个穷苦的移民小孩奋斗成了青史留名的世界名人。

这一切都深得马丁的欣赏和喜欢。现在他比较清楚地看出了她的心理活动，而她的灵魂不再是神奇的谜。他和她在智力上是平等的。不过，他们之间观点的分歧并未影响他的爱。他爱得反而更加热烈了，因为他爱的是她本人，连她娇弱的身体在他眼里也增加了她的几分魅力。在书上他看过体弱多病的伊丽莎白·巴莱特的事迹，那女人多年来从未下过床。可是有一天却激情勃发，和勃朗宁一道私奔，挺起腰杆站立于天地之间；勃朗宁为她做的事情，马丁认为自己也能为露丝做到。不过，首先她必须爱他。剩下的事情就容易办了。他可以给她带来力量和健康。几幕未来生活的场景在他的眼前闪现，他看到自己在工作之余过着一种舒适、温馨的日子，他和露丝一起朗读、讨论诗歌，露丝朗读时坐在地板上，身子靠着一大堆靠垫。这就是他们未来生活的基本调子。他所看到的总是这样的场景。有时，由他朗读，一条胳膊搂着她，而她紧偎在他的怀里，把脑袋枕在他肩上。有时，两人则一道在美丽的诗行中遨游。另外，她也是热爱大自然的，所以他常常发挥丰富的想象力去改变读书的环境——他们有时到悬崖峭壁环绕的山谷里，有时登上高山草地，有时卧身于灰白色的沙丘旁，脚下踩一圈起伏的沙浪，有时则远道前往一座热带火山岛，那儿飞泻的瀑布化云变雾冲向海洋，似缕缕水蒸气在阵阵微风的吹拂下游荡和颤抖。但他和露丝总是处于前景，他们是美的主宰，时时都在读诗和分享幸福，而大自然的背景后边则是隐隐约约、朦朦胧胧闪现出工作、成就和挣来的金钱，这些钱可以使他们自由自在生活在这个世界上、充分享受人世间的财富。

“我可要劝劝我的小女，让她多加留意。”一天，母亲警告露丝说。

“我明白你的意思。可是，这是不可能的。他不是——”

露丝飞红了脸。一个姑娘家在母亲面前第一次论及生活中的神圣事情难免会红脸，尤其是这位母亲在她的心目中占有同样神圣的位置。

“不是和你一类的人。”做母亲的把后半句话替她说了出来。

露丝点了点头。

“我本来不愿直说，但他和我的确不是一类人。他粗鲁、野蛮、强壮——简直过于强壮。他的生活——”

她犹犹豫豫，无法再朝下说。跟母亲谈论这种事情对她而言是一种新的体验。这次，还是母亲替她说出了心里的看法。

“他的生活不洁不雅——这就是你想说的话。”

露丝又点点头，脸上又泛起了红潮。

“正是这样，”她说，“虽然并非他的过错，可他接触的尽是——”

“尽是肮脏的事情？”

“对，尽是肮脏的事情。他让我感到害怕。有时，他讲起自己的经历竟不遮不掩、轻轻松松，好像一点也不在乎，真叫人不寒而栗。他的经历是骇人的，对吧？”

她们俩坐在一起，相互用胳膊搂着对方的腰，沉默了片刻。后来，她母亲拍拍她的手，等待她继续往下说。

“不过，我对他非常感兴趣，”她朝下说道，“从某种程度而言，他是我的学生。另外，他也是我交的第一个男朋友——但确切讲又不是朋友，而是学生和朋友的综合体。他让我感到害怕的时候，我有时又觉得他像一条斗牛狗，我和一些喜欢狗的女大学生一样把他当成宠物，可他却使劲挣扎，龇出牙齿，直想摆脱我。”母亲仍未开口，等她说下去。

“依我看，他使我感兴趣，是因为他像斗牛狗。而且，他身上也有许多优良品质；然而，他身上的另外一种我不喜欢的东西也的确不少。你要知道，我一直在考虑这方面的问题。他骂人、抽烟、喝酒，还动拳头跟别人打过架（这是他亲口告诉我的，而且说他喜欢打架）。他根本不符合做人的标准，绝不是我心目中的——”她把声音压得非常低——“丈夫。他的身材太魁梧了。我的白马王子必须身材修长、皮肤黝黑、风度翩翩，叫我一见倾心。我绝对不可能爱上马丁·伊登。如果爱上他，那才是天大的不幸呢。”

“我指的不是这个，”她母亲支支吾吾地说，“你考虑过他的情况吗？他虽然各方面都没资格，但假如他爱上你怎么办呢？”

“他已经——已经爱上了我。”她高声说道。

“这是意料之中的事，”摩斯夫人柔声细语地说，“凡是认识你的人，有哪一个会不爱你呢？”

“奥尔奈就讨厌我！”她情绪激昂地嚷嚷道，“我也讨厌奥尔奈。他一在跟前，我总觉得自己像个恶女人。我觉得我必须对他恶声恶气，即便我没这种感觉，他也照样会对我尖酸刻薄。可是和马丁·伊登在一起，我却心情愉快。没有人那样爱过——我是说没有男人那样爱过我。得到那样的爱，给人以甜蜜的感觉。好妈妈，你知道我的意思。能感受到自己是个真正的女人，该有多幸福啊。”她把脸埋在母亲的膝间，抽噎着，“你一定认为我的想法太可怕，但我说的都是实话，告诉你的都是我心里的感觉。”

摩斯夫人悲喜交集。她的文学学士小女儿不见了，取而代之的是一个成熟的女儿。实验取得了成功。露丝心灵里的那片不正常的空白被填满了，不会有任何危险，也不会产生不良后果。这位粗鲁的水手在中间充当了工具。虽然露丝并不爱他，可是他却让露丝认识到了自己是个女人。

“他的手老是发抖，”露丝说，由于害羞，脸儿仍埋在母亲的膝间，“他那副样子实在滑稽可笑，不过我又为他感到难过。他的手抖得太厉害，眼光太咄咄逼人的时候，我就谈他的生活，向他指出他改变生活所采取的方式是错误的。我看得出他崇拜我，因为他的眼睛和手是瞒不过人的。一想到这一点，一想到他的崇拜，我就感到自己已经长大成人；我觉得自己获得了应该属于我的东西——这样东西使我和其他的姑娘一样，和其他的年轻女人一样。以前我也知道自己与她们不同，知道你为此忧虑万分。你以为我不了解你的心事，但其实我是了解的，而且想——如马丁·伊登所言‘干出成绩来’。”

对母女俩来说，这是个神圣的时刻。两人在暮色里促膝交谈，泪水湿润了她们的眼睛。露丝说话始终天真而坦率，充满同情心的母亲侧耳静听，还心平气和地对她解释及引导。

“他比你小四岁。”母亲说，“在社会上他未赢得一席之地，既无地位又无收入，而且非常不实际。既然爱上了你，按照常理，他就该干点事情，这样才有资格结婚，而不应瞎写什么短篇小说，沉湎于幼稚的幻想。马丁·伊登恐怕永远也长不大。他不愿负起责任来，不愿在社会上承担男子汉的工作，就像你父亲或我们所有的朋友那样——如勃特勒先生便是其中的一个。马丁·伊登恐怕永远也成不了一个挣钱养家的人。这个世界有一条规律：要想幸福，就离不开钱。当然，不一定大富大贵，只要够维持一般性的舒适和像样的生活就行了。他——他从来没放出过话吗？”

“连一个字也没吐过。他没做过这方面的尝试；不过，即便他尝试，我也不会允许，因为你知道我并不爱他。”

“这让我十分高兴。我可不愿看到自己的女儿，自己冰清玉洁的独生女儿，去爱一个他那样的人。天下多的是纯洁、真诚和富于阳刚之美的好男儿。你要耐心等待，总有一天会找到如意郎君，过上相亲相爱的生活。和他在一起，你将会得到幸福，就像我和你父亲一样美满。有一件事你必须时刻牢记心头——”

“是，妈妈。”

摩斯夫人以低沉和亲切的声音说：“那就是孩子的问题。”

“这事我也考虑过。”露丝承认说。她想起自己曾一度产生过的淫荡念头，现在又讲出这种话来，少女的害羞心理使她的脸上又泛起了红晕。

“正是考虑到孩子，才不能选择伊登先生，”摩斯夫人入木三分地说，“后代的血统不能有脏污，而他恐怕并非清白之人。你父亲给我讲过水手的生活——这你是明白的。”

露丝紧紧握了握母亲的手表示同意，觉得自己的确一清二楚，但实际上她想象不来水手的生活，对此只有一种模糊、缥缈和可怕的概念。

“你知道，我干任何事情都不会瞒着你。”她说道，“只不过有的时候你得开口问我，就像这次一样。我原来是想告诉你的，但不知怎样说才好。我知道这是虚伪的矜持，但你可以为我创造条件，让我轻轻松松说出来。有时，你得像这次一样开口问我，给我机会。”

“妈妈，你也是女人呀！”她充满喜悦地嚷嚷道。母女俩站起身来，她拉住母亲的手，挺直腰杆，在暮色中面对着她，想到她们两人都是女性，亲切之感便油然而生。“要不是咱们这样交谈，我怎么也不会把你当作女人。我是了解了自己是个女人，才意识到你也是女人。”

“咱们都是女人。”母亲把她拉到跟前，亲吻着她说，“咱们都是女人。”两人走出房间时，母亲又重复了一遍。她们用胳膊搂住对方的腰肢，心里洋溢着一种志同道合的新感觉。

“咱们的小女儿长大成人啦。”一小时之后，摩斯夫人自豪地对丈夫说。

“你的意思是，”他把妻子盯着瞧了好一会儿，才说道，“你的意思是她恋爱啦。”

“不对，是别人爱上她了，”对方笑盈盈地说，“实验取得了成功，她终于苏醒了。”

“那么，咱们得把他打发掉啦。”摩斯先生说话的口吻既轻松又实际，像做生意时一样。

然而他的妻子却摇了摇头。“没这个必要。露丝说过几天他要出海去。他回来的时候，她就不在这儿了。咱们把她送到克莱拉姑妈家去。再说，到东部住上一年，接触一下不同的气候、人物和观念，一切都换个样，正是她所需要的。”

第二十章

写作的欲望又开始在马丁的心头冲撞。他在大脑里构思出一篇篇的短篇小说和诗歌，打算将来把它们写出来。现在，他不动笔写作，因为他正在度假。他决定把时间都用到休息和爱情上，而且这两桩事情他都干得有声有色。不久，他的周身便充满了活力。每天他都去看望露丝。一见到他，露丝就和以前一样，为他的力量和强健感到震惊。

“当心点，”她母亲又一次警告她说，“恐怕你和马丁·伊登见面见得太勤了些。”

可是露丝仅仅付之一笑，认为没必要担心。她对自己是有把握的，况且再过几天他就要出海去了。待他归来，她已经登上了东行之路。然而，马丁的力量和强健对她具有一种魔力。至于她准备到东部去的事情，马丁也听说了。他觉得必须加快步伐，可是却不知怎样向露丝这样的姑娘求爱。跟那些截然不同于她的姑娘及妇女打交道，他经验丰富，连这些也成了他的不利因素。那些娘们儿懂得爱情、生活和调情，而她在这方面却一无所知。她纯洁得令他吃惊，使他把所有溜到嘴边的热情话又咽回肚中，叫他不由自主地认为自己是个下流胚。另外，他还有一个不利因素：从前他从未恋爱过。过去他生活放荡，喜欢女人，而且曾经迷恋过几个女人，可是却不知道爱情的滋味。他只消专横和漫不经心地吹声口哨，她们就会跑到他身边来。她们是娱乐、插曲，是男人游戏中的一个部分，而且是一个极小的部分。现在，他破天荒第一次成了温柔、胆怯和迟疑的追求者。他不懂恋爱的方式及恋爱的语言，同时又被心上人的天真无邪弄得手足无措。

他接触的是一个纷然杂陈的世界，周旋于千变万化之中，从而学会了一条行为的准则，其大意是：玩陌生的游戏，应该让对方先动手。这条准则给他带来过上千次好处，还把他训练成了观察家。他懂得怎样观察陌生的事物，等待它露出弱点，捕捉可乘之机。这就和打架一样，在搏斗中寻觅机会。这种机会一旦来临，他便会依照长年积累的经验进行出击，狠狠地下手。

他对露丝采取的就是等待的策略，恨不得把自己的爱一吐为快，然而却没这份胆量。他生怕吓坏了她，而且他对自己也缺乏信心。他走的是一条正确的道路，只不过他自己还不知道罢了。世界上是先有爱情，然后才出现了表达爱情的语言。爱情在萌动时期便总结出了种种方法和格式，以后再没有忘记过。而今马丁追求露丝，采用的就是这种古老、原始的方法。起初他还认识不到，后来才有所体会。他用手摸一下她的手，这其中所产生的威力胜过千言万语，他的力量给她的想象带来的影响要大于书中的诗歌以及历代恋人炽烈的情话。无论他说出什么样的话，从某种程度而言，都针对的是她的思想；然而手的抚摸，这极为短暂的接触，却直接针对的是她的本能。她的思想跟她本人一样年轻。而她的本能却似人类历史一般古老，甚至比人类历史更为古老。这种本能随着爱情一道诞生，比习俗、舆论以及所有的新生事物都明智。她的思想毫无动静，因为没有接收到外来的刺激，同时她也不知道马丁在时不时地触动她那爱的本性。从另一方面来看，他深爱着她——这是再明显不过的了；看到他的爱情表露——含情脉脉和燃烧着烈火的眼睛、颤抖的双手、太阳晒黑的脸膛上泛起的暗色红潮，她便感到心花怒放。她甚至向纵深发展，怯生生地挑逗他，然而做得十分巧妙，让他无法觉察；这种行为只是半心半意，所以她自己也几乎认识不到。他为她的魅力倾倒，这证明她是个女人，令她激动不已，而她像夏娃一样以折磨和玩弄他为乐。

马丁感情过于强烈，但经验不足，所以结结巴巴说不出话来，使他的追求显得缺乏意识和尴尬，于是他只有靠手的触摸接近她。他的触摸令她感到惬意，甚至给她带来了快感。这一点马丁并不知道，但他知道她不讨厌他的触摸。他们并非经常手拉手，而只是在见面和分别时握握手。不过，在搬动自行车的时候，把诗集捆在一起带往山里去的时候，以及肩并肩一道看书的时候，他们的手倒是偶然会触触碰碰。他们凑在一起欣赏书中的美丽诗句时，她的秀发常常轻拂他的面颊，他们的肩膀紧挨在一起。她笑自己无端端会生出几丝冲动，想去揉乱他的头发；而他看书看累的时候，渴望把头枕在她的膝上，闭眼幻想他们的未来。过去的星期日，无论是到贝冢公园还是到许采恩公园野餐，他都枕过不少女人的膝盖，通常自顾自地酣睡不醒，而那些姑娘则为他遮挡阳光，低头用疼爱的目光打量着他，弄不懂他为什么那么高傲，对她们的爱为什么那么漫不经心。把头枕在姑娘的膝盖上，对他来说一直是天底下最容易的事情，可现在他却觉得没有办法，也不可能接近露丝的膝盖。不过，他默默地想到，正是这一点给了他追求的力量。由于他秘而不宣，才没有使她感到恐惧。她虽然难以取悦和谨小慎微，然而觉察不到他们的交往在向危险的方向发展。她不知不觉、一点一点向他靠拢，和他越来越近乎，他感觉到了这种亲密性。真想放大胆试一次，可就是心存戒虑。

一天下午，他看到她头痛欲裂地坐在昏暗的起居室里，终于做出了大胆的举动。

“简直一点办法都没有，”她在回答他的询问时说，“再说，我不能服头痛粉，这是霍尔医生所不允许的。”

“我想我可以治好你的病，而且不用药物。”马丁说，“当然，我不敢保险，只是想试试。我用的是按摩法。这种窍道最初是跟日本人学的。你知道，他们都是些按摩专家。后来，我又跟夏威夷人学，又学到一些新方法。夏威夷人管按摩叫‘洛米—洛米’药物起的效用，按摩一般都能办到，有些药物起不到的效用，它也能办到。”

他的手刚一触摸到她的头，她便深深舒了口气。

“真舒服啊。”她说。

半个小时之后，她才再次开口，问道：“你累吗？”

这句话问得实在没必要，因为她明知他会怎样回答。随后，她迷迷糊糊地遐想起来，一味想着他的力量所具有的止痛功效。他的指尖散发出生命力，将疼痛赶散驱尽，或者，在她看来是这样的。疼痛消除之后，她熟睡了起来，而他悄然无息地溜走了。

傍晚，她给他打了个电话向他致谢。

“我一直睡到吃晚饭的时候，”她说，“你彻底医好了我的病；伊登先生，真不知怎样感谢你。”

他欣喜若狂，心里暖洋洋的，拙嘴笨舌地回着她的话。他们一边在电话上交谈，他在脑海中一边思想着勃朗宁和多病的伊丽莎白·巴莱特的爱情。他马丁·伊登可以让过去的事情重新发生，可以为露丝·摩斯做同样的事情。他回到自己的房间，又拿起了摊开放在床头的斯宾塞的那本《社会学原理》。然而，他却看不下去。爱情折磨着他，战胜了他的意志。所以，他尽管打定主意不写作，还是身不由己地坐到了墨迹斑斑的小桌旁。这天夜里他创作的一首十四行诗，为他的爱情组诗开了个头，后边的四十九首于两个月内完稿。他写作时，脑子里想的是《葡萄牙人的爱情诗》，处于创作伟大作品的最佳状况，因为他本人置身于生活的转折点，被疯狂和甜美的爱情所折磨。

离开露丝的身旁，他就用大量的时间创作《爱情组诗》、在家看书，或者到公共阅览室细致地阅读当天的杂志，了解杂志的方针政策及思想内容。他和露丝在一起度过的时光虽充满希望，但毫无结果，这两点同样都叫他乐得发疯。他为她医好头痛症一个星期后的一天，诺曼提议到梅里特湖在月下泛舟，阿瑟和奥尔奈一致赞同。只有马丁一人会驾船，所以大伙儿硬是强迫他跟着去。他和露丝坐在船尾，两人之间隔着很近的距离，而那三个小伙子斜躺在船中央，在激烈地争论“大学联谊会”的事务。

月亮还没有升起来。露丝望着星光灿烂的苍穹，跟马丁一句话也不说，心里突然产生了一股寂寞感。她用目光扫了他一眼。一阵风吹斜了船身，甲板都给水打湿了，但见他一手掌舵，一手抓住主帆索，轻轻拨动船头使其朝着风向，同时目视前方，想辨清不远处的北岸。他没有留意到她投来的目光。她出神地望着他，脑子里胡思乱想起来；想到像他这样一个才华出众的青年竟然鬼迷心窍浪费时间去写一些注定要失败的平庸小说和诗篇。

她的目光溜到他那在星光下朦胧可见的粗壮脖颈上，溜到他纹丝不动的脑袋上，昔日的欲望又重新燃烧，她真想把手放到他的脖子上。那股她所厌恶的力量此时在吸引着她。她的寂寞愈加强烈，同时她觉得浑身疲倦。小船倾斜着，使她坐得很不舒服。她回想起他曾经为她治过头痛症，他身上具有消除疼痛的功力。他现在就坐在她旁边，离她非常近，而小船微微倾斜，似乎在把她朝他的怀里送。她心里一阵冲动，想靠到他身上去，依偎那强壮的躯体——这种冲动朦胧不清，然而正当她考虑之际，她已被冲动左右，偎到了他身上。或者，这是由于船体倾斜的缘故？她不清楚，也始终没弄清楚。她只知道自己靠在他身上，那种舒适和安逸的感觉叫她心旷神怡。也许，这都是小船闹出的乱子，可她一点都不想恢复原来的姿态。她斜倚在他的肩头上，虽然靠得很轻，但毕竟还是靠了，而且当他挪挪位置让她更舒服些时，她仍靠着不动。

这真是疯狂的举动，然而她却不愿多想。她不再是从前的她了，而变成了一个妇人，一个怀着热烈欲望的妇人。她虽然靠得很轻，但她的欲望似乎得到了满足。她不再感到疲倦了。马丁没有言语，因为他一开口说话，这令人陶醉的场景便会烟消云散。而他那闷在肚子里的爱情怂恿他维持住这幕场景。他眼花缭乱、头晕目眩，弄不清这是怎么回事。这件事太美妙了，绝不是真的，只会是梦幻。他克制住了内心涌起的疯狂欲望，才没有丢开帆索和舵柄，将她拥抱在怀里。他的直觉告诉他，那样做是不对的。他暗自庆幸自己的双手忙于拉帆索和掌舵，才算抵制住了诱惑。但他肆无忌惮地让船儿贴风行驶，恬不知耻地叫风儿从船帆上漏掉，以拖延时间，慢一些抵达北岸。因为一到岸上，他就得离开，他们就不能依偎在一起了。他熟练地驾着船，慢慢使船儿减速，而又不让那几个争论的人觉察。他心想自己正是因为经历过极为艰险的航行，才掌握了驾驭大海、船只和风儿的本领，才可以带着她一起泛舟，让她那可爱的身子靠在他的肩头，度过一个奇妙的夜晚。

月亮升起来，第一缕月光照到船帆上，给船体洒上一层珍珠般的银白色。露丝急忙把身子从他跟前挪开。就在她移动时，她感到他也在挪开。原来他们俩都害怕被人瞧见。刚才的那段亲密的小插曲是心照不宣和偷偷摸摸的。她远离开他，两片脸蛋发烧，直到此刻才完全明白过来。刚才干的亏心事，她不愿让两个弟弟看到，也不愿让奥尔奈看到。她为什么要那样做呢？以前虽然也跟年轻男子在月下泛过舟，但她从未做过这种事，而且也从未有过这方面的欲望。她羞得无地自容，但同时也对自己初开的情窦产生了神秘感。她偷偷扫了马丁一眼，见他正忙于调整航向。她完全可以迁怒于他，因为正是他诱惑她干下了荒唐、可耻的事情。是他，而不是别人！也许母亲说得对，她见他见得太勤了些。她决不会再让这种事重新发生；以后少跟他会面。她突发异想，打算他们单独在一起时向他做做解释，跟他撒谎，假装漫不经心地说就在月亮升起前的那一刻工夫，她感到一阵眩晕。这时，她记起他们两人在月亮升起时怎样不约而同地移开了各自的身子，于是便知道他定会识破她的谎言。

后边的一些日子飞快流逝，她与以前判若两人，变得古里古怪，叫人困惑不解。她看待问题任性固执，不屑自我分析，不愿展望未来，不愿考虑自己的何去何从。她激动得发狂，令人捉摸不透，有时惊慌失措，有时陶然若醉，始终在迷惘中挣扎。不过，她坚定不移地抱着一种想法，不让马丁表露心中的爱，这样可以保障她的安全。她只要能做到这一点，便可以高枕无忧。过不了几天，他就要出海去了。即便他吐露了爱情，也无妨大局。情况不会发生变化，因为她不爱他。当然，那种时刻他会感到十分艰难，而她则困窘不堪，因为她第一次遇到男人向她求婚。想到这里，她乐得心花怒放。她是一个真正的女人，一位男子正准备向她求婚哩。这对她那颗女性的心是一种诱惑。她的整个生命和整个身心都为之震颤和发抖。这想法在她的大脑里飞上舞下，宛若一只扑火的灯蛾。她甚至幻想起马丁向她求婚的情景，自己代他说起话来；她练习说拒绝的话，好言好语规劝他做一名真正的、高尚的男子汉。尤其是，他必须把烟戒掉，这一点她一定要讲明。噢，不行，她不能允许他求婚。她可以阻止他把话讲出来，她向母亲下过保证。她满脸飞红，火辣辣地发烧，恋恋不舍地打消了自己幻想出的情景。她第一次接受求婚，得有一个比较吉利的日子和一个比较有资格的求婚者。

第二十·章

这是加利福尼亚的一个美丽的秋日，一个晴朗宜人的日子，暖意浓浓，使人昏昏欲睡，空气随着季节的悄悄变换而悸动，太阳朦胧模糊，天空中飘着几丝微风，却并不惊动这沉睡的气氛。迷蒙的紫色雾霭不像是水汽，而像由色彩织成的帷幕，躲藏在山坳里。旧金山似轻烟般影影绰绰，耸立在高地上。横在中间的海湾就好像一汪熔化了的金属闪着暗淡的光泽，水面上的帆船有的纹丝不动，有的则随着缓缓的潮汐漂荡。远处的塔马尔派斯山银雾缭绕，隐约可见，巍然高耸在金门海峡旁，而海峡在西斜的阳光下宛如一条淡金色的小道。再往远处，便是苍茫、浩渺的太平洋；地平线上涌起滚滚的云团，朝着陆地奔腾而来，预示着第一场冬季风暴即将来临。

夏季已成强弩之末，然而却久久不肯离去，奄奄一息地徘徊于群山之间，给沟沟壑壑蒙上暗紫色，以衰竭的力量和心满意足的喜悦编织出雾霭寿衣，安详和满意地等待死神的降临，因为它来到过这个世界，而且有过风光的时候，在群山之间，马丁和露丝并排坐在他们心爱的小丘上，一道欣赏同一本书。他高声朗读那个钟情于勃朗宁的女人所写的爱情诗，诗中抒发的那份爱真是世间少有。

然而，读诗的兴头渐渐淡漠下来。周围的美景千变万化，散发出不可抵御的魔力。金色的年头已耗尽精华，正在走向死亡，但仍然像风韵犹存、执迷不悟的轻浮女子，空中荡漾着浓郁的怀旧的喜悦和满足。这景色似梦一般叫人感到迷迷糊糊，一直钻入他们的心里，动摇了他们的意志，给他们的道德和理智罩上一屋雾霭和紫色的烟云。马丁心里充满了柔情蜜意，身上不时涌起热的浪潮。他们俩的脑袋挨得很近；当她的秀发在若有若无、游移不定的微风中飘起，拂在他的脸上时，他就觉得书中的诗句也在游荡。

“看来连你自己都不知道你在念什么。”一次，当他找不到地方的时候，她这样说道。

他用火辣辣的目光望着她，正感到十分困窘，却想起了一句反驳的话。

“我觉得你也没听懂，刚才的那首诗讲的是什么？”

“不知道，”她笑着坦率地说，“都让我给忘了，别再读诗了，瞧这天气有多美。”

“这是最后一次了，很长时间都不能再到这山里来了，”他语调沉重地说，“那边海洋上正在酝酿着一场风暴。”

书从他的手中滑落到了地上。他们懒散地坐着，默默无语地望着那梦一般的海湾，眼睛似乎也进入了梦境，对跟前的一切视而不见。露丝斜眼瞧了瞧他的脖颈。她没有朝他身上靠，而是被一种来自体外力量，一种比地心引力大、同命运一样强烈的力量吸引了过去。他们之间仅隔着一英寸，她不由自主地越过了这段距离。她的肩膀轻轻碰了碰他的膀子，就像蝴蝶触及花朵一样，而对方的碰触也是同样轻盈。她感到他把肩膀靠了过来，感到他的全身在颤抖。这时她该缩回身去，然而她却变成了一个机械人。她的举动超出了意志的控制范围——她根本就没想到控制自己或运用意志的力量，因为她被一种甜蜜的疯狂感所左右。他的一条胳膊偷偷从后边伸过来，企图搂住她。她高兴得心痒难熬，期待着那条慢吞吞的胳膊。她等待着，也不知道自己在等待着什么结果，嘴里喘着粗气，双唇发干、发烫，脉搏加速跳动，热烈的欲望在血液中沸腾。那条搂着她的胳膊朝上移动，把她朝他怀里拉，那动作慢条斯理但充满了柔情。她再也忍耐不住了，于是在一阵冲动之下，连想也不想，疲倦地叹了口气，便一头倒在他的胸膛上。他立刻便低下头，把嘴唇印上去，而她也用芳唇去迎接。

在头脑清醒的一刹那间，她心想这大概就是爱情了。这要不是爱情，那才羞煞人呢。这不可能是别的，只能是爱情。她爱这个伸开双臂拥抱她、热烈吻她的男子。她蠕动了一下身子，牢牢贴紧他。过了一会儿，她挣出他的怀抱，突然兴奋地伸出手来，放在马丁·伊登那太阳晒黑的脖子上。强烈的爱和欲望得到了满足，她低低呻吟一声，松开双手，半昏半迷地倒在他的怀里。

两人刚才都没说话，此刻也长久地一言不语。他两次低下头去吻她，每次她都启开双唇害羞地迎接他，同时快乐地蠕动着身子。她贴紧他，一刻也不离开，而他将她半抱半拥在怀里，坐在那里视而不见地望着海湾彼岸朦胧一片的城市。在这一时刻，他的大脑里没有出现幻景，只有跳动的色彩、光线和火焰，似天气一般暖意袭人，如爱情一样温馨。他俯下身子，而她却启口说了话。

“你是什么时候爱上我的？”她悄悄声儿地问。

“从一开始，我第一次见到你就疯狂地迷恋上了你，以后随着时间的推移我的爱情愈来愈炽烈。而现在，亲爱的，我爱你都爱得快要发疯了，喜悦使我神魂颠倒。”

“我庆幸自己是个女人，马丁——亲爱的。”她深深喘了口气说。他紧紧拥抱她，拥抱了一次又一次，最后问道：

“你呢？你是什么时候知道的？”

“哦，我早就知道了，几乎从一开始就知道了。”

“我真是瞎了眼，像蝙蝠一样！”他叫喊起来，声音里含着懊悔，“我实在没想到，直至刚才——刚才我吻你的时候，才明白过来。”

“我不是那意思。”她朝后缩了缩身子，用眼睛望着他，“我是说我几乎一开始就知道你爱上了我。”

“那你呢？”他问道。

“我是猛然之间才意识到的。”她说话的语调非常慢，忽闪着温柔多情的眼睛，脸上挂着持久不退的微微红晕，“从前我一直都没觉察，直到刚才你搂住我，我才恍然大悟。我从来就没想过嫁给你，可刚才我改变了主意。你是怎么使我爱上你的？”

“不知道，”他笑着说，“我只知道我爱你，爱得那么执着，足可以感动铁石心肠，就更别提你这样的有血有肉的女人了。”

“这样的爱情与我想象的爱真是天差地别。”她前言不对后语地说。

“你想象的是什么样的爱呢？”

“反正和这种不一样。”她盯着他的眼睛，可是再朝下说时，却垂下了眼睑，“告诉你，我真不知道爱情是这种样子。”

他想把她再次拉进怀里，然而却仅仅试探性地动了动那条搂着她的胳膊，因为他生怕自己显得太贪得无厌。这时，他觉得她的身子顺从地贴了过来，再次投入他的怀抱，两人的嘴唇牢牢锁在一起。

“我家里人会说些什么呢？”她在一次间歇时突然担忧地问。

“不知道，但只要想知道，随时都可以轻而易举地找出答案。”

“妈妈要是反对呢？我真怕告诉她。”

“让我对她讲吧。”他自告奋勇地说，“我觉得你母亲不喜欢我，但我可以让她回心转意。一个人只要能赢得你，就能赢得一切。假如咱们不能——”

“什么？”

“噢，咱们会在一起的。不必担心你的母亲，她会同意咱们的婚事的，因为她太爱你了。”

“我可不愿伤她的心。”露丝忧郁地说。

他想安慰她，告诉她说母亲是不会这么轻易伤心的，然而说出的话却是：“爱情是世界上最伟大的东西。”

“你要知道，马丁，你有时候让我害怕。一想到你，想到过去的你，我现在就感到害怕。你必须对我十分十分好。别忘了，我毕竟还只是个孩子，以前从未恋爱过。”

“我也没恋爱过，咱们都是小孩子。但咱们是最幸运的人，都在对方的身上寻觅到了自己的初恋。”

“这不可能！”她嚷嚷道，同时情绪激昂地猛然缩身挣出他的怀抱，“对你来说这不可能。你当过水手，而我听说水手都——”

她支吾着，再也说不下去了。

“都是每到一个港口就找一个妻子？”他提醒道，“你是这个意思吧？”

“是的。”她低声回答。

“那可不是爱情。”他以权威性的口气说，“我去过不少港口，但在那天晚上见到你之前，我从未品尝过一星一点爱的滋味。你要知道，那天晚上我离开你家，差点给抓起来。”

“给抓起来？”

“是的。警察以为我喝醉了；其实当时我真醉了——是陶醉于对你的爱之中。”

“你刚才说咱们都是小孩，我说你不可能是初恋，而现在却扯到一边去了。”

“我刚才说，除了你，我没爱过任何人。”他回答，“你是我的第一个心上人，是我的初恋。”

“可你当过水手呀。”她反问。

“这也不能妨碍我把初恋给予你。”

“你有过女人——有过其他的女人——天哪！”

马丁·伊登感到十分意外，万万想不到她竟会潸然落下泪来，于是又是亲吻又是哄劝才使她安静下来。在这段时间里，他心中始终在想着吉卜林的那句话：“上校夫人和裘蒂·奥格莱迪，骨子里原是亲姐妹。”他所看过的小说讲的不是这么回事，但现在他却认为这是真理。在小说的影响下，他一直认为只有上流阶层的男女才正式求婚。而他的那个下层社会里，小伙子和姑娘们则通过躯体的接触赢得对方的爱；上层社会的高贵人物们要是以同样的方式求爱，就显得不可思议了。然而，小说里的观点是错误的。这一点，是有证据的。无须语言，拥抱和抚摸对工人阶级里的姑娘可以产生效用，而这一套对上流社会的女子也同样有效。她们都是凡身俗体，骨子里都是姐妹。如果没忘记斯宾塞书中的话，这种事他原来应该是清楚的。他把露丝抱在怀里，安慰着她，心里想着上校夫人和裘蒂·奥格莱迪骨子里原本不差上下，从中获取莫大的慰藉。这一来，露丝和他的差距就缩短了，是可以弄到手的。她和他一样，和所有的人一样，都是血肉之躯。没有什么能够阻止他们结合。阶级差别是唯一的差别，但阶级并非本质性的东西，是可以克服的。他在书中曾看到过，一位奴隶当上了罗马红衣主教。所以，他也可以步步高升，与露丝相匹配。她虽然冰清玉洁，具有良好的教养，心灵纯洁美好，但从人的本性上来说，却和丽茜·康诺莱及所有丽茜·康诺莱之类的姑娘是一模一样的。她们能干的事情，她也能干。她能爱会恨，也许还有点歇斯底里；当然，她还会醋意大发，就像现在一样，倒在他怀里忌妒地抽泣了一阵。

“另外，我比你年龄大，”她睁开眼皮，抬头望着他，突然说道，“比你大三岁。”

“算了吧，你还是个孩子呢。要论经历，我比你大四十岁。”他回答说。

尽管她受过高等教育，尽管他的脑子里装满了严谨的哲学理论以及生活中积累的铁的事实，但他们俩在爱情方面还都是孩子，吐露爱情时像孩子样天真和幼稚。

他们坐在逐渐暗淡的日光中，说着恋人们挂在口头的那套情话，赞叹着美妙的爱情以及把他们联系在一起的奇特命运，武断地认为他们炽烈的爱是前人所无法企及的。他们总爱回过头来，一遍遍地回忆见第一面时各自的印象，并徒劳无益地试图精确地分析彼此的感情，分析他们的感情到底有多深。

西边地平线上的云堆吞没了落日，天边变成一片玫瑰色，而天顶也染上了这种温暖的色彩。玫瑰色的光线到处闪耀，将他们沐浴在其中。她唱起歌来："再见，甜蜜的日子。"她依在他的胳膊弯里，让他握住自己的手，用柔和的声音唱着，使两人的心交融在一起。

第二十二章

露丝回到家中，摩斯夫人无须母亲的直觉便能从她的脸上看出发生了什么事情。她脸上那不消退的红晕叫人一瞧就一目了然，尤其是那双又大又亮的眼睛更能说明问题，准确无误地反映出她内心的喜悦。

“出什么事啦？”摩斯夫人瞅准时机，待露丝上床睡觉时，这样问道。

“你知道啦？”露丝哆嗦着嘴唇，反问道。

母亲没有回答，而是伸出胳膊搂住她，用手轻轻抚摸她的头发。“他没把话说出来。”她脱口而出，“我原本不想让这种事发生，也绝不让他把话挑明——所以，他没有开口。”

“既然他没开口，那么什么事情也不会发生，对吧？”

“但事情终究还是发生了。”

“看在上帝的分上，我的孩子，你到底在胡说些什么呀？”摩斯夫人给弄糊涂了，“真不知出了什么事。究竟是怎么一回事？”

露丝惊讶地望着母亲。

“我还以为你知道了呢。是这么回事，我和马丁订婚了。”

摩斯夫人既怀疑又恼火，不由笑了起来。

“他没有把话挑明，”露丝解释道，“但他爱我，就这么回事。我当时和你现在一样感到意外。他只字未吐，只是用胳膊搂住了我。我——我一下子失去了控制。他吻我，我也吻了他。我实在是身不由己，只有那样做了。直到那时，我才知道自己是爱他的。”

她打住话头，期待母亲以热吻为她祝福，然而摩斯夫人却冰冷冷地一言不发。

“我知道这是件可怕的事情。”露丝以消沉的声音继续说道，“我也知道你是绝对不会原谅我的，但我当时的确一筹莫展啊。直到那一时刻，我才意识到自己在爱着他，请你务必替我告诉父亲一声。”

“不告诉你父亲，岂不是更好些吗？让我先见见马丁·伊登，和他谈谈，把情况解释一下。他会理解的，会离开你的。”

“不！不！”露丝跳起身，嚷嚷开来，“我可不想让他离开我。我爱他，而爱情是非常甜美的。我要嫁给他——当然，这得先征求你的同意。”

“亲爱的露丝，我和你父亲对你另有打算——噢，不，不，不是为你挑好了丈夫，绝不是这种情况。我们只不过想让你自己物色一个门当户对、规矩体面的上等人，待你爱上他，就嫁给他。”

“可我已经爱上了马丁。”露丝哀怨地辩驳道。

“我们无论怎样也不会对你的选择进行干涉；但你是我们的女儿，我们不忍心看着你嫁给这样的男人。他粗鲁、庸俗，没有一样能配得上你的高贵和典雅。不管从哪种角度讲，他都配不上你。他没有能力养活你。我们对荣华富贵并无奢望，但舒适的生活却是另外一码子事，我们的女儿至少得嫁一个能让她过好日子的丈夫——而不是一个身无分文的冒险家、水手、牛仔、走私者。鬼知道他还干过什么，反正他是个轻率浮躁、缺乏责任心的家伙。”

露丝没有言声，觉得母亲的话句句属实。

“他把时间都耗费在写作上，妄图取得只有天才以及极少数受过高等教育的人有时才能够获得的成就。一个人考虑到结婚就应该为结婚做准备，而他却不然。正如我刚才所言，我相信你也同意我的话，他缺乏责任心。他还会怎样呢？水手就是这个样子，从不知节俭和收敛自己。多年来的挥霍浪费已在他身上打下了烙印。当然错不在他，但这并不能改变他的天性。这些年间，他注定要过放荡的生活，你想到过吗？你想过这些吗，孩子？你该懂得结婚意味着什么。”

露丝浑身一哆嗦，紧偎在母亲的怀里。

“我想过。”露丝待了老半晌，等考虑成熟后，才说道，“真叫人毛骨悚然，想到这些我身上就起鸡皮疙瘩。我告诉过你，我爱上他，完全是个可怕的意外，我也是身不由己啊。难道你有办法不爱父亲吗？我的情况也是这样。他心里有我，我心里也有他——直到今天我才知道——但事实早就存在，正因为如此我才爱上了他。我从没想过会爱上他，可你瞧，我真的爱上了他。”说到最后，她的声音里微微掺杂着几分喜悦。

母女俩谈了许久，没谈出个名堂来，最后双方都同意先等上一段时间，暂不采取行动。

过了一会儿，摩斯夫人当夜就向丈夫承认自己的计划已经流产，他们之间也做出了相同的决定。

“看来，情况只能是这样，”摩斯先生发表看法说，“这个水手是唯一她经常接触的男子。她的情窦早晚都会开的；瞧，她现在动情了吧！眼下只能与这个水手交往，所以她便草率地爱上了他，或自以为爱上了他，这反正都一样。”

摩斯夫人提议不要和她争执，由自己慢慢从侧面开导她。时间很充裕，因为马丁目前的情况还不适合于结婚。

“让她尽量去了解他吧，”摩斯先生出主意说，“我保证，她愈了解他，对他的爱就愈淡漠。让她多做些比较，一定要请些青年男女到家里来，要请各种各样的年轻小伙子——头脑聪明的、有成就的、正在开拓事业的、和她同阶层的以及有身份的。她会以他们作标准衡量他，这一比就会叫他原形毕露。不管怎样，他毕竟才二十一岁，露丝也还是个孩子，他们之间的感情是幼犊般的爱，长大了便会忘得一干二净。”

这件事就这样搁置了起来，露丝和马丁的订婚只是在家里得到了承认，对外却不公布，因为露丝的父母认为没这个必要。而且，他们心照不宣地要把婚期拖延下去。他们没要求马丁去工作，也没要求他停止写作，因为他们根本无意鼓励他改变自己的条件。而他丝毫不想找工作干，这无形中对他们执行那不友好的计划起到了帮助作用。

“真不知你同不同意我的做法！”几天后，马丁对露丝说，“我觉得在姐姐家食宿太费钱了，所以我要自立门户。我在奥克兰北区租了间小屋，那儿环境幽静，好处很多，这你知道。另外，我还买了只油炉，用它做饭吃。”

露丝大喜过望。尤其让她高兴的是那只油炉。

“勃特勒先生刚开始起步时就是这样。”她说。

马丁听她提起那位可敬可爱的大人物，心里觉得不舒服，但还是说了下去：“我给所有的手稿都贴上邮票，又给编辑们寄去了。今天我搬了家，明天就开始工作。”

“有职业啦！”她喊出了声，全身上下都显露出她的惊喜心情，更紧地依偎在他身上，握紧他的手，满脸含笑，“你从没告诉过我！是什么职业呀？”

他摇了摇头。

“我的意思是我要开始写作了。”她的脸色沉了下来，他连忙继续说道，“请别误解。这次我可不是招摇过市、想入非非，而要埋头苦干，脚踏实地地干出点事情来。这比再次航海强，挣的钱要多于奥克兰任何一个行业的没有技能的人。

“要知道，这段假期使我能够正确地看待问题了。我既没有拼死拼活地劳动，也没有写作，至少没有为了出版而写作。我所干的只是爱你，以及思考问题。我看了些书，主要是杂志，这也属于思考问题的范畴。对于我自己，对于这个世界以及我在世界上的位置，对于是否能争取到一个与你相配的地位，我都总结出了一些道理。我还看了斯宾塞的《文体论》，发现了我的许多毛病——或不如说是写作中的问题；每个月的杂志上刊登的文章，大多数都存在着缺点。

“通过思考、阅读和爱情，我所得出的结论是我要鬻文为生。对于大作我暂不涉笔，而仅仅写能卖得出的文章——笑话、短评、特辑、幽默诗以及社交诗——这类东西似乎很受欢迎。另外，还有报业辛迪加、报纸短篇小说辛迪加和星期日副刊辛迪加呢。我可以为他们撰稿挣钱，这跟拿高薪水差不多。要知道，有些自由撰稿人每月能挣四五百块钱呢。我并不期望同他们一样；但我要挣钱过好日子，而且有充足的闲暇，从事任何其他的职业都不会有这等好事。

“有了空闲时间，就可以用来学习和干正经事。除了写小块文章，我还要在大部头作品上试试身手。我要发愤学习，为写出大作品打基础。令我不胜惊讶的是，我已经走了很远的路。刚开始写作的时候，我简直没有东西可写，只有一些连自己也理解不透、欣赏不了的经历。老实讲，我当时缺乏的是思想，甚至还缺乏用于思考的语言。我的经历是一大堆毫无意义的图像。但随着知识的增长和词汇的丰富，我看到自己的经历不仅仅是图像，里边还有别的东西。我牢记住那些图像，并寻觅到了表现它们的方式。从那时起，我开始写优秀的作品，于是，《冒险》《欢乐》《罐子》《生活的美酒》《拥挤的街道》《爱情组诗》和《海洋抒情诗》便相继诞生了。我要写更多的这类作品，而且还要写得更好，但这些得在空闲时间完成。我现在已脚踩坚实的大地。先鬻文挣钱，然后再写大作品。为了让你瞧瞧，昨晚我给喜剧周刊撰写了六七则笑话。另外，刚要上床睡觉的时候，我突然想在八行两韵诗上试试笔——写首幽默的，谁知在一个小时内竟写成了四首。每首诗按一块钱计算，那么，上床时只消动动脑筋，就可以挣四块钱。

“当然，这些都毫无价值，全是枯燥乏味、庸俗下流的东西；但是和记账相比就不怎么乏味庸俗了，因为为人记账每月拿六十块钱的工资，整天把一行行毫无意思的数字加来加去，一直到老死方休。再说，鬻文为生可以使我经常接触文学，给我提供时间写大作品。”

“可是写大作品，写优秀的作品又有什么用呢？”露丝责问道，“反正是卖不出去。”

“不对，是可以卖出去的。”他刚开口说话，却被她半截子打断了。

“你刚才提到的那些作品，你自诩为优秀作品，还不是一篇都没卖出去。咱们总不能拿卖不出去的优秀作品来结婚吧。”

“那咱们就靠能卖出去的八行两韵诗结婚。”他语气坚定地说，同时用胳膊搂住她，把这位态度冷漠的心上人拉到身边。

“你听听这首诗，”他强作笑脸地继续说道，“这不是艺术作品，却是一块钱的现金。

我出门时
他进门；
他登门，
目的是借几文，
没借上，
又空手出了门；
他走后，
我才进了门。”

他写的这首小诗韵律轻快，与他念完诗后脸上流露出的沮丧表情格格不入，未博得露丝的丝毫笑意。她向他投来的是严肃和不安的目光。

“这也许能换来一块钱，”她说，“可这是一块丑角的钱，是小丑求来的赏钱。你应该明白，马丁，这样做是多么下贱。我希望自己所爱慕和尊崇的是个杰出、高雅的人，而非撰写笑话及打油诗的庸俗文人。”

“你希望他像——像勃特勒先生一样吗？”他提醒道。

“我知道你不喜欢勃特勒先生。”她说。

“勃特勒先生没什么不好，”他打断她的话说，“我不喜欢的只是他的消化不良症。请原谅，我实在看不出撰写笑话或喜剧诗与打字、速记及为人管账有什么差别。你的意见是让我从记账入手，最终当一名成功的律师或实业家。而我的意思是先靠鬻文为生，逐渐锻炼成一个有才干的作家。”

“这里边是有差别的。”她执拗地说。

“什么差别？”

“你的那些优秀作品，那些自以为得意的作品，是卖不出去的。你尝试过——这你要知道——可编辑们硬是不肯收购。”

“你得给我时间，”他央求道，“鬻文只是权宜之计，我并不把它看得太认真。给我两年的时间，我就可以大功告成，那时编辑们会很乐意收购我的作品。我知道自己在说什么，我对自己有信心。我了解自己的能力，了解文学是怎么回事；我知道那些小人物源源不断推出的都是平庸之作，知道两年之后我将走上成功的康庄大道。要说做生意，我是绝对不会成功的，因为我不喜欢这个行当。我觉得那是乏味、愚蠢而又棘手的职业。总之，我不是做生意的料，顶多只能当个小职员。靠一个职员的微薄收入，你我怎能过上幸福生活呢？我希望能把世界上最好的东西奉献给你，除非还会出现更好的，否则我绝不甘心。我会得到的，所有的一切我都会得到的。一位成功作家所挣的钱会让勃特勒先生相形见绌。一部畅销书可以挣五万至十万块钱——有时多些，有时少些；但一般来说，差不多就是这么个数目。”

她依然默不作声，显然有些大失所望。

“你说呢？”他问道。

“这和我所希望及计划的迥然两样。我曾经认为，现在仍旧认为，你最好学学速记——打字的技巧你已经掌握了——争取进家父的事务所工作。你有一副好头脑，我坚信你一定能成为出类拔萃的律师。”

第二十三章

露丝不相信马丁能成为作家，而马丁却并没因此改变对她的看法，也丝毫不减对她的感情。在那段休心养性的假期里，他用去大量时间分析自己，对自己有了深入的了解。他发现自己爱美胜过爱名，而他追逐名利的欲望主要是为了露丝。正是出于这个原因，他的成名欲才特别强烈。他要当世人眼里的伟人，按他自己的说法是“干出点名堂”，让他钟爱的女人为他感到自豪，把他视为可敬慕的人。

至于他本人，他的爱美之心非常强烈，同时，他从为露丝服务中获取欢乐，并把这看作丰厚的报酬。他爱露丝又胜过爱美。他觉得爱情是世界上最美好的东西。正是爱情在他心里引发了一场革命，把他从一个粗鲁的水手变成了一位学者和艺术家，所以在他的眼里，爱情比学问和艺术都伟大，是这三者当中最美好、最重要的一个。他早就发现自己在智能上胜露丝一筹，也为她的父兄所不及。尽管她条件优越，受过高等教育，又获得了文学学士学位，但他的智力却是她望尘莫及的。经过一年来的自学和提高，他对世界大事、艺术和生活都有了深刻的了解，这是她无法比拟的。

这些他全都意识到了，但这并未影响他对她的爱，也没影响她爱他。爱情是极其美好、极其崇高的，而他又是个极其忠诚的恋人，所以他绝不会以指责挑剔玷污爱情。对于艺术、道德品行、法国革命以及平等选举权，露丝固然持不同见解，但这和爱情有什么关系呢？这些都属于思维活动，而爱情却凌驾于理智之上，是超理性的。他不能贬低爱情的价值，因为他对爱情顶礼膜拜。爱情耸立在理智峡谷旁的山巅之上，它是人生的升华，生命的辉煌顶点，是非常珍贵的。由于喜欢看哲学家的科学论著，他了解爱情在生物学上的重大意义；但是用同样的科学理论进行进一步的分析，他得出了这样的结论：爱情是人类的最高目标，容不得有半点怀疑，应该被视为生活的最丰厚报酬。

所以，他认为在所有的生物中恋人是最幸运的。一想到“疯狂的恋人”超越于世间万物，超越于财富、理智、舆论和赞誉，超越于生活本身，想到“愿为一吻而死”，他便感到欣喜。

这些道理，有许多马丁早就琢磨出来了，而有些则是他以后悟出的。同时，他发奋工作，除了去看望露丝以外，再没有别的消遣，过着斯巴达式的艰苦生活。他租葡萄牙女房东玛丽亚·西尔瓦的那间小屋，每月要交两块半钱的房租。女房东是个泼辣的寡妇，手脚勤快，脾气却很暴躁，辛辛苦苦拉扯着一大群孩子，隔三岔五就到街拐角的杂货铺或酒馆里花上一角五分钱打一加仑发酸的淡酒，借酒浇愁解乏。起初，马丁讨厌她，讨厌她那张爱说脏话的臭嘴，可后来看到她在生活中不屈不挠的精神，便渐渐产生了敬意。这个小户人家只有四个房间，被马丁租去一间，就只剩下三间了。其中的一间是客厅，里面铺着一块色彩鲜艳的地毯，散发出轻松的情调，但厅里还挂着她的一个亡婴（她有许多孩子都早年夭折）的丧葬卡片和遗像，未免有几分悲凉。这间房子按严格规定只用作接待客人。这座圣堂里的百叶窗帘常年低垂，除非发生重大事情，否则绝不允许那些赤着脚的孩子们涉足此地。无论是她煮饭还是全家吃饭，都在厨房里。而且，除星期天以外，她每天都在厨房里浆洗衣服和熨烫衣服，因为她的收入主要是靠为境遇较好的邻居们洗衣服挣来的。最后还剩下一间卧室，同马丁的那间一般狭小，她和她的七个孩子都挤在里边睡觉。马丁一直都想不透他们怎么能挤得下，他每天晚上隔着薄薄的板壁，都能听得见那边上床睡觉时发出的声响，听得见孩子的啼哭、争吵以及似鸟叫一样的喋喋不休的低语。玛丽亚的另一收入来源是两头奶牛，她每天一早一晚挤两次奶。这两头奶牛偷偷摸摸地吃长在空地上和人行道两旁的草赖以活命，老是由她的一两个衣衫褴褛的孩子看守着。孩子的任务主要是担任警戒，严防牲畜管理员不期而至。

马丁在自己的小房间里生活、睡觉、学习、写作和料理家务。屋里唯一的窗户面朝狭小的前廊，窗前摆着一张桌子，既当写字台，又当书架和打字机台。床铺靠后墙放着，把整个房间三分之二的地方都占了去。桌子的一边摆着一个俗丽的衣柜，造衣柜的人光顾赚钱，不管能不能用，上面的装饰板每天都要裂开一点。这个柜子放在屋角，而对面的那个角落，也就是桌子的另一侧，是他的“厨房”——一只油炉放在棉布箱上，箱里有碗碟及炊事用具；墙上装着搁板架，供放食品用；地板上放着一桶水。马丁的房间里没安水龙头，所以他得到厨房去打水。有时，他煮饭产生大量水蒸气，致使柜上的装饰板一块块往下掉。他的自行车用滑车吊起，挂在床头上方的天花板上。起初，他把车子放在地下室里，但西尔瓦家的那帮孩子拧松了轴承，扎破了车胎，吓得他把车子又搬了出来。随后，他把车子存放在狭小的前廊里。有一天，呼啸的东南风把雨吹进来，将车子淋了一整夜，他只好把它弄回自己的房间，高高挂起来。

一个小橱里盛着他的衣物及藏书，因为无论是桌上还是桌下都没有放书的地方。在看书的过程中，他养成了做笔记的习惯。他写出的笔记铺天盖地，要不是在屋里拉了几根晾衣服的绳子把笔记挂上去，恐怕连他的生存之地都不会有了。即便如此，屋里还是拥挤得使走路都成了困难。必须先关上橱门才能打开房门，而开橱门时，得先关房门。在屋里直来直去地移动是不可能的。从房门口到床头，必须走一条弯曲的路线，黑暗中免不了会磕磕碰碰。刚刚历尽艰难绕过水火不相容的房门和橱门，又得向右急转弯，以免碰上油炉。然后，必须朝左拐，绕开床腿；但这个弯不能拐得太大，不然会撞到桌角上。他拐弯时把身子猛然扭动和歪斜，接着又沿着一条“运河”向右走，“运河”的两岸一边是床，另一边是桌子。如果屋里仅有的那把椅子放在桌前的老地方，“运河”便阻塞不通了。那椅子不用的时候，便放到床上去，但有时他坐在椅子上煮饭，边看书边等水开，甚至熟练得在炸牛排时也能看上一两段。存放炊具的那个角落也小得可怜，他坐在那儿便能够得着自己所需的一切东西。说实在的，还是坐着煮饭便利；如果站着，太容易自我妨碍。

他的肠胃无可挑剔，不管吃什么都能消化。而且，他在食品方面知识渊博，知道哪些食物既富于营养又价格便宜。他的食谱里常有豌豆汤、土豆和扁豆，这种扁豆是大颗粒、棕褐色，烹饪时依照墨西哥人的方法。米饭每天至少在马丁的饭桌上出现一次，其做法是美国家庭主妇从未采用过，也永远学不会的。干果比新鲜水果便宜，他常常煮一锅干果备在手头，代替黄油抹在面包上吃。有时，他会煮一大块牛肉或一道骨头汤，丰富一下饭桌。他的咖啡不掺乳脂或牛奶，每天喝两次，晚上的一次代替喝茶；但无论是咖啡还是茶，都煮得恰到好处。

勤俭节约对他来说是很有必要的。休假时，他几乎花光了从洗衣店挣到的钱，但离市场还有相当长一段路，必须等待很久才能指望拿到第一笔卖手稿的钱。除了去看望露丝，或者到姐姐葛特露那儿坐坐以外，他过的是隐士生活，每天至少完成普通人三天的工作量。他每天的睡眠时间几乎不足五个小时，剩下的十九个小时埋头苦干，天天如此，只有钢筋铁骨的人才能与他抗衡。一分一秒他都不浪费。镜子上贴着单词的注解和发音，以便在刮脸、穿衣或梳头时默记。油炉旁的墙上也贴着这类表格，供他在煮饭时或洗盘子时记忆。他时不时地用新表格换下旧表格。看书中遇到生词或半生半熟的词，他便立刻抄下来。积到相当的数量，便用打字机打好，贴到墙上或镜子上。他甚至把表格装在衣袋里随身携带，上街时或者到肉店及杂货铺等着买东西时，便抽空复习。

这还不算，在阅读成名作家的作品时，他对他们的每项成果都十分关切，并寻找出他们成功的诀窍，有铺笔上的诀窍，有叙述和风格上的诀窍，也有表现观点、运用对比和警句的诀窍。所有的这一切他都制成表格加以研究。他并不着意模仿，而是从中吸取精华。他在表格中记载的是卓有成效、生动感人的表现手法。待研究了许多作家和记录下许多表现手法后，他才总结出了表现手法的一般性原则，从而为创造自己崭新、独特的风格，以及正确地权衡、估量和评价自己的风格，铺平了道路。以同样的方法，他还把感染力强的词句制成表格，这类词句是生龙活虎的语言，像硫酸一样具有腐蚀性，似火焰一般灼人，在平庸语言的荒漠中闪闪发光，带来醇香、甘美的气息。他始终探索的是深藏在内的原则，因为只有了解了事物的根由，他自己才能行动。他并不满足于美的表面光华。于是，他在自己拥挤不堪、既当卧室又为实验室的小屋里把美加以解剖——在这儿，有时可闻到煮饭的气味，有时则能听到外边西尔瓦家那帮孩子的喧闹声；在解剖了美，了解了美的五脏六腑之后，他就向自己创造美的目标接近了一步。

根据天性，只有在理解之后，他才能开展工作。他无法在黑暗中盲目地工作，对自己创造的东西缺乏了解，只一味依靠运气和天赋去寻求完美的效果。他对偶然性的效果嗤之以鼻，只想弄清事情的原委和经过。他的天赋是有意识的创造性的天赋。在动笔写故事或诗之前，作品的内容已在他的脑海里翻腾，无论是写作的目的还是实现这一目的的方法，他都一清二楚、胸有成竹。如若不然，他的创作就注定会失败。可话又说回来，对于那些轻松自然出现在他脑海中的词语，他又相信偶然性效果了，因为这些词语能经得住美和力量的一切考验，能产生种种惊人的无法言喻的含义。他对它们顶礼膜拜，认为它们并非任何人着意编造出来的。不管他怎样解剖美，怎样寻觅深藏在它之中使之成其为美的原则，他都始终感觉得到自己并未理解美的深层秘密，而且从来没有人深入那个领域。他从斯宾塞的作品中清楚地看到，人类对任何事物都不可能彻底了解，美的秘密不亚于生活之谜——啧，美比生活更为玄妙；他还看到美和生活紧密交织在一起，而他本人只是这种由阳光、星尘及奇迹组成的不可思议编织物当中的一根棉线。

说实话，此时他正抱着这样的观念撰写名为《星尘》的论文，文中攻击的对象不是评论的原则，而是那些著名的评论家。文章写得精彩、深刻、富于哲理性，同时又耐人寻味地带有几丝诙谐。他屡次投稿，屡次被杂志社即刻退回。然而，他的大脑并不纠缠于此，而是安安稳稳地继续耕耘。他养成了一种习惯：先对一个问题深思熟虑，然后一口气用打字机打出。至于文章是否能刊出，他倒觉得无所谓。写作是长期思维的顶点，是对千丝万缕思绪的集中，是对大脑中所有材料的最后总结。写这样的文章是一种有意识的活动，他可以借此解放人脑，使其准备接受新的材料、思考新的问题。这种情况有点类似受了委屈或自以为受了委屈的男男女女所普遍养成的习惯：隔一段时间就要打破忍耐已久的沉默，滔滔不绝地“倾吐衷肠”，吐尽方休。

第二十四章

几个星期的时间一闪而过。马丁的钱囊告罄，而出版商的支票仍遥遥无期。那些重要稿件全如数退回，又被他寄了出去，卖钱作品的下场也同样糟糕。小“厨房”里不再有形形色色的食物。他处境艰难，只剩下了半袋米和几磅干杏，于是他一日三餐都吃米饭和干杏，一连凑合了五天。接着，他便开始赊账了。那位葡萄牙食品商一贯收马丁的现金，这时见他欠的钱已多达三元八角五分，便要停止供货。

“你该放明白些，”食品商说，“你不去找工作干，我就得赔钱。”

马丁无法解释，一时答不上话来。赊账给一个懒得不肯干活、身强力壮的工人阶级的小伙子，是不符合生意准则的。

“你一找到工作，我就供给你食品。”食品商向马丁保证说，“没有工作，就没有食品，这就是生意。”随后，为了表明这纯粹是生意上的远见，而非偏见，他又说，“来，请你喝杯酒——咱们还是好朋友嘛。”

马丁洒脱地喝了酒，以示他对食品店的友好之情，当天晚上没吃饭就上了床。

马丁买蔬菜的那家果品店是由一位美国人经营，此人做生意的原则性非常差，竟让马丁赊了五块钱的账才宣告停止。另外，还欠面包坊两块钱，欠肉铺四块钱。马丁把所有的债加在一起，发现自己总共欠下十四元八角五分。打字机的租赁费也该交了，但他估计还能赊两个月的账——共八块钱。待到那时，他便到了穷途末路，再也赊不来账了。

从果品店最后一次赊来的是一袋土豆，于是他在一个星期里一天吃三顿土豆，别的什么也不吃。偶尔在露丝家吃顿可以帮助他恢复体力，可是看到那么多的食物摆在面前，自己又不好多要，他觉得实在馋得难熬。隔上一些时候，他就会怀着惭愧的心理在吃饭时间跑到姐姐家，放开胆子吃一顿——在摩斯家的饭桌旁他可不敢大吃特吃。

他天天写作，日日接到邮递员送来的退稿。由于没钱买邮票，稿件在桌下堆成了小山。一次，他连着四十个小时粒米未进，又不能指望到露丝家混饭，因为露丝到圣拉斐尔去了，两个星期后才回来。出于羞愧的心情，他不愿到姐姐家去。雪上加霜的是，邮递员在当天下午送来了五份退稿。于是，马丁披上外套去了奥克兰。回来时外套不见了，口袋里却有五块洋钱在叮当作响。他向那四个生意人每人还了一块钱的欠款，随后就在“厨房”里炸牛排、炒洋葱、烹咖啡，还炖了一大锅梅干。饱餐一顿之后，他伏于案头，赶午夜之前写完了一篇名为《高利贷的尊严》的论文。他把论文用打字机打出，然后扔到了桌子底下，因为那五块钱已花光用尽，再没有钱买邮票了。

后来，他先后当掉了手表和自行车，给所有的稿件都贴上邮票，邮寄出去，所剩下的买食品的钱就不多了。对于自己写的卖钱的作品，他大失所望，因为无人愿意购买。与报纸上、周刊上以及廉价杂志上的文章相比较，他认为自己的作品比一般水平要强，而且要强得多，但就是兜售不出去。这时，他发现多数报纸都大量刊载所谓的“铅版文章”，于是便找来了提供这类文章的那家社团的地址。可是他寄去的作品却给退了回来，并附着一张铅印的条子，说明所需稿件全由社团成员撰写。

在一份大型少年期刊上，他发现整栏整栏都登载的是奇闻逸事，心想这下机会来了。但他寄去的文章却吃了闭门羹，虽几经尝试，也一篇打不进去，后来，当他已经无所谓了的时候，方才得知那些副编辑以及助理编辑都是亲自撰文捞取外快。喜剧周刊退回了他的笑话和幽默诗，而他为大杂志撰写的笔调轻松的社交诗也未寻到立足之地。他心里清楚，自己的文章比那些登出的作品写得好。他设法搞到两家报业辛迪加的地址，源源不断地把短篇小说投给它们。写完二十篇，却一篇也没投中，他这才罢了休。天天都能在日报和周刊上看到短篇小说，看到的岂止几十篇，但没有一篇可与他的作品相媲美。于绝望之中，他断定自己失去了判断力，无端陶醉于自己的文章，是个自欺欺人的冒牌作家。

缺乏人性的编辑机器依然在有条不紊地运转。他把邮票夹入稿件，投进邮筒，待三个星期乃至一个月后，邮递员便会走上台阶把稿件递还给他。那一端肯定不存在有血有肉有感情的编辑，而只存在着轮盘、齿轮和注油器——一台自动控制的灵巧机器。他失望到了极点，甚至怀疑根本就没有什么编辑，因为在他的退稿单上没有一丝一毫的痕迹可以证明编辑的存在。他的作品不分青红皂白就被全部退回，由此可见，所谓的编辑很可能是办公室差役、排字工人及印刷工人杜撰和宣扬的虚构人物。

只有和露丝在一起时，他才感到幸福，但也并非每时每刻都感到幸福。他始终都受到痛苦和不安情绪的折磨，比过去得到她的爱之前的那些日子更为焦虑担忧；因为他现在虽然获得了她的爱，但离得到她还相距甚远。他曾经请求给他两年的时间；时光如白驹过隙，而他却一事无成。而且，他老是念念不忘一个事实：她不赞成他所干的事情。她虽然没有直接说明，但却拐弯抹角让他明白这一点，效果与把话挑明一样清楚和确切。她没有勃然大怒，而只是不赞成。换上天性缺乏善良的女人，很可能会雷霆大怒，可是她仅仅流露出一些失望的情绪。她失望的原因在于，她立志要重新塑造的这位男子，不该拒绝接受塑造。从某种程度而言，她一度认为他是块可塑的材料，但这块材料越来越倔强，不愿被塑造成她父亲或勃特勒先生的那种模样。

他身上伟大和坚强的品质，她全视而不见，或者更为糟糕，全遭到了她的误解。这位男子的确可塑性很强，可以在人类社会任何一个狭小的角落生存，而她却觉得他任性和泥古不化，因为她无法把他塑造成一个适于生活在那个她唯一所熟悉的小天地里的人。她理解不透他那奔放的思想，一旦跟不上他的大脑运转时，就说他古怪乖僻。除了他，还没有谁的思想使她感到困惑。对于她的父母、弟弟以及奥尔奈，她素来都了如指掌；因而，她理解不透马丁时，就坚信毛病出在他身上。思想褊狭的人妄图给思路开阔的人当导师，总会演出这样的悲剧。

“你所膜拜的是正统思想的神殿，”一次在谈论普莱普斯和范德尔瓦特时，他对她说道，“我承认，拿他们当权威来引用，是再好不过了——因为他们俩毕竟是美国一流的文艺评论家嘛。国内的每一位教师都把范德尔瓦特尊为美国评论界的老前辈。我看过他的文章，觉得那是一个措辞巧妙但头脑空洞的人写的杰作。说穿了，正如葛莱特·伯吉斯所言，他只不过是个平庸之辈。普莱普斯也并不比他强。就拿他的《毒苔藓》来说吧，写得倒是很漂亮，没有用错一个标点，格调也定得很高——嘀，高得惊人哩！他成了美国稿酬最高的评论家。但是，苍天在上，他算什么评论家呀！英国人的评论文章写得比他强。

“可问题在于，他们唱的是迎合大众的调子，而且唱得是那么堂皇、崇高和自得。他们的评论文章会让我想起英国的礼拜日布教，不愧是颇得民意的传话筒。他们和你的那些国语教授一唱一和，相互吹捧，他们脑袋瓜里没有一丁点自己的独到见解，只懂得正统思想——其实，他们自己的思想也是正统的。他们观念淡薄，极易受到正统思想的影响，这就和把酿酒厂的标签贴在啤酒瓶子上一样简单。他们的任务是把所有上大学的年轻人都控制在手中，清洗净他们头脑里可能有的独特见解，然后打上正统思想的烙印。”

“我拥护正统思想，而你狂怒暴烈得像一个反对崇拜偶像的南洋岛国居民，相比较而言，我觉得我更接近真理。”她回答道。

“反对偶像崇拜是传教士的作为，”他笑着说，“可惜传教士全跑到国外向异教徒传教去了，要是国内留下一个，也可以向范德尔瓦特先生及普莱普斯先生这两个古老的偶像开刀。”

“还有大学里的教授呢。”她补充说。

他断然地摇了摇头。“不，应该让理学教授活下来。他们是真正伟大的人。但如果能敲碎国语教授的脑壳，那才是好事呢，因为这些人十之八九都是思想狭隘、人云亦云的应声虫！”

针对教授所发的这通言论未免有些尖刻，在露丝听来简直是亵渎。她情不自禁地把那些干净整洁、知识渊博、衣着称体、说话的声调抑扬有致、谈吐文雅和富于教养的教授跟这个她鬼使神差般爱上的几乎无法形容的年轻人放在一起比较了一番——这位年轻人穿着总不合体，发达的肌肉标示出艰辛的劳作，一说话就激动，不是心平气和、态度冷静，而是满口脏话、语言刻薄。教授们至少挣着高工资——是啊，她强迫自己面对现实——属于上等人，而他一个子儿也挣不来，和他们是两个等级的人。

她没有掂量马丁的话，也没有根据他的话判断他的观点是否正确，而是拿表面现象做比较，认定他的看法是错误的——说实话，这是一种缺乏意识的结论。那些教授在文学上的见解之所以正确，是因为他们是成功者，马丁的文学论点之所以错误，是因为他兜售不出自己的作品，用他自己的话形容，他们“干出了名堂”，而他一事无成。再说，不久之前他站在这间客厅里被别人介绍时还面红耳赤、一脸窘相，惊恐地望着周围的古玩，生怕自己一摇一晃的肩膀会把它们撞碎，而且还问起斯温伯恩死了多久，大言不惭地宣称自己读过《精益求精》和《赞美生活》——这样一个人的观点要是正确，那才荒唐哩。

露丝无意中证实了他的看法：她崇拜正统思想。马丁理解她的思维方式，却不愿追根问底。她怎样尊崇普莱普斯、范德尔瓦特以及那些国语教授影响不到他对她的爱，但他愈来愈肯定地认识到她永远也不会理解或知晓他的思想深度和知识范围。

谈到音乐时，她觉得他不可理喻；论及歌剧，认为他不仅无法理喻，还刚愎自用，抱着错误的观点不放。

“你觉得怎么样？”一天夜里，在看完歌剧回家的路上，她这样问他。

这天晚上的歌剧票是他用一个月来一口一口从嘴里省出的钱买下的。她原想等他发表看法，但不见动静，而她自己被刚才看到和听到的感动得浑身颤抖、情绪激昂，于是便问了以上的那句话。

“我喜欢那支序曲，”对方答道，“真是好听得很。”

“是好听，可歌剧本身怎么样呢？”

“也很好听；我是说乐队演奏得很好。要是那些蹦蹦跳跳的人不咋咋呼呼的，或者干脆走下台，我听歌剧的劲头会更大些。”

露丝一下子惊呆了。

“你指的不是台特拉兰尼或巴利洛吧？”她问道。

“指的是他们全体——全体演出人员。”

“他们可是杰出的艺术家呀。”她抗议道。

“他们古里古怪，显得很不真实，即便杰出的艺术家，也是在糟蹋音乐。”

“难道你不喜欢巴利洛的歌喉？”露丝问，“据说，他仅次于卡鲁索呀。”

“我当然喜欢他，我还更喜欢台特拉兰尼哩。她的歌喉珠圆玉润——起码我是这样想的。”

“可是，可是——”露丝说话结巴起来，“我不明白你的意思。你欣赏他们的歌喉，却又说他们糟蹋了音乐。”

“正是这么回事。我希望能听上他们的音乐会，然而却一百个不愿意听他们在乐队演奏时歌唱。恐怕我是一个无可救药的现实主义者。杰出的歌唱家不一定就是杰出的演员。在五光十色、余音绕梁的音乐伴奏下，听巴利洛亮起天使般的歌喉唱段情歌，听台特拉兰尼也像天使一样同他对唱，那才叫人心醉神迷哩，简直会飘飘欲仙。这可不是我的承认，而是我的强调。不过，要是看到其人，整个效果就破坏掉了——台特拉兰尼不穿鞋身高也有五英尺十英寸，体重高达一百九十磅；而巴利洛则高不足五英尺四英寸，脸上油光闪闪，胸脯厚实得像个五短身材的铁匠；他们俩装腔作势，不是紧紧抱住自己的胸膛，就是像疯人院里的疯子把胳膊在空中胡挥乱舞。让我把这一切幻想成苗条、美丽的公主和英俊、浪漫的年轻王子之间的爱情场景，我可是万万做不到。总之，这太荒唐、太可笑、太不真实，问题就在于此。在这个世界上，绝没有人那样谈情说爱。倘若我用这样的方式和你谈恋爱，你一定会掴我一耳光。”

“你理解错了，”露丝反驳道，“每一种艺术都有其局限性。”（她搜索枯肠地回忆着自己在上大学时所听的关于艺术常规的讲座。）“拿绘画来说吧，画面上只展现物体的二维性，但画家却运用艺术让你产生错觉，认为他画中表现的是三维物体。再以写作为例，作家必须无所不能，让你觉得他对主人公心理的描绘是合情合理的，但实际上你也知道主人公心里考虑问题时并无他人在场，无论是作家还是别的任何人都听不到主人公的声音。戏剧、雕塑、歌剧——各种类型的艺术全都是这样。有些不可调和的事物应该得到人们的接受。”

“是的，这我明白，”马丁说，“所有的艺术都有其常规。”（露丝听他使用这个字眼，不禁感到意外。仿佛他自己也上过大学，而非缺乏真才实学，只知道在图书馆里胡乱翻阅书刊。）“但就连常规也必须是真实的。把一棵棵树画在平面硬纸板上，竖在戏台的两侧，我们可以把它们看作森林。这种常规是够逼真的了。但话又说回来，我们不会把海洋景色视为森林。这是绝对不可能的，因为我们的感官不允许我们这样做。你绝不会，或更确切地说，你不应该把今晚那两个疯子的狂呼乱吼、扭捏作态和痛苦的痉挛看作对爱情的真实刻画。”

“你难道自以为比所有的音乐鉴赏家都高明不成？”她不屑地问。

“不，不，压根就不是这么回事。我只是想保留我个人的看法罢了，我刚才讲出自己的观点，是想向你解释台特拉兰尼夫人笨拙的表演是怎样破坏了我对音乐的雅兴，全世界的音乐鉴赏家也许都是对的，但我是我，我可不愿委曲求全去迎合整个人类一致的看法。如果我不喜欢一样东西，那就是不喜欢；我无论如何也不会因为自己的大多数同胞喜欢或假装喜欢，就做出一副喜欢的样子。在这种事情上，我可不会赶时髦。”

“可你知道，音乐涉及修养问题，”露丝不服气地说，“歌剧更是如此。也许——”

“也许我对歌剧缺乏修养吧？”他快言快语地打断她的话说。她点了点头。

“正是这样。”他赞同地说，“我可自以为是幸运儿呢，因为我小时候没有对歌剧入迷。要是真入迷，今天晚上闹不定会洒下多愁善感的眼泪呢；看过那对宝贝的丑角戏，还会觉得他们的歌喉更优美、伴奏的音乐更动听哩。你说得对，这多半涉及的是修养问题。我现在年龄太大了，必须看真实的东西，要不什么都不看。令人难以信服的假象显然是骗人的把戏。当矮小的巴利洛发起神经来，把人高马大的台特拉兰尼搂在怀里（她也在发神经），向她表白自己在爱着她时，我觉得大歌剧就是这种骗人的把戏。”

露丝又在用表面现象做比较，并根据自己对正统思想的信仰衡量他的思想。他算老几，难道就他一个是对的，而所有有教养的人都是错的？他的话以及他的观点对她丝毫不起作用。正统思想在她的脑海中已过于根深蒂固，所以她不会对创新的思想产生共鸣。她一直都在受着音乐的熏陶，打孩提时代就喜欢听歌剧，她那个阶层的人也都喜欢歌剧。马丁·伊登刚刚从低劣的工人阶级歌曲堆里走出来，有什么权利对世界一流的音乐说东说西呢？她对他感到恼火，走在他旁边隐隐约约地滋生出些许愤恨的情绪。就算她怀有最宽大的胸怀，也顶多认为他的言论是任性的怪话及不合情理的玩笑。然而，当他在大门口把她拥入怀中，以温柔的恋人方式对她吻别时，她心头涌起一股对他的爱，忘掉了所有的龃龉。这天夜里，她躺在枕上难以成寐，脑子里想个不停（她近来常这样），猜不透自己怎么会不顾家里人的反对爱上这样一个怪人。

次日，马丁·伊登把手头的文章搁置一旁，鼓足劲挥笔疾书，写出了一篇名为《论假象》的论文。贴上邮票，这篇文章便上了路，而在以后的日月里，它注定还要贴许多邮票，还要进行许多趟这样的旅行。

第二十五章

玛丽亚·西尔瓦家境贫寒，了解穷困给人带来的种种不幸。穷困这个词，在露丝看来，指的只是一种不美好的生活环境。她对这个问题的了解仅限于此。她知道马丁一贫如洗，心里却把他的境遇跟亚伯拉罕·林肯、勃特勒先生及其他功成名就者的童年时代联系在一起。她虽然也知道穷困不是件叫人高兴的事，但是却以中产阶级的心理自我安慰地想道，穷困是有益处的，它是一种有力的鞭策，可以激励所有不甘堕落、不甘沉沦的苦人儿走上发迹的道路。所以，当她知道马丁穷得把手表和外套都送到了当铺时，并没有为之担心。她甚至认为这是充满了希望的一个方面，坚信这种情况早晚都会让他清醒过来，迫使他放弃写作。

露丝从未看到过马丁的饿相，但他的脸却消瘦了下去，双颊的微微凹陷变得愈来愈明显。实际上，她注意到了他脸上的变化，而且感到很满意。他似乎变得雅气了一些，身上的糟肉以及那种既叫她厌恶又引诱着她的野兽般的活力都减去了许多。有时两人在一起，她发现他的眼睛里闪射出一道令她倾心的异彩，那非凡的闪光给他增加了诗人和学者的风度——他希望自己能成为这两种人，同时这也是她的愿望。但在玛丽亚·西尔瓦的眼里，他那凹陷的双颊和燃烧的目光显示的却是另外一种情况，她天天观察这种变化，并以此判断他命运的起伏。她看到他披着外套走出家门，虽天气阴冷，但回来时却不见了外套；紧接着，她发现他的双颊略微丰润了些，眼里饥饿的火焰也熄灭了。她还看到他的自行车和手表也是这样不见了踪影；每一次过后，她都会看到他重新涌发出勃勃生气。

而且，她还注意到他在勤奋工作，知道他是怎样挑灯夜战。多么艰苦的工作啊！他们俩干的活儿虽然性质不同，但她知道他胜过自己一筹。她诧异地发现，他吃的东西愈少，工作的劲头反而愈大。有几次，她觉得他饥饿难熬时，就若无其事地送一块刚出炉的面包给他，并以开玩笑的口吻声称这面包要比他烘得好，尴尬地说些掩饰的话。她还会指派自己的一个刚学步的孩子送去一大罐热汤，但她心里却很矛盾，不知这样从自己的亲骨肉嘴里夺食应该不应该。马丁对此十分感激，因为他了解穷人家的生活，知道这是一种慈善行为——如果这个世界上还有慈善的话。

一天，玛丽亚把家里剩下的一些东西让孩子们吃了，用口袋中最后的一角五分钱打来一加仑的劣质酒。马丁走进厨房打水，被邀请坐下来同她一道喝酒。他为她的健康干杯，而她也为他祝酒。接下来，她祝他事业发达，马丁的祝酒词是希望詹姆士·格兰特能走上门来，把洗衣服的钱付给她。詹姆士·格兰特是个打短工的木匠，有时也拖拖账，这次欠了玛丽亚三块钱。

玛丽亚和马丁都空着肚子喝这刚酿出的酸酒，很快便上了头。他们是截然不同的两类人，在苦难之中却是一样悲惨凄凉，不过，他们在心里谁都没把这苦难当回事。玛丽亚听说他去过亚速尔群岛[①]，感到十分惊异，因为她是十一岁才离开那儿的。当得知他还到过夏威夷群岛时，她就更惊异了，她们全家离开亚速尔群岛后便是移居到了那里。然而，当他说自己去过毛伊岛[②]时，她便惊奇得无法形容了——正是在这座岛上，她步入青春期并嫁了人。而且，马丁竟两次光顾卡胡鲁伊港——她和丈夫初次相遇的地方！他搭乘过那些仍然存留在她记忆中的运糖船——啧，啧，这个世界可真小啊。还有瓦伊鲁哥村，那地方也留下了他的足迹！他认识种植园的总管吗？哈，他认识，还跟总管干过两杯酒呢。

他们一边缅怀往事，一边喝着未兑水的酸酒压饥。对马丁来说，前途并不十分暗淡。成功在他的面前扑闪着，眼看就要成为他的囊中之物。此刻，他端详着跟前这位劳累不堪的妇女那深刻着皱纹的面孔，回想起她的菜汤和刚出炉的面包，心中不由涌起极其强烈的感激和报恩之情。

---

① 位于葡萄牙以西，隶属葡萄牙。

② 夏威夷群岛中的第二大岛。

"玛丽亚，"他突然喊叫起来，"你想要什么东西？"

她望望他，给弄得莫名其妙。

"如果你能如愿以偿，那么现在，就在这一刻工夫，你想要什么呢？"

"想要七双鞋，给孩子们每人一双。"

"你会得到的，"他宣布道，而她则庄重地点了点头，"但我指的是大愿望，不知你想得到什么大的东西。"

她眼睛里闪射出温厚的光芒，以为他在跟她玛丽亚开玩笑，而这种年头难得有人和她逗个乐子。

"好好想想。"她正要启口说话，他却劝告她道。

"好吧，"她说，"我仔细想过啦。我想要这幢房子，让它完全属于我，再不用交每月七块钱的房租。"

"你会得到的，"他向她保证说，"而且要不了多少时间。现在讲讲你的最大愿望吧。全当我是上帝，我告诉你，你想要什么就可以得到什么。说出你的愿望吧，我在听着呢。"

玛丽亚一本正经地思考了一会儿。

"你不怕我太贪心吗？"她警告地问。

"不，不，"他笑着说，"我不怕。请说吧。"

"这可是非常大的愿望啊。"她再次警告道。

"没关系，请你说吧。"

"那好——"她像小孩子样深深吸了口气，说出了她对生活最大的要求，"我希望能有一个奶牛场——一个地地道道的奶牛场。有成群的奶牛、大片的土地和丰盛的草场。我希望奶牛场设在圣莱安附近，因为我的姐姐住在那儿。我把牛奶卖到奥克兰去，赚取很多很多的钱。乔和尼克不用再牧牛，他们可以到学校上课，将来当工程师，到铁路上工作。是的，我想要一个奶牛场。"

她停下来望着他，眼睛里闪闪发光。

"你会得到的。"他即刻便做出了答复。

她点了点头，把嘴唇有礼貌地凑向酒杯，为赐给她礼物的人干杯，虽然她知道这样的礼物永远也拿不到手。他的心地是好的，她衷心感激他善良的意图，就仿佛对方把好意和礼物一道送给了她。

“对，玛丽亚，”他继续说道，“尼克和乔不用去卖牛奶，所有的孩子都上学去，而且一年四季都有鞋穿。那将是一流的奶牛场，所有的东西一应俱全。有住房、马厩，当然还有牛棚；要养鸡和猪，种蔬菜瓜果，凡此种种。奶牛数量多，赚的钱也多，可以雇一两个帮手。你什么都不用干，只招呼招呼孩子就行了。如果碰上好男人，你可以嫁给他，把奶牛场交他管理，而你舒舒服服地过日子。”

马丁对于未来许下了漫天大诺，但一转身却把自己仅有的一套像样的衣服送进了当铺。这一来，他简直陷入了绝境，因为他会因此和露丝断掉联系。他连件较差的能穿得出去的衣服都没有了；他虽然还能到肉铺和面包店去，甚至还可以偶尔去去姐姐家，但他绝不敢衣着寒碜地登摩斯府邸的门槛。

他继续写作，但心里却非常痛苦，几乎万念俱灰。他开始意识到第二场战斗已经失败，自己迫不得已还要出去找工作。找到工作，便会皆大欢喜——食品商、他姐姐、露丝，甚至连玛丽亚包括在内，都会心满意足，因为他欠玛丽亚一个月的房钱呢。他已经两个月没交打字机租赁费了，店方催他付钱，否则他就得把机子还回去。绝望的他准备低头认输，和命运暂时休战，以待将来东山再起，于是，他投考了铁路邮政处的公务员。他没想到，自己竟然考中了。工作算有了着落，但不知何时才会通知他上班去。

正当命运处于最低潮的节骨眼上，那台平稳运转的编辑机器出了毛病。一定是齿轮脱落了一个轮牙或者注油器里润滑油用干了，因为邮递员在一天早晨送来了一个又薄又小的信封。马丁扫了一眼信封的左上角，看到了《横贯大陆月刊》的刊名和地址。他怦然心跳，顿时感到头晕目眩，直想栽倒，双膝奇怪地抖动起来。他跌跌绊绊回到自己的房间，拿着仍未拆开的信封一屁股坐到了床上。直到这时他才明白，为什么有些人在接到惊人的好消息时会当场丧命。

毫无疑问，这次有好消息。那个薄信封里没装稿件，所以他的稿子被采用啦。他记得送往《横贯大陆月刊》的是一篇名为《嘹亮的钟声》的恐怖故事，足有五千字。由于一流杂志一贯是在采用稿件时立即付稿酬，信封里该附有支票。每个字两分钱，一千字就是二十块；那么支票的钱数肯定是一百块钱。天啊，一百块钱呀！拆信封的时候，他的脑海里浮现出他的每一笔欠款——欠食品商 $3.85，肉铺 $4.00，面包店 $2.00，水果店 $5.00，总共 $14.85。另外，欠房租 $2.50，预交一个月的房费 $2.50，欠两个月的打字机租赁费 $8.00，再预交一个月的租赁费 $4.00，总共 $31.85。最后还得加上向当铺赎东西的钱，外带利息——手表为 $5.50，外套 $5.50，自行车 $7.75，一套衣服 $5.50（利息是 60%，可这又有什么关系呢？）——这几笔钱的总数是 $56.10。一笔笔欠款变成闪光数字，历历如在眼前，经过一番加减，稿酬还剩下 $43.90。还清每一笔债务、赎回每一件东西之后，他的口袋里还会有 $43.90。这样一大笔叮当作响的钱哩。更令人欣慰的是，他还预交了一个月的打字机租赁费和房租呢。

想到这里，他抽出了那页用打字机打出的信函，把它铺展开。里面没有夹支票。他朝信封里瞧了瞧，又把信封放到亮光里照照，还是不相信自己的眼睛，于是用哆嗦的手急忙将信封一撕两半。仍然不见支票的踪影。读信的时候，他一目数行，匆匆掠过编辑对故事的赞誉之辞，想看看这封信的实质内容——为何没有附上支票？这方面的内容他未看到片言只语，看到的只是让他突然如坠冰窖的话。那封信从他的手里掉落下来。他眼中失去了光彩，躺倒在枕头上，拉过毛毯盖在身上，一直盖到下巴处。

《嘹亮的钟声》的稿酬是五块钱——五千字才卖五块钱啊！不是每字二分，而是每分十字呀！哼，编辑还把文章夸奖了一通呢。要等到故事刊载出来，他才能拿到支票。什么每个字的最低稿酬是两分钱，什么稿子一经采用便付钱，全是胡扯八道。这套骗人的鬼话使他误入歧途。当初要是知道这么回事，他绝不会投身写作。他会出外找工作——为露丝而苦干。他回想起最初试笔的那一天，一想到自己浪费了这么多的时间，全为了十个字一分钱的稿酬，他便感到心寒。报上宣扬的那些关于作家领取高稿酬的言论肯定也是弥天大谎。看来，他间接得知的那些情况都是无稽之谈，因为铁证就在眼前。

《横贯大陆月刊》的单本定价是两角五分钱，它那气势恢宏、富于艺术性的封面充分说明它是第一流的杂志。它既庄重又高雅，早在他出生之前便已发行，延续至今。杂志的封面上月月都印着一位世界著名作家的话，申明《横贯大陆月刊》的使命，而那位文学巨匠曾经就是在这本杂志上初露锋芒的。这样一本庄严、高尚、从上天获取灵感的杂志，竟然五千字只付五块钱的稿酬！那位伟大作家最近死于异国他乡——马丁记得他是穷困潦倒中殒命的——既然作家的稿酬如此“丰厚”，这也就不足为奇了。

唉，他看过报上的那套关于作家及稿酬的谎言，竟然上了钩，白白浪费了两年的时间。现在，他要吐出饵钩，从今往后再也不写一个字。他要满足露丝的愿望，满足大家的愿望，去找个工作干。此念一生，他想起了乔，想起了乔已前往无事可干的地方流浪，马丁羡慕得深深叹了口气。长期以来，每天写作十九个小时，这样的生命真够他呛。可是，乔并没有坠入爱河，并不肩负爱情的义务，故此可以无所事事、四方流浪。他马丁则必须去奋争，去工作。他打算第二天一大早就出外寻工作。他还要让露丝知道他已改弦易辙，愿意进她父亲的事务所工作。

五千字五块钱，十个字一分钱，这就是艺术的市场价格。他心里产生出深深的失望、上当和耻辱的感觉；合上眼皮，就可以看到自己欠食品商的那 $3.85 似火焰般熊熊燃烧。他不寒而栗，觉得骨头里发痛。他的腰和背钻心地痛，头也痛得难忍——天灵盖痛、后脑勺痛、脑仁痛，整个头都似乎要炸开；眉毛上方的部位更是痛得叫他受不了。眉毛下首的眼皮底下则残酷无情地燃烧着那个数字——$3.85。他睁开眼以求解脱，但屋里白亮的光线似乎要烧焦他的眼球，迫使他又闭上眼，再次面对那 $3.85。

五千字五块钱，十个字一分钱——这一思想在他的大脑里扎了根，令他无法摆脱，就像他摆脱不了眼皮底下的 $3.85 一样。随即，后边的那个数字似乎发生了变化，他惊奇地看着它变成了另一个燃烧的数字——$2.00。啊，他知道那是欠面包店的钱，接着出现的是 $2.50。

这下他可犯了难，用力地思考起来，仿佛在决断一个生死攸关的问题。他的确欠别人两块五，但债主是谁呢？这个专横和恶毒的世界命令他找出答案，于是他沿着大脑中无端无尽的长廊搜索，打开各种各样房间的门户，把自己所能记得和了解的零碎东西都抖搂了一遍，但终无结果。仿佛过了几个世纪之后，他才恍然大悟，不费吹灰之力得到了答案——这笔钱是欠玛丽亚的。他松了口大气，然后又把注意力转向眼皮底下那折磨人的银幕。他以为既然已找出了答案，自己总算可以获得安宁了。可是，在 \$2.50 消失的地方，又出现了一个燃烧的数字——\$8.00。债主是谁呢？他又得在消沉的大脑中搜索，寻找答案了。

这次寻找不知花费了多少时间。似乎过了很长很长时间，他被敲门声惊醒过来——玛丽亚跑来询问他是不是病了。他用一种连他自己都无法辨认的沉闷的声音说他没有病，只是在睡午觉。可他吃惊地发现夜幕已悄然潜入房间。信是在下午两点钟收到的，他这才意识到自己的确病了。

此刻，\$8.00 又开始在他的眼皮底下冒火焰，而他又得苦苦思索了。不过，这次他变聪明了，觉得没必要搜索枯肠地傻想，觉得自己刚才真是太愚蠢。他用杠杆拨动思想，让思想围着他旋转，像命运的巨大车轮、记忆的旋转木马以及智慧的滚动圆球。思想愈转愈快，最后把他卷入旋涡之中，使他在漆黑的混沌里飞转。

就这样，他非常自然地置身于一台轧液机旁，把上过浆的衣袖朝里填。正在朝里填的当儿，他留意到袖口上印着数字。他原以为这是做标记的新方法，但凑近一瞧，却看到一个袖口上有 \$3.85 字样。他意识到这是食品商的账单，而轧液机的滚筒里上下翻腾的全是他欠的账单。他心生一诡计，觉得把那些账单都扔到地上，就不用再付账了。他想到做到，即刻把那些衣袖仇恨地揉作一团，抛到脏得出奇的地板上。衣袖聚成一堆，而每份账单都有一千个副本，可他偏偏只去寻找一个两块五的账单——那是他欠玛丽亚的。玛丽亚不会催他付钱，而他慷慨激昂地决定只还这一笔账；于是他开始在衣袖堆里寻找她的账单。他不顾一切地寻找，找了很长时间，直至旅馆里的那个肥胖的荷兰经理进来时，他还在寻找。荷兰佬满脸怒容，以响彻寰宇的洪亮嗓门叫嚷道："我要从你的工资里扣除这些衣袖的钱！"望着那堆积成小山的衣袖，马丁知道自己必须干一千年的牛马活才能还清这笔债。唉，别无良策，只有杀死经理，放把火烧掉洗衣店。可是大块头的荷兰佬一把揪住他的后颈，将他凌空拎起，打破了他的如意算盘。荷兰佬拎着他在熨衣台、炉子和轧液机的上方摇来晃去，又把他拎到洗衣间，放在绞衣机和洗衣机的上空摇晃。马丁被摇得上下牙齿打架、头痛欲裂，他真不知荷兰佬哪儿来这么大的力量。

后来，他又回到了轧液机跟前，这次是一家杂志社的编辑从一边往机器里填袖口，而他在另一边接。每一个袖口都是一张支票，马丁怀着满脸的希望急不可耐地一张张检查，可看到的全是空白支票。他站在那儿接支票，足足接了有一百万年的光景，每一张都不轻易放过，生怕上面填有数字。最后，他终于找到了，用颤抖的手指拿到亮光处查看。原来是张五块钱的支票。轧液机另一端的编辑哈哈大笑。"你等着瞧，我要杀了你。"马丁说完，跑到洗衣间去寻斧子，结果发现乔在那儿给手稿上浆。他想让乔停下来，抢起斧子就劈。可那武器举到空中就不动了，原来马丁发现自己又回到了熨衣机旁，那儿飘着鹅毛大雪。不，那飘然落下的不是雪花，而是大面额的支票，最小的面额也不少于一千块。他把支票收集到一起，进行分门别类，一百张一叠，用细绳扎捆牢。

他边干边抬头望去，瞧见乔站在他面前，把熨斗、上过浆的衬衫以及手稿舞来弄去。乔还时不时伸手取过一叠支票，混进那些东西里一起舞弄。那些乱七八糟的东西转着大圈，穿过屋顶，消失在了空中。马丁抡斧向他劈去，可他抢过斧子，把它也抛进了那旋转的圈子里。后来，他索性拎起马丁，把他也抛了起来。马丁穿过屋顶，见到手稿就抓，所以待到落下来时，怀里已抱了一大堆手稿。但他脚刚一着地，便又升腾而起，就这样一圈、两圈地转个不停，数不清究竟转了多少圈。他听到远处有人在用孩子般的尖嗓门歌唱："跟我一起跳华尔兹舞吧，威利，跳呀跳呀跳。"

他在由支票、上过浆的衬衫以及手稿组成的"银河系"中找回了那把斧子，准备一回到地面就杀死乔。可他悬在空中没能下来。夜间两点钟，玛丽亚透过薄壁听到他的呻吟声，来到他的房间，把热熨斗放在他身上，又取来湿布蒙住他发痛的眼睛。

第二十六章

这天早晨，马丁没有出去找工作。直至傍晚时分，他才从昏迷中苏醒，用发痛的眼睛望了望四周。西尔瓦家一个叫玛丽的八岁孩子一直守候在旁边，这时见他恢复了知觉，便尖声叫喊起来。玛丽亚闻声从厨房赶来，用干活干得满是老茧的手摸摸他滚烫的额头，又替他量了量脉搏。

“想吃点东西吗？”她问。

他摇了摇头。他没有一点想进食的欲望，不知自己这辈子是不是还会有饥饿感。

“我病了，玛丽亚，”他有气无力地说，“你知道是什么病吗？”

“是流行性感冒，”她答道，“过两三天就会好的。现在最好吃点东西。多吃点，也许明天胃口就开了。”

马丁对生病是不习惯的，待玛丽亚带着小女儿离开后，就想起床穿衣服。他头脑发晕，眼睛痛得睁都睁不开，靠着意志的力量，才挣扎着起了床，但伏到案头便又昏迷了过去。半个小时后，他回到床上，只好闭起眼睛躺在那儿，把自己的种种疼痛和虚弱思来想去。玛丽亚来过几次，为他更换敷在额头上的湿布，除此之外不来打搅他，因为她是个明白人，不愿唠唠叨叨地惹他心烦。他对此感激不尽，喃喃自语地说：“玛丽亚，你会得到奶牛场的，会的，一定会的。”

后来，他记起了已遗忘许久的昨日的往事。自从收到《横贯大陆月刊》的那封信，好像已经过了一辈子，因为他觉得过去的历史已经完结，打算重新开始生活。他尽了自己的努力，而且是拼命的努力，现在只落得仰面朝天卧倒病榻。如果不是把自己饿得死去活来，他就不会患流感。他垮了下来，无力击退侵入肌体的病菌。这就是他的下场。

“一个人即便著作满天飞，却命丧黄泉，又有什么用呢？”他出声地问，“这不是我的事业，再也不能从事文学写作了。我只配进会计室管管账目，按月领薪水，跟露丝过小日子。”

两天过后，他吃了个鸡蛋和两片烤面包，又喝了杯茶，然后让把他的邮件拿来，可眼睛还是痛得厉害，无法看信。

“你给我读读，玛丽亚，”他说，“别去管那些又大又长的信件，把它们全扔到桌子底下。拣小的信件念给我听。”

“我不会读信，”对方答道，“特丽莎会读，她已经上学了。”

于是，九岁的特丽莎·西尔瓦拆开信，读了起来。他心不在焉地听着打字机租赁店寄来的冗长的催债信，脑子里却在思索着如何去找工作。猛然之间，他惊得醒过了神。

“如果同意做适当修改，”特丽莎慢吞吞地读道，“我们愿出四十块钱买下你的小说连载权。”

“这是哪家杂志社？”马丁喊叫了起来，“来，把信递给我！”

他一下子可以看信了，连疼痛也不觉得了。愿出四十块钱给他的是《白鼠》杂志社，他们想买下《漩涡》——也是他早期写的恐怖小说。他把信看了一遍又一遍。编辑坦率地指出，他对素材的处理并不完美，他们之所以要买这篇小说，是因为里面不乏独特的观点。如果同意他们删掉三分之一的内容，他们就定稿，而且一接到回音就给他寄来四十块钱。

他要来笔墨，写信告诉那位编辑，说他如果高兴，可以删掉三分之三的内容，只要把四十块钱马上寄来就行了。

信由特丽莎拿去投进邮箱，而马丁又躺回床上，陷入了沉思。看来，事情并非骗局。《白鼠》采用稿件就付钱。《漩涡》共三千字，删掉三分之一，还剩下两千字，稿酬每字按两分钱计算，刚好是四十块钱。一用稿件就付钱，每字两分钱——报上讲的全是实话。他原来还以为《白鼠》是三流杂志呢！显然他并不了解杂志界的情况。他以前把《横贯大陆月刊》视为一流杂志，可是它每十个字才付一分钱的稿酬。他总把《白鼠》看得一钱不值，然而它付的稿酬却高出《横贯大陆月刊》二十倍，而且一用稿就付钱。

现在，有一点可以肯定：病好后，他不打算出外找工作了。他的头脑中可以发掘出更多和《漩涡》同样好的文章，每篇按四十块钱取酬，他的收入会比干任何工作、从事任何职业都高。正当他以为战败的时候，却获得了胜利。经证明，他是干事业的料。道路已经畅通。从《白鼠》起始，他要把各家杂志社列成一份长长的主顾名单。卖钱的文章可以暂且搁置一旁。说实在的，那纯粹是浪费时间，未给他带来一块钱的收入。他要献身于事业，写出好文章来，把内心最出色的构思展现于纸面。他希望露丝能在跟前和他分享喜悦；他翻阅放在床头的信件时，发现了一封露丝的来信。她在信中娇嗔地责备他，问他到底出了什么事，这么长时间不去看她。他把信爱不释手地又读了一遍，仔细欣赏她的笔迹，对她的每一道笔画都充满了爱心，最后还吻了吻她的签名。

他回信时不顾后果地告诉她，他把最好的衣服送进了当铺，所以才没有去看她。他还说自己染上了病，不过现在已快康复，用不了十天或两个星期（这是一封信到纽约市去打个来回的时间），待把衣服赎回来，他就回到她身旁。

然而，露丝可不愿等十天或两个星期。再说，她的恋人在生病呢。第二天下午，在阿瑟的陪同下，她乘着摩斯府内的马车不期而至，这让西尔瓦家的孩子以及街上的那帮顽童喜不自胜，但是却叫玛丽亚慌了手脚。她扇了自家孩子几记耳光，因为他们挤在小前廊里围观客人。随后，她用比平时更糟糕的英语充满歉意地说自己的衣着不成体统。从她那高高挽起的袖子、沾着肥皂沫的胳膊以及系在腰间的湿麻袋片便可以看得出，她刚才在干什么活。这两位高贵的年轻人向她问起她的房客时，慌得她六神无主，竟忘了请他们到小客厅坐坐。要到马丁的房间去，得穿过厨房，此刻那儿由于正在大规模洗衣服，被弄得温暖潮湿、雾气腾腾。玛丽亚激动之中猛一推卧室的门，使房门和室内小橱的门卡在了一起，结果一团团带有肥皂水和尘土气息的水蒸气透过半开的门直往病人的房间灌，足足灌了有五分钟。

露丝右拐左转，然后再向右调头，沿着桌与床之间的狭窄通道顺利地来到了马丁身旁；可是阿瑟转的弯太大，把放在马丁做饭的那个墙角的盆盆罐罐碰得叮当响。阿瑟没在屋里多待。仅有的一把椅子给露丝坐了，他见自己的任务已经完成，便走出去守立在大门口。西尔瓦家的七个孩子好奇地将他围在中间，不住眼地打量着他，就像观看杂技团的一个奇特节目。十几个街区的孩子都跑了来，把马车围了个水泄不通，急切地等待着什么悲惨吓人的事情发生。在他们这条街上，只有遇到婚丧大事才可以看得到马车。这次既没人结婚又无人死亡，所以肯定出了什么他们没经历过的事，值得一等。

马丁早就盼望着能见到露丝。从根本上来说，他天性多情，比普通人更需要同情。他朝思暮想的同情对他意味着明智的理解；但他全然不知，露丝所怀有的大半是多愁善感和礼节性的同情，与其说是出于对同情对象的理解，倒不如说是出自于她那善良的天性。所以，当马丁拉着她的手高兴地说话时，她在爱情的驱使下也握紧了他的手，而且一看到孤苦、艰难的生活在他脸上烙下的痕迹，眼睛里便发湿，闪动着泪花。

他告诉她，他的两篇文章已被采用，说他在接到《横贯大陆月刊》的来信时是怎样陷入了绝望，而收到《白鼠》的来信又是多么高兴，然而她却没有仔细倾听。她听到了他说的话，也理解这些话的字面含义，可是对他的绝望和高兴却缺乏共鸣。她无法摆脱自己的看法，对卖文章给杂志社这种事不感兴趣。对她来说，成家立业才是重要的。不过，她当时并未意识到这一点，也未意识到自己希望马丁谋个职业是出自一个向往做母亲的女人本能的冲动。要是有人用清楚、肯定的语言把这话向他讲明，她会脸发烧，闹不定还会恼羞成怒，一口咬定她只对自己爱恋的人感兴趣，只希望他有一个锦绣前程。所以，当马丁向她倾吐衷曲，为自己选中的事业在这个世界上崭露头角而扬扬得意时，她只是听听表面的意思，还时不时四处张望，为自己看到的景象吃惊不已。

露丝平生第一次看到了贫困生活的凄惨面目。以前，她总以为饿肚子的恋人富有浪漫色彩，却不知饿肚子的恋人是怎样生活。万万想不到会是这样一种情形。她的目光游移不定，一会儿扫视房间，一会儿打量马丁。随着她一道从厨房进来的带有水蒸气的脏衣服味令人作呕。露丝心想，如果那个可怕的女人经常洗衣服，马丁身上一定浸透了这种气味。堕落的生活就是这样侵蚀人的。她望望马丁，似乎看到了周围环境在他身上留下的污痕。以前她所见到的他总是把脸修得干干净净，而今他脸上那三天未刮的胡须叫她觉得反感。那胡须不仅使他显得又黑又脏，和西尔瓦家的屋里屋外一样，还突出了他身上那种令她厌恶的兽性。可是他却扬扬得意地炫耀自己的两篇文章已被采用，对自己疯狂的追求更加坚定了信念。这转机要是晚来一些，他肯定会认输，老老实实去找职业。现在，他却要继续留在这幢可怕的房子里，再过上几个月忍饥挨饿的写作生活。

“这是什么味儿？”她突然问。

“我想是玛丽亚洗衣服散发出的味，”对方答道，“我已经闻惯了。”

“不，不，不是那种味，而是别的什么气味，是一种发腐的难闻气味。”

马丁先用鼻子嗅了嗅，才做出了回答。

“除了发腐的烟草味，别的闻不出什么来。”他说。

“正是烟草味，真是难闻死啦。你为什么要抽这么多烟呢，马丁？”

“不知道。我只知道感到寂寞时，就比平时抽得多。再说，这是多年养成的老习惯了。小的时候我就会抽烟。”

“这习惯不好，你要知道，”她责备道，“烟味要多难闻有多难闻。”

“这得怪烟不好，因为我只能买得起最低廉的烟。等我拿到那四十块钱的支票，就买好牌子的烟抽，那时连天使闻到也不会讨厌。要说三天之内就有两篇稿子被采用，成绩不算坏吧？四十五块钱的稿酬差不多可以还清我所有的债务。”

“两年的心血就为的是这个？”她问。

“不对，应该是不足一个星期的心血。请把桌子角的那本书递给我，就是那个灰色封面的账簿。”他打开账簿，一页页飞快翻动着。“哈，我说的一点不错。写《嘹亮的钟声》用了四天，《漩涡》用了两天。一星期挣四十五块钱，一个月就是一百八十块钱，比我干任何工作都强。再说，我这是刚刚起步。我要给你买许多东西，所以每月就是挣一千块钱也不嫌多。每月五百块钱的薪水就太低了。这四十五块钱仅仅是个开始。等走上正轨，那时再瞧我的本事吧。[①]”

露丝误解了他最后的这句俚语，便把话题又扯到了抽烟上。

“你抽烟抽得太厉害啦，问题并不在于更换烟的牌子。抽烟本身

---

① Watch my smoke（瞧我的本事），按字面可被误解为“瞧我抽烟”。

是有害的，不管什么牌子的烟都是如此。你真是个大烟囱、活火山和会走路的排烟筒，实在不成体统，亲爱的马丁，你要明白这一点。”

她把身子朝着他靠过去，眼睛里闪出祈求的神情；他望着她娇嫩的脸蛋，望着她纯洁、清澈的眼睛，又像过去一样，觉得自己是那样卑微。

“希望你以后不要再抽烟了，”她悄语道，“求求你，看在我的分上。”

“好吧，我不抽了。”他高声说，“你让我干什么我就干什么，无论是任何事情，亲爱的，这你应该知道。”

她听后芳心大动。她清清楚楚看到了他天性中宽厚及随和的一面，坚信只要她要求他放弃写作，他一定会满足她愿望。在短暂的一瞬间，这种话在她的唇边颤抖。但她没把话说出来，因为她还不够大胆，仍然缺乏这份勇气。她迎着他凑过身去，偎在他怀里喃喃低语：“你知道，实际上这并不是为了我，马丁，而是为了你自己。我觉得抽烟对你是有害的；最好不要当任何东西的奴隶，尤其不要当麻醉品的奴隶。”

“我要永远当你的奴隶。”他微笑着说。

“那我可就要发号施令喽。”

她以顽皮的目光望着他，但内心深处已经在后悔没提出自己最大的要求。

“愿听候吩咐，王后陛下。”

“我的第一道旨令是要你别忘了天天刮脸。你的胡子把我的脸扎得生疼。”

接着，两人相互抚摸，发出爱的欢笑。她已经达到了一个目的，一次一个，不能贪多。她涌起一股女性的自豪感，因为她使他戒了烟。下一次，她要劝他去谋个职业。他不是说过，她让他干什么他就干什么吗？

她从他身旁走开，去巡视整个房间。她仔细查看头顶晾绳上挂的笔记，还琢磨那架用来把自行车往天花板上吊的神秘滑车。看到桌下堆积如山的手稿，她黯然神伤，觉得那里面耗费了太多的时间。那只油炉赢得了她的敬慕，但在检查食品架时，却发现那儿空无一物。

“天哪，一点吃的东西都没有，可怜的亲人儿，”她又体贴又同情地说，“你一定饿坏了。”

“我的食物都存在玛丽亚的柜子里和厨房里，”他扯了个谎说，“存在那种地方比较好。不要担心我会饿肚子，你瞧瞧这个就知道了。”

她回到他身边，看他弯起胳膊肘，衣袖下的二头肌隆起和膨胀，变成了一大团坚硬的肌肉。那情形令她厌恶。从感情上讲，她不喜欢那肌肉。可是，她身上的脉搏、血液和每一根神经却喜欢它，向往它。于是，她又如昔日一般，产生了一种说不清道不明的感觉，非但没有躲开，而是把身体贴了过去。紧接着，他将她紧紧搂在怀里。此刻，她那只考虑生活表面现象的大脑感到的是嫌恶，而她那颗对生活本身感兴趣的心以及她的女性本能却喜不自禁。在这种时刻，她才强烈地感受到自己对马丁的爱是多么深沉，因为当马丁用有力的胳膊紧紧地拥抱她、狂热地拥抱她，把她搂得身上发疼时，她高兴得几乎要晕过去。在这种时刻，她觉得背叛自己的原则、违背自己的崇高理想，尤其是暗地违抗父母，完全是正确行动。父母不愿让她嫁给这个男人，为她爱上他而感到震惊。有时她一离开他，就会变得冷静和理智，这一点也让她震惊。和他在一起时，她爱他——老实讲，她的爱里时时掺杂着烦恼和忧虑；但这毕竟是爱情，是一种比她本人坚强的爱情。

“这种流感算不了什么，”他说，“它只是让人感到有点疼痛，让人脑袋痛得难受，但和登革热相比便是小巫见大巫了。”

“怎么，你还患过登革热？”她一边在他的怀里寻觅天赐的超脱感，一边心不在焉地问。

就这样，她以心不在焉的提问引着他朝下说。直到最后，他的一席话令她猛然吃了一惊。

原来，他是在夏威夷的一个岛屿上，三十个麻风病人秘密居住的地方染上这种热病的。

“你为什么到那儿去？”她问。

这样拿自己的身体不当一回事，简直就是犯罪。

“我当时并不知道会是那样的情形，”他答道，“我怎么也想不到会有麻风病人。我逃离帆船后，登上沙滩，往岛屿的腹地走，想找个藏身的地方。我游荡了三天，靠丛林中野生的番石榴、马来苹果以及香蕉活命。第四天，我发现了一条小路——那只不过是条羊肠小径。它深入腹地，沿山而上。我正要到那个方向去，而且看出不久前有人在小径上走过。走到一处地方，小径爬上了一道山脊，那儿窄得犹如刀口剑锋。山脊上的小径宽不足三英尺，两旁是万丈深渊。只要弹药充足，一人把关，十万人也攻不过去。

“那可是通向藏身之地的唯一道路。沿着小径走了三个小时，我总算走到了一个小山谷里，那儿四周都围着熔岩山峰。整个谷地都筑成了梯田种植芋头，那儿还栽有果树，坐落着八九间乃至十间茅草屋。但是一看到当地的居民，我就知道自己遇到了什么命运，只要瞧一眼就全明白了。”

“后来怎么样呢？”露丝问道。她听得气也透不出来了，就像苔丝德梦娜[①]那样，既吃惊又入迷。

“我无计可施。他们的头儿是个善良的老叟，虽已病入膏肓，但还像君王一样统治着他们。小山谷是他发现的，居民点也是他创建的。这样做是违法的，但他有枪支和大量的弹药，而且那些卡拿加人打惯了野牛和野猪，个个都是神枪手。在那种情况下，马丁·伊登是绝对逃不出去的。于是，他在那儿待了三个月。”

“后来你是怎么逃走的呢？”

“多亏了当地的一个一半中国血统、四分之一白人血统和四分之一夏威夷血统的姑娘鼎力相助，不然现在我还被扣在那儿呢。她是个可怜的美人儿，受过良好的教育。她母亲住在檀香山，拥有百万家产。就是这样一位姑娘最后解救了我。你要知道，居民点是她母亲资助兴办的，所以她不害怕因放我走而遭惩罚。不过，她让我发誓永不泄露那个秘密的地方；我一直信守着诺言。这是我第一次吐露，以前可提也没向人提过。那姑娘刚露出麻风病的初期症状，右手指微微弯曲，胳膊上有个小斑点，就是这些，想来她现在已经死了。”

“你当时就不害怕吗？你侥幸脱逃，没染上那种可怕的病，你就不感到高兴吗？”

“嗯，”他承认道，“起初我有点心惊肉跳，后来就习惯了。不过，我倒常常为那位姑娘感到惋惜；这使我忘记了害怕。她的心灵和外表

---

① 莎剧《奥赛罗》中的女主人公，被奥赛罗讲述的英勇经历迷住，终于不顾种族的不同嫁给了他。

都是那样美，而且只是稍微受了点感染；可是她注定要留在那儿，过一种原始野人的生活，慢慢地死去。麻风病真是太可怕了，可怕得令你无法想象。”

“可怜的姑娘。”露丝用一种温柔的声音说道，“奇怪的是，她竟然放走了你。”

“这话是什么意思？”马丁漫不经心地问。

“她一定爱上了你，”露丝说道，声音仍很温柔，“老实说，难道她不爱你吗？”

马丁的那张脸在洗衣店干活时脱去了太阳晒出的黑色，后来足不出户，且受到饥饿和疾病的折磨，甚至蒙上了一层苍白；这当儿，他苍白的脸上慢慢涌起了红潮。他张口欲言，却被露丝挡了回去。

“没关系，别回答了；没有这个必要。”她笑着说。

他觉得她的笑声有些生硬，眼睛里的闪光也冰冷冷的。刹那间，这让他想起了他在北太平洋经历过的一场大风。立时，大风的魔影浮现在他眼前——那场大风起于夜间，当时万里无云、满月当空，浩瀚的大海在月光下闪耀着冰冷冷的光。紧接着，他仿佛看到了麻风病人隐居地的那位姑娘，想起她正是由于爱他，才放了他一条生路。

“她是个崇高的女子，”他直率地说，“是她救了我的命。”

事情的全部经过就是这样。他听见露丝咽下了喉管里的一声啜泣，发现她转过脸去朝窗外眺望。待她把脸扭回来时，表情已恢复了平静，从她的眼睛里再也看不到大风的踪影。

“我这是在冒傻气，”她凄哀地说，“但我欲禁不能，因为我太爱你了。是的，我爱你，马丁。我早晚会变得宽宏大量的，可现在我还是不能不忌妒过去的那些鬼魂。你知道，你的过去被鬼魂所充斥。”

“情况肯定是这样，”她未容他反驳，继续说道，“不可能会是别的一种样子。唉，可怜的阿瑟在打手势唤我走呢，他等得不耐烦了。再见吧，亲爱的。”

“药剂师配制出一种药，有助于戒烟，”她走到门口回过身来说，“到时候我给你送一些来。”

房门合上了，但又被打开了。

“我爱你，我爱你。”她悄声冲着他低语；话一说完，她真的走了。

玛丽亚送她上马车，目光中充满了崇拜但也不失敏锐，注意到了她衣服的质地和款式（这种款式从未见过，所产生的效果具有神奇的美）。那群顽童失望地目送着马车从视野中消失，然后把目光转移到玛丽亚身上，她一下子变成了街上最了不起的人物。可是，她自己的一个孩子却对大伙儿说那两位高贵的客人是来找他们家房客的，这一下算毁掉了她的声望。玛丽亚又成了原先的那个默默无闻的人，而马丁却发现邻里的小孩子们开始以毕恭毕敬的态度对待他。至于玛丽亚，马丁在她眼里的身价足足提高了一倍。那个葡萄牙食品商要是目睹了这天下午客人乘马车来访的场景，准会允许马丁再赊三元八角五分钱的账。

第二十七章

马丁幸运的太阳冉冉升起。露丝来访的第二天，他就收到了纽约一家杂谈周刊寄来的一张三块钱的支票，那是三首八行两韵诗的稿酬。两天之后，芝加哥发行的一家报纸采用了他的《宝藏探寻者》，答应刊载后付给他十块钱。稿酬是低了些，但那是他写的第一篇文章，是他打算在报刊上表述思想的第一次尝试。更令人高兴的是，这个星期还没过完，那篇写给孩子们的系列冒险故事——他的第二次尝试，便被一家自称为《青春与时代》的少年月刊所采用。不错，这篇系列故事共两万一千字，他们愿刊出后付给他十六块钱，一千字约合七角五分钱；但同样真实的是，那是他试笔时写出的第二篇作品，他自己也十分清楚，文章的笔法生硬、缺乏价值。

不过，就连他早期的作品，也没有留下平庸之作的那种粗制滥造的痕迹。他的笔调之所以生硬，完全是出于用力过猛的缘故——这是初学者的通病，就好像用攻城槌拍蝴蝶或者用大头棒绘制图案一样。所以，马丁低价卖出早期作品，心里却也高兴。他知道它们是怎样的文章，这是他完稿后不久便明白了的事情。他把希望都寄托在了以后的作品上。他力争当一名真正的作家，而不仅仅局限于为杂志撰写故事。写作时，他努力使用艺术性的表现手法。另一方面，他并未置力量于不顾，心中树立的目标是在不滥于力量的情况下增强作品的力度。同时，他也没有放弃对现实生活的热爱。虽然他竭力在作品中融入幻想出的奇观美景，但他写出的文章仍属于现实主义的范畴。他追求的是热情奔放的现实主义，贯穿着人类的愿望和信念。他想反映的是生活的本来面貌，同时又不乏精神的探索及心灵的刻画。

在看书的过程中，他发现小说作家中有两个流派。一派把人看作神，无视其凡俗的根源；另一派则把人看作一具血肉之躯，无视其天赋的梦想和神圣的愿望。在马丁看来，天神派和血肉之躯派都是错误的，错就错在他们的观点和目的都过于单调。折中的观点更接近于事实，但这会刺痛天神派，而且对血肉之躯派粗暴野蛮的理论也是一种挑战。马丁认为他的那篇叫露丝感到腻烦的短篇小说《冒险》，采用的就是既理想化又现实的写作手法；他把自己对整个问题的看法都写在了论文《天神与血肉之躯》里。

可是，《冒险》以及所有他自以为最优秀的作品仍在编辑之间转圈子，无人予以理睬。在他的眼里，他的早期作品除了能挣点稿酬，一无价值可言。他觉得，那些恐怖故事（其中的两篇已卖掉）既不是高尚的作品也不是最优秀的作品。坦白地说，它们是凭空想象出的荒诞曲，但里面也带有逼真描写的魅力，而这正是其力量所在。把真实性赋予离奇古怪、绝不可能发生的事情，他觉得是一种技巧——但充其量只是一种娴熟的技巧。这样的土壤当中是生长不出伟大文学的。它们的艺术性固然不低，可他觉得，脱离了人性的艺术性是没有价值的。所谓技巧就是在艺术性的脸上套一个人性的面具，而他在未攀上《冒险》《欢乐》《罐子》和《生活的美酒》创作高峰之前，就是用这种方法写了六七篇恐怖故事。

他用八行两韵诗挣来的三块钱稿酬维持朝不保夕的日子，等着《白鼠》寄支票来。他把第一张支票跟狐疑满腹的葡萄牙食品商兑换成现金，一块钱给了他还账，余下的两块钱分别给了面包铺和水果店。马丁钱囊羞涩，吃不起肉食，待《白鼠》把支票寄来时，他的日子已非常拮据。他首鼠两端，不知该怎样兑换支票。他这一辈子都没进过银行，更别说到那儿办事了。他产生了一种天真幼稚的欲望，直想走入奥克兰的一家大银行，把签过字的四十块钱支票甩给银行职员。可是，一种比较实际的思想占了上风，催促他去跟食品商兑钱，以此给对方留下深刻印象，将来好继续赊账。马丁不情愿地满足了食品商的要求，把他的账一次还清，然后接过余下的钱，装了一口袋叮当响的硬币。另外，他还清还了别的店铺的欠款，赎回衣服及自行车，付了一个月的打字机租赁费，给了玛丽亚一个月的房钱，又预交了一个月。口袋里仍剩下约三块钱，以备不时之需。

这一点钱像是一笔大款。赎回衣服后，他立刻就去看望露丝，一路上忍不住把口袋里的这一小把银币弄得叮当作响。长期以来，他一直与金钱无缘。而今，就像受到周济的饿鬼非得把吃不了的东西放在眼皮底下一样，他的手怎么也离不开那些银币。他既不吝啬也不贪婪，但这笔钱并不仅仅意味着几枚大洋和几个硬币。它们代表着成功，而币面上印的雄鹰在他看来则是一尊尊胜利女神塑像。

他下意识地觉得周围的世界真美好，而他所看到的世界似乎更美丽非凡。在长达数星期的时间里，这个世界密布愁云惨雾，一切都是那般乏味无聊；可现在，所有的债务几乎全部还清，三块钱的银币在口袋里叮当作响，心里怀着成功的感觉，于是他觉得阳光灿烂、暖意洋洋；就是天降大雨，把毫无准备的路人浇成落汤鸡，他也会觉得好玩。饿肚子的时候，他常常想到天下成千上万的饥民；现在吃饱了肚子，他就再也不去想仍有千万人在挨饿。他忘掉了饥民，但由于自己在恋爱，他却想起了天下数也数不清的情侣。未经着意思考，情诗的主题便在他心里翻江倒海。他被创作的冲动弄得出了神，电车开过了他要去的那个路口两个街区才发觉，但下车时心里一点也不窝火。

他发现摩斯家高朋满座。露丝的两个表姐妹从圣拉斐尔赶来看望她，而摩斯夫人以招待她们作幌子，却在实施自己的计划要在露丝周围聚集起一些年轻人。马丁因病不能前来时，这场战役便打响了，现在已空前激烈。她有意识请一些富于进取心的男子来家里。这样，除了多罗茜和弗洛伦丝表姐妹以外，马丁还遇到了两位大学教授（一位教拉丁语，另一位教国语）、一位刚从菲律宾归国的青年军官（此人曾是露丝的同窗）和一个名叫麦尔维尔的小伙子（此人是旧金山信托公司负责人约瑟夫·珀金斯的私人秘书）；男客中还有一个精力充沛的银行高级职员，他叫查尔斯·哈普哥德，三十五岁，看上去很年轻，毕业于斯坦福大学，是尼罗俱乐部和统一俱乐部的成员，还是共和党保守派参加竞选时的发言人——总之，他是个在各方面都有发展前途的年轻人。女客中有一位肖像画家、一位职业音乐家，还有一个得过社会学博士学位，因在旧金山贫民窟干社会救济工作成了当地的名人。女客在摩斯夫人的计划中无足轻重，顶多是些不可缺少的陪衬，因为总得想办法把有作为的男子吸引到家里来呀。

“讲话时不要激动。”在令人担心的介绍开始之前，露丝告诫马丁说。

起初，他举止有些呆板，总觉得自己笨手笨脚，尤其是那副肩膀老毛病又犯，随时都可能碰坏人家的家具和摆设。和周围的人相比，他自惭形秽。他从未接触过如此高贵的客人，更不用说这么多啦。他被那位叫哈普哥德的银行高级职员所深深地吸引，决心一有机会就把他研究研究。马丁的敬畏心理之下潜藏着强烈的自我意识，他急切地想把自己跟这群男女比个山高水低，看看他们到底从书本和生活中学到了哪些自己尚未掌握的知识。

露丝的目光时不时溜过来，看他的言谈举止是否得体。她见他和她的表姐妹交谈时显得洒脱自如，不由觉得意外，也感到高兴。他的确没有露出激动的神色，因为他坐下身子，不必再为自己的肩膀担惊受怕。露丝知道自己的表姐妹是聪明的姑娘，外表看起来才华横溢，但夜里睡觉时她们夸奖马丁的一番话却叫她简直听不明白。从另一方面来说，马丁是个独具一格的才子，在舞会上和星期日野餐时妙语连珠、诙谐幽默，所以觉得在这种场合开开玩笑以及跟别人善意地争执几句，是再简单不过的事情了。何况成功之神今晚就站在他身后，拍着他的肩膀夸他成绩斐然，于是他尽可以捧腹大笑，也逗得别人发笑，一副潇洒坦然的样子。

后来经证明，露丝的担忧是有道理的。但见马丁和考德威尔教授聚在一个惹人注目的角落，马丁虽然不再指手画脚，可在挑剔的露丝看来，他眼中频频射出逼人的光芒，说话太急促、太热烈，表情太急切，热血冲上来把他的脸弄得似鸡冠子样红。他不懂礼节、缺乏自制，与那位跟他在一起谈话的年轻国语教授形成极大反差。

可是，马丁对表面的东西一点也不关心！他立刻注意到对方的大脑训练有素，而且非常欣赏对方渊博的知识。考德威尔教授却全然不知，马丁对一般的国语教授是有看法的。马丁想让他谈谈自己的行当，他起初有些不愿意，但最后还是顺从了马丁的意愿。

“要是不愿谈自己的事业，那才既荒唐又不合理呢。”几星期前他曾对露丝这样说，“男男女女聚到一起，如果不是为了交流各人心中最美好的东西，那又是为了什么呢？人们心中最美好的东西就是他们的兴趣所在、谋生之道和专业特长，他们为之日夜奋斗，甚至魂牵梦绕。试想一下，倘若勃特勒先生为了社交礼节，针对保罗·魏尔伦[①]、德国戏剧或者邓南遮[②]的小说发表一通议论，那还不让人腻味死。拿我来说，如果非得听勃特勒先生讲话，我倒情愿听他谈法律，因为那是他最得意的事业。人生如此短暂，我所遇到的人，不论男女，我都想了解他们的长处。”

“但有些话题是所有的人都感兴趣的。”露丝不同意地说。

“这话就错了。”他忙抢着说，“社会上所有的人、社会上所有的集团——或更确切地说，几乎所有的人和集团——都模仿比自己高明的人。那么，谁是最佳的模仿对象呢？是那班闲人，那班有钱的闲人。一般来说，这个世界上脚踏实地干事的人所掌握的知识，他们是不具备的。听别人谈论这类知识，那班闲人会觉得厌烦，所以他们宣布这类知识是行话，不能当众议论。他们提倡谈非专业的话题，那就是新近上演的歌剧、新近出版的小说、牌局、弹子游戏、鸡尾酒、汽车、赛马会、钓鳟鱼、钓金枪鱼、猎兽和驾游艇等——注意，这些全是那班闲人熟悉的事情。其实，这些构成了闲人们的行话。滑稽透顶的是，许多聪明人以及所有自以为聪明的人，竟听凭闲人这样哄骗自己。而我想了解的是一个人内心最出色的东西，随你称其为庸俗的行话也罢或冠以别的名称也罢。”

露丝听不懂他的话，觉得他对正统思想的攻击只不过是些偏执的看法。

此时的马丁以自己的热情感化了考德威尔教授，鼓励他说出了心中的思想。露丝在他们身旁停住脚步时，听马丁说道：

“你肯定不会在加利福尼亚大学发表这种异端邪说吧？”

考德威尔教授耸了耸肩膀。“你知道，这是老实的纳税人与政治家之间的问题。萨克拉门托[③]给我们拨款，我们就得对萨克拉门托奴颜婢膝，对大学评议委员会奴颜婢膝，对执政党的党报或两党的党报奴颜婢膝。”

“是的，这很清楚；但你自己呢？”马丁紧追不舍地问，“你一定

① 19世纪法国象征派诗人。

② 19世纪末20世纪初的意大利小说家兼诗人。

③ 加利福尼亚州府所在地，此处指州当局。

觉得不适应吧？”

“我觉得自己和大学里别的人不一样。有时我深切地感到自己不适应，认为我应该属于巴黎、雇佣文人街、隐士的山洞，或者混迹于狂放的艺人中，饱饮红葡萄酒——旧金山人称其为‘劣等红酒’——，就餐于拉丁区[①]的廉价饭馆，大嚷大叫地对所有的问题发表一通偏激的言论。真的，我常常怀着八九分的把握肯定自己生就是个激进分子。可是，有许多问题我都吃不准。一旦直接涉及自己脆弱的人性，我就变成了胆小鬼，这就使我无法了解人类重大问题的全部要素。”

在他侃侃而谈时，马丁觉得自己直想唱《贸易风之歌》：

中午我的势头最猛，
而明月升空时，
我把船帆紧绷。

他差点没把这几句词哼出口。他醒悟到，正是对方让他想起了贸易风，想起了从容、凉爽和强劲的东北贸易风。考德威尔教授矜持稳重，可以信赖，但他身上却有种让人猜不透的东西。马丁觉得他始终未尽抒胸臆，就像他觉得贸易风从不尽全力去吹，总是保留一些力量不加使用一样。他的幻觉又开始活跃起来。他的大脑犹如极易进去的库房，贮藏着记忆中的事实和幻景，这些货物排列得井然有序等待他查阅。不管当前的这一刻发生什么样的事情，他的大脑会立即推出与之相对照或类似的史料，而这些史料通常以幻景的形式出现。这完全是无意识的行为，他的幻想和活生生的现实默契配合。他看到露丝的那副一时充满了醋意的面孔，眼前便闪现出已经淡忘的月下大风，而考德威尔教授却使他想起了在紫色的海面上激起了千层白浪的东北贸易风。记忆中的幻景一幕幕不时浮现在眼前、铺展在眼皮底下或投射在意识的屏幕上，这非但不会给他带来困惑，还会对事物起到鉴别和分类的作用。这些幻象产生于过去的活动和感觉，产生于昨天及上个星期干过的事情、经历的事件和看过的书刊——它们犹若数不清的幽

① 巴黎文人聚集地。

灵，不管他醒着还是在睡梦中，总是萦纡他的脑际。

所以，马丁一边倾听考德威尔教授那从容不迫的谈吐——一个聪明文化人的谈吐，一边回顾自己的往事。他看到了自己当恶棍时的情景：头戴“硬边”斯坦逊[①]帽，身穿裁剪得有棱有角、双排扣的外套，晃动着肩膀，胸怀远大抱负，决心要在警察容忍的范围内为非作歹。他内心并不想掩饰这一事实，也不想加以辩解。曾经一度，他仅仅是个粗俗的恶棍，率领着一班打手，令警方大伤脑筋，叫老实巴交的工人阶级家庭谈虎色变。可后来他的抱负发生了变化。他望望四周，看到的是一群教养良好、衣着得体的男女，吸入肺里的是高雅的文化气息，同时，他还看到了自己青少年时期的幻影，头戴硬边帽、身穿有棱角的衣服，粗暴野蛮、神气活现，大摇大摆地在屋里走动。接着，他看到这个街头恶棍的幻影与现实的自己合为一体，跟一位真实贴切的大学教授坐在一起交谈。

以前，他一直未找到永久的安身之地。不管到哪里他都如鱼得水，无论是干活还是娱乐都毫不含糊，而且愿意并有能力为自己的权益和尊严奋争，颇受大伙儿的拥戴，但他毕竟是无根的浮萍。他的随遇而安叫伙伴们称心如意，而他自己却并不满意。他心里总是感到不安宁，总是听到远方传来召唤声，于是他在生活中游历和寻求，直至找到书籍、艺术和爱情。如今，他来到了这样的一个氛围之中。他和同伙共同历险，但唯他一个有资格踏入摩斯家的大门。

这种种念头、幕幕幻景并未使他分心，妨碍他聆听考德威尔教授的话语。他以挑剔的眼光分析理解，但却发现对方的知识园地完整无缺。在谈话中，他不时发现自己漏洞百出，有些话题他一点都不熟悉。不过，幸亏看过斯宾塞的著作，他知道自己已掌握了知识园地的轮廓。只要给他时间，他定能把内容填进这些轮廓。他心想：等着瞧吧，你们这些人，看我一鸣惊人！他真想拜倒在这位教授的脚下，充满敬仰之情地聆听他的教诲；可是，他听着听着，发现对方的观点中出现了薄弱环节——那薄弱环节若隐若现、难以捕捉，若非它始终存在，恐怕他还发现不了呢。一旦有了这个发现，他立刻觉得自己能和对方平

① 美国帽业大公司。

起平坐。

露丝第一次踱步到他们跟前时，正赶上马丁开始发表言论。

“让我来指出你错在哪里吧，或者，让我来指出你的观点有哪些薄弱环节吧，”他说，“你缺少的是生物学知识。在你对事物的分析中，没有一处用到这种知识。——噢，我指的是能解释一切的实实在在的生物学。这种知识起自实验室、试管以及获得生命的无机物，可以推广到美学和社会学最广泛的概念。”

露丝闻罢大惊失色。她修过考德威尔教授的两门讲座课，一直视他为一切知识的活宝库。

“你的话真让我有点听不懂。”教授迟疑地说。

马丁却十分肯定对方听懂了他的意思。

“那我就解释解释。”他说，“记得在读埃及史书时，我看到这样一句话：不先研究土地问题，就理解不了埃及的艺术。”

“一点不错。”教授点头说。

“我觉得，”马丁继续说道，“如果不先了解生命的元素和构造，就无从研究土地问题及其他任何问题。倘若既不了解人的本性，又不懂构成人体的元素本质，我们怎么能理解人所创造的法律、制度、宗教和风俗呢？难道文学的人性比埃及建筑和雕塑的人性还弱吗？在已知的宇宙中，难道有哪样事物不遵守进化法则吗？——啊，我知道你对诸多艺术的阐述详尽明了，可我觉得太呆板了些。人本身被忽略掉了。工具、竖琴、音乐、歌曲以及舞蹈的演变史全被解释得头头是道；然而，人类本身的进化是怎么一回事呢？在制造出第一件工具或含糊不清地唱出第一首歌之前，人体内部的基本因素是怎样进化的呢？这种你没有考虑到的东西，就是我所说的生物学——一种极为广义的生物学。”

“我知道自己的话缺乏连贯性，但我已经尽到了努力。你刚才说话时我才考虑到这一点，所以想法不成熟，难免欠周到。你说脆弱的人性有碍于一个人面面俱到地考虑问题。此处你忽略了生物学的因素——或者在我看来如此，而正是这种因素构成了一切艺术的基础以及人类一切活动、成就的经纬。”

露丝感到惊讶的是，马丁没有即刻被驳倒，她觉得教授说话的口气有些像容忍马丁的年少无知。考德威尔教授一言不语地足足坐了有一分钟，手里摆弄着表链。

“你可知道，”他最后终于说道，“以前有个非常伟大的人也这样批评过我——他叫约瑟夫·勒·康特，是位科学家和进化论者。可他去世了，我以为再没有人会发现我的弱点了，谁知今天又被你戳穿。说实话，我承认你的论点是有道理的——其实是大有道理。我太古板，在解释性学科跟不上时代，我只能把这归咎于自己所受教育的欠缺以及懒动脑筋的性格。我从没进过物理实验室或化学实验室，不知你信不信？但这都是事实。勒·康特的批评是对的，你也是对的，至少在一定程度上——具体对到何种程度我就说不上来了。”

露丝寻了个借口将马丁拉到一旁，低声对他说：

“你不该这样缠着考德威尔教授，谈不定别人也想和他谈谈呢。”

“这是我的错，”马丁悔悟地承认说，“不过，我激起了他的兴致，他谈的问题那样有趣，使我都忘乎所以了。知道吗，和我交谈过的人，数他最聪明、最有才华。另外还有一点我要告诉你：以前我总觉得凡是上过大学的人，或者社会地位高的人，个个都似他一般才华横溢、聪颖明智呢。”

“他是个与众不同的人物。”她说。

“我也这样认为。现在想让我跟谁交谈？——啊，这样吧，带我去见见那位银行高级职员。”

马丁跟那位职员谈了十五分钟的话，言谈举止无可挑剔，令露丝对自己的恋人十分满意。他的眼睛一次也没闪射逼人的光，脸颊一次也没涨红过，那坦然的话语和平稳的语调使她颇感意外。然而在马丁的眼里，银行职员阶层的身价却一落千丈，在这天晚上后来的时间里，他不断在思索一个问题：银行职员只会讲味如嚼蜡的陈词滥调。他发现那位军官既和气又单纯，是个身强力壮、精神饱满的小伙子，满足于出身和运气给自己带来的社会地位。一听说他上过两年大学，马丁觉得惊奇，不知他把学来的知识藏到了哪里。可是与那个满口陈腐话的银行高级职员相比，马丁还是更喜欢他。

“其实我对说陈腐话并没有恶感。”他后来跟露丝说，“不过，他讲话时那种夸夸其谈、扬扬得意、盛气凌人和自以为是的样子让我感到气恼，更何况他把时间拖得那么长。用他跟我讲劳工党与民主党合并之事的那些时间，我可以把‘宗教改革’[①]史从头至尾叙述一遍。要知道，他玩的是字眼游戏，就像职业牌手在发给他的牌上做文章一样。等哪天有时间我再解释给你听。”

“很遗憾，你不喜欢他，”她答道，“他可是勃特勒先生得意的人。勃特勒先生说他诚实可靠，称他为‘磐石彼得’[②]，还说他无论到哪家银行机构都是栋梁之材。”

“我见到他的时间不长，听他谈话的时间更短，可我不怀疑你的话；不过，我不似以前那样关心银行的事啦。我这样直抒己见，你不会见怪吧，亲爱的？”

“不，我不见怪；你的话很有意思。”

“那好，”马丁激动地朝下说道，“我不过是个野蛮人，刚刚对文明产生一些印象。文明人一定会觉得这种印象既新奇又有趣。”

“你觉得我的表姐和表妹怎么样？”露丝问。

“跟别的女客相比，我还是喜欢她们，因为她们都很风趣，一点也不做作。”

“那你是怎么看待别的女客呢？”

他摇了摇头。

“那个从事社会救济工作的女人只不过是只精通社会学的学舌鹦鹉。我敢说，如果把她像汤姆林逊[③]一样放到星空里让风吹吹，她的脑子里找不到一丁点独特的见解。那位肖像女画家则让人觉得乏味透顶，给那个高级银行职员当夫人倒是挺合适。啧，还有那位女音乐家哩！我可不管她手指有多么灵巧，技巧有多么娴熟，表情有多么动人——事实在于，她对音乐一无所知。”

“她的钢琴弹得很好听。”露丝反驳说。

“不错，从表面上看，她确实是位音乐家，然而，对于音乐的内

---

① 16世纪初，由马丁·路德发起，公开反对罗马天主教，并产生了新教。

② 圣经中的人物，十二使徒之一。耶稣称他为“磐石”，意思是可信赖的人。

③ 吉卜林诗作《汤姆林逊》的主人公，死后魔鬼把他放到星空让风吹，看他有没有自己的灵魂。

在精神她却理解不透。我曾问起音乐对她意味着什么——你知道我总是爱提这类问题；她竟然不清楚音乐对她意味着什么，只知道自己崇拜音乐，说音乐是一门最伟大的艺术，比生命还重要。”

“你这是逼她们谈自己的本行。”露丝谴责道。

“这我承认。如果她们连自己的本行都谈不好，再让她们对别的问题发表看法，可想而知那会多么大煞风景。过去我以为这里是社会的上层，具有得天独厚的文化氛围——”他停顿了一会儿，仿佛看到自己青少年时期的身影，头戴硬边帽，身穿有棱有角的衣服，大摇大摆在屋里走动。“我是说，我原以为这儿的男女人人聪明、个个博学。可现在根据我所了解到的一点情况，我觉得他们多半是笨蛋，剩下的也十之有九叫人感到乏味。不过，考德威尔教授是个例外。他不愧为一个男子汉，身上的每一根神经以及大脑里的每个元素都与众不同。”

露丝不由喜形于色。

“跟我讲讲他的情况，”她催促道，“不要讲他伟大和杰出的一面，因为那些品质我都了解；只讲你认为不好的一面，这是我极想知道的。”

“我要讲了，也许会遭到非议，”马丁幽默地说了一句，“还是你先说吧。不过，也许你认为他是个完美无瑕的人呢。”

“我修过他的两门讲座课，认识他有两年之久了，所以我很想听听你对他的第一印象。”

“你指的是坏印象？那么，我就讲给你听听。我想，你所说的那些优良品质他全具有。最起码，他是我认识的知识分子中的杰出榜样，但他的内心也隐藏着愧疚。”

“啊，不，不！”他急忙解释道，“那种愧疚可不是什么低级庸俗的事。我是说，我觉得他看透了事物的真相，而且为自己的所见所闻感到害怕，于是便假装什么也没看到。这样解释也许不够清楚，还是再换种说法吧。他寻找到了通达神秘殿堂的道路，可是却没有顺着那条道路朝前走；他也许已经看到了那座殿堂，却一个劲欺瞒自己，把那当作树叶构织的幻景。还有一种说法：他完全能够干出一番事业，却不加以重视，但内心深处又无时无刻不在为自己的消极惋惜；他暗暗嘲笑摆在面前的酬劳，但内心却对这份酬劳垂涎三尺，渴望享受成功的喜悦。”

“我看不出他有这种迹象。”她说，“其实，我不明白你的意思。”

“这只是我的一种朦胧的感觉，”马丁妥协地说，“我拿不出根据来，只是有这么一种感觉，很可能是错的。当然，你比我更了解他。”

这天晚上离开露丝家时，马丁莫名其妙地产生了一种迷惘和矛盾的心理。他对自己的目标感到失望，对自己孜孜以求想成为其中一员的人们感到失望。但另一方面，他又为自己的成就深受鼓舞。这场奋斗比他想象的容易，对他算不了什么（他不想以虚假的谦虚向自己隐瞒这个点），他比自己所跻身的那个圈子里的人都强——此处当然不包括考德威尔教授。无论是生活还是书本知识，他都比他们了解得多，真不知那些人把自己学的东西扔到了哪些旮旯犄角。他不知道自己具有非同寻常的智力，也不知道那种致力于探索深奥的秘密、寻求崇高理想的人，在摩斯之流的客厅里是根本找不到的；他意识不到，这种人像孤独的雄鹰一样，远离大地和大地上的芸芸众生，高高地独自展翅于蓝色天空。

第二十八章

然而，成功女神忘掉了马丁的存在，她的使者不再光顾他的住所。整整二十五天来，他不分节假日辛勤耕耘，撰写了一篇约三万字的论文《太阳的耻辱》。这篇文章意在抨击梅特林克[1]派的神秘主义，以科学为明确的依据对奇迹梦想家进行发难，不过，文章中仍保留了许多与确定的事实相符的美和奇迹。继这次攻击后不久，他又写了《奇迹梦想家》和《自我衡量的尺度》两篇短文。他花钱买来邮票，让这一长两短的论文开始在杂志社之间游历。

在撰写《太阳的耻辱》那二十五天里，他卖掉了一些廉价文章，计得六块半钱。一则笑话卖了五角钱，另一则卖给一家高层次的喜剧周刊，获得一块钱的稿酬。还有两首幽默诗分别卖得两块钱和三块钱。由于买东西不能再赊账（他欠食品商的钱已多达五块钱），他把自行车和那套衣服又送进了当铺。打字机租赁店也在催款，口气坚定地指出：根据协议必须提前交租赁费。

几篇小文章卖出去后，给马丁鼓了劲，于是他回过头来写廉价文章。也许，他得靠这类文章维持生活呢。他的桌下堆着二十篇短篇故事的手稿，那是被报业短篇故事辛迪加退回来的。他把稿子又看了一遍，想找出撰写报载短篇故事应该避免的问题，最后琢磨出了一条万全之策。他发现报载短篇故事绝不能是悲剧性的，不能带凄惨的结局，不能有美丽的文字、微妙的构思和真实而细腻的感情。感情是必须有的，而且愈丰富愈好，但那是纯洁和崇高的感情，是那种他青少年时期在剧院后楼厅为之喝彩的感情，是"为了上帝、祖国、皇帝"和"我人穷志不短"之类的感情。

---

① 19世纪末、20世纪初的比利时诗人兼作家，象征主义者，代表作是童话剧《青鸟》。

掌握了这些注意事项后，马丁参照《公爵夫人》[①]寻找格调，并根据自己琢磨出的公式如法炮制。这套公式包括三个部分，（一）一对情侣被迫分离；（二）经过努力，或发生了意外事件，他们重新团圆；（三）两人结百年之好。第三个部分一成不变，而第一和第二部分则可以千变万化。由此说来，这对情侣的分离可能出自相互误解、命运的突然变化、吃醋的情敌插足、家长的愤怒干涉、保护人玩弄诡计、亲戚阴谋破坏，凡此种种；两人的团圆则可能是由于男方或女方做出了勇敢的举动，由于两个情侣当中的一人回心转意，由于狡猾的保护人、阴险的亲戚和忌妒的情敌被迫或主动说出了事情的真相，由于发现了什么意想不到的秘密，由于男方征服了姑娘的芳心，由于一位情侣长期做崇高的自我牺牲，或其他数也数不清的原因。在大团圆的过程当中，如让姑娘开口求婚，会增加故事的趣味性；除此之外，马丁点点滴滴地还想出了另外一些生动有趣的表现手法。但大结局时的婚礼钟声却是无论如何也不能更动的；即便天幕似轴画般卷起，即便群星陨落，婚礼的钟声照样得敲响。至于字数，这种公式规定每篇最少不能少于一千二百字，最多不能超过一千五百字。

短篇故事的写作技巧尚未达到炉火纯青的地步之前，马丁拟就了六七种固定的格式，构思情节的过程中时时参考。这种格式就好像数学家用的那种玄妙的表格，不管是从上下还是左右都可以填入内容，入口处有几十条横线和竖栏，不用推理和思考便能得出数千种形形色色、合情合理、无懈可击的结论。用这种格式，马丁半个小时就可以构思出十几篇故事的轮廓，然后放到一旁，待有空时填充内容。他发现，在奋笔写作了一天之后，临睡觉前还可以照着轮廓拟出一篇故事来。后来他向露丝透露说，他几乎在睡梦中都能够撰写故事。真正费事的是制定轮廓，但那也只不过是一种机械性的活儿。

对于这种格式将会带来的效益，他深信不疑。他总算了解了编辑们的心理，认为自己寄出去的头两篇文章一定能挣回支票来。

就在这段时期，他对杂志界又有了新的惊人发现。《横贯大陆月刊》虽然登载了他的《嘹亮的钟声》，但迟迟不见寄支票来。马丁需

---

① 19世纪爱尔兰女作家亨格福德的著名爱情小说。

要钱花，于是便写信催稿酬，但收到的回信闪烁其词，只说还想请他再寄一些作品去。等这封回信，他饿了两天的肚子，最后只好又把自行车推进了当铺。他每星期两次，定期写信给《横贯大陆月刊》催要他的五块钱稿费，而对方却磨磨蹭蹭地隔一段时间才回一封信。他全然不知《横贯大陆月刊》早已步履维艰，多年来摇摇欲坠地支撑着，不知这是一家四流杂志或者十流杂志，连一点地位都没有，其经营方法十分古怪，一半靠卑鄙的坑骗，一半靠激发别人的爱国之心，上面登的广告纯粹是索取慈善捐款。他也不知道，《横贯大陆月刊》是编辑及营业经理唯一的生计，那些人全靠它维持生活，所以常常迁移赖掉房租，对欠款能不付就不付。他万万想不到本来属于他的那五块钱，已被营业经理盗用，油漆他在阿拉米达的住房。那位经理每个周日下午亲自动手油漆房间，因为他付不起工会规定的工钱，也因为他最初雇的那个拒不加入工会的匠人，被人抽走脚下的梯子，摔断了锁骨，被送进了医院。

马丁把《宝藏探寻者》卖给了芝加哥的一家报社，但十块钱的稿酬尚未拿到手。他在中央阅览室的报刊合订本里查到，那篇文章已经登出，但编辑那儿不见一点动静。他写信去，也无人理会。为了确保对方能收到，好几封信都是挂号寄去的。他觉得这简直是掠夺，是可耻的强盗行径。正当他忍饥挨饿的时候，那些人却盗去了他的商品、他的货物。要知道，他可是靠卖这些货物糊口的呀！

《青春与时代》是份周刊，把他那两万一千字的系列故事刚登出三分之二，便停刊了。这样一来，他就再也没指望拿到那十六块钱的稿酬了。

雪上加霜的是，被他视为最佳作品之一的《罐子》，也没有给他带来收益。当时他极其绝望，发了狂似的挑拣杂志社，最后把文章寄给了《浪涛》——旧金山的一份社交周刊。他把稿子送到那家杂志社，主要是因为从奥克兰到那儿只需跨越一道海峡，刊用与否很快便能见分晓。两星期之后，他欣喜万分地在书报摊上看到他的文章一字不漏地登在了最新一期《浪涛》上，位置显要，而且还附着插图。他回家时，心里嗵嗵乱跳，不知这样一篇最佳的作品会付给他多少稿酬。再说，文章这么快就被采用和刊出，想起来便让他高兴。可编辑没有通知他稿件已被采用，这倒是完全出乎他的意料。等了一个星期、两个星期，随后又等了半个星期，绝望的情绪战胜了踌躇的心理，于是他给《浪涛》的编辑写了封信，说很可能营业经理一时疏忽，忘了他的那一小笔稿酬。

马丁心想，那笔稿酬即便顶多只有五块钱，但用来买蚕豆和豌豆煮汤倒绰绰有余，肚中有了食，便可以再写出六七篇类似的文章或同样优秀的文章。

编辑回了封信，内容虽冷冰冰的，但起码赢得了马丁的敬佩。

信中写道："足下惠赐大作，我们深为感激。我们编辑部全体同仁都欣赏备至，谅足下已看到，该稿已立刻登出，并居显要位置。衷心希望足下能喜欢该稿的插图。

"来信拜读再三，我们觉得你似有误会，以为我们对非特约稿件也付酬。按惯例并非如此，而足下来稿不是特约，实为遗憾。采用足下大作时，敝社以为足下已熟谙此情。对此不幸误解，我们深表遗憾，并顺致衷心的问候。再次感谢足下的赐稿，希望不久的将来还能得到惠赐，企候，云云——"

信的末尾有一段附言，大意是说《浪涛》虽无赠书先例，但他们很乐意明年向他提供赠书。

经过这次教训之后，马丁在所有稿件的头一页上端都打上这样的字样："用稿请按常规付酬。"

他自我安慰地暗忖，总有一天，它们会按照我的常规付酬的。

在这段时间里，他发现自己的内心蕴藏着追求完美的热望，于是便在这种心情的驱动下对《拥挤的街道》《生活的美酒》《欢乐》《海洋抒情诗》，及其他早期作品，进行了改写和润色；像过去一样，每天耕耘十九个小时他还嫌不够。他拼命地写作，大量地读书。忙忙碌碌地竟然忘掉了戒烟所带来的痛苦。露丝遵守自己的诺言，给他送来了贴着华丽标签的戒烟药，而他却把戒烟药藏到了橱柜最隐秘的角落里。尤其在饿肚子的时候，他不抽烟感到十分难受。他虽然屡屡战胜抽烟的欲望，但那种欲望始终存留在他心头，一直都是那么强烈。他把戒烟视为自己前所未有的伟大成就。露丝却把这看作应该做的事情。她用自己的零花钱给他买来了戒烟药，没过几天就把这事忘到了九霄云外。

对于那些以机械的笔调撰写的短篇故事，他既厌恶又瞧不起，可正是那些作品一炮打响。他用稿费把当掉的东西全赎了回来，清付了大部分欠款，还买了一副自行车新轮胎。起码来说，那些短篇故事使他吃上了饭，为他提供时间去实现自己的抱负。只有一件事在激励着他，那就是他曾经收到过《白鼠》寄来的四十块钱稿费。他对此抱有信念，认为真正的第一流杂志对一位不知名的作家即便不付丰厚的稿酬，也会付普通稿酬。问题在于，如何打进一流杂志？他的那些最优秀的故事、论文和诗歌一直受到一流杂志的冷遇，可每个月他一翻开那些杂志的封面，看到的尽是单调乏味、缺乏艺术性的文章。他有时心想，哪怕只有一位编辑放下高傲的架子给我写封信来，也会使我受到鼓舞！即便我的作品与众不同，出于谨慎的原因不适于登在他们的刊物上，但里面或多或少肯定有真知灼见，难道就得不到他们的赏识，激不起他们的热情吗！在这种念头的驱使下，马丁常常拿出一两部稿件来，如《冒险》等，一遍遍地阅读，徒劳无益地想找出编辑们保持沉默的缘由。

随着加利福尼亚明媚春日的到来，他的富足日子过到了头。报业短篇故事辛迪加方面已有几个星期不见音讯了，这种奇怪的现象叫他不胜担忧。但有一天，邮递员却把他的十篇无懈可击以机械的笔调撰写的短篇故事退了回来。退稿里附着一封短信，说辛迪加积压的稿件太多，要过几个月后才公开征稿。马丁把希望寄托在这十篇短篇故事上，甚至过的是无节制的生活。前不久，报业辛迪加对他的稿子投一篇登一篇，每篇付五块钱的稿费。所以，他全当这十篇稿件已被采用，全当银行里存着五十块钱，以相应的标准安排生活。而现在却猝然进入了一个拮据的时期，他只好源源不断地把早期的作品投给那些不肯付酬的刊物，把后期的文章寄给不愿采用的杂志。同时，他又和奥克兰的当铺打上了交道。纽约的几家周刊买下了他的几则笑话和几首幽默诗，这才使他得以勉强维持生计。这时，他给一些大型月刊和评论季刊写了询问信，从回信中得知他们很少采用非特约的稿件，他们的大部分文章都是向在各个领域享有权威的著名专家约稿。

第二十九章

对马丁来说，这是一个艰难的夏季。审稿人和编辑们纷纷出外度假，所以平时不出三个星期便可见回音的刊物，现在把他的稿子一压就是三个月，或更长时间。唯一能使他聊以自慰的是，遇到这种局面倒省了他的邮票钱。只有强盗式的刊物似乎依然十分活跃。马丁把自己早期的作品，如《潜水采珠记》《水手生涯》《捉海龟记》以及《东北贸易风》，全都寄给了它们。这些稿件送出去，他没得到一分钱的稿酬。实际情况是这样：经过六个月的通信联络，他和对方找出了个折中的办法，用《捉海龟记》换了把安全性剃刀；《卫城》杂志采用了《东北贸易风》，答应给他五块钱的现金和为期五年的赠书，结果只履行了协议的第二部分。

用一首史蒂文森[①]风格的十四行诗，他总算从波士顿的一位编辑的手中争取到了两块钱，那人以马修·阿诺德[②]的观点经营着一家杂志，平时爱钱如命。《仙女与珍珠》是一首两百行的绝妙讽刺诗，刚从他的大脑中移上纸页，赢得了为一家铁路大公司刊行的旧金山杂志编辑的青睐。那位编辑写信提出想以免费车票充为稿酬，马丁回信问车票是否可以转让。结果，车票是不能够转卖他人的，于是，马丁要求对方退还诗稿。退稿中附着那位编辑表示遗憾的一封信，马丁把稿子拿到手，又寄到了旧金山去，这次寄给了《大黄蜂》——一家自命不凡的月刊杂志，创办人是位杰出的报界人士，曾把它捧上了第一流的高度，但早在马丁出生之前，《大黄蜂》的光辉就开始趋于黯淡了。编辑答应付给马丁十五块钱的稿费，但待到诗稿一登出来，他似乎把自己的许诺给忘了。马丁去了几封信都不予理睬，最后写了一封怒气

① 19世纪英国新浪漫主义流派作家，《金银岛》的作者。

② 19世纪英国诗人兼批评家。

冲冲的信，才算有了回音。回信是一个新来的编辑写的，他冷冰冰地向马丁宣称他对前任编辑的错误概不负责，还说《仙女与珍珠》在他看来没有多大价值。

按说，对马丁最为残酷的要算芝加哥的《环球》杂志。原先，他并不想公开自己的《海洋抒情诗》，后来为饥饿所迫才拿出来发表。诗稿遭到了十几家杂志社的退稿，最终在《环球》编辑部找到了归宿。这组诗共有三十首小诗，每首将付给他一块钱的稿酬。头一个月共刊登了四首，他收到了四块钱面额的支票。但当他欣赏杂志时，一幅“大屠杀”的场面使他感到触目惊心。有几首诗的题目被改头换面，如:《终》被改成了《结束》，而《外礁之歌》则改成了《珊瑚礁之歌》。一首诗的题目做了彻底更改，换成了一个不恰当的题目。他原来的《美杜莎的眼睛[①]》，被编辑印成了《倒退的道路》。但诗稿内容的“屠杀”，更叫人毛骨悚然。马丁唉声叹气，冷汗直冒，拿手用力搔着头皮。一个个短语和整行、整段的诗句被删掉、调换或窜改，不知搞的是什么名堂。有些诗行和诗段被偷梁换柱，代以他人之笔。马丁不相信一个心智健全的编辑会行此暴虐之事，于是便推测一定是编辑部的勤杂工或速记员对他的诗稿做了手术。他立即写信要求编辑停止发表他的抒情诗，把诗稿退还给他。他的信写了一封又一封，又是央求又是威胁，但对方理也不理。“大屠杀”一月月地持续着，直至三十首诗全部载完；而每当他的诗出现在杂志上，他就可以收到支票，月月如此。

尽管发生了种种不幸，他对《白鼠》的那张四十块钱的支票仍记忆犹新，于是继续耕耘，不过由于生活所迫，只好把愈来愈多的精力投放到撰写卖钱的文章上。他发现为农业周刊及行业杂志撰稿可以维持生计，但与宗教周刊打交道则只有饿肚子的份儿。他处境极为悲惨，把黑色西装又送进了当铺，可就在这时，他在共和党县委会举办的一次有奖竞赛中大获全胜——或者在他看来是这样的。竞赛共分三个项目，他全都参加了，同时心里却在苦涩地嘲笑自己为生活所迫竟沦落到了这步田地。他的诗赢得了一等奖十块钱，竞选歌赢得了二等奖五

① 美杜莎是希腊神话中的女蛇怪，目光所及之处全化为石头。

块钱，而关于共和党党纲的论文赢得了一等奖二十五块钱。他对此感到非常高兴，这种心情一直持续到该领奖金的时候。虽然县委委员里有一位腰缠万贯的银行家和一位州议员，但那里却出了问题，迟迟不见把奖金寄来。正当这件事悬而未决的时候，马丁又参加了民主党举办的一次类似的竞赛，他的论文获得了一等奖，这证明他对民主党的党纲也了如指掌。这次的二十五块钱奖金他拿到了手，可上次的四十块钱奖金却始终没有着落。

他绞尽脑汁地想见到露丝，可又觉得从北奥克兰到她家路程太远，走路太费时间，于是便把一套黑西装送入当铺，换回了自行车。有了自行车，既可以锻炼身体，又可以省下时间写作，同时还不误去看望露丝。一条齐膝盖的粗布短裤和一件旧运动衫，骑自行车穿满像样，有了这身打扮他就可以和露丝一道在下午出外兜风了。再说，他不能再频频到她家跟她见面了，因为摩斯夫人正在全力推行自己的计划，招待四方来客。他在那儿遇到的高贵人物，不久前还为他所敬仰，而今却使他厌恶。在他眼里，他们不再高贵了。一听到这些人的谈话，他就恼火和生气，这全是因为他生活艰难、情绪低落和工作紧张所导致的。他的这种自以为是并不是没有理由的。他曾拿书中看到的思想深邃的人跟这些心胸狭窄的人做过比较。在露丝家，除了考德威尔教授以外，他从未遇到过一个思想博大精深的人，只可惜他仅和考德威尔见过一面。至于其余的那些人，全是些肤浅、顽固、无知的笨蛋和愚材。他们的无知使他感到震惊。他们到底出了什么事？学的东西丢到哪里去了呢？他们和他读的是相同的书，可他们怎么会一无所获呢？

他知道，胸怀坦荡、明智达观的伟大思想家确有其人。从书本中便可以得到证实，因为正是靠着那些书的启迪，他才超越了摩斯之流。他还知道，比摩斯家圈子里的那些人高雅的人士天下有的是。在描写英国上流社会的小说中，他读到过男男女女在一起谈论政治和哲学的片段。他在书中还读到了有关大城市沙龙的情况，这种沙龙甚至在美国也有，是艺术和知识交汇的地方。过去他真蠢，竟然以为凡是高居工人阶级之上的那些衣冠楚楚的人全都聪明过人，全都懂得美。他把文化与社会地位混为一谈，幼稚地认为只要受过高等教育就等于掌握了知识。

他要继续奋斗，一步一步朝高处攀登。他要带着露丝一道前进。他深深地爱着她，坚信她不管到哪里都会发出夺目的光彩。他清楚，早年的生活环境羁绊了他的手脚，而现在他观察到她也遇到了类似的障碍。她一直都没有发展的机会。她父亲书架上的书、墙上的油画，以及钢琴上的乐谱，只不过都是些虚华的摆设。对于真正的文学、真正的绘画和真正的音乐，摩斯一家以及他们的同类简直一窍不通。而对于比这些东西更为伟大的生活，他们无知到了不可救药的地步。他们虽然赞成唯一神教，戴着沉稳和思想开明的假面具，但实际上已落后于解释万物的科学有两个时代。他们的思维是中世纪式的，他觉得他们看待生活的基本事实以及整个宇宙，用的是形而上学的观点。这种观点形成的历史，近可以追溯到最年轻一个种族的诞生，远可以追溯到洞穴人时代。它使更新世的第一个猿人害怕黑暗，使希伯来的第一个野人迫不及待地用亚当的肋骨塑造了夏娃，使笛卡儿[①]从渺小的自我出发，设想出唯心论的宇宙体系，使那位著名的教士[②]用讽刺的言论攻击进化论，虽一时赢得了喝彩，但在历史上却留下了万古骂名。

马丁思来想去，最后终于如醍醐灌顶，明白了过来。他认识到，他见到的这些律师、军官、商人以及银行高级职员，跟他所熟知的工人阶级成员之间的差别在于，他们吃的食物、穿的衣服和生活的环境是不同的。当然，除此之外，这些人还缺乏一种东西，一种在他身上以及书本中可以找得到的东西。摩斯之流已经充分地向他显示了自己的社会地位，但他并没有为之倾倒。他是个穷光蛋，是受债主驱使的奴隶，可他自认为比摩斯家里碰到的那些人强；等到把那套唯一仅有的像样的西装用钱赎回来，他在那些人中间就成了生活的主宰，到时候他会产生一股无名之火，气得浑身发抖，那感觉就好像一名王子被迫与牧羊人同居一处一样。

“你痛恨和害怕社会主义者，”一天傍晚吃饭时，他对摩斯先生说，“可这是为什么呢？你可是既不熟悉他们又不了解他们的信条呀。”

谈话是摩斯夫人转过来的，她一个劲地夸赞哈普哥德先生，让人

① 17世纪法国唯心主义哲学家。

② 此处指牛津主教威尔勃福斯。

听了心烦。那位满口陈词滥调的银行高级职员被马丁视为眼中钉肉中刺，一提到他马丁就有点生气。

“是啊，”他说道，“查利·哈普哥德正是一个他们所说的步步高升的年轻人——有个人就是这么对我讲的。这也都是实情。死前他闹不定还能当州长呢，这谁说得准？也许，他还能进合众国参议院哩。”

“你这么看待他是出于什么理由呢？”摩斯夫人问道。

“我听过他的一次竞选演讲。他的措辞巧妙，但内容乏味无聊，缺乏真知灼见，不过却又令人信服，难怪上司觉得他沉稳、值得信赖。他说的那套陈腐的话与普通选民的观念相差无几——这样来形容吧：如果你为某人整理好他的思想，再呈献给他，肯定会赢得他的欢心。”

“我倒觉得你是在妒忌哈普哥德先生。”露丝插话说。

“没有的事！”

马丁脸上憎恶的表情一下子惹火了摩斯夫人。

“你的意思是不是想说哈普哥德先生是个愚材？”她冷冰冰地责问道。

“和普通的共和党人差不多，”马丁针锋相对地说，“也和普通的民主党人八九不离十。他们都是些没有心计的笨蛋，而有心计的只是凤毛麟角。明智的共和党人仅仅是那些百万富翁及其头脑清晰的跟随者。他们知道哪些事对自己有利，并了解其中的奥秘。”

“我是个共和党人。”摩斯先生淡淡地说道，“请问，把我归于哪一类呢？”

“哦，你是一个不知不觉服从于他人的随从。”

“随从？”

“是呀。你没有工人阶级的主顾，也不接手刑事诉讼，而专为大公司打官司。你不是靠受理殴打妻子的纠纷和盗窃案子维生，而是从那些社会主子手中领取报酬。谁提供钱，谁就是主人，所以说，你是一位随从。你的宗旨是服务于财团，增进财团的利益。”

摩斯先生脸色有些涨红。

“老实讲，先生，”他说道，“你的言谈活像一个流氓社会主义者。”

就在这时，马丁说出了上面提到过的那段话：

“你痛恨和害怕社会主义者，可这是为什么呢？你可是既不熟悉他们又不了解他们的信条呀。”

“你的言论让人听起来的确像是社会主义。”摩斯先生回答说。露丝担心地望望这个，又忧虑地瞧瞧那个，而摩斯夫人却高兴得满脸放光，因为这下总算激起了她丈夫的对抗之心。

“我说共和党人是蠢材，认为自由、平等和博爱已化为泡影，但这并不等于我就是社会主义者。”马丁笑了笑说，“我对杰斐逊以及那些影响了他的思想的不讲科学的法国人[①]提出疑问，也不能说明我是社会主义者。请相信我的话，摩斯先生，你比我离社会主义要近得多呢，因为我是社会主义的死敌。”

“你可真爱开玩笑。”摩斯先生无以对答，只有这样说道。

“一点也不是玩笑，我说的全是心里话。你一方面相信平等，一方面又为大公司效劳，岂不知那些大公司一天天、一点点地在埋葬平等。你称我为社会主义者，就因为我不承认平等，因为我点明了你们实际所奉行的原则。共和党是反对平等的，尽管他们高喊平等的口号，却干着与平等背道而驰的事情。他们打着平等的旗号，却在消灭平等。所以，我把他们称作蠢材。至于我本人，我可是个个人主义者。我相信的是‘胜者王侯败者寇’。这条道理是我从生物学当中学来的，起码我是这么认为的。正如我所说的那样，我是个人主义者，而个人主义世世代代以至永远，都是社会主义的敌人。”

“可你常去参加社会主义者的集会。”摩斯先生挑战似的说。

“的确如此，但那和探子深入敌营是一个道理。不然，怎么能够了解敌情呢？话又说回来，我倒是很喜欢参加他们的集会哩。他们个个是出色的战士，不管对还是错，全都饱读书卷。对于社会学以及所有其他的学科，他们当中任何一个人的知识都比普通的工业巨头渊博得多。不错，我参加过六七次他们的集会，但这并不能使我成为社会主义者，就像听听查利·哈普哥德的演讲不能使我成为共和党人一样。”

“话虽这么讲，”摩斯先生有气无力地说，“可我仍认为你有社会主义的倾向。”

马丁心里想道，天啊，他不知道我在说什么，恐怕连一个字也没

① 杰斐逊是美国第三任总统，曾受过法国启蒙主义思想的影响。

听懂。他把自己学的东西都丢到哪里去啦？

就这样，马丁在自己的思想发展过程当中，迎面遇到了由经济基础所决定的伦理观，或者说由阶级地位所决定的伦理观。这种伦理不久就变成了狰狞可怕的怪物出现在他面前。就他个人而言，他是一个明智的伦理学者，讨厌夸夸其谈和陈词滥调，但更讨厌周围那些人的伦理观点，因为他们的伦理观是一个千奇百怪的大杂烩，里面有经济的成分和形而上学的见解，也包含有多愁善感及机械的模仿。

有一次，他尝了一口这种奇特的大杂烩，受到了很大的刺激。他的妹妹玛丽安结交了一位勤奋的年轻技工，那人属于德国血统，在精通了修自行车的技术之后，自己开了一家修理铺。同时，他还取得了低档自行车的经销权，生意十分兴隆。不久前，玛丽安登门来看望马丁，说她已经订了婚。她还顽皮地为马丁看手相，替他算命。第二次，她把赫尔曼·冯·施米特也带了来。马丁热情地接待他们，对他们表示祝贺，说话随随便便且精于辞令，先使妹妹的那位满脑子农民意识的恋人有几分不快。接着，马丁把自己为纪念玛丽安上次来访所写的六七段诗歌朗诵了一遍，这就使对方的印象愈加糟糕。这是一首社交诗，笔调活泼、神妙，他为之取名为《手相专家》。朗诵完之后，他发现妹妹的脸上没有丝毫喜悦的表情，不由感到意外。只见玛丽安以不安的目光紧盯着自己的未婚夫。马丁顺着她的目光望去，看到那位了不起人物的不对称的面部阴云笼罩，一副不赞成的神色。这件事发生之后，两位客人早早地便告辞了。马丁一时想不通，世上竟然有个女人，甚至还是工人阶层的女子，听到别人为她写的诗，非但不感到受宠若惊，还感到不高兴，但他事后又把所发生的一切忘了个干净。

几天后的一个晚上，玛丽安又来看望他，这次是独身一人。她二话没说，直截了当地责怪他不该那样做，语调很是伤心。

“得了吧，玛丽安。”他愤怒地呵斥道，“听你的口气，你好像为有我们这样的亲人感到丢人，或者为有我这样的哥哥觉得羞耻。”

“我是觉得难为情。”她脱口说道。

马丁见她眼里饱含着委屈的眼泪，一下子为难起来，不管怎样，她的心里可是认真的呀。

“玛丽安，我为我自己的亲妹妹写首诗，你的那位赫尔曼有什么可吃醋的呢？”

“他不是吃醋。”她抽泣着说，“他说你的诗写得粗俗和下流。”

马丁难以相信地吹了一声又长又低的口哨，随后定下神来，把抄写的一份《手相专家》又看了一遍。

“我找不出来。”他最后这样说道，把稿子递给了她，“你自己看吧，把你认为下流的地方指给我看。他用的是‘下流’这个词，我没搞错吧？”

“他是这样说的，而且他知道是怎么回事。”她说着，一把将稿子推开，满脸厌恶的表情，“他说你必须把手稿撕掉，还说他绝不允许这样写自己的妻子，供世人耻笑。他说这样做丢人透顶，使他无法容忍。”

“你听我说，玛丽安，他简直是在无理取闹。”马丁话刚出口，却突然改变了主意。

他看到眼前的这位姑娘非常伤心，知道要想说服她或她的丈夫，都是枉费心机。尽管这一切都显得荒唐可笑，但他还是决定屈服于对方。

“好吧，就依你。”他说着，把手稿撕成六七片，扔进了废纸篓里。

但他心中却在得意地想着，他的那份用打字机打出的原稿此时正放在纽约一家杂志社的编辑部里呢，这是玛丽安和她的丈夫永远都不会知道的。那些无害于人的美丽诗句有朝一日刊载出来，他自己、玛丽安夫妇乃至整个世界，都不会因此蒙受什么损失。

玛丽安伸手正欲取废纸篓里的稿子，但半路却停了下来。

“可以吗？”她以央求的口气问。

他点点头，若有所思地打量着她，看着她把撕碎的稿子敛到一起，放入衣袋里——显然是想拿回去证明她胜利地完成了自己的任务。他从她联想到了丽茜·康诺莱，另一位工人阶层的女子。她虽然不像他见过两次的那位姑娘具有炽热的激情和绚丽多彩的生命力，但她们俩的衣着和举止却如出一辙。他突发异想，幻想着她们俩当中的一个出现在摩斯夫人的客厅里的滑稽景象，不由笑了。但随着笑意的消失，他产生了一股强烈的孤独感。他的这个妹妹以及摩斯家的客厅，是他人生旅途当中的两块里程碑。如今，他把这两块里程碑全都抛到了身后。他亲切地望了望旁边的几本书，现在，他只剩下这几位伙伴了。

“哦，你说什么？”他醒过神来，惊异地问道。

玛丽安把自己的提问又重复了一遍。

“我为什么不去工作？”他哈哈大笑了起来，但笑得有些勉强，“这是你的那位赫尔曼讲的话吧？”

她摇了摇头。

“不许骗我。”他厉声说道，而对方只好点头承认他的猜测是对的。

“那好，请转告你的那个赫尔曼，叫他少管闲事；我把他的姑娘写进诗里，他干涉干涉是可以的，但除此之外，就叫他少放些屁。明白吗？”

“如此看来，你认为我当不成作家，对吧？”他继续说道，“你觉得我一无所长，自甘堕落，给家里人带来了耻辱，是吗？”

“我认为你如果找个工作，情况会好得多。”她语气坚定地说，让他看得出她讲的都是真心话，“赫尔曼说——”

“叫赫尔曼见鬼去吧！”他按捺住胸中的怒火嚷嚷道，“我想知道的是你们什么时候结婚。还有，你问问你的赫尔曼，看他愿不愿意屈尊俯就，允许你接受我的结婚礼物。”

待她走后，他把这件事又前后思量了一番，有一两次还发出了苦笑声。他看到自己的妹妹及其未婚夫，看到他那个阶层以及露丝那个阶层的全体成员都按照褊狭的模式过着狭隘的生活——他们是些合群的动物，聚居在一起，依照彼此的看法规范着自己的生活，缺乏个性以及真正的生命力，因为那些幼稚的模式在束缚着他们的一言一行。那些人像幽灵一样排着队在他的眼前闪动：伯纳德·希金波森和勃特勒先生胳膊挽着胳膊，赫尔曼·冯·施米特跟查利·哈普哥德肩并着肩；他对他们一个个鉴定，一对对评判，然后把他们打发走——鉴定时依据的是他从书中学到的智能及伦理标准。他茫然地问自己，那些伟大的灵魂、伟大的须眉丈夫和巾帼英雄今在何处？出现在他的幻觉里，出现在这间斗室里的那些无忧无虑、庸俗愚蠢的人当中，找不到伟人的身影。他厌恶他们，也许就像瑟茜[①]厌恶那些猪一样。等到把幻觉中的最后一位人物打发掉，他满以为只剩下自己一个时，却有一

① 希腊神话中的女巫，经常把路人变成猪。

位不速之客出其不意地闯了进来。马丁打量着他，看到眼里的是硬边帽、剪裁得规规整整的双排扣上衣和一双摇摇晃晃的肩膀——这是他过去的模样，一个十足的小流氓。

“你和别人没什么两样，小伙子。”马丁嘲讽自己，“你的伦理观以及知识并不比他们高明。你并不是独立地思考问题，独立地行动。你的观点与你身上的衣服一样，都是别人为你准备好的；你的行动受到大众的意见制约。你是流氓团伙的头目，因为其他人拥戴你，认为你是块好料。你跟别人打架，统治着那个团伙，这倒不是因为你喜欢那样做——你明知自己打心底里厌恶——而是因为其他的流氓怂恿你那样做。你打败了干酪脸，是因为你不肯认输，而不肯认输的原因部分是由于你是沉沦的野兽，另外一部分是由于你和周围的每一个人一样，坚信衡量男性强弱的标准是伤害及摧残他人肉体时所显示出的嗜血性和凶狠性。唉，你真卑鄙，甚至还抢别人的女朋友，倒不是因为你喜欢她们，而是因为你周围的狐群狗党操纵着你的伦理观，他们的骨髓里都蕴藏着野雄马及公海豹的本能。啧，一闪过去了许多年头，现在你是怎么看待这些问题呢？”

就像是回答这种提问似的，他的幻觉蓦地发生了剧变。硬边帽和那件剪裁得四四方方的上衣不见了，取而代之的是比较顺眼的服饰；那张面孔上的凶狠表情不见了，眼里冷酷的神色也消失了；由于受到美和知识的熏陶，他现在的面孔变得温文尔雅、神采奕奕。这幅幻象与现实中的他十分相似。他凝神观察着，看到写字台的灯光把那道幻影照得通亮，而那道幻影却在读书。他瞧了瞧书名，原来是《美学》。接着，他一头钻入幻象之中，调了调灯光，把《美学》继续阅读了下去。

第三十章

在一个晴朗的秋日，马丁向露丝朗读了他的《爱情组诗》。这一天和他们一年前相互表述爱情时一样充满了融融的暖意。下午，他们和以往一样，一道骑车子深入群山，登上那座深受他们喜爱的山丘。她时不时高兴得惊叹出声，打断他的朗读。末了，他终于读完了，把最后一页稿纸与其他的稿纸放到了一起，等待着她的裁判。

她迟迟不说话，临到说话时也吞吞吐吐，不愿痛痛快快把心里刻薄的看法讲出来。

"我觉得这些诗写得很美，非常美，"她说道，"但就是卖不出去，对吧？你明白我的意思，"她说道，几乎用的是一种央求的口气，"你从事写作是不现实的。有些事情行不通——也许是稿子卖不出去的问题吧——这就使你无法靠写作为生。亲爱的，你可千万别误解我的意思。这些诗都是为我而写的，真让我感到幸福和自豪，让我觉得受宠若惊——否则，我就算不上一个真正的女人了。然而，咱们不能靠这些诗结婚呵。难道你还不明白吗，马丁？不要把我看成一个追求金钱的人。我所操心的是咱们的爱以及咱们的未来。自从咱们彼此了解了对方的真情后，整整一年过去了，但结婚的日子仍遥遥无期。不要以为我一谈结婚就是沉不住气，应知道我的感情以及我本人都在水深火热之中。你既然迷恋于写作，为什么不到报社找个工作呢？为什么不当记者呢？至少，暂时当当记者行吗？"

"那会破坏我的风格。"他回答道，声音低沉而单调，"你不知道为了培养自己的风格我付出了多少心血。"

"可短篇小说呢？"她反驳道，"你把它们称为糊口的作品。这种东西写了不少，难道它们就不破坏你的风格吗？"

"不，这可是两码事。那些短篇小说是在我创作了一整天独具一格的作品之余，在极端疲倦的情况下写出来的。而记者从早干到晚都是为了糊口，糊口是他们生活中唯一的宗旨。那是一种旋风似的生活，一种过眼烟云般的生活，既无过去又无将来，根本不考虑什么风格，只顾及记者的文体，所以绝不能算作文学创作。目前我的风格正在形成和具体化，如果去当记者，就等于文学上的自杀。说实在的，我所写的每一篇短篇小说以及每篇小说当中的每一个字，都违背了我的心愿、有损于我的自尊，都亵渎了我对美的敬重。告诉你吧，我心里感到厌恶，也感到内疚。当小说卖不出去的时候，即便我的衣服又送进了当铺，我还暗自高兴哩。但撰写《爱情组诗》却给我带来了喜悦，那是极为崇高的创作喜悦！所有的遗憾都从中得到了补偿。"

马丁不知道，露丝对所谓的"创作喜悦"是不感兴趣的。她倒是提到过这个词——他第一次正是从她口中听到的。上大学的时候，为了获得文学学士的学位，她学习过创作、研究过创作。但由于缺乏个性和创造性，她的文化修养的全部表现只不过是把别人的话重复来重复去。

"编辑修改你的《海洋抒情诗》，难道会有错吗？"她问道，"别忘了，一个编辑必须有真才实学，否则就当不上编辑。"

"这种观点和那些顽固的正统派唱的是一个调子。"他说道，出于对编辑们的仇恨，有些控制不住自己了，"现存的事物不仅是正确的，而且还是最出色的。不管什么东西，只要存在，就足以证明它适合于存在，不但能存在于现有的条件下，还能存在于其他所有条件下——请注意，这是一般人下意识的观念。他们正是由于愚昧才相信这套道理——他们的愚昧不折不扣地表现在威宁格尔[①]所形容的那种幼稚的思维方式上。他们是一些缺乏思想的人，但他们却自认为有头脑，主宰着少数真正有思想的人的生活。"

他打住了话头，强烈地感觉到他的话已超出了露丝的理解范围。

"老实讲，我不知道威宁格尔是个什么人。"她反驳道，"你说话太笼统，让我理解不透。我刚才谈的是编辑的特点——"

"那就让我来告诉你吧。"他打断她的话说，"对百分之九十九的编辑而言，主要的特点是失败。他们在创作上没有取得成功。别以为

① 19世纪奥地利思想家。

他们不愿享受创作的喜悦，而喜欢编辑部那枯燥的工作，喜欢当销售量以及业务经理的奴隶。他们也曾试过笔锋，然而却以失败告终。可恶的矛盾正在此处。在文学界，所有通向成功之路的大门都被这些看门狗、这些文学上的失败者把守着。杂志社以及出版局的大多数，或者几乎所有的编辑、副编辑、助理编辑和审稿人，都想从事写作，可是却遭到了失败。而正是这些天底下最没有资格的人，在决定着哪些稿件可以出版，哪些不可以。经过证明，他们没有独创性，缺乏天赋的灵感，可他们却能够对不落窠臼的天才进行裁决。除了他们之外，还有评论家呢，那些人也是失败者。别以为他们对创作诗歌或小说没抱过幻想、没试过身手；他们全都尝试过，但全都失败了。唉，评论文章一般都味同嚼蜡，比吃了鱼肝油还让人觉得恶心。你了解我对评论家以及那些所谓批评家的看法。伟大的批评家确有其人，但他们寥若晨星。假如我当不成作家，就到编辑界找口饭吃。怎么说也可以挣来面包、牛油和果酱。”

露丝反应敏捷。她不赞成恋人的观点，一下子就在他的话里发现了矛盾。

“可是，马丁，如果情况真是这样，如果真像你所断言的那样，所有的大门全都关闭着，怎么还有人可以成为伟大的作家呢？”

“他们把不可能的事情转变成了现实，才取得了成功。”他答道，“他们的业绩辉煌灿烂，似燃烧的火焰，将那些挡道的人都化成了灰烬。他们创造了奇迹，战胜了那些占绝对优势的敌人。他们大功告成，因为他们是卡莱尔[①]笔下的那种伤痕累累但永不屈服的巨人。我必须向他们学习，必须把不可能变为可能。”

“可你要是失败了呢？你应该为我想想，马丁。”

“我要是失败了？”他把她打量了一会儿，就好像她说的话简直不可想象。随后，他的眼里露出了理解的神色。“我要是失败了，就去当编辑，而你就当编辑夫人。”

听到他开玩笑的话，她皱起了眉头，样子又可爱又动人，使他忍不住把她拥入怀中亲吻，一直待她将眉头舒展开。

---

① 19世纪英国作家，宣扬“英雄史观”。

“好啦，够了。”她说着，凭借意志的力量挣脱了他那令人心醉的有力臂膀，“我跟我的父母谈过。以前我可从来没和他们这样较过劲呀。我逼着他们听我讲话。说来我真是个不孝的女儿。他们看不上你，这你知道；可我向他们一遍又一遍地申明我对你的爱是不会改变的。最后，家父妥协了，说如果你愿意，可以马上到他的事务所工作。他主动提出要付给你可观的薪水，好让咱们结婚，找幢小房子安顿下来。我认为他的心肠真是太好了——你觉得呢？”

马丁心口隐隐作痛，于绝望之中伸手去取烟叶和纸（其实，他身上已不再装这些东西了），想卷支烟抽，嘴里还喃喃不清地说着什么。而露丝却自顾自地朝下讲着。

“我想坦率地告诉你一句话，好让你知道你在他心中确切的位置，你听了可别伤心。他不喜欢你的偏激观点，还认为你好逸恶劳。我当然是了解真实情况的，我知道你工作得很努力。”

马丁心里嘀咕着，自己到底有多努力，恐怕连她也不知道。

“那么，你是怎么看待我的观点呢？你觉得我的观点很偏激吗？”他问道。

他紧紧盯住她的眼睛，等待着回答。

“依我看，你的观点很让人不安。”她答道。

他听完答话之后，感到生活灰蒙蒙一片，压得他透不过气来，竟然忘记了她曾试探性地提议过让他去工作。而她也只敢做到这一步了；想等到有机会再旧话重提，听听他的答复。

她没等多久，机会就来了。马丁也有一个问题需要问她，他想弄清楚她对他到底有多大的信心。结果，一星期之内双方的问题都得到了解答。事情是由马丁向露丝朗读《太阳的耻辱》而引起的。

“你为什么不愿当记者呢？”待他朗读完后，她问道，“你这么爱写东西，我相信你一定能够成功。你可以在新闻界平步青云，扬名于天下。有许多伟大的特派记者拿着高薪，把整个世界作为自己的活动舞台。他们走遍各个角落，像斯坦利[①]一样被派往非洲的腹地，或者去采访教皇，以及奔赴神秘的西藏去探险。”

---

① 19世纪英国探险家，年轻时曾在美国当记者。

“如此看来，你不喜欢我的这篇文章喽？”他颇为抵触地说，“难道你认为我在新闻写作上露出了头角，而在文学创作上碌碌无为吗？”

“不，不。我喜欢这篇文章。文章听起来蛮不错的，但恐怕你的读者看不懂。起码，我就不懂。它听上去倒是很悦耳，可就是让人理解不了。你的科学术语简直把我搞糊涂了。你要知道，亲爱的，你是一个极端主义者。你以为明了的东西，到了我们这儿就不一定明了了。”

“依我看，让你感到麻烦的是哲学术语吧。”他一时无话可讲，只好这样说道。

他刚刚朗读完这篇表达了他最成熟思想的文章，心里正燃烧着火焰，谁料她竟说出那等话，真让他承受不了。

“不管文章写得有多糟，”他执拗地说，“难道你就找不到一点可贵之处吗？我指的是思想内容方面。”

她摇了摇头。

“找不到。这篇东西和我所看过的作品迥然两样。我看过梅特林克的作品，理解他——”

“他那套神秘主义，你也能理解吗？”马丁脱口问道。

“是的。可你的这篇用来抨击他的文章，却让我难以理解。当然，如果要论独到的见解——”

他不耐烦地摆摆手，切断了她的话，可自己又不开口。待他清醒过来时，才突然发现她仍在讲话，而且已经讲了好一会儿了。

“总之，你把写作当作玩耍一样看待。”她说道，“这种游戏你玩的时间已经够长的了，应该认真面对生活了——面对咱们俩的生活，马丁。在这之前，你仅仅顾及自己的生活。”

“你是想让我去工作？”他问道。

“对，家父提供——”

“这些我全明白，”他截住她的话说，“我想知道的是，你是不是对我丧失了信心？”

她目光暗淡，无言地紧紧握了握他的手。

“是对你的写作失去了信心。”她末了这样压低声音承认道。

“你看过我的许多作品，”他粗暴地说，“你认为怎么样呢？一点希望都没有吗？和别人的作品比起来，你觉得怎么样？”

“他们的作品能卖出去，可你的——你的却卖不出去。”

“还没回答我的问题呢，你认为我不该选择文学生涯吗？”

“好吧，我来答复你吧，”她硬着头皮说，“我觉得你不是块搞写作的料。请原谅，亲爱的，这可是你逼着我说出来的。你很清楚，在文学方面我比你了解得多。”

“是的，你是个文学学士，”他若有所思地说，“按说你应该比我了解得多。”

“不过，我还有话要补充呢。”双方痛苦地沉默了一会儿之后，他继续说道，“我清楚自己的能力，这一点没有人比我更清楚了。我知道我一定会取得成功。我绝不会被压倒的。我心里有一团东西似火焰在燃烧，需要用诗歌、小说和散文把它表现出来。对此，我不要求你抱有信心，也不要求你对我本人以及我的写作抱有信心。我所要求你的是爱我，对爱情要有信心。

“一年前，我请求给我两年的时间。现在，只剩下一年了。我以自己的荣誉和灵魂担保，在这一年当中，我定能获得成功。记得很久以前你曾讲过，我要写作就得先当学徒。听了你的话，我当了学徒。我惜时如金，一分钟当成两分钟用。有你在前边等着，我从未动摇过。你要知道，我已经忘掉了睡安稳觉是什么滋味。我只觉得，几百万年之前我曾经想睡多长时间就睡多长时间，睡足了便自然而然地醒来。现在，我总是被闹钟叫醒。我拨闹钟的时间，得根据入睡的迟早而定；待到上好钟、熄掉灯，我便进入无知无觉的沉睡。

“一旦觉得困的时候，我就把手头难懂的书拿开，换上一本轻松些的书。当睡意泛上来的时候，我就用指关节敲打脑袋，以驱赶睡魔。我读过吉卜林的一篇作品，里面讲到一个怕睡觉的人。那人弄来一副马刺，困倦的时候，便把赤裸的身子靠在铁刺上。想想吧，我也是那样做的。我看着钟表，一直要坚持到深夜一点、两点或三点，才肯把马刺取开。这样，在马刺的监督下，我要看书看到预定的钟点才睡觉。一月复一月，马刺伴着我入睡。我孤注一掷，分秒必争，睡五个半小时也觉得太奢侈。现在，我每天只睡四个小时。我简直太想睡觉了。有时候，由于缺乏睡眠，我感到头晕目眩，而能给人带来休憩和长眠的死亡对我倒成了一种诱惑。这时，朗费罗的诗句会在我的脑际盘桓：

深奥的大海寂静无澜，
海里的万物在它怀中睡眠；
趋前一步，一切全完；
一个跳跃，一个水泡，
就会与死神相伴。

“当然，这全是一派胡言，全是由于紧张和用脑过度产生的荒诞念头。可问题在于，我为什么要这样做呢？那是为了你啊！是为了缩短学徒期，争取早一日取得成功。如今我总算期满出师了。我了解自己的情况。我敢说，我一个月学的东西比普通大学生在一年中学的还多。告诉你吧，对这一点我是有把握的。要不是渴望得到你的理解，这些话原本是不打算跟你讲的。这绝非自我吹嘘，因为我可以用书来衡量我取得的成绩。如今，要是拿我以及我的知识作为比较对象，你的弟弟仅仅是孤陋寡闻的野蛮人。当我从书本中挖掘知识的时候，他们却在睡大觉。很久以前我渴望成名，而现在已不在乎成不成名了。我想的是你。我对你的渴慕超过了对衣食以及名利的追求。我梦想着把头靠在你的怀里，美美地睡上它几天。用不了一年的时间，这个梦想肯定会变为现实。”

他的力量似一股股浪潮冲击着她；两人的意愿愈是对抗，她就感到对方对自己的吸引力愈强烈。他身上总是向她散发出一种力量，而现在这股力量涌动在他那慷慨激昂的声音里和闪闪发亮的眼睛里，化为生命的活力及智慧在他的体内冲撞。在这一瞬间，她一下子发现自己的信念产生了裂缝——透过那道裂缝，她看清了真正的马丁·伊登，出类拔萃、不可战胜。就像驯兽师有时怀疑自己的本事一样，此刻的她似乎也在怀疑她是否能够驯服这个人的野性。

“另外还有一点，”他滔滔不绝地说着，“你爱我，可你为什么会爱上我呢？我心里有一种东西在督促我写作，而正是这种东西吸引了你的爱。你爱我，因为我与那些你所认识的、也可能会爱上的男人有点不同。我不是当编辑和会计的料，也不善于做斤斤两两的小生意以及为诉讼案与人辩论。如果硬让我干这种事，让我跟那些人学，做他们所做的工作，呼吸他们所呼吸的空气，形成他们所形成的观点，那你就抹杀了我们之间的区别，葬送了我，毁掉了你所爱的东西。我的创作欲望，是我身上最具活力的东西。倘若我仅仅是个平庸的人，我就不会产生写作的欲望，你也就不会愿意嫁给我为妻了。”

“但你可别忘了，”她突然想出了一个能与之类比的例子，于是便插话说，“有些古怪的发明家，在家里人忍饥挨饿的情况下，还异想天开地研制什么永动机。毫无疑问，他们的妻子爱他们，跟他们同甘共苦，这倒不是‘因为’而是‘尽管’他们对永动机着了迷。”

“不错，”马丁说，“但也有些发明家并不是怪人，他们饿着肚子研制实用的东西；有时候，这些人能够获得成功，这是有案可查的。当然，我并不企求干一些不可能办到的事——”

“你不是说过‘要把不可能变为可能’吗？”她切断他的话，问道。

“我那样说是打个比喻。我要做的是前人做过的事情——写作，并靠此为生。”

她没作声，而她的沉默刺激着他朝下说。

“照你的看法，我的目标跟永动机一样荒诞不经吗？”他责问道。

她紧紧握了一下他的手——像一位母亲对自己受委屈的孩子表示怜爱一样——，使他从中得到了答案。这会儿，在她看来，他正是一个受委屈的孩子，一个鬼迷心窍，妄想实现不可能实现的目标的人。

谈话临近尾声时，她又一次告诫他，说她的父母对他抱着敌视态度。

“你爱我吗？”他问道。

“我爱！我爱你！”她喊叫了起来。

“我也爱你，而不是他们，所以不管他们怎么样，都不会让我感到难过，”他以一种激动的声音说道，“我坚信你的爱，因而不害怕他们的敌视。世间凡事都可能走错道，唯有爱情不会迷失方向。爱情绝不会误入歧途，除非它是苍白无力的爱情，半路发起晕，自己栽倒在地。”

第三十一章

在百老汇大街上，马丁无意中碰到了他的姐姐葛特露——这原来是一次非常幸运的巧遇，可是却让他感到窘迫万分。她在街拐角等电车，先瞧见了他，注意到了他那张饿出了皱纹的脸上急切的表情，以及他眼里绝望和阴郁的神色。他刚去找过当铺老板，想凭着已当出的自行车再弄点钱来，但结果一无所获。泥泞的秋季，马丁早就当掉了自行车，只留下了那套黑色西装。

“你还有一套黑衣服嘛，”当铺老板对他的每笔财产都了如指掌，便这样回答他说，“你可别说你把它已当给了那个犹太人李普卡。因为你如果真的——”

老板显出一副威胁的表情，慌得马丁急忙申明：

“不，不，衣服还在我这儿。不过，我有正经事，要留着穿呢。”

“好吧，”榨人血汗的老板平静地说，“我这是做生意，你把衣服拿来，我才能给你钱。你以为我这一行是干着玩的吗？”

“可我的车子一点毛病都没有，价值四十块钱呀。”马丁辩驳道，“你只给了我七块钱。不，连七块也不到，而是六块两毛五，你把利息预先扣下了。”

“再想要钱，就取衣服来。”对方的一句答复把马丁打发出了那间密不透风的肮脏小屋。马丁绝望的心情流露在脸上，引起了姐姐的怜悯。

姐弟俩刚见面，电报大街的电车便开了过来，停下来运载那些下午出来购物的人。他搀着姐姐的胳膊上车，而希金波森夫人从他的搀扶中觉察到他不打算跟她一道上车。于是她在踏板上转过身来，低头望着他那张憔悴的面孔，心里又感到一阵隐痛。

“你不上来吗？”她问道。

说着话，她就下了车，站到了他身旁。

“我步行——你知道，这是一种锻炼。”他解释说。

“那么我就陪你走几段街区吧，”她宣称道，“也许这对我有好处。这些日子我老是感到四肢无力。”

马丁打量了她一眼，便知道她说的是真话。只见她浑身上下一副邋遢相，肥胖得有些不健康，耷拉着肩膀，疲倦的脸上布满了松弛的皱纹，沉重的脚步缺乏弹性——看她的步态，像是在模仿一个无忧无虑、心情愉快的人走路，可又模仿得丑态百出。

“你最好还是在这儿等下一趟车吧。”他见姐姐走到头一个街角便停了下来，于是这样对她说道。

“老天呀！瞧我已经累得不行了！”她气喘吁吁地说，“不过，你穿着这种鞋，我照样能陪你走下去。你的鞋底薄得跟纸一样，走不到北奥克兰，早早就会磨穿的。”

“家里还有双好的呢。”马丁答道。

“明天来吃晚饭吧，”她前后不接茬地邀请道，“希金波森先生不会在家的。他要到圣莱安德罗办事去。”

马丁摇了摇头，可是一听到邀请他吃饭，他的眼睛里便无法遏制地闪现出一副饿狼似的神色。

“你身无分文，马特，所以才步行锻炼吧！”她原打算轻蔑地哼一声鼻子，可末了仅仅抽噎了一下，“等等，让我找找看。”

她在手提包里摸索了一阵，把一枚五块钱的金币塞进了他手中。“瞧我，把你上次的生日给忘了，马特。”她语无伦次地喃喃着。

马丁的手本能地握住了那枚金币，但与此同时，他觉得自己不该收下金币，于是犹豫不决，被弄得痛苦万分。这枚金币意味着食物、生命、体力和脑力，还有——谁说得准呢？——也许他真能写出一篇佳作，挣来许多枚金币哩。在他的幻觉中，清清楚楚地闪现出他刚刚写完的两篇论文的手稿。他看到它们被扔到了桌下，搁在那堆给人家退了回来但他无钱买邮票寄出的稿件上。他看到了它们的题目——那是他用打字机打出来的：《神秘的祭司长》和《美之发祥地》。这两篇文章还从未投出去过呢。它们与他在这方面所写的其他文章相比毫不逊色。要是有邮票就好啦！他心中涌起最后必胜的信念，而这种信念与饥饿感结成有力的联盟，督促他飞快地将金币装进了自己的口袋。

"我会还你的，葛特露，还你一百倍的钱。"他哽咽了一下说，喉头发痛发紧，眼睛一下子有些湿润。

"请记住我的话！"他不连贯地以一种自信的口吻叫嚷道，"不出一年的时间，我就会把整整一百枚黄灿灿的金币放到你的手上。我并不要求你相信我。你就等着瞧吧。"

说实在的，她的确不相信他的话。她心中的疑虑搅得她很是不安，可又拿不出办法来，于是这样说道：

"我知道你在挨饿，马特。你浑身上下都露出一种饿相。你随时可以来家里吃饭。希金波森先生一出门，我就打发孩子去叫你。另外，马特——"

他等着她朝下说，不过，他心里明白她要端出什么话来，因为他对她的思维方式了解得一清二楚。

"你不觉得现在该找个工作干干吗？"

"你认为我这样做无出头之日吗？"

她摇了摇头。

"除了我自己，没有人对我抱有信心，葛特露。"他带着激烈的反抗情绪说，"我写出了许多优秀作品，早晚有一天会卖出去的。"

"你怎么知道是优秀作品呢？"

"因为——"他的脑海里翻腾着壮阔的文学及文学史的画面，使他觉得无法向她解释清他为什么有自信心，于是便迟疑了一下，"因为杂志上刊出的文章，百分之九十九都不如我写的好。"

"真希望你能听听别人的劝告，"她说话的语气软，但看法不可动摇，坚信自己正确地诊断出了他的痼疾，"真希望你能听听别人的劝告。"她又重复了一遍说，"明天来家里吃晚饭吧。"

马丁把她扶上电车后，便匆匆赶到邮局买邮票，五块钱花掉了三块。就在当天去摩斯家的路上，他又折进邮局，把好多又长又厚的信封放在秤上称了称，将邮票全都贴了上去，只剩下了三张两分的。

后来才发现，这个晚上对马丁来说十分重要，因为用过餐后，他结识了勒斯·勃力森登。马丁不知道这个人是怎么钻进摩府来的，也不知他是谁的朋友，或者哪位熟人把他带来的。他也无心去向露丝打听此人的情况。简而言之，马丁一开始只觉得勃力森登萎靡不振、蠢头蠢脑，所以根本没把他往心上放。过了有一小时，他发现勃力森登还是个缺乏礼貌的人，只见他从一个房间转到另一个房间，痴呆呆地望着那些画，要不就从桌子上或书架上取书及杂志看。勃力森登是头一次来摩斯家，可是他不与其他人接触，自己坐在一张宽敞的莫里斯安乐椅上，蜷起身子，从口袋里掏出一本薄薄的书，泰然自若地看了起来。他一边出神地看书，一边用手指轻柔地梳理着头发。这天晚上，马丁再没有去注意他，除了一次，他看到勃力森登在和几位年轻姑娘打情骂俏时倒显出一副志得意满的样子。

说来也巧，马丁离开时，在小道上撵上了勃力森登，此刻勃力森登已经快走到了街上。

“喂，你好啊！”马丁说。

对方仅仅没礼貌地哼了一声，算是作为回答，不过却调过身来同他走到了一起。马丁没再主动地找话说，于是两人默默无语地朝前走了几段路。

“真是个高傲的老混蛋！”

这一声嚷嚷又突兀又恶毒，吓了马丁一跳。他感到莫名其妙，同时愈加讨厌对方了。

“你跑到这种地方来干什么呢？”两人默默地又走了一段路之后，对方突然发问道。

“那你呢？”马丁反问道。

“不知道，我一点也不明白。”对方回答，“不过，我这样轻率可是头一次。一天有二十四个小时，好歹总得打发掉啊。走，跟我喝一杯去。”

“好吧。”马丁答道。

他欣然答应了对方，可紧接着就感到为难起来。回到家，他上床之前得写几个小时卖钱的作品，而上床后还有一部魏斯曼的作品在等着他，就更别提和激动人心的小说一样充满了离奇曲折情节的赫伯特·斯宾塞的《自传》了。他心想，何必要把时间浪费在一个他不喜欢的人身上呢？可是，真正叫他感兴趣的不是身旁的这个人，也不是喝酒呀，而是喝酒时的气氛——雪亮的灯光、镜子，以及一排排耀眼的酒杯、热情洋溢和容光焕发的面孔、人们大声的喧闹。对，正是这样，他感兴趣的是鼎沸的人声——那些人是乐天派，散发出成功的气息，花钱买酒气度不凡。他孤苦寂寞，这就是问题的所在。所以，一旦有人邀请，他就会一口答应下来，活似一条鲣鱼，紧紧咬住钩上的诱饵不放。他和乔在雪莱温泉旅馆喝过酒，后来又跟那位葡萄牙食品商喝过一回，但自那以后他再没下过酒吧饮酒。脑力上的劳累与体力上的劳累不一样，不会激起饮酒的欲望，因此他没感到过有喝酒的必要。但这会儿，他心里却升腾起了喝酒的欲望，或者不如说，他渴望在卖酒和饮酒的气氛中陶醉一番。而“洞穴”酒吧正是这样一种地方——他和勃力森登坐在酒吧里的大皮椅子上，呷着威士忌和苏打水。

他们交谈着，谈话的内容涉及面很广。两人轮流做东，依次叫酒。马丁酒量惊人，瞧见对方也是海量，不由感到诧异，他还常常放下酒杯，不无意外地倾听对方的高谈阔论。不大一会儿，他就发现勃力森登无所不晓，觉得他是自己遇到的第二个智力超群的人。而且，他还发现勃力森登具有一些考德威尔教授所缺乏的东西——即炽热的感情、敏锐的眼光和洞察力，以及灿烂奔放的天赋。生动的语言潺潺流淌出勃力森登的口中。他的两片薄嘴唇恰似机器的冲模，冲出的词语又尖锐又刻薄；有时，这两片薄嘴唇微微噘起，发出委婉动听的声音，讲出温柔悦耳的话语，以及闪闪发光的优美词句，美得令人难以忘怀，还吐露出深不可测的生活之谜；有时，这两片薄嘴唇就像号角一样，吹出宇宙间的冲撞和混战声，那些词句如银铃样清越、似星空般皎洁，不仅概括了科学的结论，还讲述了更多的道理——那是诗人的精神、超自然的真理，如此扑朔迷离，无法用语言表达，只能靠微妙而不可捕捉的深奥词句来传意。他具有神奇的眼力，可以根据经验看到最遥远的地方，看到语言所不能够描述的地方，可是他却创造了奇迹，用黄金语言，把未知的意义赋予已知的词汇，将一般人所无法接受的信息输送给马丁的大脑。

马丁忘掉了起初对他的厌恶感。此刻，书本所能够提供的最优秀的东西变成了现实。眼前就是一个智囊，一个活生生的他所敬仰的对象。“真让人佩服得五体投地啊！”他在心里一遍遍念叨着。

“看来你是研究生物学的。”他意味深长地说出了声。

令他感到意外的是，勃力森登竟摇了摇头。

“可是你所阐明的真理只有生物学才能够论证呀，”马丁坚持着说，而对方漠漠地瞪着他瞧，“你的结论一定与你看的书是一致的。”

“听到这话真让人高兴。”勃力森登说，“我仗着一星半点的知识走捷径找到了真理，想起来就使我感到宽慰。就我本人而言，我从不关心自己正确与否，因为那是毫无价值的。人类永远都不可能彻底地了解真理。”

“原来你是斯宾塞的信徒！”马丁欢喜地叫嚷道。

“我只是在青少年时期看过他的书，而且仅仅看了一本《教育学》。”

“但愿我也能像你一样轻松随便地积累知识。”半小时之后马丁这样说道。他刚才一直在仔细分析勃力森登的智力。“你真是一个武断的人，而这正是你的绝妙之处。你以武断的观点，说出了科学家们靠着归纳和推理才论证出的最新事实。你一下就得出了正确的结论。你完全抄的是一条近路啊。你以光的速度，凭着某种超理性的方法找到了真理。”

“是啊，这一点过去曾让约瑟夫神甫以及德登修士感到头痛。”勃力森登答道，“噢，不，”他接着又说道，“我算不上什么。我只是凭着幸运，才进了天主教大学接受教育。你的知识是从哪里学来的？”

马丁回答的时候，不住眼地打量着勃力森登，从他那又瘦又长贵族式的面庞、耷拉的肩头，一直打量到他那放在旁边椅子上的大衣以及被许多书塞得鼓鼓囊囊的衣袋。勃力森登的脸以及纤细的长手都被太阳晒得发黑——马丁觉得未免太黑了。这种晒出的黑肤色叫马丁感到担心。很显然，勃力森登不属于户外活动的人，那他怎么会受到阳光的蹂躏呢？马丁心想，这种黑肤色有点病态，其中必有缘故，同时他又开始端详那副面孔——那张脸颧骨高耸、两颊深陷，长着一个马丁前所未见的典雅端庄的鹰钩鼻。那双眼睛倒没有什么特别的，大小适中，呈现出一种难以形容的棕色；不过，眼睛里燃烧着一团烈火，或者更确切些说，隐藏着一种既奇特又矛盾、双重意义的表情。那双眼睛闪射出坚强不屈的挑战光芒，甚至显得严厉过度，但同时又惹人怜悯。马丁对他顿生怜悯之心，虽然当时并不知为什么，可马上便了解了其中的原因。

“噢，我染上了肺结核病，”过了一会儿，勃力森登先说自己来自亚利桑那州，继而随口这样宣称道，“那儿气候不错，我到那儿待过两三年。”

“这里的气候不怎么样，难道你就不怕发病吗？”

“怕发病？”

他在重复马丁所用的词语时虽没着意强调，但马丁从他那张苦行者的脸上看得分明，他是无所畏惧的。勃力森登的眼睛眯起来，活像雄鹰的眼睛，马丁留意到他的鹰钩鼻和胀大的鼻孔是那样富于好斗性，那样咄咄逼人和肆无忌惮，差点都喘不过气来了。他暗暗叫好，同时热血沸腾，不由出口朗诵道：

命运给了我当头一棒，
打得我头破血流，
但我的脑袋依然高扬。

“你喜欢亨利的诗，”勃力森登说，表情迅速变得和蔼温柔起来，“当然，这也是意料之中的事，啊，亨利，一个勇敢的战士！他在当代诗人中——在那些杂志诗人中，可谓鹤立鸡群，活似太监群里站立着的一个角斗士。”

“你不喜欢杂志吗？”马丁低声责问道。

“你喜欢吗？”对方冲着他咆哮道，口气粗野得吓了他一跳。

“我嘛——我为杂志撰稿，或者只是想为杂志撰稿罢了。”马丁支支吾吾地说。

“这就好。”对方的口气软了下来，“你想为它们撰稿，可是没有得志。正因为你一败涂地，我才尊敬你和钦佩你。我知道你写的是什么样的文章。我闭着眼都看得出，你的文章当中有一样东西使你处处吃闭门羹。那就是有胆有识的观点，杂志社是不需要这类货色的，它们所需要的是空洞无聊的垃圾。上帝很清楚，它们登的就是这种文章，所以才没有你的立足之地。”

“我并非不屑写平庸的文章。”马丁反驳道。

“恰恰相反——”勃力森登打住话头，傲慢地望了望马丁的穷酸相，从他那破旧的领带、毛了边的衣领和油光发亮的上衣袖子一直望到略微有些磨损的袖口，接着把眼光上移，最后落到了他那深陷的脸颊上，“恰恰相反，平庸之作你还高攀不上呢。你差着十万八千里，永远也别指望能写好。听着，伙计，我只消请你去吃饭，就可以激怒你。”

马丁觉得脸上的血一个劲朝上涌，火辣辣的。勃力森登得意地哈哈大笑起来。

“吃饱了肚子的人接到这样的邀请，就不会恼火。”他断言道。

“你是个魔鬼。”马丁怒气冲冲地叫嚷道。

“瞧你，我又没邀请你。”

“你没那个胆量。”

“嗬，这倒说不定。我现在向你发出邀请。”

勃力森登说着从椅子上半欠起身来，好像准备立刻上饭馆吃饭去似的。

马丁攥紧拳头，太阳穴里的血管嗵嗵地跳着。

“波斯科！他可以把活蛇一口吞下！把活蛇一口吞下！”勃力森登模仿着当地一位著名吞蛇人招徕生意的腔调喊叫了起来。

“我也可以将你生吃活剥。”马丁说，一边用无情的目光扫视着对方那遭到疾病摧残的身躯。

“可惜我不值得让你吃。”

“其实，”马丁思考着说，“你不值得小题大做。”他突然开怀大笑了起来，笑得又舒畅又痛快，“老实讲，你在出我的洋相，勃力森登。你知道我在挨饿，可这没什么大惊小怪的，也没什么丢人的。按说，我瞧不起的就是人们那褊狭的世俗观念；你随口说了一句尖锐的话，一句大实话，我立刻就被褊狭的观念所左右了。”

“你恼火了。”勃力森登一口咬定说。

“我刚才的确是恼了，这是出于小时候养成的偏见。我接受了那些陈旧观念，我后来学的东西都被它们庸俗化了。它们是我心里见不得人的东西。”

“现在你把它们视如敝屣啦？”

“当然喽。”

“真的吗？”

“真的。”

“那好，咱们吃点东西去。”

“让我清账吧。”马丁这样说道。他想用那两块钱中花剩下的一点零钱付刚才喝的威士忌和苏打水，可勃力森登硬是逼着侍者把零钱放回到了桌子上。

马丁扮了个鬼脸，将钱塞进了口袋，接着感到勃力森登把一只手亲切地搭在了他的肩上。

第三十二章

紧跟着，在第二天下午，玛丽亚见又有一位贵宾来看望马丁，不由激动万分。不过，这次她可没有惊慌失措，而是把勃力森登请进华丽、体面的客厅入座。

“我不期而至，让你讨厌了吧？”勃力森登启口问道。

“不，不，哪里的话！”马丁说着，跟他握握手，招呼他坐到仅有的那张椅子上，而自己在床沿上落了座，“你是怎么知道我住在这里的？”

“我给摩斯家挂了个电话，是摩斯小姐接的，所以我就来啦。”他把手伸进外衣口袋，掏出一本薄书扔到了桌子上，“这本书是一位诗人写的，你留着看吧。”他见马丁一味客气，便又说道，“我要书有什么用呢？今天早晨我又吐了血。有威士忌吗？啧，当然不会有喽。请稍等一下。”

他立起身朝外走去。马丁目送他那颀长的身影下了门外的台阶，望着他转过身来想关上大门，不无痛心地留意到他那曾经一度宽阔的肩膀如今已凹入萎缩下陷的胸部。马丁取来两只大酒杯，然后开始看那本诗集——亨利·沃恩·马罗的新作。

“没有苏格兰威士忌，”勃力森登回来时说道，“那穷小子只卖美国酒，我打了一夸脱[①]。”

“我叫孩子去买些柠檬来，咱们做甜酒喝。”马丁建议说。

“不知这本书能给马罗带来多少稿酬？”他把那本诗集举起来，接着说道。

“大概五十块钱吧。”对方回答，“其实，只要不赔钱，哄着出版商冒风险把书印出来，就已经是万幸的了。”

---

① 1夸脱=1.101升。

“如此看来，靠写诗是无法维持生活喽？”

马丁的口气及神色都显得十分沮丧。

“当然是不行的，只有傻瓜才抱那种指望。靠写打油诗，倒还可以。譬如，布鲁斯、弗吉尼亚·斯普林，还有塞奇威克，就干得相当出色。可是，写真正的诗歌就不行了。你知道沃恩·马罗是怎么度日的吗？他在宾夕法尼亚的一家私立男生小学校里教书，那儿可是天底下最糟糕的地方。就是让我再活上五十年，我也不愿同他交换位置。然而，他的作品比现代打油诗人的劣作要强到了天上，简直像是拿红宝石和胡萝卜相比。可评论家把他说得一钱不值！他妈的，那帮家伙全都愚不可及！”

“不会写文章的人偏偏要评论会写文章的人，他们写的东西满世界都是。”马丁颇有同感地说，“评论史蒂文森及其作品的糟粕文章，多得让人吃惊。”

“那是一群欺世盗名的坏蛋！”勃力森登咬牙切齿地说，“对，我了解那些杂种——他们得意地揪住那封为达米恩神甫写的辩护信[①]不放，挑史蒂文森的毛病，对他分析来衡量去——”

“全是用他们自己的那种可悲的自私自利标准对他衡量。”马丁插进来说。

“对，说得好，正是这样。那些家伙满口的‘真善美’，简直是在糟蹋人，末了还要在他背上拍一拍，说什么‘好样的，费多’。呸！难怪理查德·拉尔夫[②]临终的那天晚上称他们为‘叽叽喳喳的小人’。”

“他们是在挑星尘[③]的毛病，”马丁捡过话头，充满激情地说，“是在挑灿若朗星的伟人的毛病。我曾经写过一篇讽刺短文，抨击那些批评家——更确切些，那些评论家。”

“容我拜读一下。”勃力森登恳求道。

于是，马丁找出一份《星尘》的复写本。勃力森登看着看着，不由笑出了声，还搓着双手，竟然忘掉了喝他的甜酒。

---

① 达米恩于1873年自愿赴麻风病区为患者服务，死后遭到诽谤。史蒂文森发表了《给海德神学博士的一封公开信》，伸张正义。

② 19世纪美国诗人。

③ 此处比喻杰出人物。

“我觉得你自己就是一点星尘，落入了一个小人的世界，他们用毛巾蒙住眼睛，什么都看不见。”勃力森登读完文章后，这样评价道，“稿子一投出去，肯定就被杂志刊用了吧？”

马丁翻了翻投稿记录簿，说道：“遭到了二十七家杂志社的退稿。”

勃力森登原想开怀大笑一场，可是却剧烈地咳嗽了起来。

“不用说，你也写过诗。”他气喘吁吁地说，“拿几篇让我瞧瞧。”

“现在别看了吧。”马丁带着央求的口气说，“我想和你交谈呢。我为你捆扎好，你拿回去看。”

勃力森登辞别时，带走了《爱情组诗》以及《仙女与珍珠》。次日来时，他一见马丁的面就说：

“我想再看几篇。”

他坚信马丁是个真正的诗人，而马丁发现他也是位诗人。马丁对他的诗作大为佩服，当得知他从未做过发表的努力时，不由十分吃惊。

“愿天火烧掉所有的编辑部。”当马丁自告奋勇要为他的诗作找个出版的地方时，勃力森登这样说道，“你应该为了美而爱美，”他劝告说，“不要再向杂志社投稿了。马丁·伊登，我建议你回到轮船上去，回到大海上去。城市里到处都是病态和堕落的人，你有什么可留恋的呢？在这里，你为了迎合杂志的口味每一天都在出卖美，简直等于自杀。那天，你对我引用了一句什么话来着？——啊，对，‘人呀，最后诞生的蜉蝣。’请问，你这个最后诞生的蜉蝣要名有什么用呢？一旦得到了名，它反而会害了你。你太单纯、太朴实、太富于理性，我看你靠这种空洞的东西发不了迹。希望你永远也别向杂志出卖自己的半行诗作。你应该只效忠于美，为它尽心竭力，让功名利禄统统见鬼去吧！哼，狗屁成就！如果你的那首比亨利的《幽灵》还高明一等的似史蒂文森风格的十四行诗，以及《爱情组诗》和海洋诗算不上成就的话，那么，成就到底是什么呢？

“并非在大功告成时获得欢乐，而是在追求中寻觅喜悦。你不必说明，我非常清楚，你自己也明白。美对你来说是一种痛苦，一种没完没了的痛苦，它像永不愈合的伤口，似烧得火红的刀子。何必与杂志纠缠不清呢？让美作为你的目的吧。何必把美铸造成金币呢？反正你也做不到；所以我没必要为此而感到不安。你把杂志看上一千年，从中找到的价值也抵不上济慈[①]的一行诗句。不要再计较名利了，明天就到船上找份工作，返回大海去吧。”

“我追求的不是名，而是爱情。”马丁笑着说，“爱情在你的宇宙里似乎无存身之地，可在我的宇宙里，美只是爱情的使女。”

勃力森登望着他，目光中既有怜悯又包含着羡慕。“你这么年轻，小马丁，如此地年轻。你想展翅高空，但你的翅膀是用最薄的纱织成，上面涂着最华丽的色粉。小心别烧焦了你的翅膀。啧，事实是它们已被烧焦。难道《爱情组诗》非得是为了讴歌女人吗？这话让人觉得脸红。”

“它讴歌爱情，也讴歌女人。”马丁哈哈大笑道。

“疯人的哲理。”对方回敬道，“抽了大麻烟，游历于梦境时，我才会这么想。劝你还是小心为妙。这种资产阶级味十足的城市会毁掉你的。就拿我跟你相遇的那个市侩窝而言吧，说它‘腐败透顶’还太客气了些。在那种气氛中无法保持神志清醒。真是堕落啊。他们当中，无论男女，没有一个不堕落。他们腹中装着蛤肉，从蛤蟹那儿获取高度理性及艺术的灵感——”

他突然停了下来，打量着马丁。接着，他猛地恍然大悟，明白了过来，脸上的表情变得又诧异又惊恐。

“你的那首美妙绝伦的《爱情组诗》原来是写给她——一个苍白、干瘪的女人！”

一眨眼的工夫，马丁刷地伸出右手，一把紧卡住他的脖子，使他透不过气来，摇得他上下牙直打架。可是马丁在他的眼睛里看不到恐惧的表情，只有一种惊异和嘲讽的神色。马丁觉得自己这样做不对，于是便揪住勃力森登的脖子，把他按倒在床上，同时松开了手。

勃力森登痛苦地喘了会儿粗气，而后咯咯笑了起来。

“你要是真把我摇死了，到了黄泉之下我还得感激你呢。”他说。

“这些日子我的脾气太糟糕，一触即发，”马丁道歉说，“希望没伤着你。来，让我为你掺一杯甜酒喝。”

“嘿，你这棒小伙子！”勃力森登说，“不知你是不是为你的身体

① 19世纪英国著名浪漫派诗人。

感到自豪。你强壮得很哩，简直是一只小豹，一头幼小的雄狮。可老天知道，你必须为这副好身板付出代价。”

“这话是什么意思？”马丁把酒杯递给他，不解地问，“来，把酒喝了，别再胡言乱语了。”

“因为——”勃力森登呷了口酒，满意地笑了笑，“因为女人呗。她们会纠缠你，一直把你缠死。她们已把你缠得够呛，我又不是昨天才出生的小孩，哪能不知道。你大可不必再卡我的脖子了，我反正要把话说出来的。毫无疑问，你们之间产生了年轻人的爱情；可是，看在‘美’的分上，下次可得把对象选好啊。你为什么要跟一个资产阶级的小姐儿女情长呢？算啦，别跟她来往了。劝你挑个感情奔放、不贪生、不怕死、一爱到底的伟大女子吧。世上是有这样的女子的，她们的爱也可以像娇生惯养、羞怯的资产阶级小姐的爱那样缠绵。”

“怎么是羞怯？”马丁不服地问。

“对，正是羞怯。她们满口谈的都是褊狭的伦理观，那是别人灌入她们脑子里去的。她们惧怕真正的生活。她们也许会爱上你，但她们更爱自己褊狭的伦理观。你需要的是无拘无束的生活和自由自在的精神，需要的是绚丽多彩的蝴蝶，而非灰色的小飞蛾。唉，你要是没死的福分，残留于人世的话，你对她们也会感到厌倦的，厌倦所有的女人。不过，你会死去的。你绝不会搭乘轮船重返大海，而是继续逗留在这些满世界都是害虫的城市里，直至骨朽肉烂，一命升西。”

“你可以给我上大道理，我不想跟你拌嘴。”马丁说，“不管怎样，你的观点是由你的性格决定的，而我的观点也同样不可动摇。”

在爱情方面、为杂志撰稿方面以及许多其他的事情上，他们两人意见不统一，可他们彼此喜欢对方；马丁对勃力森登的感情是非常深的。两人天天见面，但勃力森登顶多只在马丁那密不透风的房间待上个把钟点。他每次来都随身带着一夸脱威士忌，上街吃饭时，他把威士忌和苏打水从头喝到尾。两人的饭钱总是由他清付，马丁在他的邀请下吃到了美味佳肴，第一次喝到了香槟酒，还品尝上了莱茵葡萄酒。

可是，勃力森登始终都叫人琢磨不透。尽管他看上去像是个苦行者，尽管他脸无血色，但他一味地纵酒狂饮。他不怕死，对一切事物都抱着仇视和愤世嫉俗的态度；可是在苟延残喘之际，他却显得热爱生活，热爱生活的每一个细节。他怀着一种疯狂的劲去咀嚼生活和寻求刺激，正如他曾经说过的那样“我来到凡尘世间，就应该索取我的一点小小的空间”。他吸过毒，干过许多离奇古怪的事，为的是寻求新的刺激和感受。有一回他告诉马丁，说他曾经一连三天不喝水，而且是有意这样做，为的是体会一旦喝水后渴感消除时的那种妙不可言的欢乐。

他究竟是何人，或怎样一个人，马丁始终都没弄清楚。他是一个没有过去的人，他的将来是近在眼前的坟墓，而他的现在是一种痛苦和狂热的生活。

第三十三章

马丁在拼战当中一输再输。随他怎样精打细算，卖作品得来的钱都不够和支出保持平衡。感恩节来临之际，他把黑西装送入了当铺，这下不能应邀到摩斯家赴宴了。他推辞的理由叫露丝很不高兴，由此把他逼到了山穷水尽的地步。他跟露丝说，他一定去赴宴；还说他要到旧金山去，找《横贯大陆月刊》索要他那五块钱的稿酬，然后把西装赎回来。

早晨，他问玛丽亚借了一角钱。他原来想向勃力森登借钱，可那个行踪不定的家伙不见了踪影。马丁已经两个星期没见他的面了，绞尽脑汁也没想出自己到底是哪些地方得罪了他。马丁用借来的这一角钱搭渡船来到旧金山，边在市场街上走，边思想着万一要不到稿酬，自己的处境将会多么艰难。到了那时，他连奥克兰也回不去了，因为他在旧金山一个熟人也没有，没办法再借到一角钱。

《横贯大陆月刊》编辑部的房门微微开着，马丁正要推门进去，里边传来一阵大喊大叫，使他猛地收住了脚步。只听有人嚷嚷道："可问题不在这里，福特先生。"（马丁从收到的信件中知道，福特是那位编辑的名字。）"问题在于，你打算不打算付钱？——我是说付现金，马上付清。对于《横贯大陆月刊》的前景以及你来年的打算，我不感兴趣。我只想拿到我的工钱。现在跟你把话说清楚，除非我拿到钱，否则《横贯大陆月刊》的圣诞号就别指望排印。再见，有钱的时候再去找我吧。"

房门猛地开了，那人怒容满面，嘴里骂骂咧咧，紧攥着拳头，冲过马丁身边，顺着甬道走了。马丁决定不马上进去，就在门口徘徊了有一刻钟的时间，然后才推开门走了进去。这是一种新鲜的体验，因为他以前从没踏入过编辑部的门槛。在这个编辑部显然不需要名片，只见一位杂役跑入里间屋通报有人要见福特先生。杂役出来时，隔着半间屋子召他过去，把他引入密室——编辑的私室。马丁产生的第一印象就是：屋里乱七八糟，没一点秩序。紧接着，他注意到一位长着络腮胡子但很面嫩的人正坐在一张活动盖面的写字台旁，好奇地打量着他。马丁见他神态安详，不禁觉得纳闷，跟印刷商的争执看来并没有影响他平静的心绪。

“我——我叫马丁·伊登。”马丁启口说道。（他真想直言：“我要取回我那五块钱的稿费。”）

然而，这是他见到的第一个编辑，在这种情况下他不想一下子就把编辑吓坏。令他感到意外的是，福特先生一跳老高，说了声“怎么不早说！”，紧接着就用双手握住马丁的手，热情地摇着。

“你不知道，我见到你有多高兴，伊登先生。我一直想知道你到底长得什么样子。”

说着，他伸直胳膊，把马丁稍微推开一些，用一双欣喜的眼睛打量着马丁的那身次一等的衣服——也是马丁的末等衣服，破旧得已无法修补，不过裤缝线倒是笔挺，那是他用玛丽亚的熨铁精心熨出来的。

“老实讲，我没想到你会这么年轻。你的小说写得雄浑、有力、成熟、深刻，是一篇杰作，我刚读了六七行就看出来了，让我来讲讲头一次拜读大作时的感受吧。噢，不，还是先介绍你跟我的同仁认识一下吧！”

福特先生边说，边把他领进了大办公室，将他介绍给副编辑怀特先生，一个又瘦又小的人儿，手冰得出奇，就好像正在患冷病，稀稀拉拉的小羊胡子如丝一般光滑。

“还有，这位是恩兹先生，伊登先生。恩兹先生是我们的业务经理。”

握手时，马丁发现对方目光古怪，脑袋谢了顶，大半个脸都被雪白的胡须遮盖着，但从能看得到的一小部分脸蛋判断，那人倒是显得相当年轻。那胡须是由对方的妻子在星期日仔细修剪出来的，而且，他的妻子还同时为他刮颈后的汗毛。

三个人围住马丁，七嘴八舌说着钦慕的话，让马丁觉得他们似乎在比赛看谁讲得快。

“我们常常感到纳闷，弄不清你为什么不到敝社来。”怀特先生说。

“我没有买车票的钱，而且我住在海湾对面。”马丁单刀直入地答道，目的是想表明自己迫切需要拿到那笔稿酬。

他心想，光凭我这身破旧的衣服，就足以说明我的困难境地了。一有机会，他就暗示他的来意，暗示了好几次，可他的钦慕者却像聋子一样。他们夸奖着他，述说着他们看到他的那篇小说时的第一感受以及后来的感受，述说着他们的妻子和家里人的感受，但他们绝口不提付稿费的事情。

“我跟你讲起过我初次拜读你的那篇小说时的情景吗？”福特先生说，“显然，我没跟你谈起过。当时，我正乘车从纽约西行。列车停在奥格顿站时，新接班的乘务员把一份刚刚出版的《横贯大陆月刊》带上了车。”

我的上帝啊！马丁心想，你们可以乘坐普尔门豪华列车旅行，却抠着我那可怜的五块钱稿费不放，让我忍饥挨饿。他觉得《横贯大陆月刊》对他太不公平，不由清楚地回忆起自己数月来无望的等待、与饥寒相伴的悲惨情形。此时此刻，他肚里的饥火升腾起来，痛苦地折磨着他，这使他想起自己前天只吃了一丁点食物，而自那以后粒米未进。一时间，他怒不可遏。这些畜生不仅仅是强盗，还是一群鬼鬼祟祟的小偷。他们出尔反尔，把他写的小说骗到了手。好么，他要让他们瞧瞧他的厉害。他心里暗暗下定了决心：拿不到钱，绝不离开编辑部。他想起，如果要不回稿费，他就无法返回奥克兰了。他使劲控制着自己的情绪，但脸上却露出了一副凶相，吓得他们惊慌了起来。

他们讲得越发滔滔不绝了。福特先生又在讲他第一次拜读《嘹亮的钟声》时的情形，而恩兹先生却抢着复述他的那位在阿拉米达当教师的侄女对《嘹亮的钟声》的赞誉之辞。

“我讲讲我的来意吧，”马丁终于说道，“我来拿你们全都非常喜欢的那篇小说的稿酬。记得你们曾答应过，一刊出就付给我五块钱。”福特先生那表情多变的脸上立刻露出一副欣然同意的神色，伸手就去掏口袋，可半截却猛然把身子转向恩兹先生，说他把钱忘到家里了。这话显然叫恩兹先生很生气；马丁见他抽搐了一下胳膊，像是保护他的裤兜，便明白钱就放在那里。

“很抱歉，”恩兹先生说，“刚付过印刷商的账还不到一个小时，他把我手头的钱都拿走了；那笔账其实还不该付，可那印刷商硬是要求立即交预付款，真是出乎人的意料。”

两个人一齐把期待的眼光投向怀特先生，可那位先生哈哈大笑，耸了耸肩膀，反正他是问心无愧的。他来《横贯大陆月刊》原是想学习杂志文学，谁知学到的却主要是关于金钱的学问。《横贯大陆月刊》欠了他四个月的薪水，他明白先得满足印刷商，然后才轮到副编辑。

“伊登先生，瞧瞧我们这副样子，真是太不成体统了。”福特先生以一种轻松的口气说道，“老实讲，这全是粗心大意造成的。不过，我要告诉你我们应该怎么做，明天早晨第一件事就是把支票给你寄去。你有伊登先生的地址吧，恩兹先生？”

恩兹先生说他有马丁的地址，并答应明天早晨一定寄支票。马丁对银行的支票之类的事情懵懵懂懂，可他觉得他们没理由非得等到第二天再把支票给他，认为今天给他也是一样的。

“那就一言为定，伊登先生，我们明天把支票寄给你，好吗？”福特先生说。

“我今天就要拿到钱。”马丁斩钉截铁地回答。

“事情很不凑巧，如果你换一天来的话。”福特先生那温文尔雅的话语刚说到此处，就被恩兹先生打断了。后者发起了脾气，一双古怪的眼睛愈发显得古怪了。

“福特先生已把情况解释清楚了，”他粗暴无礼地说，“我也讲明白了。支票会寄给——”

“我也把话说清了，”马丁打断他的话说，“我讲过，今天就要拿到钱。”

业务经理的无礼使他的脉搏跳动有些加快。他警惕地注视着对方，因为他猜想《横贯大陆月刊》的现金就装在那位先生的裤兜里。

“真是过意不去。”福特先生开口说道。

就在这当儿，恩兹先生不耐烦地转过身去，像是要不辞而别。说时迟，那时快，马丁扑上前去，一把扼住他的喉管，使他那依然整齐得无可挑剔的雪白的山羊胡子成四十五度角朝天翘起。怀特先生和福特先生看到他们的业务经理被抖得像一条阿斯特拉罕[①]羔羊地毯一样，不由惊恐万状。

"把钱掏出来，你这刁难才华初露的年轻人的老混蛋！"马丁威吓道，"快掏，不然我就把钱从你身上抖出来，即便全是硬币也可以。"随后，他又冲着旁边的那两个吓得半死的人喊道："别到跟前来！如果谁敢插手，就叫他受点伤。"

恩兹先生喘不过气来，直到卡住他喉管的那只手松开，他才能够表示愿意掏钱。掏了几次，他从裤兜里总共拿出了四块一毛五分钱。

"把口袋翻出来！"马丁喝令道。

结果，裤兜里又掉出一角钱。马丁把搜出的钱连数了两遍，生怕弄错。

"该你了！"他冲着福特先生叫喊道，"再交出七角五分钱。"

福特先生毫不迟疑地把口袋都搜了个遍，结果掏出了六角钱。

"真的就这么一点？"马丁把钱拿到手，威胁地问道，"你的背心口袋里装的是什么？"

为了表示诚意，福特先生把两个背心口袋翻了个底朝天。一张硬纸片从一个口袋里掉到了地板上。他把硬纸片捡起来，正要放回口袋，却听马丁叫喊道：

"这是什么？——是轮渡票吧？把它给我。这张票值一角钱，就记在我的账上吧。算上这张票，我总共拿到了四元九角五分钱。还差我五分钱。"

他恶狠狠地拿眼睛去瞧怀特先生，看到那个脆弱的家伙正把一枚五分钱的硬币递过来。

"谢谢你们，"马丁冲着他们全体说，"再见啦。"

"强盗！"恩兹先生冲着他的背影咆哮道。

"小偷！"马丁回敬说，出去时砰的一声摔上了门。

马丁高兴得发疯，一想起《大黄蜂》刊用了他的《仙女与珍珠》，欠他十五块钱的稿酬，当下就决定去要钱。可是，办《大黄蜂》杂志的是一伙油头粉面、魁梧强壮的年轻人，他们是明目张胆的强盗，见

---

① 俄国一城市，因产羔羊皮而出名。

钱就捞，见人就抢，相互之间也尔虞我诈。办公室的家具被打坏了几样。可最后那位编辑（大学时代的运动健将）在业务经理、广告人以及杂役的大力协助下，终于把马丁搡出了办公室，并猛一用力将他推下了第一段楼梯。

“下次再来吧，伊登先生；随时都欢迎你莅临。”他们居高临下地站在楼梯顶端，冲着马丁哈哈笑着说。

马丁站起身来，咧嘴笑了笑。

“呸！”他喃喃地回敬道，“《横贯大陆月刊》那帮人是雌山羊，可你们这些家伙全是职业拳击手。”

这话又引起了一阵笑声。

“我承认，伊登先生，”《大黄蜂》的编辑冲着下边喊道，“作为一个诗人，你自己也很有两下子。请问，你的‘右勾拳’是从哪里学来的？”

“是从你学到‘扼颈’的那个地方学来的，”马丁答道，“等着吧，总有一天我会揍你个鼻青脸肿。”

“但愿你的脖子还能够动弹。”编辑关心地说，“咱们大伙儿出去喝一杯——当然不是为了庆祝你的脖子，而是为了庆祝这次小小的战斗，你看怎么样？”

“喝不过你们，钱就由我出。”马丁赞同地说。

于是，强盗们和受害人一起开怀痛饮，并和和气气地做出了决定：根据“强食弱肉”的原则，《仙女与珍珠》的十五块钱稿费理应属于《大黄蜂》编辑部的成员。

第三十四章

阿瑟留在院门口，而露丝登上了玛丽亚屋前的台阶。她听到了咔嗒咔嗒的打字声，待马丁开门迎她进屋后，发现他正在打印一页稿件。她来是想落实他是否到她家赴感恩节宴会；可是未等她提出这个话题，马丁倒先急切地端出了自己正在忙碌的事情。

"来，让我给你念念这篇文章。"他嚷嚷道，把复写的副本一页页揭掉，将稿纸一张张整理在一起，"这是我的最新作品，与以前写的东西都不一样。它是那样不同凡响，简直叫我有些害怕，可我心里有一种隐约的感觉，这是一篇佳作。你来评判一下吧。这是一个关于夏威夷的故事，我给它起名叫《维基－维基》。"

他心怀创作的喜悦，满脸奕奕闪光，可她却在寒气逼人的房间里打着哆嗦，而且刚才握手时她就觉得他的手冷冰冰的。她侧耳倾听他朗读，而他时不时地发现她脸上只有不满的表情，可是在读完之后他还是问道：

"坦率地说，你觉得怎么样？"

"我——我说不出来。"她答道，"你认为——你认为这篇文章能卖出去吗？"

"恐怕卖不出去，"对方诚实地说，"对杂志而言，它太激烈了。可它是真实的，我保证是真实的。"

"你明明知道卖不出去，可你为什么偏要写这类东西呢？"她毫不留情地说，"你写作的动机是为了谋生，不对吗？"

"对，正是这样；可是这段悲惨的故事迷住了我。我欲罢不能，非得把它写出来才能心静。"

"可你笔下的那个叫'维基－维基'的人物，说出的话为什么那样粗俗呢？这肯定会触怒读者，当然，这也是编辑拒绝接受你的作品的原因。"

“因为真正的维基－维基就是那样讲话的。”

“这样写难登大雅之堂。”

“这是生活，”他率直地说，“是有血有肉真实的生活。我必须按自己看到的情况描写生活。”

她没吱声，两人都感到很窘，于是相对无语干坐了一会儿。他爱她，所以不能够彻底地了解她，而她不能够理解他，是因为他过于巍峨高大，超出于她的天地之外。

“唔，我从《横贯大陆月刊》拿到了稿费，”他试图换一个较为愉快的话题，便这样说道。一想到那三个络腮胡子被迫交出四元九角五分钱和一张轮渡票的情景，一想到最后看到的他们的那副样子，他哑然失笑。

“这么说，你一定去喽！”她高兴地喊了起来，“我来这儿的目的就是为了落实这件事。”

“去？”他心不在焉地喃喃道，“去哪儿？”

“去赴明天的宴会呀。你知道，你曾说过一拿到那笔钱就把衣服赎回来。”

“这我可全忘了。”他低声下气地说，“事情是这样的，今天早晨牲畜管理员扣下了玛丽亚的两条母牛和一头小牛——唉，玛丽亚碰巧手头没钱，所以我只好替她把牛赎了回来，《横贯大陆月刊》的那五块钱都花在了这上边——《嘹亮的钟声》的稿酬进了牲畜管理员的腰包。”

“那你不去赴宴啦？”

他低头看了看自己身上的衣服。

“去不成了。”

失望和责备的泪水在她那蓝色的眼睛里闪亮，可她什么也没说。

“明年感恩节我和你将会在德尔摩尼哥饭店[①]设宴，”他乐呵呵地说，“要不就到伦敦去，到巴黎去，或者到你想去的任何地方去。这一点我是胸中有数的。”

“几天前我在报上看到，”她猛不愣丁地说，“铁道邮递处在当地录用了几名员工。考试时你曾名登榜首，是不是这样呢？”

---

① 纽约的一家著名饭店。

他只好承认说，他曾接到过录用通知，但他谢绝了。“我当时对自己充满了信心——现在仍然如此。”他最后说道，“从现在起再过一年的时间，我的收入将会超过铁道邮递处员工十几倍。你等着瞧吧。”

待他把话说完，她仅仅唉了一声，然后站起身朝上扯了扯手套。“我得走了，马丁，阿瑟在等我呢。”

他把她搂在怀里吻，可她却是一副消极被动的样子。她的躯体没有绷紧，胳膊没有去拥抱他，接吻时嘴唇缺乏往日的活力。

他从门口返回时，认定她在生他的气。但这是为什么呢？糟就糟在牲畜管理员扣下了玛丽亚的牛。可那是天降的横祸，谁也怨不成。他根本想不到自己完全可以采取另外一种态度。接下来，他思忖着自己有一些理该责怪之处，因为他谢绝了铁道邮递处的通知书。再说，她不喜欢《维基－维基》。

他登上台阶顶端时转过身来，迎住了下午来送信的邮差，他接过一捆长信封，那种周而复始的狂热期望又袭上了心头。有一封信用的不是长信封。这一封又短又薄，外面印着《纽约眺望》的通讯处。他正要拆信，却半截停下了手。这不可能是录稿通知书，因为他没给那家杂志社投过稿。也许——一经产生这种不着边际的念头，他的心脏几乎停止了跳动——也许这是向他约稿呢；但随即他便推翻了这种猜测，认为这是绝对不可能的。

这是一封由现任编辑署名的正规短函，信上仅仅告知他随信附来了一封他们收到的匿名信，并让他放心，说《纽约眺望》编辑部无论在任何情况下都不会理睬匿名信件。

马丁发现附来的那封信由印刷体书写，写得很蹩脚。这封信杂乱无章、文理不通，把马丁大骂了一顿，一口咬定向杂志兜售短篇故事的“所谓的马丁·伊登”根本就不会写作，实际上只会从旧杂志上剽窃文章，用打字机打好后充当自己的作品寄出。信封上盖的是“圣莱安德罗”的邮戳。马丁不用多想，就知道是谁写的了，通篇显而易见的是希金波森的文法、希金波森的口头语、希金波森的怪点子和思维方式。马丁在字里行间看到的不是意大利人[1]的那种娟秀的笔体，而

[1] 此处指专干敲诈、勒索的黑手党人。

是他那位食品商姐夫拙劣的墨迹。

可这是为什么呢？他百思不得其解。他哪一点得罪了伯纳德·希金波森呢？这件事真是蹊跷异常、荒唐透顶，连一点道理都讲不通。一星期之内，有十几封类似的信从东部各杂志社的编辑那儿接二连三地转到了马丁手中。马丁觉得那些编辑表现得非常出色。他和他们素昧平生，可他们当中有些人甚至对他表示同情。显然，他们讨厌匿名信。他看得出，那妄图败坏他名誉的恶人已遭到了失败。其实，即便匿名信产生了影响，那也一定是好的影响，因为他的名字至少引起了部分编辑的注意。也许，他们在收到他投的稿件时，会想起他就是匿名信中提到的人。也许，这种记忆会改变他们的看法，使其稍微偏向对他有利的一边，这谁能说得准呢？

差不多就是在这段时间，马丁在玛丽亚心目中的威望却一落千丈。一天早晨，他看到她在厨房里痛苦地呻吟着，虚弱得脸上直淌泪，想把一大堆衣服全都熨好，可又力不从心。他立刻断定她患了流感，便让她喝了杯热威士忌（那是勃力森登的酒瓶子中剩下的），吩咐她躺到床上去。可玛丽亚硬是不肯，说必须把衣服熨出来，当晚就送去，否则明天就没有东西可给那七个饿着肚子的小西尔瓦吃。

她不无吃惊地看到马丁·伊登从炉子上抓起熨斗，将一件花哨的女式衬衫扔在了熨衣板上（后来她老爱提起这件事，直至死的那一天）。那是凯特·弗拉纳根最体面的一件衬衫，而弗拉纳根又是玛丽亚的圈子里要求最苛刻、穿着最讲究的一个女人。况且，弗拉纳根小姐特别叮咛过，必须当晚就把衬衫送去。众所周知，她跟铁匠约翰·柯林斯打得火热。玛丽亚还暗地里了解到，弗拉纳根小姐和柯林斯先生第二天要到金门公园去。玛丽亚原想把衬衫抢过来，可没能做到。在马丁的搀扶下，她摇摇晃晃坐到了一把椅子上，鼓着眼睛从那儿观看他干活。她见他很快就把衬衫平平安安熨好了，这活让她干得花四倍的时间。她必须承认，马丁熨烫的本事一点都不比她差。

“如果你的熨斗再热一些，”他解释道，“我可以干得更快。”

在她看来，他使用的熨斗已经比她胆敢使用的要热得多了。

“你喷水的方法全是错误的，”他接下来说道，“喷，让我来教你怎样喷水吧。关键的一点是要用力。如欲熨得快，就得用力喷。”

他从地下室的柴堆那儿弄来一只木箱，在上面安了个盖，然后用西尔瓦家的孩子收集来准备卖破烂的废铁做了配件。把刚喷好水的衣服放入箱子，盖上盖，拿熨斗压住，这套装置就算大功告成，可以投入使用了。

“你瞧着我做给你看，”他说着，脱下身上的衣服，只剩下一件汗衫，一把抓起他称之为“真正热”的熨斗。

“他熨完了手中的活，就洗毛料品。”玛丽亚后来这样叙述道，“他说：‘玛丽亚，你真笨到家了，我来教你怎么洗毛料品吧。’说完，他给我示范了一通。他用了十分钟的时间，制造了一台机器——一只大桶、一个轮毂、两根杆子，就这么多部件。”

马丁的这套装置是在雪莱温泉旅馆从乔那儿学来的。旧轮毂安装在一根垂直杆的一端，当作冲板用。再把这冲板固定在弹簧杆上，然后将弹簧杆安在厨房的椽子上。这样，轮毂便可以冲压桶中的毛料，用一只手操作就能够干得非常出色。

“我再没有洗过毛料品。”玛丽亚回忆往事时总以这样的话作为结尾，“我让孩子们操纵那杆子、轮毂和大桶。伊登先生真是个聪明人。”可是，正由于他洗熨技巧娴熟，而且帮她改造了厨房里的洗衣设备，他在她心目中的地位才一落千丈。她一向在想象中给他披上一层绚丽的传奇色彩，而今了解到了残酷的事实，知道他曾经当过洗衣工，这种色彩便烟消云散了。他的那些书，那些乘着马车或怀揣无数瓶威士忌前来看望他的贵客，全都失去了价值。他只不过是一个工人，与她共处同一阶级、同一阶层。他比以前更富有人性，更平易近人了，但他已经不再是个神秘人物。

马丁和家里的亲戚愈来愈疏远。继希金波森先生无缘无故对他进行攻击之后，赫尔曼·冯·施米特先生也露出了狰狞面目。由于幸运地卖掉了几篇短篇故事、几首幽默诗和几则笑话，马丁钱囊充盈，一下子阔绰起来。他不仅还清了部分欠款，手头仍很宽余，足可以赎回黑西装和自行车。自行车上的脚踏杆扭歪了，需要修理，他想和未来的妹夫套近乎，就把车子送进了冯·施米特的修理铺。

当天下午，一个小男孩就把车子送了回来，这叫他感到很高兴。他觉得这是对他的一种非同寻常的恩惠，因为修好的车子一般都得自己去取，于是便认定冯·施米特也想和他亲近。但他一检查，却发现车子根本就没有修。隔了一会儿，他给妹妹的未婚夫打了个电话，方才知道对方不愿同他有“任何种类、任何方面、任何形式”的交往。

“赫尔曼·冯·施米特，”马丁以轻松的语气说，“我真想去揍扁你那猪鼻子。”

“你敢踏进我的铺子，”对方答道，“我就报警，我要让你吃不了兜着走。哼，我了解你这号人，你可别想在我跟前逞强。我不愿和你这种人有任何来往。你是个二流子，就是这么回事，我可没有看错人。别以为我要娶你的妹妹，你就能揩我的油。你为什么不去找份工作，老老实实挣钱过日子呢？你说呀！”

马丁的人生观此刻发生了作用，打消了他心中的怒火。他又诧异又好笑，长长地吹了声口哨，放下了听筒。但随着这种好笑的感觉旋即而至的是另外一种感觉——一种孤独感压上了他的心头。除了勃力森登，没有人理解他，没有人喜欢他，可勃力森登销声匿迹了，只有上帝才知道他去了哪里。

暮色垂降时，马丁出了果品店，捧着买好的东西朝家走去，在街角处，一辆电车停了下来，他看到一个熟悉的瘦削身影下了车，高兴得心儿直跳。那是勃力森登！电车启动之前，马丁飞眼瞧见他的两个外衣口袋鼓鼓囊囊的，一个装的是书，另一个装着一夸脱威士忌。

第三十五章

勃力森登绝口不提自己为何长时间不露面，马丁也没有追问。透过甜酒杯中散发出的热气，能看到朋友那张灰白的面孔，他已经心满意足了。

“我也没有闲混日子。”听马丁如数家珍地列举了自己撰写的作品之后，勃力森登这般宣称。

他从上衣里边的口袋取出一份手稿，递给了马丁，而马丁一瞧题目，便诧异地抬起头来。

“不错，就是这么回事，”勃力森登哈哈笑着说，“题目起得非常妙，对吧？《蜉蝣》——就这两个字。这还得感谢你呢，因为你曾说过人是一种始终直立的、有生命的无机物，是最后诞生的蜉蝣，是一种有体温的生物，在温度计那弹丸之地上还要昂首阔步。我当时就产生了想法，非得写出来才能安心。请讲一下你的看法吧。”

马丁先是脸上泛红潮，但把文章看下去，面色便转为苍白了。这是一篇十全十美的艺术佳作。形式战胜了内容（如果这能称其为“战胜”的话），可是内容的每一点一滴都在无懈可击的结构中给表现了出来，叫马丁高兴得头发昏，激动得眼里涌出泪水，只觉得背上发冷，像有条小虫爬上爬下。这是首六七百行的长诗，是那样奇特、神妙和超尘脱俗。真是美得令人不可思议，可它白纸黑字就在眼前。它描写的是人类以及人类最高形式的心灵探索，描写人类是怎样探索茫茫无际的太空，寻找最遥远的恒星和彩虹光谱的明证。这是一个垂死之人头脑中闪现出的狂放和疯狂的幻想，此人低声饮泣，从衰弱心脏的一阵猛烈跳动中汲取灵感。这首诗以庄严的韵律，随着冷澈的星球之间的混战、万千星辰的冲撞、寒气袭人的恒星的碰击以及黑暗的太空中星云的焚烧抑扬起伏；而透过这一切，回响着人类那隐隐约约、不绝如缕的尖细、微弱的声音，似银梭的嗖嗖声，于行星的呼啸和星系之间的碰撞声中，这就宛若一声哀鸣。

“这在文学作品中是绝无仅有的。”马丁最后终于能够说出话来了，“真是妙啊！——太了不起了！它使我感到兴奋，使我陶然若醉。这是一个既伟大又无限渺小的问题——我无法把它排出我的思想。人类的那种探求真理、长久连绵的微弱哀鸣声，现在仍在我的耳边回荡。它活似吼狮啸声中一只蚊虫发出的凄惨鸣叫。它诉说着人类那微不足道的欲望还没有得到满足。我知道自己在说傻话，可这篇东西叫我着了迷。你实在——我不知道你是怎样一个人——但你真是了不起，就是这么回事。你是怎么写成的呢？到底是怎么写的呢？”

马丁打住了狂热的话头，但片刻之后又滔滔不绝讲了起来。

“我从今往后再也不写作了。我的作品拙劣，只是胡涂乱抹，而你让我看到了真正艺术巨匠的手笔。不愧为天才！你比天才还天才，是超天才的天才。你讲的是四海皆准的真理，句句都真实可信。朋友，不知你意识到这一点没有，你这个武断者，科学可以证实你的话。这是愤世嫉俗者的真理，从黑铁板似的宇宙冲压出来，与壮丽的音律交织在一起，汇成一幅灿烂辉煌的美景。现在，我一句多余的话都不想再说了。我激动得难以自禁。对，我也要付诸行动。让我来把你的作品推向市场吧。”

勃力森登咧嘴笑了。“在基督教世界，没有一家杂志社敢登这篇作品——这你是知道的。”

“我并不知道。我只知道，在基督教世界，没有一家杂志社不会抢着登哩。这样的作品可不是天天都能够见得到。这不仅仅是今年最杰出的诗作，也是本世纪最出类拔萃的诗篇。”

“我敢说你一定会碰一鼻子灰。”

“你不必愤世嫉俗，”马丁规劝道，“杂志社的编辑并非全都是白痴。这我知道，我敢跟你打这个赌。跟你赌什么都行，我敢说《蜉蝣》第一次投稿或第二次投稿，就会被刊用。”

“只是有一条原因使我不能跟你打这个赌。”勃力森登停顿了一会儿，“这是篇伟大的作品——是我所撰写的最伟大的作品。这我是清楚的。它是我的绝笔，我为之感到十分自豪。我崇拜它，认为它比威士忌还要美妙。当我还是个单纯的青年、心怀甜蜜的梦幻及纯洁的理想时，就梦想着要写出这种伟大、完美的东西。如今，我总算如愿以偿，把它写了出来。我可不愿把它交给一群笨蛋糟蹋和玷污。不，我不打这个赌。它是我的，是我创作的，只跟你一道欣赏。”

“可你也得考虑考虑全世界的人呀，”马丁不赞同地说，“美的作用在于给人以欢乐。”

“这是我创造的美，我想怎样就怎样。”

“别太自私了。”

“我并非自私。”勃力森登不动声色地咧嘴一笑——每当为自己的两片薄嘴唇即将说出的话感到得意时，他总是这副表情，“我的无私无异于一只饥肠辘辘的猪。”

马丁再怎样劝，都无法使他改变自己的决定。马丁告诉他说，他对杂志的仇恨既偏执又盲目，这种行径比那个放火烧掉以弗所的狄安娜神庙的青年[①]做出的事情还要可鄙一千倍。面对暴风骤雨般的指责，勃力森登悠然自得地呷着甜酒，承认对方的话句句真实，只是除了对杂志编辑的看法。他恨编辑恨得咬牙切齿，抨击他们时比马丁的言辞还为激烈。

“希望你能用打字机为我把它打出来。”他说，“论打字，你比哪个速记员都可以强上一千倍。现在，我想给你提点建议。”他从上衣外边的口袋里掏出厚厚一叠手稿，“这是你的《太阳的耻辱》。我看了不是一遍，而是两三遍，足见我对你是极为钦佩的。听过你针对《蜉蝣》说的那番话后，我只好保持沉默了。不过有一点我要说明：《太阳的耻辱》一经问世，必将引起轰动。它将引起一场论战，单就广告价值而言就值千金呢。”

马丁笑了。“大概你接下来就会建议我把它投给杂志社吧。”

“千万别那样做——就是说，如果你想让它出版的话，该把它交给第一流的出版社。也许某个审稿人会头脑发疯或喝醉了酒，对它提出好评。你博览群书，而你马丁·伊登的大脑从书中提炼出精华，倾注在《太阳的耻辱》一文中。总有一天，马丁·伊登会出名，而他的

---

① 狄安娜神庙相传是“世界古代七大奇迹之一”，被以弗所青年希罗斯特拉都斯放火烧掉。

名声主要靠的是这部佳作。所以，你必须为它找个出版商——愈快愈好。”

这天夜里，勃力森登回去得很迟。他刚踩上电车的第一级踏板，便猛然转过身来，将紧紧揉在一起的一个小纸团塞到马丁的手里。

“拿上吧，”他说，“今天我去赌赛马，押对了注。”

铃儿叮当响了一声，电车开走了，抛下马丁一个人，顾自寻思手里握着的那团皱巴巴、油腻腻的东西到底是什么。回到自己的房间后，他把那团东西展开一看，原来是张一百块钱的钞票。

他毫不迟疑地就把钱用了。他知道自己的这位朋友手头总是有许多钱，也十分肯定地知道，自己一旦成功，就能够把钱还回去。次日早晨，他清付了每一笔债务，预付了三个月的房钱给玛丽亚，还去当铺把当掉的东西全赎了回来。接着，他为玛丽安买了结婚礼品，还买了些较为简单的礼物，适宜作圣诞礼物用，准备送给露丝和葛特露。最后，他带着剩下的钱，把西尔瓦全家领到了奥克兰去。他迟了一年才履行去年冬天许下的诺，但他的话总算兑现了，让西尔瓦全家，包括最小的孩子以及玛丽亚本人，都得到了一双鞋子。另外，还有喇叭、洋娃娃和各种各样的玩具、大包小包的糖果及坚果，使西尔瓦一家每个人的怀里都捧得满满的。

这支古里古怪的队伍尾随在他和玛丽亚的身后，浩浩荡荡开进一家糖果店，想买一根最大的棒棒糖。正是在这种状况下，他碰上了露丝母女。摩斯夫人大为震惊。连露丝也感到伤心，因为她毕竟有点爱面子。她的恋人和玛丽亚紧挨在一起，统领着一群衣衫褴褛的葡萄牙小孩，让人看起来着实不雅。但更叫她伤心的是，她看得出来他缺乏自爱和自尊之心。另外，通过这一番情景，她看得十分清楚，他不可能让人忘掉他那工人阶级的出身。这种出身本来就够丢人了，可偏偏还要不知羞耻地在世人面前——在她这个阶层的人面前招摇过市，岂不太过分了些。虽然她和马丁的婚约秘而未宣，但他们长期以来的密切交往肯定惹人说闲话。单说这个店铺里吧，就有她的几个熟人在偷眼瞧她的恋人以及他身后的那帮孩子哩。她没有马丁那般随和，也不如他宽宏大量，不能够无视于环境的压力。她伤心到了极点，敏感的天性使她羞愧得浑身打哆嗦。鉴于这种情况，马丁当天到她家去的时候，没把给她的礼物从胸前口袋里掏出来，准备以后选个比较合适的机会再给她。露丝流出了眼泪——那是伤心、愤怒的眼泪——，实在让他意想不到。他见她痛苦万状，便觉得自己太残酷，可他心里却云里雾里，弄不清到底是怎么回事。他从来就没想到过该为自己所认识的人感到羞耻，也绝想不到带西尔瓦一家去购买圣诞礼物会叫露丝丢面子。可是，待露丝把话挑明之后，他明白了她的观点。他把这看作女性的弱点，所有的女人都在所难免，连出类拔萃的女子也包括在内。

第三十六章

“走，我要让你看看真正的精英。”元月里的一天傍晚，勃力森登对他这样说道。

他们一道在旧金山吃了饭，来到渡口，准备返回奥克兰时，他突发奇想，要引着马丁去见见“真正的精英”。他转身飞快地跑过沙滩，消瘦的躯体上披的那件外套上下飘动着，马丁跟在一边紧赶慢赶。在一家批发酒商店里，他买了两坛一加仑装的红葡萄老酒，一手拎起一坛，到米森大街上了电车，而马丁提着几瓶一夸脱装的威士忌，紧随其后。

他一边想着露丝此时见到他将会出现怎样一幅情景，一边想着那些“真正的精英”是些什么人。

“闹不定那儿连个人影也没有呢。”当他们下了电车，向右拐入市场街南边工人区的中心时，勃力森登说道，“要是真没有人，那你就失去了一次等待已久的机会。”

“到底是些什么人呢？”马丁问。

“是聪明的人，他们可不是我在那个商人窝里看到你结交的那种胡言乱语的笨蛋。你读了些书，就发现自己孤傲不群。今天晚上我要让你见见另外一些读书人，这样你就不会再感到寂寞了。

“这倒不是说我对他们那种没完没了的讨论感兴趣，”走过一个街区之后，他说道，“我对书本上的哲学缺乏兴趣。不过，你会发现他们与资产阶级的蠢猪不同，而是些有头脑的人。但你得留点神，因为不管你谈什么样的话题，他们都非要争得让你无以对答不可。

“但愿诺顿能在场，”隔了一会儿，他一边推辞着不让马丁帮他拎那两坛酒，一边气喘吁吁地说，“诺顿是个唯心论者——哈佛大学毕业生，记忆力好得惊人。唯心主义观点引他走上了无政府主义道路，家里人把他赶了出来。做父亲的是一家铁路公司的总裁，资产超过百万富翁许多倍，可为儿子的却在旧金山忍饥挨饿，编一份无政府主义的报纸，每月收入二十五块钱。”

马丁不熟悉旧金山，对市场街南面更是一无所知，弄不清勃力森登要带他到哪儿去。

“接着讲啊，”他说道，“先把他们的情况介绍一下。他们是靠什么为生的？怎么会跑到这种地方来？”

“希望汉密尔顿也能在场。”勃力森登收住脚步，歇了歇手，“他叫斯特朗－汉密尔顿——要知道，名字中间还有连字符呢——，出身于南方的一个古老世家。他是一个流浪汉，是我所见到的最懒的人。他在一家社会主义合作商店里当店员，或者说竭力当店员，一星期挣六块钱，可他积习难改，叼空就进城游荡。一次，我见他在一条长凳上坐了一整天，一口东西也没吃，晚上我请他下馆子——到饭馆只消走两段街区——，谁知他却说：‘太麻烦了，老伙计，还是给我买盒烟算啦。’起先他跟你一样，是斯宾塞的信徒，后来克拉斯使他信了唯物一元论。如有可能，我要让他谈谈一元论。诺顿也是一元论者——只不过他否定一切，仅强调精神的作用。他辩论起来，可以叫克拉斯和汉密尔顿难以招架。”

“克拉斯是何人？”马丁问。

“咱们这就是到他家去。他在大学里当教授，后来被解雇——也是因为那缘故。他才思敏捷，可为了糊口什么都干。据我所知，他穷困潦倒之时，便走上街头行骗，一点廉耻都不顾。诸如扒死人的衣服，他什么事情都干得出来。他和资产阶级的区别在于，他敢抢敢骗，不想入非非。他喜欢谈尼采、叔本华、康德，什么都谈，但在这个世界上，他甚至对他的玛丽都漠不关心，唯有一元论才真正让他感兴趣。海克尔[①]是他崇拜的偶像。只有抨击海克尔，对他才是奇耻大辱。

“这儿就是他们聚会的地方。”上楼之前，勃力森登在楼梯口放下酒坛歇手。这是一幢很普通的街角二层楼，楼下开着一家酒馆和一家食品店。“那帮人都住在这里，他们把楼上的房间全包了。不过，只

① 19世纪德国生物学家，唯物一元论者。

有克拉斯一人占的是两间房。随我来吧。”

楼上的过厅里没有点灯，可勃力森登自如地在漆黑一团中穿行，活似一个熟门熟路的幽灵。这时只见他停下来跟马丁说话。

“还有一个叫史蒂文斯的人，他是个神智学者，一开口便语惊四座。眼下他在一家餐馆当洗碟工，喜欢抽高级雪茄，一次我见他吃饭时只肯花一角钱，饭后却花五角钱买雪茄抽。我口袋里装着几支雪茄，他要在就送给他。

“另外还有个叫帕里的家伙，他来自澳大利亚，是个统计学家，恰似一部包罗万象的百科全书。随你问他一九〇三年巴拉圭的粮食产量，一八九〇年英国向中国出口床单的数量，吉米·布里特和巴特灵·尼尔逊的那场拳击赛是哪个量级的，或者美国一八六八年次重量级拳击冠军为何人，你都会得到准确无误的答案，而且像自动售货机一样迅捷。再者，还有个叫安迪的石匠，凡事都有自己的看法，且下得一手好象棋。另一个叫哈里的面包师，狂热地推崇社会主义，是个坚定不移的工会会员。顺便提一句，你可记得那次厨师和侍者的大罢工吗？工会组织人以及罢工筹划者就是汉密尔顿，事先他就是在这里——在克拉斯的房间里运筹帷幄的。他那样做只是为了取乐，后来由于人太懒惰，没有和工会一道坚持到底。不过，他要是有意往上爬，完全可以如愿。他懒得没法提，要不然，他定会前途锦绣、鹏程万里。”

勃力森登在黑暗中行进着，直至瞧见一线光亮，来到一处门槛前。他敲敲门，里边应了一声便把门打开了。马丁发现和自己握手的克拉斯是个皮肤微黑的英俊男子，牙齿白得耀眼，一抹黑髭两端下垂，两只乌黑的眼睛又大又亮。玛丽是个金发少妇，正在小套间里洗碟子，那个套间既做厨房又充为餐厅。外间屋又当卧室又为客厅。一星期来洗的衣物挂在头顶，如彩饰般低垂，使得马丁没能一下子看到有两个人在角落里谈话。那两人瞧见勃力森登和他的两坛酒，便欢呼了起来。经介绍，马丁得知他们俩就是安迪和帕里。他跟他们坐到一起，聚精会神地听帕里描绘头天晚上看的一场拳击赛。这当儿，勃力森登得意扬扬地调制了一杯甜酒，接着便把葡萄酒、威士忌和苏打水一杯杯朝上端。他吩咐去把大伙儿都叫来，于是安迪就出去挨着房间请人。

“很幸运，他们多半都在家。”勃力森登低声对马丁说，“那两位是诺顿和汉密尔顿；走，去见见他们。听说，史蒂文斯出去了。我要想办法让他们谈谈一元论。他们几杯酒落肚，就会打开话匣子。”

起初，大家扯东拉西地闲谈着，但马丁仍然能够看得出来，他们的思路非常敏捷。他们的观点虽然常常相互冲突，可他们的确有独到的见解。他们妙语连珠，诙谐幽默，同时又不肤浅。马丁很快就发现，无论谈任何话题，他们当中的每个人都能够旁征博引地运用自己的知识，并且对社会及宇宙有着深刻、完整的看法。他们的观点并非别人为他们准备好的；他们全都是反叛者，不过类型不同罢了，他们的口中吐出的没有一丝一毫的陈词滥调。在摩斯的府内，马丁从未听到过涉及面如此广泛的谈话。若非时间的关系，他们的话题范围似乎会无边无际。他们从亨弗莱·华德夫人[①]的新作谈到萧伯纳最近的剧本，从戏剧的前途扯到对曼斯斐尔德[②]的怀念。他们对晨报上的社论或赞美或讥讽，话题从新西兰劳工的状况一下子就跳到亨利·詹姆士[③]和勃兰德尔·马修斯[④]那儿，接着转向德国对远东的觊觎以及“黄祸”[⑤]引起的经济问题，还对德国的选举和倍倍尔[⑥]最近发表的演说争论不休，最后谈到了当地的政局、劳工党组织的最新举措以及党内的丑闻，谈到了海员大罢工的幕后操纵势力。马丁见他们掌握着如此多的内幕消息，不由感到吃惊。他们对那些报纸上从不登载的东西无所不晓——诸如秘密事件和操纵傀儡活动的幕后人物。叫马丁觉得意外的是，那个叫玛丽的年轻女子也加入了讨论，而且显露出超群的智慧，这在他所结识的女性当中是绝无仅有的。他们在一起谈论斯温伯恩和罗塞蒂[⑦]，随即，她把马丁引向一个陌生的天地，谈起了法国文学。

① 19世纪英国著名小说家。

② 19世纪美国著名演员。

③ 19世纪美国小说家。

④ 19世纪美国评论家，对剧坛影响颇大。

⑤ 白人种族主义者害怕东方黄种人强大起来，称其为“黄祸”。在当时的美国，尤指工资低廉的黄种人对白种工人构成的所谓“威胁”。

⑥ 德国社会民主党领导人。

⑦ 19世纪英国诗人兼画家，拉斐尔前派的领导人。

待她站在梅特林克一边说话的时候，他寻到了报复的机会，把《太阳的耻辱》一文中精心构思的论点搬出来向她实施攻击。

其他的几个人也加入了辩论，屋子里烟雾缭绕、空气混浊。这时，勃力森登挥起了挑战的红旗。

“这下，你又有了新的目标了，克拉斯，”他说，“一个似白玫瑰般纯洁的年轻人，怀着一腔对赫伯特·斯宾塞的热爱。看你能不能把他变成海克尔的信徒。”

克拉斯如梦方醒，眼睛里像有块磁性金属一样闪闪发光。而诺顿同情地瞧了瞧马丁，脸上挂着女性的甜蜜的微笑，似乎在宣布他要全力保护马丁。

克拉斯端直开始向马丁发起攻击，诺顿则步步干涉，到了后来，他们俩针锋相对地辩论了起来。马丁听着听着，真想揉揉眼睛看到底是怎么回事。这简直不可能是真事，更不用说发生在市场街南边的工人区里啦。书本上的知识在这些人的心中活跃着。他们的话语热烈，充满了激情，智慧的力量在刺激着他们，就像他见过烈酒和愤怒刺激得有些人热血沸腾一样。他听到的可不是书本上那种干巴巴的哲学理论，也不是康德及斯宾塞那班半偶像式的神话人物笔下的言辞。这是一种有血有肉、富于生命力的哲理，体现在这两个人的身上，使他们的面部表情激动异常。别的人不时也插进去几句，大家都带着全神贯注的神情倾听着这场辩论，手中的香烟熄灭了也全然不顾。

唯心论从未引起过马丁的兴趣，可这种理论一落入诺顿的手中，就变成了叫人耳目一新的东西。唯心论在逻辑上似乎是合乎道理的，深深打动了他的心，可克拉斯和汉密尔顿好像就看不到这一点，他们嘲笑诺顿是形而上学者，诺顿也嘲笑他们是形而上学者。“现象”和“本体”这两个名词被抛来抛去。他们谴责他妄图用意识本身解释意识。他则谴责他们在玩文字游戏，说他们的推理方式不是从事实到理论，而是从字眼到理论。一听这话，他们都呆了。他们推理的基本模式，正是从事实出发，再给这些事实冠以名称呀。

当诺顿谈到康德的错综复杂的理论时，克拉斯提醒他说，微不足道的德国哲学流派一旦失势，就都跑到了牛津去。过了一会儿，诺顿提出了汉密尔顿的“节俭律”[①]，而他们则声称他们的每一个推理过程都运用的是这条定律。马丁抱着膝盖，听得乐不可支。可诺顿并非斯宾塞的信徒，十分想影响马丁的哲学观，所以讲话时一方面针对自己的两个敌手，一方面针对他。

“要知道，贝克莱[②]提出的问题从来就没有人解答过，”他用眼睛直勾勾地望着马丁说，“相比较而言，赫伯特·斯宾塞离答案最近，但还近得不够。就连斯宾塞最忠实的信徒也不敢再朝前迈一步。一天，我看了萨利倍[③]的一篇论文，他至多只能说，赫伯特·斯宾塞几乎解答了贝克莱的问题。”

“你们知道休谟[④]都说了些什么吗？”汉密尔顿问道。

诺顿点了点头，可汉密尔顿为了让别人也知道，还是说了出来。“他说贝克莱的问题既不可能解答，又不可能让人信服。”

“那是休谟自己的观点。”对方回敬道，“休谟的看法与你们的如出一辙，所不同的是，他还算聪明，承认贝克莱的问题不能够解答。”

诺顿又敏感又兴奋，可是却不慌乱，而克拉斯和汉密尔顿则像两个冷酷无情的野蛮人，专门寻找薄弱环节下手。天色渐晚，诺顿见对方老是指责他是一个形而上学者，不由恼火起来，用手紧紧抓住椅子才不至于跳起身来，灰色的眼睛喷发着怒火，姑娘般的面孔变得严厉和坚毅，随即对敌阵发起了全面进攻。

“好吧，你们这些海克尔的信徒，就算我推理起来像个医生一样，那么请问，你们是怎样推理的呢？你们这些不讲科学的武断者，连一点根据都没有，只会把你们的那套实证理论往不适当的地方安。早在唯物一元论学派兴起之前，所谓的基础就毁于一旦了，所以再不可能有根据可言了。那是洛克的作为，他叫约翰·洛克[⑤]。两百年前——

---

① 逻辑学上的一条定律，苏格兰19世纪的形而上学者威廉·汉密尔顿曾在《形而上学》一书中做过阐述。

② 17世纪的一位爱尔兰主教，唯心主义哲学家。他否认物质世界的存在，认为“存在即被感知”。

③ 19世纪英国优生学家兼社会学家。

④ 18世纪苏格兰经验派哲学家，著有《人性论》一书。

⑤ 17世纪英国经验派哲学家，其名著为《悟性论》。

甚至比这还要早一些呢——他曾在《悟性论》一书中论证天赋观念是压根不存在的。最为可笑的是，这正是你们所强调的理论。今天晚上，你们一遍又一遍地宣称天赋观念是不存在的。

“这说明了什么问题呢？这说明你们永远都不可能了解基本的实在。你们生下来时，大脑空空如也。通过五官，你们的大脑只能够掌握事物的表层或现象。出生时，你们的大脑里没装事物的本体，以后也没法了解——”

“我否认——”克拉斯企图插嘴。

“请等我把话说完。”诺顿吼道，“通过五官的接触，你们对力与物质之间的作用和反作用也只能了解一二。要知道，为了顺利辩论起见，我情愿承认物质的存在；我要做的是用你们自己的论点驳倒你们。我只能采取这种方法，因为你们俩天生就无法理解哲学上的抽象概念。

“请问，根据你们自己的实证理论，你们对物质有哪些了解呢？你们只了解物质的现象和表面。你们只知道物质的变化，或者说，只知道那些在你们的意识里引起变化的物质的内在变化。实证理论只涉及现象，可你们笨得意想当本体论者，拿物质的本体当研究对象。不过，根据实证理论的定义来看，科学只涉及事物的表象。有一位人士曾这样说过，从现象中获得的知识绝不可能超越现象本身。

“即便将康德驳得体无完肤，你们也解答不了贝克莱的问题。可是你们又非得假定贝克莱是错的，因为你们要强调科学已证明上帝是不存在的，或者换句同样确切的话来说，已证明了物质的存在。——要明白，我承认物质的存在，只是为了让你们能听懂我的论点。你们如果愿意，那就当你们的实证理论家吧。不过，本体论在实证学科是没有地位的，所以就别把它搬出来了。斯宾塞的不可知论是正确的，可如果他——”

该搭最后一班渡轮回奥克兰去了，勃力森登和马丁蹑手蹑脚溜出了房门。而诺顿仍在高谈阔论，克拉斯和汉密尔顿则像一对猎犬一样，只等他一讲完就扑到他身上去。

“你让我看到了人间仙境，”马丁在渡轮上说，“能结识这样的人，才不枉活一世。我的大脑感到非常兴奋。以前我从不赞同唯心观，现在我对它也无法接受。你知道我永远都将是一个唯实论者，大概这是我的天性。不过，我真想回敬克拉斯和汉密尔顿几句，而且我认为自己对诺顿也有微词可言。依我看，斯宾塞的观点仍未被驳倒。我激动得真像一个头一次看马戏的孩子。看来，我还得多读些书。我要掌握萨利倍的论点。我还是认为斯宾塞的观点不容置疑，下次我要给他们露一手。”

可是，勃力森登吃力地喘着气，已经睡着了，只见他的下巴埋在围巾里，抵在凹陷的胸脯上，身子裹在长大衣里，随着螺旋桨的振动而颤抖。

第三十七章

第二天早晨，马丁做的头一件事便与勃力森登的建议和叮咛背道而驰。他把《太阳的耻辱》装进信封，邮给了《卫城》。他坚信自己能够找到机会在杂志上发表，认为一经杂志扬名，便会赢得书籍出版社的青睐。而且，他把《蜉蝣》也塞进信封，给一家杂志寄了去。尽管勃力森登对杂志持有十分强烈的偏见，可马丁觉得这首伟大的诗篇应该得到发表。不过，他并无意于在没得到对方允许的情况下把它刊登出来。他的计划是先让一家高品味的杂志把这篇诗稿收下，他便可以此为根据和勃力森登死缠硬磨，最终征得他的同意。

这天上午，马丁开始动手写一篇小说。几个星期之前他就拟出了小说的提纲，自那以后这篇小说就不断地干扰着他的生活，非要他付诸笔端不可，显而易见，这是一篇精彩的海洋小说，一篇二十世纪的冒险传奇性小说，描写的是真实世界中在真实的情况下的真实人物。但在跌宕起伏的故事情节下还隐藏着另外一种东西——只看表面意思的读者是永远也分辨不出来这种东西的，可话又说回来，它也绝不会使读者感到乏味，削弱小说的趣味性。正是这种东西，而非故事本身，在督促着马丁操笔写作。说起来，历来都是这种伟大、广阔的主题使他构思出故事情节。找到了这样一个主题，他才考虑该用哪些特点的人物，以及在哪些时空条件下的哪些特定的地点，来表现这种广阔的主题。他决定用《逾期》作标题，认为小说的长度不应超过六万字——这对具有旺盛创作精力的他来说，只是区区小事。头一天动笔，他就感到自己已掌握了语言工具，并感到由衷的高兴。他再不用担心那锋利的工具会出错，破坏他的作品了。长期的艰苦磨炼和钻研结出了硕果。如今，他能够胸有成竹地描绘心里构思出的伟大事物了。他写了一个钟点又一个钟点，觉得自己对生活以及生活中的种种事情都有了可靠和全面的了解，这在以前是从没有过的。《逾期》将是一篇忠实地反映特定人物和特定事件的小说；而且，他深信它讲述的还将是伟大不朽的事物，适合于任何时代、任何海洋和任何生活——他把身子从桌旁挪开，朝后靠了一会儿，心里想着这全都归功于赫伯特·斯宾塞。是啊，得感谢赫伯特·斯宾塞，感谢斯宾塞放入他手中的那把万能钥匙——进化论。

他心里清楚自己正在写一篇伟大的作品。“一定能轰动！一定能轰动！”——这句话一遍遍鸣响在他的耳畔。毫无疑问，这篇作品将一炮打响。他终于要写出能叫杂志界趋之若鹜的作品了。整篇故事如道道闪电出现在他的眼前。他丢下稿纸，把一个章节写进了笔记本。这将是《逾期》的结尾篇；他在大脑中已把整部小说构思得点滴不漏，所以他在尚未结尾之时，就可以提前几个星期把结尾篇写出来。他把这篇未完稿的小说跟那些海洋作家的作品做一比较，觉得它不知要精彩多少倍。“只有一个人的作品能与之媲美，”他喃喃出声道，“那就是康拉德[①]。这部小说甚至叫他也会震惊，使他握着我的手说：‘写得好啊，马丁，我的孩子。’”

他写了整整一天，最后才想起自己要到摩斯家吃晚饭。多亏勃力森登给了他钱，他赎回了黑西装，现在又有资格参加晚宴了。他在市中心下了车，跑进图书馆去寻找萨利倍的著作。他把《生命的周期》借到手，上了电车后将书翻到诺顿提起过的那篇关于斯宾塞的文章。他愈读愈生气，只见他咬牙切齿、脸色涨红，不由自主地把拳头攥紧了又松开，然后又攥紧，仿佛刚刚抓住了一个可恶的人似的，非把对方扼死不可。下了电车后，他沿着人行道大步流星走去，那步态让人一看就知道是个气得发疯的人。来到摩斯家，他按响了门铃，铃声使他清醒过来，意识到了自己的境况。他觉得自己很可笑，于是便脸上堆起笑容，和蔼可亲地走了进去。然而刚一踏入门槛，他的心头就袭上了一阵深深的忧郁感。在这一整天里，他扇动着灵感的翅膀凌空飞翔，而现在却跌入了尘埃。“资产阶级”、“商人的窝”——勃力森登给这儿冠以的名称又浮现在他的脑海之中。不过，这又怎么样呢？他愤怒地责问道。他要娶的是露丝，而不是她的家庭。

---

① 19世纪英国小说家，原籍波兰，其作品多以海洋生活为题材。

他觉得，他以前从没见过露丝这般美丽、这般脱俗、这般幽雅，同时又这般健康。她双颊带着红晕，两汪秋水一次次吸引着他——起初他就是在这两汪秋水里看到了什么是不朽性。近来他已把不朽性抛到了脑后，因为他读的科学著作与不朽性唱的是反调。可是在这里，在露丝的眼睛中，他看到了一种无言无语的论证，而这超越于一切用语言表述的论证。他在她的一双秀目中看到了一种令所有的辩驳之辞都敬而远之的力量，因为他在那里看到了爱情。他自己的眼睛里也有着爱情的倩影，而爱情是无可辩驳的。这就是他深信不疑的原则。

入席之前，他跟她在一起待了半个小时，这使他感到无限幸福，对生活感到心满意足。然而一坐到饭桌旁，辛苦劳作的一天所带来的无法避免的衰弱和疲倦感便开始折磨他。他觉得眼皮发沉，心情烦躁。记得就是在这张他现在所鄙视和经常感到厌倦的饭桌旁，他曾经有生第一次在一种他自以为是高度文明和幽雅的气氛中，跟一群文明人一起就餐。他又看到了很久以前那个可怜巴巴的自己，那个自惭形秽的野人，痛苦不安得每个毛孔都在冒汗，给叫人为难的分门别类的餐具弄得不知所措，被一个可怕的仆人折磨得痛苦不堪，妄图跃上令人目眩的社会高度，过上流人的生活，可最后却决定保持自己的本来面目，没知识就不装有知识，没修养不装有修养。

他瞧了一眼露丝寻找安慰，活像一位乘客，一想到轮船很可能沉没，便猛然惊慌起来，拼命想弄清救生圈在何处。这下好啦，总算找到了——那就是爱情和露丝。所有的一切都经不起书本知识的考验，唯有露丝和爱情能经得起。他从生物学的角度为这两者寻觅到了证据。爱情是生活最崇高的表现形式。造物主像对待所有普通的人一样，不断地塑造着他，使他能够去爱。创造工作花去了造物主一百万年的时间——不，是一千万年，一亿年的时间，而他则是造物主的最佳杰作。造物主使他心中燃起最强烈的爱火，以赋予他想象，使爱情的力量加强千百万倍，随即便把他送入人间，在这里寻求刺激、柔情和配偶。他把手伸到桌下，握住了身旁露丝的那只手，这一握使一股暖流在两人之间奔涌。她飞眼瞧了瞧他，目中异彩闪闪、柔情缱绻。他激动万分，眼睛也情意缠绵。岂不知，她多半是由于看到了他眼里的神情，两汪秋水中才闪出异彩和涌出柔情。

当地高级法院的勃朗特法官就坐在他的斜对角，位于摩斯先生的右侧。马丁见过这个人几次，但并不喜欢他。此人正和露丝的父亲谈论工会运动、当地的局势以及社会主义，而摩斯先生就社会主义这个话题想把马丁挖苦一通。最后，勃朗特法官隔着饭桌投来慈祥的目光，显露出父辈的怜悯之情。马丁心里觉得好笑。

“年轻人，你会成熟起来的，”法官安慰道，“治疗这类年轻人的通病，时间是最好的良药。”他又转过脸来对摩斯先生说：“我认为，对这种病例，讨论是无济于事的，因为它只会让病情更加顽固。”

“的确如此，”对方以严肃的口吻承认说，“不过，常常提醒一下病人，让他了解自己的病情，也是有好处的。”

马丁乐得笑了起来，但笑得很吃力。这一天太长了，而写作时又太紧张，所以他现在筋疲力尽，感到痛苦不堪。

“毫无疑问，你们俩都是高明的医生。”他说，“不过，如果你们肯听听病人的看法，他会告诉你们，你们的诊断实在糟糕。你们以为在我身上发现了疾病，其实那是你们俩的通病。至于我，是具有免疫力的。你们俩血管里涌动的那种半生不熟的社会主义病毒，并没有感染我。”

“高明，真高明，”法官嘟哝着，“对于辩论实在技高一筹，一下就能反守为攻。”

“有些话是你亲口说过的。”马丁眼里直冒火，但他控制住了自己，“要知道，法官，我听过你的竞选演讲。遵循着巧妙的逻辑——哦，我喜欢用‘巧妙’这个词，此处别人并不理解其含义——你按照巧妙的逻辑，一方面自欺欺人地信仰竞争制度和强者生存的原则，一方面却又不遗余力地采取一切措施削弱强者的实力。”

“我的年轻人——”

“别忘了，我听过你的竞选演讲。”马丁又提醒道，“一切都是有案可稽的。你主张控制州际贸易、铁路托拉斯和美孚石油公司，提倡保护森林资源，还赞成采取千百种限制性措施，这些完全都是社会主义者的论调。”

“你是不是想告诉我，你认为不应该限制种种滥用权力的现象？”

“这不是问题的所在。我想告诉你的是，你对我的诊断是错误的。

我想告诉你，我没有受到社会主义病毒的感染。我想告诉你，被这种病毒蹂躏得衰弱无力的正是你自己。而我，怀着刻骨仇恨反对社会主义，也坚决反对你们的那种杂牌民主思想，因为你们的民主完完全全是拿空话做外衣的伪社会主义，那套空话经不住词典的考验。

“我是一个反动分子——一个彻头彻尾的反动分子。你们无法理解我的立场，因为你们眼前罩着一层关于社会秩序的由谎言织成的薄纱，而你们目光不够敏锐，看不透这层薄纱。你们假装信仰‘强者生存’和‘强者治人’的原则，可我却真的信仰。这就是区别。不久之前，几个月以前，我相信的正是这种原则。你们以及你们亲友的见解曾一度给我留下过深刻印象。可商人充其量只是怯懦的统治者；他们整日在钱堆里打滚，沾满了铜臭味，所以恕我冒昧，我倒赞成恢复贵族统治。在这间房屋里，唯独我一个是个人主义者。我对国家一无指望，仅指望一位强者，一位马背上的英雄把国家从一事无成的腐败状态中拯救出来。

“尼采的话是对的。我不愿费口舌解释尼采是何许人，只想说他是对的。世界属于强者——这种强者也是高贵的，他们绝不会浸泡在臭气熏天的买卖人的圈子里。世界属于名副其实的贵人，属于伟大的‘金发野兽’[①]，属于绝不妥协的人，属于‘敢说敢干者’。你们这些社会主义者既害怕社会主义又自以为是个人主义者，他们会把你们生吞活剥的。你们那一套逆来顺受、唯唯诺诺的奴隶伦理，绝对挽救不了你们。——唉，我知道这些话你们听不懂，所以我再不用这话让你们心烦了。但有一点可别忘了——马丁·伊登是位个人主义者，而这样的人在奥克兰屈指可数。”

他表示不愿再辩论下去，把身子转向了露丝一边。

“我今天太激动了。”他压低嗓门说道，“我想要的是爱情，而不是高谈阔论。”

他没理睬摩斯先生，而对方却说道：“我还是不服。社会主义者都是诡辩家。这是鉴别他们的方法。”

---

① 根据尼采的超人哲学，金发碧眼的北欧原始民族为优秀的理想人种，后来喻指强者。

“尽管如此，我们还是要把你改造成一个出色的共和党人。”勃朗特法官说。

“不等你们如愿，马背上的英雄便会来到。”马丁幽默地回敬了一句，又掉回头来跟露丝谈话。

可摩斯先生却不肯就此罢休。他这位未来的女婿懒惰成性，不肯脚踏实地干正经的工作，这叫他很不高兴，再说，他瞧不起对方的见解，理解不透对方的性格。这时，他将话头转到了赫伯特·斯宾塞的身上。勃朗特法官在一旁一唱一和地敲着边鼓。一提起那位哲学家的名字，马丁的耳朵便竖了起来，听着法官以严肃和得意的言辞在讽刺斯宾塞。摩斯先生时不时地望一眼马丁，似乎在说：“哼，小子，知道厉害了吧。”

“真像叽叽喳喳的乌鸦。”马丁低声咕哝了一句，随后又继续跟露丝和阿瑟说话。

可是，整整写作了一天，昨天晚上又见到了一帮“真正的精英”，这一切都对他产生了影响；另外，在电车上读的那篇叫他气愤的文章，此刻仍在烧灼着他的大脑。

“你怎么啦？”露丝见他拼命地在控制自己，不由吃了一惊，便突然问道。

“世上没有上帝，只有不可知论，而赫伯特·斯宾塞则是它的先知。”此刻，只听勃朗特法官这样说道。

马丁把目光转向了他。

“庸人之见。”他不动声色地说，“我头一次听到这话是在市政厅公园，那是出自一个狗屁不通的工人之口。以后常听人引用，那哗众取宠的腔调叫我作呕。你应当为自己感到羞愧。那个伟大高尚的名字经你的嘴讲出来，就像是一滴甘露落入了污水池。真令人恶心。”

这段言语像是晴天霹雳一般。勃朗特对他怒目而视，脸色似中风一般难看，四周鸦雀无声。摩斯先生暗自高兴。他看得出女儿的内心十分震惊。这正是他所希图的——让这个他不喜欢的人暴露出粗野的本性。

露丝把手伸到桌下，恳求地握住马丁的手，可他气愤得热血沸腾。那些身居高位的人们不学无术、装腔作势的态度激怒了他。哼，亏他还是高级法院的法官呢！仅仅在几年之前，他还从泥沼里仰望这些荣光披身的人物，把他们奉为天神呢。

勃朗特法官恢复了镇静，还想继续下去，佯装出一副礼致彬彬的样子跟马丁讲话，这让马丁觉得对方全是为了顾及有女士在场的缘故。这一来，马丁的怒火就更旺了。这个世界上难道就没有诚实可言吗？

“你不配跟我谈论斯宾塞，”他高声说道，“你对斯宾塞的了解比不上他自己国家的同胞。不过，我承认这并非你的过错。这只是一个卑鄙、愚昧的时代留下的一个侧影。今晚来这儿的路上，我遇见了一个实例。我读到了萨利倍的一篇攻击斯宾塞的文章。你应该看一看。那文章随处可见，你可以到书店买，也可以从公共图书馆借。你把自己对那位高尚人物的诋毁，跟萨利倍在这方面收集到的材料一比较，就会觉得自己是多么贫乏和无知，不害臊才怪呢。萨利倍的文章是一段可耻的记录，会使你在可耻的程度上自叹弗如。

“有个学究型的哲学家，连给斯宾塞提鞋都不配，却把斯宾塞称为‘半文明人的哲学家’。依我看，你所读过的斯宾塞的作品不会超过十页，可有些据猜想比你有文化，但读过的斯宾塞的作品并不比你多的批评家，却公开向斯宾塞的信徒们挑战，让他们从他——斯宾塞所有的作品中理出一条中心思想，岂不知，斯宾塞在科学研究和现代思想的整个园地里都留下了天才的烙印；他是心理学的鼻祖；他改革了教育学，所以当今的法国农民子弟才能够根据他制订的原则学到‘读写算’。一群蚊虫般的小人，一边不折不扣地把他的思想付诸实践以获取实利，一边又毁坏他的名声。他们大脑中唯一一点有价值的知识，主要都归功于他。我敢说，如果没有他，他们亦步亦趋学来的知识当中就不会有多少正确的成分。

“像牛津大学的校长费尔班克斯这样一个人——一个论地位比你还高的人，勃朗特法官——，他竟然声称后人不会把斯宾塞看作思想家，而会将其视为诗人及梦想家。那伙人简直是胡言乱语、满嘴放屁！他们当中有个人曾说：‘《第一原理》不能说一点也不具有某种文学的因素。’另外一些人却说，斯宾塞与其说是一个有独到之见的思想家，倒不如说是位孜孜不倦的务实主义者。一派胡言！一派胡言！”

马丁倏然收住了话头，随即便是一片死一般的寂静。露丝一家尊敬勃朗特法官，把他看作一个有权势、有成就的人，现在听到马丁的一顿抨击，都感到惶恐不安。接下来，这顿饭吃得就像办丧事一样。法官和摩斯先生两人只顾自己谈话，而其他的人则东拉西扯地闲聊。后来，当露丝和马丁单独在一起时，他们俩闹了一场。

“你让人无法忍受。”她哭着说。

而他的怒火尚未完全平息，只听他不住地喃喃着：“这群畜生！这群畜生！”

她硬说他侮辱了法官，他则还嘴道：

“难道就因为揭露了他的真面目吗？”

“我不管你说的话是否属实，”她固执己见地说，“反正总得讲礼貌和懂分寸呀，你没权利侮辱任何人。”

“那么，勃朗特法官凭什么权利攻击真理呢？”马丁责问道，“我敢说，攻击真理，和侮辱法官那种人微不足道的人格相比较，是一种更为严重的罪行。他不仅攻击真理，还玷污一个已经辞世的伟大、高尚人的名声。呸，畜生！畜生！”

他那起因复杂的怒火又燃烧了起来，露丝对他感到害怕。她从未见他发过这样大的火，在她看来，这通火发得莫名其妙，不合情理。然而，尽管她惊恐万状，那股曾经吸引过她的魔力，此刻仍在把她朝他跟前拉——这种魔力曾经诱使她靠入他的怀里，诱使她在那个如痴如醉的时刻将自己的手搭到他的脖颈上。她为刚才发生的事情感到既伤心又气愤，可她还是躺在他怀里，哆嗦着身子听他一遍遍喃喃着：“畜生！畜生！”她仍躺在那里，听他这样说道，“我再也不来你们家吃饭了，亲爱的。他们不喜欢我，所以我不应该闯到这里来惹他们讨厌。再说，我也讨厌他们。呸！他们真叫人恶心。我真是鬼迷心窍，当初还天真地认为那些身居高位、住着漂亮房子、受过教育并有银行存款的人，全都是出类拔萃的呢！”

第三十八章

“走，咱们到地方分会去。”

勃力森登说着话，感到一阵眩晕，因为他半个小时前刚吐过血——在三天的时间里，这是第二次吐血了。他端着长年不离手的威士忌酒杯，指头发着颤，把酒一饮而尽。

“我和社会主义有什么相干的呢？”马丁责问道。

“党外人士可以发表五分钟的讲话。”这位病恹恹的人怂恿道，“你可以站起来直抒己见，跟他们说你为什么不欢迎社会主义。跟他们谈谈你对他们以及他们的那套贫民道德观持什么样的看法。你要把尼采的思想灌入他们的大脑里，并准备迎接他们的攻击，好好跟他们干一场。这对他们是有好处的。他们喜欢辩论，而这也是你的希求。要明白，我真希望在辞别人世之前看到你成为一位社会主义者。将来你会遇到失意的时期，那时只有社会主义可以挽救你。”

“我怎么也弄不懂，为什么别人不是，而偏偏你是个社会主义者，”马丁沉思道，“你讨厌芸芸众生。自然，贫民中没有什么可以赢得你的那颗爱美之心。”他见对方又在斟酒，便责怪地用手指着威士忌杯子说，“社会主义似乎并不能挽救你。”

“我已经病入膏肓，”对方回言说，“而你则不同。你身体健康，具有远大的前程，所以不管怎样你都必须受到生活的约束。至于你弄不懂我为什么是个社会主义者，我会告诉你的。这是因为社会主义是不可避免的；因为现今的腐朽和不合理的制度已日薄西山；因为你的那种马背英雄的时代已一去不复返。奴隶们已无法容忍。他们人多势众，会强行地把所谓的马背英雄拖下来，不让他横刀跃马。你斗不过他们，只好忍气吞声地接受全套奴隶哲理。我承认，这滋味不好受。但事情已成定局，迫使你必须接受。你信奉尼采的理论，思想有点古旧。过去的已经过去，谁要说历史可以重演，那他就是在撒谎。当然，我是不喜欢芸芸众生，但一个可怜虫又能做些什么呢？马背英雄不能重登历史舞台，可不管什么样的人当政，也比现在掌权的那些怯懦的猪猡强。不管怎么说，你还是去吧。我已经喝足了酒，再在这儿坐下去，准会醉的。你知道医生是怎样叮咛的——让医生见鬼去吧！我会骗过他的。”

这是星期日的夜晚，他们发现小礼堂里挤满了奥克兰的社会主义者，其中大多数都是工人阶级的成员。发言的是个口齿伶俐的犹太人，他让马丁觉得反感，但同时也赢得了马丁的钦佩。此人弓腰曲背、肩膀狭窄、胸脯塌陷，这说明他真正是在人烟稠密的贫民区里长大的。马丁由此而想到，弱小、可怜的奴隶与一小撮贵族老爷进行了历史悠久的斗争，这些老爷们一直统治着他们，而且还将永远地统治他们。在马丁看来，眼前的这个枯草人儿就是一种象征。他代表着可怜、软弱和无能的芸芸众生，这些人生活境遇悲惨，根据生物学的规律，势必遭到淘汰。他们虽然有一套精湛的哲理，又像蚂蚁一样喜欢合作，但他们不适于生存。造物主瞧不起他们，而宠爱杰出的人物。多产的造物主创造了芸芸众生，可是只选用最优秀的人。人类依样画葫芦，在养种马和种黄瓜时也采用同样的方法。当然，作为宇宙的造物主，完全可以想出一个比较完美的方法来；可这个宇宙里的人类目前必须顺应这种方法。说实在的，他们在消亡之际可以挣扎一番，就像台上的那个演讲人以及台下满脸冒汗的听众现在挣扎的那样，他们可以聚在一起商讨新招，以减轻生存的痛苦，用智慧战胜宇宙。

马丁是这么想的，当勃力森登怂恿他登台亮相时，他也是这么说的。他听从了对方的建议，按照规矩走上讲台，跟主席打了个招呼；他压低嗓门、慢条斯理地讲着，把刚才听那位犹太人发言时脑子里涌出的思绪整理在一起。在这种聚会上，每个发言的人只有五分钟的时间；可五分钟过后，马丁正讲得起劲，对他们的信条所实施的攻击才完成了一半。他引起了大家的兴趣，听众高声喊叫，要求主席延长他的时间。他们很欣赏他，认为他是一个值得一听的有才智的敌手，于是便全神贯注地倾听，连一个字也不错过。他讲得慷慨激昂、振振有词，直言不讳地攻击奴隶、奴隶的伦理观和斗争策略，并坦率地指出台下的听众就是他所提到的奴隶。他引用了斯宾塞以及马尔萨斯的语录，阐述了生物学的发展规律。

“因此，”结尾时，他突然地这样总结道，“凡是由奴隶型的人组建的国家都不能够延续下去。古老的发展规律如今依然在产生着作用。在为了生存所进行的斗争当中，正如我以上讲的一样，强者以及强者的后裔将生存下去，而弱者和弱者的后裔会被击败，继而消亡。结果，强者和强者的后裔生存了下来，于是，只要竞争持续下去，人类的力量便会一代一代加强。这就是进化法则。可你们这些奴隶——我承认，当奴隶很不是滋味——你们这些奴隶却梦想建立一个社会，在那里，进化的法则将失去效用，弱者和无能者都可以生存下去，每个无能的人想吃多少就吃多少，一天要吃几餐就吃几餐，不管强者还是弱者都可以娶妻生子。其结果会怎么样呢？每一代人的力量和生命价值不但会停止增长，反而将降低。这就是对你们那套奴隶哲学的报应。到时候，你们的奴隶社会——奴隶所有、奴隶所治、奴隶所享的社会——势必会随着其生命力的衰弱和崩溃而走向衰弱和崩溃。

“别忘了，我阐述的是生物学原理，而非夹带感情的伦理学。凡是由奴隶组建的国家都不能——”

“那么美国呢？”听众中有个人喊道。

“是啊，美国的情况怎么样呢？”马丁反问了一句，“十三个殖民地推翻了它们的统治者，建立了一个所谓的共和国。奴隶们当家做主了，再没有靠武力统治的主子了。可是，没有某种主子是不行的，于是便产生了一种新型的主子——他们不是伟大、雄健的贵族，而是一群精明狡诈的商人和债主。他们又开始了对你们的奴役——不过，他们不是像名副其实的贵族那样靠铁腕的武力公开地奴役，而是靠阴谋诡计、欺骗和谎言，用见不得人的方法进行奴役。他们收买你们的奴隶法官，腐蚀你们的奴隶立法机关，强迫你们这些奴隶的子女过比奴隶生活更可怕的生活。如今，你们有两百万个孩子在这个由商人寡头操纵的美国拼命地干活。有一千万个奴隶住不上适意的房子，吃不上适意的食品。

“话又说回来。我已经对你们讲明，但凡奴隶社会就不能持续下去，因为论其本质，这种社会必须取消发展规律。一个奴隶社会一经建立，腐化堕落便会接踵而至。你们高谈废除这种发展规律并不困难，可是，到哪儿去寻找新的发展规律来维持你们的力量呢？那你们就制订它吧。是不是已经制订好了呢？说说看呀。”

马丁在一片叫嚷声中回到了位子上。二十几个人站了起来，向主席高声喊叫着要求发言。他们在声震屋瓦的喝彩鼓舞下，一个接一个对马丁进行反击，言辞慷慨激昂，兴奋地挥动着手臂。这是一个疯狂的夜晚——但仅仅是才智上的疯狂，是一场思想的交锋。一些人偏离了主题，然而大多数发言的人都直截了当地对马丁进行还击。他们以他所不熟悉的思路使他感到震惊；他们叫他看到的不是新的生物学规律，而是旧有规律的新式应用方法。他们过于认真，有时显得很不客气，主席非止一次捶桌子维持秩序。

碰巧听众席上坐着一位初出茅庐的新闻记者。他原是由于这一天无新闻可采才被派到了这里来，可他心里却急切想挖掘到耸人听闻的消息。这位记者并不精明，仅仅是能说会道而已。他的大脑过于愚钝，听不懂这场大辩论。可他心里却自鸣得意，自以为要比这些喋喋不休的工人阶级的疯子高明得多。而且，他对那些身居高位、为国家及新闻界制订方针政策的人极其尊敬。再者，他还心怀抱负，那就是达到一个完美的境界，当一名优秀记者，善于无中生有，甚至大肆渲染。

他不知道大家在讲什么，反正也没这个必要。诸如“革命”这一类字眼给了他提示。就像古生物学家能够根据一块化石骨把整副骨骼的结构都复制出来一样，他可以根据“革命”一词杜撰出一篇讲话稿。他当天夜里就这么干了，而且干得非常出色。由于马丁引起的轰动最大，他便把所有的一切都安在马丁的头上，将他描绘成这出戏里的无政府主义魁首，把他那套反动的个人主义理论改头换面，变成了最恐怖、最激烈的社会主义言论。这位名不见经传的记者是个艺术家，大笔一挥给文章涂上了特定的地方色彩——在场的人目光疯狂、披头散发，属于神经衰弱、颓废堕落的类型，激动得声音发着抖，把握紧的拳头举到空中，而为这一幕做背景的是愤怒的人群所发出的咒骂、咆哮以及沙哑的吵闹声。

第三十九章

次日早晨，马丁在自己的那间斗室里边喝咖啡边看报纸。他发现他的名字上了标题，而且登在第一版，这可是前所未有的事情；他还不无诧异地从报上看到，自己成了奥克兰社会主义者最臭名昭著的领袖。他把那位小记者为他杜撰的措辞激烈的演讲稿匆匆浏览了一遍，起初还为记者的无中生有感到愤怒，但最后却大笑一声，丢开了报纸。

当天下午，勃力森登来访，无精打采地一屁股坐到了仅有的那把椅子上，只听马丁坐在床沿上说道："那位记者不是喝醉了酒，便是恶意中伤。"

"这有什么可耿耿于怀的呢？"勃力森登说，"你总不会希望那些看报纸的资产阶级猪猡赞同你的观点吧？"

马丁略加思忖，然后说道：

"是的，我的确不在乎他们赞同不赞同，一点也不在乎。可是，这很可能会使我和露丝家的关系有些尴尬。她父亲一直认为我是一个社会主义者，这篇晦气的文章将让他更加深信不疑。这倒不是我在乎他对我的看法——他怎么看又有什么要紧的呢？我想把今天写的东西念给你听。当然还是《逾期》喽，我才写了有一半的样子。"

在他朗读之际，玛丽亚猛地推开门，引进一个衣着光鲜的小伙子，来客飞眼扫了一下四周，看了看那只油炉和屋角的"厨房"，随后把目光移到了马丁身上。

"请坐。"勃力森登说。

马丁在床沿上挪了挪身子，给小伙子让出点地方，然后便等他说明来意。

"我昨晚听了你的演讲，伊登先生，今日登门采访。"小伙子启口说道。

勃力森登放声大笑起来。

“这位也是社会主义者吧？”记者问道，同时飞快地打量了勃力森登一眼，估量着这位面色苍白的垂死之人有多大的新闻价值。

“那篇报道就是他写的，”马丁低声说，“看起来还只是个毛孩子！”

“为什么不揍他一顿呢？”勃力森登问，“要是能让我的肺病痊愈，哪怕是五分钟，我都情愿出一千块钱。”

小记者有一些困惑不解，因为这通谈话没有直接冲着他，但却以他为中心，以他为目标。他的那篇关于社会主义者大聚会的报道写得很精彩，受到了表扬，他因此而受命来采访对社会造成威胁的那个组织的领袖，马丁·伊登。

“你不反对给你照张相吧，伊登先生？”他说，“我们报社的一位摄影师等在外边，他说最好马上为你拍照，不然太阳要落山了。照完后咱们再谈话。”

“还来了个照相的，”勃力森登若有所思地说，“揍他，马丁！揍他！”

“我大概真是老了，”马丁答道，“我明明知道该揍他，可就是没那份心思，像是无所谓一样。”

“看在他母亲的分上，揍他一顿。”勃力森登怂恿着。

“这倒值得考虑，”马丁说，“可是，花那么大的气力似乎有点划不来。你知道，要打人总得使力气呀。再说，揍他一顿又管什么用呢？”

“对，这样考虑问题才是正确的。”小记者嘴上说得很轻松，但眼睛却已经开始担忧地朝门外望了。

“可他净扯谎，文章中没有一句话属实。”马丁又说道，同时只把目光盯在勃力森登身上。

“从大体上来看，那只不过是篇描写文嘛。”小记者壮着胆子说，“再说，那是很好的广告。价值就在此处。这可是为你涂金抹彩呀。”

“那是很好的广告，马丁老伙计。”勃力森登一本正经地也这样说道。

“这是为我涂金抹彩——真是感激不尽！”马丁也凑趣道。

“让我想想——你是在哪儿出生的，伊登先生？”小记者换上一副专注和期待的表情，这样问道。

“他连笔记也不做，”勃力森登说，“他全都记在心里。”

“这一点我是可以做得到的。”小记者尽量不表露出内心的不安，

"正儿八经的记者是不需要笔录的。"

"昨天晚上——你就做得不错嘛。"可勃力森登毕竟不是寂静教[①]的信徒，这时只见他的态度来了个一百八十度大转弯。"马丁，你要是不揍他，我可要亲自动手了，即便过后马上倒毙也在所不惜。"

"打一顿屁股可以不可以？"马丁问。

勃力森登慎重地考虑了一下，然后点了点头。

一眨眼的工夫，坐在床沿上的马丁便把小记者脸冲下地扳倒在他的膝上。

"喂，你可别咬人啊，"马丁警告道，"如若不然，我就打扁你的脸。这张脸这么俊俏，打烂了就太可惜了。"

他举起手，一起一落地打了起来，又快又有节奏。小记者扭动着身子，挣扎和咒骂，但就是不敢咬马丁。勃力森登沉着脸在一旁看着，不过有一回却激动了起来，抓起那只威士忌酒瓶，恳求道："嘿，让我也来一下吧。"

"很遗憾，我可是累了，"马丁最后终于住了手，说道，"手都打麻了。"

他把小记者扶起来，让他坐在床上。

"你打人，我要让你蹲监狱，"小记者号叫了起来，孩子般使着性子，泪水顺着他那涨红的脸直朝下流，"我要让你吃苦头。你就等着瞧吧！"

"多漂亮的小伙子，"马丁说道，"他却不明白自己在走下坡路呢。像他那样造别人的谣，是一种不诚实、不光明正大的行为，缺乏男子汉的气味，而他自己还意识不到呢。"

"这得由咱们来告诉他。"勃力森登乘着对方停顿的当儿插嘴说。

"是啊，我得教导教导他，因为他对我进行过恶意中伤。以后，食品店肯定再也不会让我赊账了。最为糟糕的是，这可怜的孩子再这样干下去，就会堕落成一个头号新闻记者，同时也是头号无赖。"

"不过，事情还来得及。"勃力森登说，"谁说得来着，也许你会成为挽救他的得力工具呢。刚才你为什么不让我也揍他一下呢？我也

---

① 17世纪一种基督教的神秘主义教派，主张"清静无为"。

想贡献自己的一份力量。”

“我要叫人把你们俩都抓起来，你们这些大……大……大……大坏蛋。”执迷不悟的小记者抽泣着说。

“不行呀，他的嘴巴太漂亮、太娇嫩了，”马丁故作悲伤地摇头晃脑地说，“恐怕我是白白把手打麻了。这位小伙子反正改不了啦。他将来一定会成为一个伟大和有成就的新闻记者。他是没有心肝的。单凭这一点，他就可以成为伟人。”

这时，小记者溜出了房门，心里一直怀着恐惧，生怕勃力森登用手中紧攥的那只酒瓶从背后给他一下。

第二天早晨，马丁从报上又看到了许多叫他感到新奇的有关于他自己的情况。“我们与社会不共戴天，”一栏采访记把这样的话安到他头上，引用说，“我们不是无政府主义者，而是社会主义者。”文章的作者指出，这两种主义之间似乎没有什么区别，据说马丁耸了耸肩膀，表示默认。根据文章的描绘，他的脸两侧生得不对称，而且身上还显露出别的种种堕落痕迹，其中尤为醒目的是他那双暴徒的手以及他那布满血丝的眼睛里闪射出的凶光。

报上还写到，他每天晚上都在市政厅公园向工人们发表演讲，而且，他在那些煽动人们思想的无政府主义者和鼓动家当中，吸引的听众最多，言辞也最激烈。小记者还花重墨描绘了他那寒碜的斗室、斗室中的油炉以及仅有的那把椅子，描绘了那个跟他做伴的死尸般的浪人，说那个浪人就好像是在某个城堡的地牢里被单独监禁了二十年，刚刚放出来一样。

小记者是个勤奋的人。他东奔西跑，打听到了马丁的家世，还搞到一张希金波森零售店的照片，而伯纳德·希金波森本人就站在店门外。报道中说，这位先生是个明智、体面的生意人，他无法容忍小舅子的社会主义观点，也无法容忍小舅子本人，说他是一个懒惰成性的窝囊废，给他工作他不愿干，早晚都得蹲班房。玛丽安的丈夫，赫尔曼·冯·施米特也受到了采访。他把马丁称作家里的害群之马，跟马丁断绝了来往。“他企图揩我的油水，可我当即就跟他彻底一刀两断，”冯·施米特告诉记者说，“他总算识相，不再来纠缠了。要让我说，一个人不愿工作就不是个好人。”

这一回，马丁真的生气了。勃力森登把这件事视为精彩的玩笑，可他安慰不了马丁，因为马丁知道自己将很难向露丝说得清。马丁还知道，她的父亲一定会为所发生的事情大喜过望，还会利用这次机会解除他们的婚约。具体会利用到什么程度，很快就能知晓。当天下午，邮差送来了一封露丝写的信。马丁拆信时有一种不祥的预感，索性站在他刚从邮差手中接过信的那扇敞开的大门旁读了起来。读着读着，他不由自主又像往日抽烟时一样，伸手到口袋里去取烟叶以及卷烟用的棕色纸。却不知口袋里是空的，也觉察不到自己在用手取卷烟用的东西。

信中没有热情的词句，也不见发泄愤怒的话语。可是，从第一句始到末一句终，通篇都响彻着一种伤心和失望的调子。她说，她原以为他已经克服了少年时的疯狂劲，以为她对他的爱值得珍惜，使他认认真真、正正派派过日子。现在，她的父母采取了坚决的态度，要他们解除婚约。她不得不承认他们有理由这样做。他们俩的关系绝不可能美满，从一开始就是不幸的。她在全信中只写了一段遗憾的话，而这段话使马丁感到非常痛苦。“早先你如果谋个职业，努力发展自己，事情就不会是这样的了，”她写道，“但偏偏出现了现在的结果。你过去的生活太狂放，太不正统了。我知道这不能怪你。你只能按自己的天性，根据早年的教养做事情。所以，我不责怪你，马丁。请你记住，这只是一个错误。我父母认为咱们俩不般配，说幸亏发现得不算太迟，咱们应该感到高兴。”……“你不用再来找我了，”她在临近结尾时这样说道，“再见面，只会让你我以及我的母亲不快。我觉得，我实际上已经给她老人家带来了许多痛苦和忧虑。这伤口得花好长时间才能弥合。”

他把信又从头至尾仔细看了一遍，然后坐下来写回信。他把自己在社会主义者大会上的发言概括地复述了一下，指明他所说的话与报纸硬安在他头上的那通言论在各个方面都是截然相反的。在信尾，他以一种狂热的恋人口气，苦苦哀求对方爱他。“请回信，”他写道，“在你的回信中，你必须告诉我一点——你是不是爱我！别的都不重要——只要你回答这一个问题。”

可是，第二天和第三天都没有见到回信。《逾期》放在桌子上，他一碰也不去碰，桌下的退稿一天一天愈积愈多。他的酣睡头一次受到了失眠的打搅，他辗转反侧，熬过了一个个漫长而烦躁的夜晚。他到摩斯家去了三次，但每一次都被听到门铃声前来开门的仆人支走。勃力森登在旅馆里卧床不起，身子虚弱得不能出来走动，马丁倒是常去陪他，却不愿讲出自己的心事让他不安。

对马丁而言，麻烦事的确很多。那位小记者的报道所产生的后果之严重，甚至超出了马丁的预料。那位葡萄牙食品商拒绝再赊账给他，而那位身为美国人并以此感到自豪的水果商则称他为“祖国的叛徒”，不愿再同他打交道，并且彻底贯彻爱国主义原则，把他欠的账一笔勾销，不许他再抱有还账的企图。街坊邻里的谈话中也反映出同样的情绪，对马丁抱着极大的愤慨。谁都不愿和一个叛逆的社会主义者来往。可怜的玛丽亚半信半疑，给吓坏了，可她仍对马丁忠心耿耿。附近的孩子们忘掉了曾经来找马丁的华贵马车给他们带来的敬畏感，现在隔着老远喊他“浪子”和“无业游民”。然而，西尔瓦家的孩子忠实地捍卫他，为了他的荣誉打了不止一次激烈的战争，于是，青紫的眼睛和淌血的鼻子成了家常便饭，这加重了玛丽亚的困惑和担忧。

一次，马丁在奥克兰的街上遇到了葛特露，从她嘴里听到了一件他知道势必会发生的事情——希金波森为他让全家人当众出丑感到非常恼火，禁止他再上门去。

“你为什么不离开这里呢，马丁？”葛特露央求道，“你走吧，到别的地方找个工作安顿下来。等风头过去之后，可以再回来嘛。”

马丁摇了摇头，一句解释的话也没说。叫他怎么解释呢？他痛心地看到自己跟家人之间，在思想上横着一道万丈鸿沟。他永远无法跨过这道鸿沟，无法跟他们解释自己的观点——即尼采关于社会主义的理论。要让他们理解他的态度和行为，英语的词汇是够用的，别的语种也一样。他们认为他应该找个工作，这是他们所能想得到的正确行为。他们自始至终只会说这一句话，因为这是他们思想宝库中的唯一内容。找个工作！去干活吧！当他的姐姐在一旁讲话的时候，他的心里却在为这些可怜、愚昧的奴隶惋惜。难怪这个世界属于强者，奴隶总摆脱不了被奴役的命运。一份工作对他们就是金身神像，叫他们顶礼膜拜。

尽管他明知自己当天就得去当东西，但葛特露要给他钱时，他却又一次摇了摇头。

“眼下可别靠近伯纳德。”她告诫他说，“过上几个月，待他的火气消了之后，如果你愿意，可以为他工作，赶马车去送货。一旦需要我，就叫人捎个口信，我会来的。可别忘了。”

她出声地哭泣，走掉了。望着她那沉重的躯体和笨拙的步态，他不由感到一阵悲哀。目送着她远去，他觉得尼采的理论大厦在颤抖，有点摇摇欲坠。以抽象的理论谈论奴隶倒真是无所谓，可一联系到自己家里的人，就不那么叫人痛快了。不过，只要有一个奴隶被强者践踏到脚下，那就是他的姐姐葛特露。一想到自己的矛盾心理，他便露出了野性的微笑。亏他还是一个杰出的尼采主义者呢，竟然一触动情思和感情，就让思想观念受到动摇——唉，受到奴隶伦理观的动摇，因为这实际上是由于他对姐姐的怜悯而致。真正高贵的人是不屑怜悯和同情的，怜悯和同情产生于处于底层的奴隶营中，无非是那些拥挤在一起的可怜人及弱者的苦难和血汗的产物。

第四十章

《逾期》仍然不被理睬地放在桌子上。他寄出去的每一份稿件现在都退了回来，堆放在桌下。只有一份稿子他还在一次次往外寄，那就是勃力森登的《蜉蝣》。他的自行车和黑西装又进了当铺，而打字机行的人又在为租赁费担忧。但他已经不再关心这类事情。他正在寻找一种新的方位，在未找到之前，他的生活得处于静止状态。

几个星期之后，他所等待的事情终于发生了。他在街上遇见了露丝。事实是，她由弟弟诺曼陪伴着。他们竟然对他视而不见，诺曼还想挥挥手把他赶开。

“要是再缠我姐姐，我就喊警察。”诺曼威胁说。

“如果你非要喊警察，你就喊吧，到时候你的大名会上报纸的。”马丁执拗地答道，“快滚到一边去，随你去找警察吧。我要同露丝谈谈。”

“我想听你亲口讲清。”他对她说。

她脸色苍白，浑身打着哆嗦，但她还是收住了脚步，投来询问的目光。

“我想让你回答我信中提的那个问题。”他提醒道。

诺曼不耐烦地想干涉，但马丁飞快横了他一眼，制止了他。

她摇了摇头。

“你都是出于自愿吗？”他责问道。

“是的。”她的声音低沉、坚决，而且显得很慎重，“我是出于自愿。你让我丢乖露丑，无颜见朋友。我知道，他们都在议论我呢。我跟你没有别的可说了。你使我伤透了心，我永远也不想再见到你。”

“什么朋友、议论以及报纸上的谣言！这种事情与爱情相比就微不足道啦！我只能认为，你从来就没爱过我。”

一阵红晕涌上来，遮盖住了她脸上的苍白色。

“难道以前我没爱过你吗？”她以微弱的声音说，“马丁，你不知道自己在说些什么。我和一般人是不一样的。”

“你也看到，她不愿同你再有任何关系。”诺曼脱口说道，拉起她就走。

马丁闪身放他们过去，一边不知不觉地伸手到外衣口袋里去取根本就不存在的烟叶以及卷烟用的棕色纸片。

回北奥克兰得走很长一段路，但直至步上台阶，进入自己的房间，他才发现自己已走完了这一程路。他坐到床沿上，痴呆呆地望了望四周，犹如一个刚刚苏醒的梦游病患者。他看到了放在桌上的《逾期》，于是便拉过那把椅子，伸手去拿钢笔。他生性喜欢有始有终，干事情非得干完不可。眼前正有件事情尚未完成。为了去完成另一件事情，才耽搁了这件事。而现在那件事已经完成，得全力以赴干这件事了，直到把它干完。至于以后再干什么，他心中没个数。他只知道他的生活已经发生了重大的转折。前一个阶段的生活已经结束，他现在正以勤奋的工作为那个阶段画句号。他对前途漠不关心。他很快就能知道等待自己的是什么。随它是什么，都已经无所谓了。他觉得好像什么都无所谓了。

五天来，他深居简出、闭门谢客，而且很少进食，一个劲地写《逾期》。第六天早晨，邮差送来一封《巴特农》编辑写的薄薄的信。他把信一看，就晓得《蜉蝣》被采用了。“敝社将诗稿送交卡特莱特·勃鲁斯先生过目，”编辑在下文中写道，“鉴于彼方评价颇高，我自不忍释手。今当奉告，该诗稿拟于八月一期刊出，因七月版业已排就。敝社发表该诗作所感之欣喜，由此可见一斑。烦劳君向勃力森登转告敝社之荣幸及谢意。回函务附彼之小照和简史。若不满于敝社之稿金，烦立即电告，言明几多为当。”

由于对方开的稿酬是三百五十块钱，马丁觉得没必要拍电报还价了。下来，就是要征得勃力森登的同意了。事情还真是让他说着了。这不，有个杂志编辑就是识货的，懂得什么是真正的诗。即便对这部本世纪的伟大诗作来说，对方出的价也算相当高了。而且，马丁知道，卡特莱特·勃鲁斯是唯一能够引起勃力森登几分敬意的评论家。

马丁乘电车到闹区去，眼睛望着一座座房屋和一条条横街飞闪而过，心里却生出了几分遗憾，因为他对朋友的成功以及他自己的非凡胜利并不感到十分高兴。美国的一位杰出的评论家称赞了这部诗作，这证明他的说法是对的，只要文章好，就能在杂志上发表。可是，他已经丧失了往日的那股激情，觉得自己并非急于报喜，而是渴望见到勃力森登。《巴特农》采用了《蜉蝣》，这让他想起自己在这五天当中只顾埋头写《逾期》，没听到过勃力森登的消息，甚至连想也没想过他。马丁这才发现自己的精神恍恍惚惚的，竟然把朋友也忘了，这让他感到惭愧。就是这种惭愧的感觉也不十分强烈。除了创作《逾期》的艺术冲动，他对别的感觉全都麻木了。在干别的事情的时候，他都像在做梦一样。拿现在来说，他就如临梦境。电车风驰电掣，而周围的景物显得十分虚无缥缈，如果旁边的那座教堂庞大的石头尖塔突然崩塌，劈头盖脸砸下来，他也不会注意到，更不用说感到惊慌了。

一到旅馆，他便匆匆上楼去了勃力森登的房间，后来又匆匆下了楼，因为房间里空着，一件行李也没有。

“勃力森登先生留下什么地址没有？”他问服务员道，而对方用诧异的目光把他打量了几眼。

“你难道不知道吗？”那人问。

马丁摇了摇头。

“各家报纸都登了这消息。他死在了床上，是自杀，子弹穿过了头部。”

“尸体已经埋掉了吗？”提这个问题时，马丁觉得自己的声音像是从别人的口中发出，来自于遥远的地方。

“没有。验过之后，他的遗体被运到了东部。这些事情都是他家里的人委托律师办的。”

“依我说，他们可真够快的。”马丁评价道。

“哦，快不快我倒不清楚。事情已过去五天啦。”

“过去五天啦？”

“是的，那是在五天之前。”

马丁嗳了一声，便掉过头走了。

来到街角处，他走进西部联合电报局，给《巴特农》发了封电报，让他们发表勃力森登的那部诗稿。由于口袋里只有五分钱，回家还得乘车用，于是他便注明由对方付费。

回到自己的房间后，他又开始写了起来。昼去夜来，一连数日他坐在桌旁一个劲地写着。除了当铺，他哪儿也不去，也不锻炼。肚子饿了，有东西煮的时候，他就一顿顿吃，没东西可煮的时候，他则饿了一顿又一顿。这篇小说提前便一章一章打好了腹稿，可是他又设想了一个开头，虽说得增加两万字，但可以提高表现力。这倒不是因为十分有必要把文章写得锦绣生华，而是因为他的艺术创作原则在要求他这样做。他精神恍惚地写个不停，奇怪地脱离了周围的世界，觉得自己像是一个受人驱使的鬼魂，用文字描绘昔日的生活。记得有人说过，所谓鬼就是死人的灵魂，这个人虽已死去，但他自己却恍恍惚惚，意识不到。马丁停下手中的笔，思量了一会儿，怀疑自己已经死去，只是还没意识到罢了。

终于有一天，《逾期》完稿了。打字机行里的人来取打字机，坐在床上等候，而马丁坐在仅有的那把椅子上打着结尾篇的最后几页。在结束的地方，他以大写体打下了"完"字，而对他来说这件事的确完结了。他怀着一种如释重负的感觉看着打字机被人搬出去，然后走到床跟前，一屁股坐了下去。他饿得浑身无力。他已经有三十六个小时粒米未进了，而且也从没考虑到要吃东西。他仰面躺着，闭着双眼，脑子里什么都不去想，任凭茫然和昏沉的感觉逐渐在心头积聚，蚕食他的意识。就是在这种半昏半迷的状态中，他出声地念起了一首无名诗的诗句，那些诗句都是勃力森登喜欢引用的。玛丽亚在门外担心地听着，被他那沉闷的语调弄得惶恐不安。诗句本身她倒是听不明白，她所忧虑的只是他念诗时的腔调，以及那反复出现的诗句——"我已经唱够"

我已经唱够——
将琵琶搁置一旁。
歌声瞬间消失，
犹如轻轻掠过的光影，
隐入红苜蓿丛中。
我已经唱够——

将琵琶搁置一旁。
我曾经像只报晓的鸟儿，
高歌于蒙露的枝头；
现在我却不作一声。
宛若一只筋疲力尽的红雀，
我已唱不出歌；
我曾经引吭高歌，
而今已经唱够，
将琵琶搁置一旁。

玛丽亚再也忍不住了，于是快步跑到炉灶前，用碗盛了一夸脱汤，又拿长柄勺兜着锅底一舀，把锅里大部分的碎肉和菜都盛到了碗里。马丁打起精神，强坐起身子，一边一匙一匙地喝着汤，一边让玛丽亚放心，声称自己没说梦话，也没有发烧。

待她离开之后，他耷拉着肩膀，郁郁寡欢地坐到床沿上，用一双缺乏光泽的眼睛四下里瞅着，可什么也看不到。后来，一本邮差早晨送来的杂志，像一道闪光照进了他那漆黑一团的大脑。杂志的封套已经撕破，却无人问津地放在那里。他心想，这是份《巴特农》杂志，八月刊的《巴特农》，上面一定登载了《蜉蝣》。勃力森登要是在跟前看看就好啦！

他把杂志翻开，却突然停了下来。《蜉蝣》被作为特稿处理，标题上装饰着美丽的图案，四边绘着皮德斯莱[①]式的花纹。标题图案的一边是勃力森登的照片，另一边登着英国大使约翰·瓦留爵士的照片。编者前言中引用约翰·瓦留爵士的话说，美国根本没有诗人，而《巴特农》这次刊出《蜉蝣》，就等于在说："瞧，这是什么，约翰·瓦留爵士！"卡特莱特·勃鲁斯被描绘成为美国最伟大的评论家，前言引用他的话说，《蜉蝣》是美国有史以来最优秀的诗作。最后，编者前言以这样一段话作为结尾："对于《蜉蝣》的价值，我们尚未完全定论，也许我们永远都无法定论。不过，我们读之再三，对诗作中的遣

① 19世纪英国装饰画家，风格纤巧、细腻。

词造句惊叹不已，弄不清勃力森登先生从何处得此佳词，不知他是怎样把它们连缀成章。”接下来刊登的便是那首诗。

“幸亏你已经死了，勃力斯[①]老兄。”马丁喃喃地说着，听凭杂志从两个膝盖之间滑落到了地上。

这件事既浅薄又庸俗，让人作呕。可马丁感情淡漠，发现自己并不十分厌恶。他真希望自己会勃然大怒，只可惜他没这份精力。他的感觉太麻木了。他的热血已经变冷，不会再沸腾，产生汹涌澎湃的愤怒情绪。不过，这又有什么关系呢？这件事与勃力森登所谴责的资产阶级社会里的所有现象还不都是一个样子。

“可怜的勃力斯，”马丁心想，“他绝不会原谅我的。”

他硬撑起身子，取过一个以前用来装打字纸的盒子，在里面翻了翻，拣出十一首朋友写的诗。然后，他把诗稿竖一撕，横一撕，扔进了废纸篓里。撕的时候他无精打采，撕完后便坐在床沿上，目光空洞地望着前方。

他不知在那里坐了有多久，直到最后，他的那双原本什么都看不到的眼睛瞧见了一条长长的水平白线。真是奇怪。那条白线逐渐变得清晰起来，他看出那是一座珊瑚礁，在太平洋白色的浪花丛中冒着水蒸气。紧接着，他看到在那起伏的浪涛里有一只小独木舟，那是一只外边带支架的独木舟。舟尾部有一个腰缠红布、紫铜色皮肤、天神一般的年轻人，正在荡动银色的桨。他认出那人是酋长塔蒂的小儿子摩蒂，而此处是塔希提岛，在那座冒着水蒸气的珊瑚礁后面便是美丽的帕帕拉陆地，酋长的茅草屋坐落在河口。此刻已近黄昏，摩蒂打完鱼正欲还家。他等待着海中翻起大浪，好乘着浪峰越过那道珊瑚礁。马丁觉得自己像过去一样，也坐到了独木舟上，操着一把桨，只等身后翻起青绿色的冲天大浪，只等摩蒂的一声令下，他就会拼命划舟。他不再是一个旁观者，自己也上了独木舟。只听摩蒂大喝一声，他们俩使出吃奶的力气荡桨，驾着浪峰冲向天空。舟首下的海水嘶嘶作响，像是喷气嘴发出的声音，空中满是飞溅的浪花，随着一阵震耳欲聋、久久不散的轰隆声，独木舟来到了环礁湖平静的水面上。摩蒂哈哈一

① 勃力森登的简称。

笑，抖掉眼角上的咸水，两人合力荡桨，向珊瑚碎石铺成的海滩划去，在那儿的椰子林里，塔蒂的茅草屋沐浴着落日的余晖，闪射出金光。

随着幻景的消逝，他眼前又浮现出自己那间零乱和肮脏的斗室。他希望能再次看到塔希提岛，可是这愿望却落了空。他知道那片椰子林里有歌声，有少女翩翩起舞于月光之下，只可惜他不能亲眼看见。他仅可以看得到那张堆满杂物的写字台，看得到曾经放过打字机的那片空地方以及那脏乎乎的窗玻璃。他呻吟一声，合上眼睛沉沉睡去。

第四十一章

他一动也没动，沉睡了一整夜，第二天早晨邮差来送信才起床。他身体疲倦，情绪消沉，漫无目的地翻动着信件。有一封薄薄的信，是一家强盗杂志社寄来的，里面装着一张二十二块钱的支票。这笔钱他催了有一年半的时间，现在看到了，却无动于衷。昔日在接到出版商的支票时那种激动的心情，现在已一去不复返。这张支票与以前的支票不一样，里面不包含有希望，也不预示伟大的前程。这在他看来仅仅是张二十二块钱的支票，用这点钱可以买点东西吃。

这批信件里还有一张支票，是纽约的一家周刊寄来的。这是几个月前刊登的一首幽默诗的稿酬，总共十块钱。他突然产生了一个想法，随后便冷静地考虑了一番。他不知该干些什么，而且也不急于干什么事情。可是，总得活下去呀。再说，他还欠别人许多钱呢。如果花一笔钱买邮票，把桌下堆积如山的稿件再寄出去，这笔投资划得来吗？也许一两份稿件会被采用，那会有助于他维持生活。最后，他决定投入这笔钱，于是便跑到奥克兰银行兑换了支票，买了十块钱的邮票。一想到回去在自己的那间密不透风的斗室里做饭，他就觉得腻味。他不愿再去考虑那些债务，这对他来说可是第一次。他明明知道只花十五至二十分钱就可以做一顿丰盛的早餐，可他偏偏跑到福伦咖啡馆花两块钱去吃饭。他还给了侍者两角五分钱的小费，又用去五角钱买了一包埃及香烟。自从露丝求他戒烟以来，他这可是第一次抽烟。他现在觉得没必要再戒烟了，再说他很想过过烟瘾。花点钱有什么关系呢？本来，他花五分钱就可以买一包达勒姆烟叶和一些棕色卷烟纸，用这些能卷四十支烟——可这又怎么样呢？如今，除了能买些手头用的东西，钱对他来说毫无意义了。他没有航海图，也没有船舵，不想到任何港口停泊，只是随波逐流，尽量地躲避生活，因为生活伤透了他的心。

光阴一天天流逝，他每天夜里都睡足八个钟点。他一方面等待着寄支票来，一方面还要到日本餐馆吃饭，每顿饭花十分钱，消瘦的身子逐渐有了肉，凹陷的脸颊也日趋丰盈。他不再折磨自己，不再缩短睡眠时间、超负荷工作和学习。他既不动笔写东西，也不看书，倒是经常散步，到山里游玩，或者在寂静的公园里长时间地溜达。他没有朋友，没有熟人，也不想去结交。他没这份心思。他在等待着某种动力使他静止的生活重新活跃起来，可他不知这股动力将来自何处。目前，他的生活依然处于停顿状态，显得漫无目的、空虚和懒散。

一次，他到旧金山去找那些"真正的精英"。可是在最后的那一瞬间，当他迈入楼上的大门时，却缩了回去，转身就朝拥挤的工人区跑去。一想到自己会听到哲学大辩论，他便恐惧万分，偷偷地飞速逃走，生怕碰上一位"真正的精英"，认出他来。

他有的时候翻翻杂志和报纸，想看看《蜉蝣》究竟被糟蹋成了什么样子。《蜉蝣》引起了轰动。但那是怎样的一种轰动！每个人都读过这首诗，每个人都讨论它到底是不是诗。当地的报纸也在讨论这问题，天天都刊出一栏栏的学术性评论、滑稽可笑的社论以及读者一本正经的来信。海伦·德拉·德尔玛（被大吹大擂地封为美国最伟大的女诗人）拒绝让勃力森登和她一道骑木马[1]，写了许多公开信，声明他根本就不是诗人。

《巴特农》制造了这次轰动一时的事件，在下一期上自称自赞了一番，一边嘲笑约翰·瓦留爵士，一边从生意的角度出发，毫无心肝地利用勃力森登的逝世大做文章。一家自称销量达五十万份的报纸刊出了一首海伦·德拉·德尔玛凭灵机一动而写出的标新立异的诗，她在诗中把勃力森登挖苦、嘲笑了一通。另外，她还带着讽刺的态度，模仿勃力森登的笔调写了一首诗。

马丁非止一次为勃力森登的死感到庆幸。勃力森登生前对芸芸众生恨之入骨，而今他心中一切美好和最神圣的东西却在被芸芸众生任意糟蹋。肢解"美"的工作每天都在进行。国内的每个蠢材都乘机在报上大出风头，借着伟大的勃力森登的光，把他们那枯萎、渺小的自

① 希腊神话中的飞马，象征着诗人的灵感。此处喻指诗坛上的一席之地。

我在公众面前显露显露。一份报纸上刊出了这样一段话："前不久，我们收到一位先生的来信，说他写了一首类似的诗，比勃氏的诗还要优秀。"另一份报纸则以极其严肃的口吻责难海伦·德拉·德尔玛用模仿的笔调写的讽刺诗，说道："毫无疑问，德尔玛小姐写这首诗时，带着一种揶揄的目的，而并非完全怀着崇敬的心情，这种崇敬是一个诗人对另一个诗人，也许是最伟大的诗人所应有的。不管德尔玛小姐对《蜉蝣》的作者是否嫉妒，有一点是肯定的：她像成千上万的人们一样，被他的作品迷住了，也许有那么一天，她会试笔写他这样的诗篇。"

牧师们开始在布教时抨击《蜉蝣》。有个牧师由于坚决拥护这首诗的大部分内容，竟被冠以拥护异端邪说的罪名，逐出了教会。这部伟大的诗篇给世人带来了娱乐。喜剧诗作家和漫画家欣喜若狂，紧紧抓住这个题材不放，而社交周刊的人物动态栏目登载了许多这方面的笑话，说什么查利·弗莱沙姆曾交心地告诉阿契·吉宁斯，一个人只消把《蜉蝣》看上五行，就会动手揍一个跛子，看上十行就会跳河。

马丁却不觉得好笑，也没有气得咬牙切齿，他对眼前的现象感觉到的只是一种深深的悲哀。他的整个世界以及处于这个世界巅峰的爱情已经崩溃，与之相比，杂志界和尊贵的公众之崩溃，就算不上什么了。勃力森登对杂志的看法是完全正确的，而他马丁却苦苦探索，白白浪费了许多年头才明白过来。杂志界的内幕跟勃力森登所说的一模一样，甚至还要更糟糕些。他的一切都已经结束，他以此安慰着自己。他曾经想入非非，立下了冲天壮志，到头来却摔到了瘟疫横行的沼泽地里。塔希提的幻景——洁净、可近的塔希提——出现在他眼前的次数愈来愈多。另外还有平坦的帕乌莫土群岛以及高耸的马克萨斯群岛[①]；他时常想象着自己搭乘贸易帆船或轻巧的小船，趁黎明时分溜出帕皮提[②]的环礁，开始漫长的航程，穿过产珍珠的珊瑚岛群，直上奴加希伐岛[③]和泰奥海伊湾[④]，他知道，塔马利会在那儿杀猪欢迎他，而塔马利的那些戴着花环的女儿们则会抓住他的手，又唱又笑地为他戴

---

① 这两组群岛都处于南太平洋。

② 在塔希提岛西北端，为社会群岛首府。

③ 马克萨斯群岛中的第一大岛。

④ 马克萨斯群岛的首府所在地。

上花环。南洋在召唤他，他知道自己迟早都会应召而去。

在这段时间里，他听之任之地生活着、休息着。在知识王国里走了那么远的路，而今可要恢复恢复体力了。待《巴特农》把三百五十块钱的支票寄给他，他便转手交给了勃力森登家在当地雇的那个为勃力森登料理后事的律师。他转交过支票后，拿到一张收据，同时他又为勃力森登给他的那一百块钱写了张借据。

没过多久，他就不再光顾日本餐馆了。正当他放弃战斗的时候，却时来运转啦。不过，这种转折来得太迟了些。他拆开《千年盛世》寄来的一封薄薄的信，看到一张数额为三百块钱的支票时，心里一点也不感到激动。他留意到，这笔钱是《冒险》的稿酬。他的所有欠款，包括欠那家重利盘剥的当铺的钱，总共不足一百块钱。待他把债务都清理干净，又把一百块钱交给勃力森登的律师，抽回借据，口袋里还剩下一百多块钱。他到裁缝铺做了一套衣服，还三番五次到全城最好的餐馆吃饭。他虽然仍住在玛丽亚家的那间斗室里，但邻里的孩子们看到他身着新装，就不再站在柴房顶上，或者把脑袋探过屋后的篱笆，管他叫“浪子”和“无业游民”了。

《沃伦月刊》花两百五十块钱买下了他的那篇夏威夷题材的短篇小说——《维基－维基》。《北方评论》采用了他的论文《美之发祥地》，《麦金托许氏杂志》采用了《手相专家》——他写给玛丽安的那首诗。编辑和审稿人已经度完暑假归来，稿件处理得很快。马丁摸不着头脑，不知他们到底抽了哪根筋，竟然都采用起两年来一直被他们坚决拒之门外的稿件来。他过去没出版过什么东西呀。别的地方没有人知道他的名字，即便在奥克兰，那几个自以为认识他的人，也只会把他视为声名狼藉的无政府主义者和社会主义者。所以，没法解释为什么大家都突然要起了他的货。这完全是命运在捉弄人。

《太阳的耻辱》遭到数家杂志社的退稿之后，他采纳了勃力森登生前的建议，把它寄给出版社，让它在出版社之间兜圈子。又遭到几次退稿之后，最后辛格尔屈利·达恩莱出版公司接受了它，答应秋季出版。马丁要求预支版权税，可他们写信说这不是他们的惯例，还说这种性质的书一般都保不住本。他们怀疑，他的书销量不会超过一千本。马丁根据这个销量开始计算这本书能给他带来多少钱。零售一块钱一本，按百分之十五的版税率计算，他总共可以拿到一百五十块钱。他心想，如果能从头做起，他一定专门写小说。《冒险》的字数只有其四分之一，但《千年盛世》所付给他的稿酬却多出一倍。如此看来，他在报纸上很久以前看到的那段文章是千真万确的喽。一流杂志的确是一用稿就付酬，而且酬金丰厚。《千年盛世》给他的稿费还不止每字两分钱哩，而是每字四分钱。他们见了好的文章就不惜重金，买他的作品不就是一例吗？想到这一点，他咧嘴笑了。

他写信给辛格尔屈利·达恩莱出版公司，提出想把《太阳的耻辱》的版权以一百块钱的价格卖给他们，可对方却不愿冒这个险。这时，他并不缺钱花，因为他有几篇后期写的小说被采用，并且付了稿费。他无债一身轻，竟然在银行开了个户头，存了好几百块钱。《逾期》遭到数家杂志社的退稿之后，最终在梅瑞迪斯－罗威尔出版公司寻到了归宿。马丁想起葛特露曾给过他五块钱，想起自己曾打算以一百倍的数额偿还她；于是，他写信要求预支五百块钱的版权税。令他感到意外的是，收到的回信中果然附着这个钱数的支票，另外还有一份合同。他把支票兑换成了许多五块钱一枚的金币，然后打电话给葛特露说要见见她。

她风风火火赶来，累得气喘吁吁，上气不接下气。来时她生怕出了什么事，便把身边仅有的几块钱塞进了手提包里；她满以为弟弟遭了大难，此刻只见她跌跌撞撞跑上前来，哭泣着倒入他怀里，同时默默无语地把手提包塞给他。

“我原来想到你那儿去，”他说，“可我不想跟希金波森先生吵架。我真去了，情况肯定会那个样。”

“过一段时间他就会想开的。”她一边安慰马丁，一边却在纳闷，不知他究竟遇到了什么麻烦，“不过，你最好找份工作，安顿下来。伯纳德喜欢的是踏踏实实工作的人。他的火气都是让报上的那篇文章激起来的，以前从没见过他发这么大的脾气。”

“我不打算找工作干，”马丁笑嘻嘻地说，“你可以把这话转告给他。我不需要谋差事，这就是证明。”

他把手一抖，那一百枚金币便倾入了她的衣兜，宛若一条金光闪闪、叮咚作响的小溪。

“还记得有一次我没钱乘车，你给过我五块钱吗？这是还给你的钱，外加九十九个年龄不同但个头相等的兄弟。”

如果说葛特露来时心怀不安，那么此刻她则吓得六神无主。她深感恐惧的是，事情得到了证实。她已经不再是怀疑了，而是深信不疑。她惊恐地望着马丁，粗壮的腿儿直朝后缩，就好像那条金色的小溪烫手似的。

“全是你的了。”他笑着说。

她热泪盈眶，悲伤地念叨着：“可怜的孩子！可怜的孩子！”

他先是不解，随后猜出了令她不安的原因，便把随支票一道寄来的梅瑞迪斯－罗威尔出版公司的那封信递给了她。她结结巴巴读着信，不时停下来擦眼泪，读完之后说道：

“这就是说，这钱是正道得来的？”

“比中彩票还正当，是我挣来的。”

她慢慢地相信了，把信又仔细看了一遍。他花了很长时间才向她解释清这笔钱是通过什么样的渠道挣来的，花了更长的时间才让她明白这钱真的属于她，因为他不需要。

“我替你把钱存到银行里。”她最后说道。

“千万别这样做。这钱是你的，愿买什么就买什么。如果你不愿要，我就给玛丽亚，她知道怎么花。我劝你把钱收下，雇个用人，你自己好好休息休息。”

“我要把这事讲给伯纳德听。”她离别时说。

马丁听了一愣，但随后咧嘴笑了。

“那你就告诉他吧，”他说，“这一来，也许他又会请我吃饭了。”

“是的，他一定会——我敢肯定他准会的！”她一边激动地嚷嚷着，一边把他拉到跟前，又是亲吻又是拥抱。

第四十二章

一天，马丁感到十分寂寞。他身强体壮，然而却无事可做。自从停止写作和读书，自从勃力森登逝世后，自从与露丝分道扬镳以来，他的生活显得异常空虚；他不愿过下馆子、抽埃及香烟那种养尊处优的日子。南洋的确在召唤他，可他觉得他在美国的戏还没有收场。两本书即将出版，还有更多的书也很可能问世。这些书可以为他带来金钱，他要等着把钱袋装满再到南洋去。他知道在马克萨斯群岛有一座峡谷和一个海湾，花一千块智利大洋就能买到手。那座峡谷从陆地环抱的马蹄形海湾边一直延伸至白云缭绕、望之令人目眩的高山之巅，大概有一万英亩的面积。峡谷里长满了热带果树，到处可见野鸡和野猪，偶尔还有野牛群出入其间，高山的群峰之间，野羊成群结队，它们时常遭到野狗的袭击。那儿杳无人迹，四处荒蛮。而他花上一千块智利大洋，就能把那峡谷和海湾买下。

他记得，那个海湾是个美丽的地方，水深得足可以泛起最大的舟船。那儿十分安全，《南太平洋指南》一书介绍说，它是方圆几百英里最理想的船只检修地。他要买一艘大帆船——一种像游艇一样的船只，外面包着铜皮，驾驶起来得心应手——周游列岛，贩椰干和采珍珠。他要把峡谷和海湾作为大本营，盖一幢酋长式的茅草屋，像塔蒂的那幢一样，还要雇一群黑皮肤的仆人，在家中、峡谷里以及帆船上干活。他要在那儿款待驻泰奥海伊的商务代办、来往商船的船长以及南太平洋游民里的头面人物。他将敞开家门，如王子般迎四方来客。他要把自己看过的书以及虚幻的世界忘个干净。

如欲实现这一理想，就得在加利福尼亚耐心等待，把钱袋装满。如今，金钱已经开始源源流入。倘若一本书打响，就可以把堆积如山的稿件卖光。而且，他还可以把那些小说及诗歌收集成册出版，这样管保能买下那峡谷、海湾和帆船。他再也不动笔写作，对此他已拿定了主意。可眼下等着出书，他得有点事干才成，总不能沉浸在无忧无虑的迷梦里，浑浑噩噩地混日子呀。

一个星期天的早晨，他听说砌砖工人当天要在贝家公园举办野餐会，于是便寻了去。昔日，他不知参加过多少次工人阶级的野餐会，了解那儿会有什么样的情形。一步入公园，往年的那种感受便一齐涌上了他的心头。这些劳动人民毕竟是他的同类。他在他们中间出生，在他们中间生活，虽然离别了一段时间，可现在又回到了他们中间，难免叫他激动。

“真是马特不成！”他听到一个人说道，紧接着，一只手亲热地搭在了他的肩上，“这么长时间，你到哪儿去啦？出海去了吗？来，跟我们喝一杯。”

他又回到了往日的那些伙伴中间——还是那一群人，只不过少了几个故人，添了几张新的面孔。这些伙伴并非砌砖工人，可他们就像过去一样，什么样的星期日野餐会都参加，来跳舞、打架和寻欢作乐。马丁跟他们一起饮酒，觉得自己又成了一个真正的人。他心想，他真是个傻瓜，竟然半途离他们而去；他深信不疑，如果他始终跟这些人在一起，没去攻读那些书，没去结交那些上流社会的人，他此时的心情会欢快得多。然而，啤酒却似乎不如以前那样醇香了，喝起来不似往年那样有味道。他认定是勃力森登破坏了他对生啤酒的爱好，同时，他怀疑那些书也会作祟，毁掉他跟这些少年时期伙伴的友谊。他觉得自己绝不能受书本的影响，于是便挪动脚步向帐篷舞厅走去。在那里，他见管子工吉米正和一个高挑的金发女郎在一起。那姑娘看到他，立刻撇下吉米，迎了上来。

“啧，还是跟过去一个样。”吉米对伙伴们说道。大家见马丁和那个金发女郎迈着华尔兹舞步走远了，便一齐嘲笑起了他。“我才不在乎呢。看到他回来，我高兴都来不及呢。瞧见他们跳华尔兹了吗？舞步多么轻盈。你们说，我能责怪那姑娘吗？”

不过，马丁跳完后又把金发女郎还给了吉米。他们三个和六七位朋友在一起，望着场中一对对翩翩起舞的人们，哈哈大笑着，彼此打着趣。看到马丁又回到他们身旁，大伙儿都很高兴。他们才不管他的书出版不出版呢，也不在乎他创作的价值。他们喜欢的是他本人。他觉得自己活似一位流亡归来的王子，孤寂的心田里注入了温馨的热流。这一天，他纵情娱乐，玩得昏天黑地。他口袋里装着钱，跟过去带着薪水从海上回来时一样，又放开手花了一通。

有一回，他在舞池里看见丽茜·康诺莱被一个工人小伙子搂着从他身旁舞过；后来，他绕着帐篷闲转，碰见她正坐在一张茶点桌旁。两人都感到意外，寒暄了几句，过后，马丁便把她带到了花园里，在那儿说话不用提高嗓门去压音乐声。他刚一开始说话，就赢得了她的倾心。这他看得出来。她那既高傲又谦卑的眼神，她那神气十足的躯体所做出的每一个柔媚的举动，以及她专心致志听他讲话的神态，无一不表明这一点。她已经不是他过去所认识的那个小姑娘了，而成了一位女人。马丁发现她的那种狂野和倔强的美更加完善，尽管没有丧失一丝一毫的狂野，但倔强和火辣辣的劲儿却似乎有所收敛。“真是个美人，一个十全十美的尤物。”他低声赞叹了一句。他明白她的芳心在他身上，他只消招呼一声，她便会跟随他走遍天涯海角。

就在这念头掠过他的脑海时，有人重重一拳砸在了他的脑袋侧面，差点将他击翻在地。挥拳的是位怒火中烧的男子。那人原是想揍他的颚部，由于太性急，才打错了地方。马丁摇摇晃晃扭过身来，瞧见那拳头又野蛮地向自己砸来。他本能地一躲闪，那拳头便落了空，使挥拳的人身子失去了重心。马丁弯起左肘，使出浑身的力气砸在那个失去重心的人身上。那人斜着倒在地上，但他又一跃而起，发疯似的冲了过来。马丁见他气歪了脸，真不知他为什么要发这么大的火。他心里一边纳着闷，一边又使出浑身的力气，把左拳直直甩了出去。那人仰面倒了下去，身子缩作一团。吉米和伙伴们跑了过来。

马丁激动得热血沸腾。昔日的那种跳舞、打架和寻欢作乐的情景完完全全回到了眼前。他一边谨防着自己的敌手，一边扫了丽茜一眼。姑娘家在小伙子们打架的时候，一般都会尖叫起来，可丽茜却没有尖叫。她屏住呼吸观战，身子微微前倾，怀着极浓的兴致，一只手按在胸口上，脸蛋泛着红晕，眼睛里流露出十分惊奇和异常钦佩的神情。

那人站起身，拼命挣扎着想摆脱那几只抓住他的手。

“她在等我回来呢！”他冲着在场的人嚷嚷道，“她在等我回来，可这家伙却插了一杠子。你们放开我，让我收拾这家伙。”

“你吃了熊心豹子胆啦？”吉米帮着众人扯住那小伙子，问道，“这家伙是马丁·伊登，拳脚厉害得很。告诉你吧，你再跟他胡闹，他会活剥了你的皮。”

“不能让他就这么把她从我的身边抢走。”对方插嘴说。

“他打败过‘荷兰鬼’[①]，你应该知道他的手段，”吉米继续规劝道，“他们只战了五个回合。你跟他交手，恐怕一分钟也支持不下来。你明白吗？”

这一信息对怒气冲天的小伙子似乎起到了威慑作用，使他瞪着眼睛把马丁端详了半天。

“他看起来没那么厉害。”他冷笑着说，可他的冷笑失去了冲劲。

“‘荷兰鬼’当初也是这么想的。”吉米语气坚定地说，“走吧，咱们离开这里。天下的姑娘多的是。随我走吧。”

小伙子由他带着乖乖地到帐篷那边去了，其他的人也跟着走了。“他是谁？”马丁问丽茜道，“这到底是怎么回事？”

昔日的那种热烈和持久的打架的激情，如今已烟消云散，他发现自己太喜欢自我分析，无法再过那种寻衅滋事的原始生活了。

丽茜把脑袋朝后一仰。

“哦，他是一个小人物，”她说，“只不过跟我做做伴而已。”

“你知道，这也是迫不得已，”她停了一会儿，然后解释道，“我感到非常孤独。不过，我始终都没忘记你。”她的声音愈来愈低，目光直视前方，“为了你，我随时都可以将他抛开。”

马丁望着她那移开的面孔，心里明白自己只消伸出手去，就可以得到她。他不知道自己所学的温文尔雅、合乎语法规范的英语到底有什么价值。他沉湎于遐想，竟然忘了同她对话。

“你杀尽了他的威风。”她嫣然一笑，试探性地说。

“不过，那小伙子倒是挺壮的，”他大度地承认说，“他要是不被拉走，很可能让我穷于应付。”

“那天晚上我看到你和女朋友在一起，她是谁呢？”她突然问道。

“哦，一个普通的女朋友。”他回答说。

---

① 吉米捏造出的人物，作为恐吓。

“时间过去许久了，”她沉思着喃喃道，“像是有一千年了。”

对这件事马丁不愿深谈，把话题又引到了别的方面。两人在餐馆里吃了饭，他点了美酒和佳肴。饭后，他跟她跳舞，而且只跟她跳，直到她喊累方休。他是个出色的舞伴，她随着他打旋，舞来舞去，欢天喜地地把头靠在他肩上，希望永远这样下去。到了下午，他们钻进树林，按着古老的习惯，由她席地而坐，而他仰面朝天躺下，脑袋枕在她的膝上。他躺在那儿打盹，她却抚弄着他的头发，低头望着他紧闭的双眼，心里充满了一往情深的爱意。他猛然抬眼一瞧，看见了她脸上含情脉脉的表情。她把眼皮一合，随后又睁开，带着柔情和倔强望着他的双目。

“这些年我一直循规蹈矩。”她说话时，声音低得简直成了耳语。

马丁心里清楚，这虽然是个奇迹，但也是事实。他心中升腾起一种强烈的欲望，恳求他去满足。他有能力给她带来幸福。他自己不要幸福，为什么就不能把幸福给她呢？他可以娶她为妻，把她带到马克萨斯群岛去，住在干草打墙的城堡里。这种愿望非常强烈，但他的本性所发出的专横命令却更强硬，不许他那样做。不管怎样，他仍然忠实于爱情。过去的那种放浪形骸的生活一去不复返了。他无法把那种生活拉回来，也无法回到那种生活中去。他变了——直到此刻他才发现自己的变化是多么大。

“我不是个打算结婚成家的人，丽茜。”他柔声说。

抚弄他头发的那只手突然停了下来，但随后又抚弄了起来，而且仍是那么温柔。他注意到她绷紧了面孔，可那是下决心时的表情，因为她的脸蛋仍散发着柔和的光，因为她依旧容光焕发、含情脉脉。

“我没那意思——”她刚启口，便迟疑了起来，“或者说，我不在乎！”

“我不在乎。”她又重复了一遍，“能做你的朋友，我感到自豪。为了你，我任何事情都肯干。恐怕我生就这种脾气。”

马丁坐起身，握住她的手。他显得很庄重，带着一片温柔，但却缺乏激情；这种温柔叫她心寒。

“算啦，别谈这个了。”她说。

“你是一个伟大、高尚的女性，”他说，“我为能结识你感到骄傲。是的，我感到非常自豪。你对我来说就是漆黑一团的世界当中的一线光明。我对你必须规矩才好，因为你一直都是一个循规蹈矩的人。”

“你对我规矩与否，我全不在乎。你愿把我怎么样就怎么样。你可以把我摔倒在尘埃中，从我身上踩过去。世间只有你一人可以这样做。”她神色超然地说道，“自小我就注意保护自己，看来没有白费力气。”

“正是因为这一点，我才不能够越轨。”他柔声细语地说，“你如此大度和体贴人，使得我也必须体贴人。我不打算结婚，也不能胡搞乱来，尽管我过去放纵过自己。今天我真不该到这里来，和你相会于此。现在再说也没有用了，我怎么也想不到会有这样的结局。

“你请听着，丽茜。我无法表达自己有多么喜欢你。我不仅仅是喜欢，还崇拜和敬重你。你美丽动人，是那样超尘脱俗。可光动嘴皮子又有什么用呢？我想为你做点事情。你一直过的是困苦的生活，我要让你的日子轻松些。”（她眼中闪出了喜悦的光芒，但随即又消失了。）“过不了多久，我肯定能拿到一笔钱——数目挺大。”

在这一瞬间，他舍弃了购买峡谷、海湾、干草打墙的城堡和华丽白帆船的计划。这又有什么关系呢？他可以像以前经常做的那样，随便登上一条船，胡乱去个地方嘛。

“我想把钱给你用。你一定有些打算——如上学念书，或者进商学院。你也许想通过学习当一名速记员。我可以为你做出安排。或者，你的父母双亲还在世——我可以为他们开个食杂店什么的。你想要什么，只需说出来，我就能为你搞到。”

她一声不吭地坐在那儿，目光呆视着前方，眼睛里没有一滴泪水，身子一动不动，但是喉头却在发痛，马丁深深地觉察到了她的感觉，自己的喉头也痛了起来。他为自己刚才的一番话感到后悔。他给她的只是钱，与她奉献给他的东西相比，显得那样庸俗。他的礼品是无关痛痒的身外之物，而她所奉献的则是她本人，以及她的自尊、名声、人格和一切美好的愿望。

“不谈这个啦。”她的声音有些哽咽，但她咳嗽了一声，想掩饰过去。最后，她站起了身。“走，咱们回去吧，我累得不行啦。”

这天的盛会已经结束，寻欢作乐的人们几乎已散尽。可是，马丁和丽茜从树林里走出来时，却发现那帮人在等他们。马丁立刻明白是怎么一回事——一场风暴正在酝酿之中。那帮人是来保护他的。他们走出公园的大门时，身后散散漫漫地跟着另一帮人，那是丽茜的男伴纠集来的朋友，小伙子失去了自己的女人，打算报仇雪恨。几个警察和特警巡官料到要出乱子，便尾随而来制止，把两班人马分别赶上了开往旧金山的火车。马丁对吉米说，他要到第十六大街下车，然后搭电车去奥克兰。火车驶入第十六大街车站时，可以看到一辆电车等在那里，售票员正不耐烦地摇着铃。

“就坐那辆车，”吉米提议说，“你们跑过去，我们拦住他们。快去，到电车上去！”

敌对的那一方没料到这一招，一时茫然不知所措，但随后便跳下火车，追了上来。坐在电车上的那些矜持、稳重的奥克兰人几乎都没留意到有个小伙子和一位姑娘跑上电车，在前边靠外的座位坐了下来。他们不知道这两位与吉米的关系，只见吉米跳上踏板，冲着司机吆喝道：

“打开电开关，老伙计，快离开这里！”

紧接着，吉米猛地转过身去，乘客们看见他一拳打在了一个飞奔而来、企图攀上电车的人脸上。整个电车上都能见到拳头与面孔的撞击。吉米和他的一帮人排列开，站在又长又低的踏板上，迎击着对手的进攻。叮当当一阵铃响，电车启动了，吉米一伙人击退了敌人的最后进攻，他们自己也跳下车去展开决战。电车冲向前方，把混乱的战场远远抛在了后边。吓得目瞪口呆的乘客们做梦也想不到，坐在拐角靠外的座位上的那个表情从容的年轻人和那个漂亮的女工，竟是引起这场恶斗的罪魁祸首。

起初，马丁心中重新涌起了昔日的那种战斗激情，非常欣赏刚才的战斗场面。但那种激情很快就消失了，他感到一阵深深的悲哀。他觉得自己老态龙钟，比昔日的那些粗鲁莽撞、无忧无虑的年轻伙伴要老上几百岁。他走得太远了，远得已经回不去了。他们的生活方式曾一度与他的如出一辙，而今却叫他厌恶。他对一切都感到失望，他和以前判若两人。生啤酒喝到口里淡而无味，而他们的友谊也同样叫他觉得淡而无味。他离开他们太远了，成千上万本打开的书像一道鸿沟横在他与他们之间。他使自己过着流放生活。他漫游于辽阔的知识王国之中，最后无法再返回家园。不过，他毕竟是个人，需要满足自己那种寻求伙伴的要求。只是他还没有找到新的家园。那帮朋友不理解他，家里的人不理解他，资产阶级不理解他，坐在他身旁的这位他十分敬重的姑娘也不理解他，还不理解他对她的尊崇。他仔细思考着，悲哀中又添了几分痛苦。

“跟他和好吧。”分手时，他劝丽茜道。此刻，他们站在六马路和市场街附近的一幢工人房屋前——这儿是丽茜的家。他所指的就是那个这天被他篡夺了位置的小伙子。

“不可能——现在已不可能了。”她说。

“嗨，无稽之谈，”他语调轻松地说，“你只要吹声口哨，他就会飞奔而来。”

“我不是那意思。”她简短地说。

他知道她话中的意思。

当他正欲道晚安的时候，她把身子靠了过来。不过，她在倾身时，既不强求，也不是挑逗，而是怀着一腔热望，显得十分恭敬。他的心被感动了，胸中涌起博大、宽厚的情绪。他把她搂在怀里，亲吻着她，同时心中很清楚印在自己嘴唇上的吻是男人所能够得到的最真情的吻。

“上帝啊！”她抽泣着说，“我愿为你死去！我愿为你死去！”

她猛地挣出他的怀抱，跑上了台阶。他觉得自己的眼睛一下子湿润了起来。

“马丁·伊登啊，”他在心里说道，“你并不是一个不通情理的人，而是一个可怜的尼采信徒。如果可能，你一定会娶她，让她那颤抖的心房充满幸福。但这不可能，你办不到。真他妈丢人。”

“‘一位可怜的老流浪儿在抨击腐败现象时说，’”他想起了亨利的一段语录，不由喃喃出声道，“‘我认为生活犯了大错，是一种耻辱。’是啊，生活的确犯了大错，的确是一种耻辱。”

第四十三章

《太阳的耻辱》于十月份出版了。马丁割断快递邮包上的绳子，出版商赠送的六本样书掉落到了桌子上，可他心中此刻感到的却是一阵深深的悲哀。他暗忖，如果这发生在短短的几个月前，他一定会欣喜若狂，于是他不由把应该有的那种喜悦与眼下自己的淡泊和冷漠做了一番比较。这是他写的书，他出版的第一本书，可是他脉搏的跳动一丝一毫都没有加快，心里只有悲哀。现在，这对他已失去了意义，充其量只能给他带来一些钱，可是他对金钱一点也不在乎呀。

他拿着一本书来到厨房里，把它送给了玛丽亚。

“这是我写的，”他解释道，希望能打消对方的疑团，“就是在那间小屋里写的。依我看，你送去的那几夸脱菜汤也在中间起了作用。收下吧，书是你的了。全当我的一件纪念品吧。”

他不是在炫耀和卖弄，心里唯一的动机就是让她高兴，让她为他感到骄傲，并且向她证明，她长期以来对他抱有的信念是正确的。她走进前厅，把书放到了家用《圣经》上。她家的房客撰写的这本书是一件圣品，是友谊的象征。他当过洗衣匠一事曾给她以沉重的打击，而今这本书减弱了她的痛苦。书中的内容她一句也看不懂，但她认为里面的每一个句子都是伟大的。她是一个单纯、实际和勤劳的女性，然而却崇拜杰出的人才。

他对《太阳的耻辱》一书的出版无动于衷，在阅读剪报公司每周寄来的书评时也同样无动于衷。他的书引起了轰动，这是显而易见的。这意味着他的钱袋里可以装入更多的金币。他可以为丽茜做点安排，可以兑现他所有的许诺，之后还能剩下足够的钱建造干草打墙的城堡。

辛格尔屈利·达恩莱出版公司小心翼翼地一版印了一千五百本；他们看到第一批书评，二版又印了三千本；这批书还未发出去，第三版便接到了五千本的订单。伦敦的一家出版公司拍来电报，商谈在英国出书，接踵而来的是法国、德国以及北欧都在翻译该书的消息。这本抨击梅特林克派的书出版得再合时宜也不过了，引发了一场激烈的论战。萨利倍和海克尔持拥护的态度，为《太阳的耻辱》进行辩护，这两人总算在一次论战中站到了同一边。克罗克斯[①]和华莱士[②]则站在反对的一边，而奥列佛·洛其爵士[③]根据自己的那套宇宙学说，企图提出一种折中的看法。梅特林克的信徒们团结在神秘主义的旗帜周围。切斯特顿[④]就这个问题连篇累牍写了一些被公认为不偏不倚的论文，逗得全世界都捧腹大笑；后来，乔治·萧伯纳的一顿炮火，把所有的一切，包括这场论战以及参加论战的人，几乎全都轰到了阴沟里。不用说，战场上还有一群群的牙将，真是灰尘蔽日，喊杀声连天，煞是热闹。

“哲学性的论文集竟和小说一样畅销，实在是天大的奇迹。”辛格尔屈利·达恩莱出版公司在给马丁的信中说，“你的选题恰到好处，所有的一切都异常顺利。不说你也明白，我们正在抓住有利时机。四万余册书在美国和加拿大销售一空，新版两万册已付印。为了满足市场的需求，我们加班加点地工作。不过，这种需求是我们自己创造的，光广告费就花了五千块钱。这本书一定会打破以往的纪录。

“我们冒昧地附上一份合同书的副本，向你预约第二部书稿。恭请注意，我们把版权税提高到了百分之二十，这是一个稳重的出版社所敢于提出的最高版权税。如果你对我们的条件感到满意，请将书名填入‘书名’一栏。我们对书的内容不做规定，什么样的题材都可以。倘若你手头有完稿的作品，那就更好。眼下是最佳时机，万不可坐失。

“收到你签过的合同书后，我们愿预支给你五千块钱的版权税。我们对你是有信心的，打算大张旗鼓地干一场，我们还想同你商量签订一份长期合同，譬如说以十年为期，凡是你写的书，都由我们独家刊行。详情容以后再谈。”

马丁放下信，在心里列了个算术题，算出一角五分乘六万的得数

---

① 19世纪末20世纪初的英国化学家兼物理学家。

② 20世纪初的英国博物学家。

③ 20世纪初的英国物理学家。

④ 20世纪初的英国评论家。

是九千块钱。于是，他签了那份新合同，在书名栏填上了《欢乐的烟雾》，寄还给出版商，还寄去二十篇短篇小说，那是他在尚未找到报刊小说公式之前撰写的。只隔了美国邮政一来一回所需的那么长时间，辛格尔屈利·达恩莱出版公司就寄来了一张五千块的支票。

"今天下午两点钟左右，我想请你跟我一道进城去，玛丽亚。"马丁早晨收到支票后，这样说道，"要不这样吧，你两点钟到第十四大街和百老汇大街的拐角处等我。到时候，我去找你。"

按着约定的时间，她赶到了那里。她那困惑的脑袋瓜所能想到的唯一东西就是买鞋子，所以，当马丁领着她从一家鞋店门前走过，钻进一家不动产事务所时，她流露出了一种诧异和失望的表情。随后发生的事情似梦一般，使她一辈子都忘不了。几位体面的先生一边冲她和蔼地微笑，一边跟马丁讲话，他们自己之间也谈上几句；打字机啪嗒啪嗒响了一阵；大家在一份很正规的文件上签了字；她的房东也在，也签了名字；待一切手续办完，她走到街上时，房东对她说道："喂，玛丽亚，这个月的那七块半钱的房租不用交啦。"

玛丽亚一下子惊得说不出话来了。

"下个月，下下个月，以及下下下个月，都不用交房租了。"房东又说道。

她结结巴巴道了谢，像受了人家的恩惠似的，直至回到北奥克兰的家中，找自己圈里的人商量了一下，还请那位葡萄牙食品商调查了一番，她才算真正明白过来。原来，她住的这幢小屋，这幢她交了多年房钱的小屋，现在归她所有啦。

"为什么不买我的东西啦？"这天晚上，马丁下了电车，葡萄牙食品商走出来迎住他，问他道。马丁解释说，他现在不自己做饭了。随后，他应邀走进店里，喝了杯酒。他留意到，那是食品店里存的最好的酒。

"玛丽亚，我要和你分手了。"马丁当天夜里宣布道，"不久，你也会离开这里的。到时候你可以把这房子租出去，当当房东，你不是有个哥哥在圣莱安德罗或海华滋做牛奶生意么。我要你把人家的衣服都退回去，不要洗了——懂吗？明天你就到圣莱安德罗或海华滋什么来着，去找你的那个哥哥，让他来见我。我住奥克兰的都市饭店。他懂行，知道什么样的牛奶场好。”

就这样，玛丽亚当上了房东，还成了一个牛奶场唯一的主人，她雇了两个人为她干活，在银行里有了存款。尽管家里的孩子都穿上了新鞋，并到学校里念书，她的存款依然持续增加。有人梦到神话中的王子，然而却无人亲眼见到过；辛勤劳动、讲求实际的玛丽亚从未梦到过神话中的王子，可是却收一个曾经当过洗衣匠的王子当了房客。

这个时候，世人开始发问：“这位马丁·伊登是何许人？”马丁拒绝向出版商提供自己的履历材料，但报界就不好对付了。奥克兰是他的家乡，于是记者们一下就发掘出了几十个能够提供情况的人。凡是关于他的情况，无论是真实的还是虚构的，凡是他干过的事情以及许多他没干过的事情，全都登载出来供公众欣赏，并附着快照和相片——相片是当地的一个摄影师提供的，此人曾为马丁照过相，这时即刻为他的相片弄到版权，推向市场。起初，马丁对新闻界和资产阶级社会的做法十分厌恶，反对它们的宣传；可最后他终于屈服了，因为屈服比反对省力气。他觉得自己无法将远道而来的特派记者拒之门外。再说，一天的时间这么长，既然不再埋头写作和读书，总得有点事情做以打发这些钟点。于是，他便逆来顺受，由着一时的兴致，允许采访，并对文学和哲学发表看法，甚至还接受资产阶级的邀请去赴宴。他的心情处于一种古怪而舒畅的状态。他对什么都不计较，对所有的人都宽恕，甚至宽恕了那个曾经把他描绘成暴力分子的小记者。他允许小记者为他写了一整版采访记，还登了特摄的照片。

他偶尔也和丽茜见见面。很明显，她不愿让他有这么显赫的名声，因为这加宽了他们之间的距离。也许是抱着一种缩短距离的希望，她听从了他的劝告，上夜校和商学院读书，并让索价昂贵的高级裁缝为她做时装。她每天都有显著的进步，后来马丁竟然怀疑起自己的决定是否正确，因为他知道她的依从和努力全都是为了他。她竭力使自己在他眼中有价值——有那种他看起来似乎十分重视的价值。然而，他不给她以指望，像哥哥一样对待她，而且很少去看她。

趁着他声名鹊起之际，梅瑞迪斯－罗威尔出版公司急忙把《逾期》推上了市场。由于这是部小说，销路甚至比《太阳的耻辱》还好。每个星期的畅销书目中，他的两本书都名列榜首，这是史无前例的高尚荣誉。《逾期》不仅受到小说读者的青睐，《太阳的耻辱》的热情读者也被这部海洋小说深深地吸引住，从中可以欣赏到他博大精深的写作技巧。首先，他抨击了神秘主义文学，而且干得非常出色；接着，他成功地端出了自己所提倡的文学观，这证明他是一个罕见的天才，集评论家和创作家的素质于一身。

金钱滚滚而来，名声愈来愈大；他宛如一颗彗星，猛地在文坛上散发出光彩，可他对自己引起的轰动却不感兴趣，反而觉得好笑。有一件事让他想不通。那是一件小事，如果叫世人知道了缘由，他们会感到困惑的。他把那件小事看成天大的事，但别人不会为那件事困惑，而只会为他想不通感到困惑。勃朗特法官请他去吃饭。就是这么件小事，或者说，开始时这是件小事，但它很快就会演变为大事。他曾当面羞辱过勃朗特法官，态度十分恶劣，可勃朗特法官在街上碰到他，竟邀请他去吃饭。马丁心想，他在摩斯府上屡次遇见勃朗特法官，对方从未请他吃过饭，为什么偏偏现在就请他吃饭呢？他问自己。他人没有变，仍是那个马丁 · 伊登。问题在哪里呢？是因为他写的东西在书上发表了吗？可那是早已完稿的作品呀，又不是后来才写的。当勃朗特法官抱着普通人的那种看法，讥笑斯宾塞的学说以及他的观点时，这些作品已经完成了呀。如此看来，勃朗特法官请他吃饭并非为了某种真正的价值，而是看重于某种虚幻的价值。

马丁笑了笑，接受了邀请，同时又为自己的心安理得感到诧异。六七位达官贵人带着他们的女眷参加了宴会，马丁发现自己成了中心人物，勃朗特法官由汉威尔法官起劲地帮着腔，私下劝他加入冥河俱乐部——那是个极端严格的俱乐部，其成员不仅仅要有钱，还必须有成就。马丁谢绝了，心里愈加想不通了。

他忙得焦头烂额，把那堆手稿朝外卖。编辑们求稿的信弄得他难以应付。人们发现他是个讲究风格的作家，而且讲的是货真价实的风格。《北方评论》刊载了他的《美之发祥地》后，写信来又要六篇同样性质的论文。原来可以从稿件堆里挑六篇给他们寄去，可是《勃顿氏杂志》出于投机的心理，先一步问他要五篇论文，每篇愿出五百块钱的稿酬。他回信说愿意满足他们的要求，但每篇论文要一千块钱。他记得这些稿子以前正是被这几家杂志社退了回来，可现在他们又趋之若鹜地来要稿。他们的退稿单冷酷无情，机械而千篇一律。他们让他吃过苦头，而今他也要让他们吃吃苦头。《勃顿氏杂志》按他要的价买走了五篇论文，剩下的四篇被《麦金托许氏杂志》以同样的价格抢了去，而《北方评论》太穷，竞争不过别人。就这样，《神秘的祭司长》《奇迹梦想家》《衡量自我的尺度》《错觉论》《天神与血肉之躯》《艺术与生物学》《批评家和试验管》《星尘》和《高利贷的尊严》相继问世，所引起的议论、哀叹和抱怨久久不能平息。

编辑们写信让他提自己的条件，他照办了，但拿出的总是现成的作品。他铁了心，不愿再写新作。一想到重新操笔耕耘，他就要发狂。他亲眼看见了勃力森登被读者们批得体无完肤的景象，所以那些读者尽管为他喝彩，他仍然余悸难消，无法对他们产生好感。他显赫的名声对勃力森登似乎是一种侮辱和背叛，这一点，叫他泄气，可他打定主意维持下去，非得把钱袋装满不可。

他收到的编辑来信中有这样的话："约一年前，没能刊用你的爱情诗集，实乃敝社之大不幸。其实，我们对诗稿十分欣赏，只因出版计划已定，才没能采用你的稿子。假如大作仍在手头，恳请惠赐，我等将不胜欣喜，愿意把那些诗按你的条件全部刊出。敝社愿意提供最优厚的稿酬，并打算将诗作成册出版。"

马丁没寄爱情诗，却把无韵的悲剧诗收集在一起，寄了去。在邮寄之前，他把诗稿又看了一遍，深深觉得里边学生的幼稚腔调太浓，从各方面看都缺乏价值。可是，他把稿子寄出去了；诗作刊载后，才叫编辑抱恨终天。读者义愤填膺，狐疑满腹，认为这样蹩脚的劣作与马丁·伊登高标准的创作简直是天壤之别。人们一口咬定这绝不是他写的，而是杂志社拙劣的仿造品，要不就是马丁·伊登模仿大仲马[①]的做法，乘着自己功成名就之际，雇人捉刀代笔。后来他解释说这部悲剧诗是他初涉文坛的早期作品，那家杂志社非要不可，这么一解释惹得公众对杂志社的枉费心机大大嘲笑了一通，结果使杂志社换了编辑。马丁把预付的版权税装进了口袋，但悲剧诗始终未成册出版。

① 19世纪法国著名小说家，曾请人为他草拟故事梗概，然后由他本人加工成稿。

《考尔门氏周刊》花了近三百块钱，给马丁拍了一封冗长的电报，请他写二十篇文章，每篇愿付给他一千块钱的稿酬。他可以到美国各地旅游，费用全部报销，愿选什么样的题材就选什么样的题材，电文中虚拟了一些题目，目的是想向他表明他可以任意选择。对他的唯一限制是——他只能在美国国内旅游。马丁拍了回电，说自己很遗憾，不能接受，并注明电报费由对方支付。

《维基－维基》在《沃伦月刊》上一登出，立刻赢得了青睐。后来出了册书面边缘空得很宽、装帧十分精美的单行本，轰动了正在度假的读者，似野火般销开了。评论家们一致认为，这部作品可以和两位伟大作家的不朽作品——《瓶中妖魔》[①]及《驴皮记》[②]同享殊荣。

公众对短篇故事集《欢乐的烟雾》，却态度相当暧昧和冷淡。这些短篇故事辛辣而不落俗套，迎头痛击了资产阶级的道德及偏见。不过，法译本一经出版，就弄得巴黎的读者若醉似狂，美国和英国的读者也附庸风雅，拼命地购书。马丁趁机向沉稳谨慎的辛格尔屈利·达恩莱出版公司施加压力，要他们把第三本书按百分之二十五的版税率付酬，第四本按百分之三十的版税率付酬。这两册书包含了他创作的全部短篇故事，有的已连载过，有的则正在连载之中。《嘹亮的钟声》和那些恐怖故事编成一册；另一册包括《冒险》《罐子》《生活的美酒》《漩涡》《拥挤的街道》以及另外四篇短篇故事。梅瑞迪斯－罗威尔出版公司抢走了他所有的论文集，而麦克斯密伦出版公司则买下了他的《海洋抒情诗》和《爱情组诗》。后来，《妇女家庭之友》付给他一笔可观的稿酬，又连载了《爱情组诗》。

马丁处理掉最后一部稿子，不由松了一口气，干草打墙的城堡和铜壳白帆船眼看就可以到手了。他总算弄清了勃力森登当初为什么要说真正有价值的东西上不了杂志。他的成功虽然表明勃力森登错了，可他有一种感觉，认为勃力森登的看法是千真万确的。他的成功，多是由于《太阳的耻辱》的问世，而不是因为他写了那些文章，那些文章只是次要的，它们屡次三番遭到杂志社的退稿。《太阳的耻辱》出

① 史蒂文森的中篇小说。

② 巴尔扎克《人间喜剧》中的一部小说。

版后，引起了一场论战，这才使他声名鹊起。没有《太阳的耻辱》，就不会引起轰动。没有《太阳的耻辱》创造出奇迹般的销量，他就不会出人头地。辛格尔屈利·达恩莱出版公司目睹了这一奇迹。第一版他们只印了一千五百册，而且还怀疑是否能销完。他们是经验丰富的出版商，但随之而来的成功却令他们万分惊奇。他们觉得这的确是一个奇迹，写给他的每封信中都要怀着敬畏的心情回顾一番当初所出现的神秘现象。他们并不想解释那一现象，因为根本无法解释。它就是那么发生了。他们尽管经验丰富，可是却料所未及。

遐想之际，马丁对自己是否徒有虚名提出了疑问。购买他的书的是资产阶级，正是他们让金钱流入了他的钱袋。他对资产阶级有一星半点的了解，但他弄不清他们怎么能够欣赏得了或理解得了他写的东西。他作品当中内在的美和力量，对成千上万赞美他和购买他的书的读者来说，是毫无意义的。他只是暂时走红，是一个乘天神打盹攻上帕那萨斯山[①]的冒险家。成千上万的人捧读他的书，对他众口皆碑，但他们简直一点也不理解作品的内容，想当初他们攻击勃力森登的《蜉蝣》，将其批得体无完肤时，也同样茫然无知。而今，这些豺狼似的暴民却没有攻击他，却竭尽奉承之能事。攻击也罢，奉承也罢，其实都是一种机遇。有一点他十分肯定：《蜉蝣》比他的任何作品都要强到天上去，那可是数世纪以来最优秀的诗作。如此看来，暴民们对他的称颂实在可悲，因为正是这么一批人把《蜉蝣》打入了十八层地狱。他深深叹了口气，同时也感到心满意足。他高兴的是最后一部稿件已经脱手，他很快就可以一了百了啦。

① 希腊神话中缪斯女神的住处，此处喻指文坛。

第四十四章

摩斯先生在都市饭店的前台见到了马丁，不知是为了别的事碰巧到了那里，还是专门请他吃饭来的。马丁心里可吃不准，不过他倒倾向于第二种假设。不管怎样，请他赴宴的是摩斯先生——露丝的父亲，一个曾经禁止他上门、解除了他和露丝婚约的人。

马丁没有生气，甚至连架子也没有摆。他原谅了摩斯先生，但心里却感到纳闷，不知对方如此低三下四究竟是怎么一种滋味。他没有直接拒绝邀请，而只是用含糊不清、模棱两可的话搪塞了一下，并问候了他家里的人，特别是摩斯夫人和露丝。他非常自然、毫不迟疑地说出了露丝的名字，但未免有点吃惊，因为他的心不颤不抖，没有像昔日常有的那样脉搏加速跳动、热血奔涌。

请他吃饭的人络绎不绝；他只接受了其中一部分人的邀请。有些人为了能请他吃饭，特意托人介绍跟他认识。对于这样一件愈演愈烈的小事，他一直都想不通。伯纳德·希金波森也请他去吃饭，这让他越加困惑。他不由想起，在他饿得死去活来的那些日子，没有一个人请他去吃饭。那时他多么需要有顿饭吃啊！由于肚中无食，他手足无力、头昏眼花，饿得皮包骨头。世间的事真是矛盾。当他想吃饭的时候，没有人发出邀请，而现在他能买得起成千成万顿饭，食欲一天不如一天，请他吃饭的人却纷至沓来。到底是为什么？这其中无道理可言，也不是因为他本人的价值。他还是从前的他，甚至连他所有的作品都是在那段时期创作的。摩斯夫妇曾责怪他游手好闲、逃避工作，还借露丝之口要他到事务所当个职员。他们明明知道他在写东西呀，因为露丝把他的一份份稿件都交给他们过目了呀。正是由于那些稿件，他的名字才上了所有的报纸，而正是因为他的名字上了所有的报纸，他们才请他去赴宴。

铁的事实是：摩斯夫妇当初看不上他或他的事业，所以不愿请他吃饭。因此，现在请他也不可能是看上了他或他的事业，而是看上了他的名声，因为他是个人尖尖——不请他请谁呢？——还因为他手里握着约十万块钱。这正是资产阶级社会衡量一个人的标准，难道还能指望着他们用别的标准去衡量吗？不过，他是有自尊心的，鄙夷这样的标准。他渴望别人看重的是他本人，或者是代表着他本人的作品。这是丽茜衡量他的标准。她把他的事业甚至看得一钱不值，而只看重他本人。管子工吉米以及那些老朋友也是拿这种眼光看待他的。跟他们在一起厮混时，这一点已被反复证实过——那个星期天在贝冢公园就是一个例子。他的事业是个狗屁。他们所喜欢并愿意为之而战的是马丁·伊登这个人——一个老伙伴和好朋友。

那么，露丝的态度呢？她喜欢他本人，这是无可置疑的。可尽管她喜欢他本人，她更喜欢的还是资产阶级衡量人的标准。他认为，她反对他写作主要是因为凭写作赚不来钱。她对他的《爱情组诗》就提过这样的意见。她也曾催促他去找工作。不错，她用的是“职业”这样一个高雅的字眼，但意思都一样，印在他脑海中的还是原来的那个名称。他给她念他的所有作品——诗歌、故事、论文——《维基－维基》《太阳的耻辱》等等。可她总是一个劲地催他去找份工作。天啊！为了能配得上她，他拼命少睡觉，耗尽了精力写作。但这好像就不是工作似的！

于是，这件小事愈变愈大。他身体健康、精神正常，按时吃饭，睡眠充足，然而这件愈变愈大的小事却沉重地压在他的心头。他的脑海中不断闪出这样一个词语——“已完稿的作品”。一个星期天他来到希金波森零售店的楼上，坐在伯纳德·希金波森的对面吃一顿丰盛的晚宴时，他费了很大的劲才克制住自己，没有喊出这样的话：

“那些都是已完稿的作品呀！现在你请我来吃饭，可那时你看着我挨饿，不准我进你家的门，并诅咒我，还不是因为我不愿去找工作干。岂不知那些作品已经完稿，全都写得停停当当。而今我说话时，你心里尽管有自己的想法，却硬是不说出口来，随我说什么你都恭恭敬敬地聆听。我说你们这些人庸俗透顶，全是市侩小人，你非但不勃然大怒，反而嗯嗯呃呃地承认我的话大有道理，原因何在？因为我出了名，口袋里有的是钱，而不是因为我是马丁·伊登——一个非常好的人，一个有点头脑的人。如果我说月亮是生乳酪做成的，你也会同意我的看法，至少不会持否定的态度，还不是因为我有许多许多的钱。那些作品早已完稿；告诉你吧，正当你唾弃我，视我如粪土的时候，那些作品就已经写完啦。”

马丁虽然没有喊出声来，但这些念头却在咬啮着他的大脑，不停地折磨着他。不过，他面挂微笑，显出一副宽容大度的样子。他的话愈来愈少，而伯纳德·希金波森粉墨登场，滔滔不绝讲了起来。他说自己也取得了成就，并为此感到自豪。他是个无师自通的人才，没有人帮助过他，所以他不欠任何人的情。作为一个公民，他尽到了自己的责任，养活了一大家子人。希金波森零售店是一个纪念碑，说明了他的勤奋和能力。他爱希金波森零售店，就像有些人爱自己的妻子一样。他对马丁推心置腹，说他耗费了大量的精力和心力才建起了这个商店。对于这座零售店，他是有远大抱负的。眼看着该地区飞速发展，店面的确显得太小了些。如果地方再大些，他可以提出一二十种省力省钱的改进方法。他早晚都会如愿以偿的。他正在尽一切努力，指望着有一天能把旁边的地基买下来，盖一幢两层的木板房。他可以把楼上的房间租出去，而两幢房的底层都可以充当希金波森零售店的店面。当说到将会有一块新招牌横贯两幢房的门面时，他眼中散发出了闪亮的光彩。

马丁忘了听对方讲话。“已完稿的作品”这个短语在他的大脑中轰鸣着，淹没了对方的唠叨。那轰鸣声叫他发狂，他真想摆脱那声音。

“你刚才说需要多少钱？”他突然问道。

他的那个正在详细讲解该地区生意经的姐夫收住了话头。他刚才没提需要多少钱，但他心里清楚，因为他已经盘算过好几十遍了。

“按眼下木料的价格，四千块钱就够了。”他说道。

“招牌也包括在内吗？”

“这我可没有算进去。房子一盖好，招牌是少不了的。”

“还有地基呢？”

“再加上三千块钱吧。”

他把身子前倾，望着马丁签支票，舌头舔着嘴唇，激动地将手指头一张一合，当他接过支票时，用眼一瞟，发现上面的数目是七千块钱。

“我——我顶多只能付六厘的年息。”他沙哑着声音说。

马丁真想大笑一场，可是没笑出声，却这样问道：

“那有多少利息呢？”

“让我算算。按六厘的利息率——六乘七——总共四百二十块钱。”

“每月三十五块钱，对吧？”

希金波森点了点头。

“那好，如果你不反对，咱们这样做吧。”马丁说着望了一眼葛特露，“倘若你每个月用这三十五块钱雇人做饭、洗衣服和擦地板，你可以把这笔本金留着自己支配。假如你能保证葛特露不再干杂务，这七千块钱就属于你了。愿意不愿意？”

希金波森先生觉得十分委屈。让他的妻子再也不干家务，这对他的节俭精神简直是一种侮辱。眼前的礼物是裹着糖衣的药丸，是一枚苦涩的药丸。想想吧，让他的妻子不干活！这真是叫他作难。

“那好吧，”马丁说，“我每个月出三十五块钱，这张——”

他隔着桌子伸手去拿支票。可伯纳德·希金波森抢先用手把支票按住，嚷嚷道：

“我同意！我同意！”

待登上电车时，马丁感到又厌烦又疲倦。他抬起眼睛望了望那块刺眼的招牌。

“畜生，”他痛苦地咕哝着，“畜生，实在庸俗。”

《手相专家》附着白蒂埃的装饰画以及威恩的两幅插图，由《麦金托许氏杂志》推出后，赫尔曼·冯·施米特竟忘了自己曾把这篇作品称为下流诗。他声称是自己的妻子给了作者以灵感，并让这消息传到了一个记者的耳朵里。而后便接受了一位专栏作家、专栏摄影师和专栏画家的采访。结果，星期日增刊用整整一个版面登载了玛丽安的照片和理想化的画像，登载了许多关于马丁·伊登及其家里人的生活私事，还得到《麦金托许氏杂志》的特别恩准，以大号铅字重新全文刊出了《手相专家》。街坊邻里一下子热闹了起来，那些认识这位伟大作家妹妹的幸运主妇们都感到非常自豪，而那些不认识的也急忙凑上来培养感情。赫尔曼·冯·施米特在自家的小修理铺里暗自高兴，决定再添置一台新机床。“这比登广告强，”他对玛丽安说，“而且一分钱也不用花。”

“最好请他来吃顿饭。”玛丽安建议说。

马丁来赴宴时，对那位肥头大耳的肉食批发商和更为肥胖的批发商夫人和颜悦色——他们可是重要人物哩，赫尔曼·冯·施米特这样一个正在发迹的年轻人很可能会用上他们。然而，吸引他们到家里来，非得用他的这个伟大的小舅子作诱饵不可。席间还有一位也吞下了同样的诱饵，此人便是阿萨自行车公司太平洋沿岸经销处的总负责人。冯·施米特极想巴结讨好这个人，因为从他手中可以得到奥克兰地区自行车的经销权。赫尔曼·冯·施米特觉得有马丁这样一位小舅子，就等于拥有一笔可观的财产，可他心里却弄不懂这到底是怎么回事。更深人静，待妻子睡着了的时候，他把马丁出的书和诗集胡乱翻阅了一通，心想世上的人真蠢，竟花钱买这种东西。

马丁心明如镜，把这一切都看了个透。他向后仰着身子，得意地凝视着冯·施米特的脑袋瓜，想象着自己挥起拳头，在又狠又准地猛击，一拳一拳揍得这个呆头呆脑的荷兰佬屁滚尿流。不过，有一点他倒是挺满意的。冯·施米特虽然不富裕，而且有着发财的决心，但他还是雇了个用人，不让玛丽安干繁重的家务。马丁和阿萨经销处的总负责人进行了交谈，饭后把他跟赫尔曼拉到一旁，说自己愿意出资在奥克兰为赫尔曼建一个最出色的、设备齐全的自行车行。这还不算，他在跟赫尔曼私下谈话时，要他留心物色一个汽车经销处和修理厂，因为完全可以两件生意一块做，照样能做得很好。

分手时，玛丽安眼里噙着泪水，用胳膊勾住马丁的脖子，述说着自己是多么爱他，而且始终爱着他。不过，正当她振振有词讲话的时候，中途却出现了明显的停顿，于是她又是流泪，又是亲吻，又是语无伦次地喃喃，想借此掩饰过去。马丁却认为她这是在恳求原谅，因为她当初对他缺乏信心，硬让他去找份工作干。

“我敢肯定，他绝对攒不住钱，”赫尔曼·冯·施米特事后对妻子推心置腹地说，“我一提利息，他就生气。他说让本金见鬼去吧，假如我再说见外的话，他就拧下我的荷兰脑瓜。这可是他说的——要拧下我的荷兰脑瓜。不过，尽管他不懂生意，他还是满不错的。他好就好在给了我机会。”

宴会请帖似雪片飞来，可请帖愈多，马丁就愈困惑。他以贵宾的身份参加过亚登俱乐部的宴会，在座的都是些他过去时常听人提起、在报上常常看到的名人雅客；那些人对他说，当他们拜读到《横贯大陆月刊》登载的《嘹亮的钟声》以及《大黄蜂》刊出的《仙女与珍珠》时，他们就看出他一定能走红。上帝啊！他心想，当时的我可是饥肠辘辘、衣衫褴褛呀！那时你们为什么不请我吃饭呢？那可正是时候呀。那些作品已经脱稿。如果你们现在请我吃饭是由于我的作品的缘故，那么，当我需要食物的时候，你们为什么不请我呢？《嘹亮的钟声》以及《仙女与珍珠》只字都未更改过呀。不，你们现在请我吃饭，并非看重我的作品，而是由于所有的人都在请我吃饭，是因为请我吃饭是一种荣誉。你们现在请我吃饭，是因为你们是合群的动物，是因为你们是芸芸众生当中的一员，是因为世人的脑子里目前都有一个盲目、机械的念头，那就是宴请我。他伤心地问自己，马丁·伊登以及马丁·伊登写的作品，跟这些有什么关系呢？然而，他还是站起了身，以机警俏皮的话答谢别人机警俏皮的祝酒词。

事情就是这样，无论他到哪里去——不管是在记者俱乐部、红木俱乐部，还是参加名流茶话会以及文学讨论会——别人总跟他回忆起《嘹亮的钟声》和《仙女与珍珠》最初发表时的情景。马丁总是非常生气，心里责问着：你们当初为什么不宴请我？那都是些早已完稿的作品呀。《嘹亮的钟声》和《仙女与珍珠》从未有过一丝一毫的更改呀。它们的艺术性以及价值，那时和现在都是一样的啊。显然，你们现在宴请我并非为了这两篇作品，也不是为了我的其他任何作品，而是因为请吃饭是一种时髦，因为芸芸众生都发了狂似的想宴请马丁·伊登。

在这种场合，他时常会突然看到一个身穿方下摆衣服，头戴史特逊硬边帽的小流氓出现在人群里。一天下午，他到奥克兰的加利纳协会去，就见到了这幅情景。当他从椅子上站起身，趋步走向台前时，他看到那个身穿方下摆衣服、头戴史特逊硬边帽的小流氓穿过大厅后端宽敞的门昂首挺胸地踱了进来。马丁全神贯注，目不转睛地望着，引得五百位衣着时髦的女士都回过头来，看他究竟在望什么。然而，她们看到的只是一条空荡荡的中央甬道。他却见那个小流氓沿甬道摇摇晃晃地走来。他心里思量着，不知那家伙会不会摘掉那顶从未见离开过脑袋壳的硬边帽。那家伙顺着甬道径直走上前来，登上了讲台。一想起自己的遭遇，马丁真恨不得对着自己青少年时的幻影痛哭一场。那幻影大摇大摆走到台前，来到马丁跟前，消失在他的内心深处。五百名女士戴着手套轻轻鼓起了掌，为这位应邀而来的难为情的伟人打气。马丁忘掉脑海中出现的幻象，笑了一笑，开始讲起了话。

年老的学校总监在街上叫住马丁，想起了他是谁，不由回忆起当马丁因打架被学校开除时，他曾在办公室里召开过几次会议。

"很久以前，我在一份杂志上拜读过你的《嘹亮的钟声》，"他说，"写得跟坡[①]的作品一样棒。真了不起！我当时就说那是篇杰作！"

马丁差点没说出声，在后来的那几个月里你在街上碰到我两回，可是你视而不见，跟我擦肩而过。那两次我都是饿着肚子，到当铺里典东西。我的作品那时已经脱稿，可你对我不理不睬。为什么现在却理起我来啦？

"那天我还对妻子说来着，想请你改天去吃顿饭，"对方说，"她完全同意我的建议，说那是好主意。是啊，她完全赞同。"

"吃饭？"马丁说话的声调十分凶狠，简直像是在咆哮。

"哦，是的，是的，是吃饭——跟我们一起吃顿便饭。我可是你过去的学监啊，捣蛋鬼。"他不安地说道，并用手戳了马丁一下，想以这种随便的方式表示亲热。

接着，马丁恍恍惚惚在街上走着，最后在街角处停了下来，茫然地朝四下望了望。

"这我敢肯定！"他末了咕哝了一句，"那老家伙害怕我。"

---

① 爱伦·坡，19世纪美国著名小说家兼诗人。

第四十五章

一天，克拉斯来找马丁——这个克拉斯是那帮“真正的精英”当中的一员。马丁带着一种轻松感接待了他，听他绘声绘色地详细讲述一项计划。那是一项相当富于刺激性的计划，引起了马丁的兴趣，但不是投资者的兴趣，而是小说家的兴趣。克拉斯讲到半截停顿了好一会儿，评论说他的《太阳的耻辱》中的大部分看法都是痴人之见。

“不过，我来这儿的目的并非为了宣传哲学观，”克拉斯接着说道，“我是想来问你一声，你愿意不愿意对这项计划投一千块钱。”

“不愿意，因为我还没痴呆到那种程度，”马丁回答道，“不过，我可以告诉你，我将要做些什么。我一生中最伟大的一个夜晚是你恩赐给我的，你对我的恩赐是金钱无法买到的。如今我有了钱，而金钱对我算不上什么。鉴于你曾赐给我一个无价的夜晚，我情愿把我所不稀罕的金钱拿出一千块送给你。你需要钱，而我的钱多得花不完。你想得到钱，所以来求我，可也没必要设计骗取。你把钱拿走好啦。”

克拉斯一点也不显得惊奇，把支票折好放进了衣袋里。

“按这种价格，我很愿意跟你签份合同，多提供一些那样的夜晚。”他说。

“太迟了，”马丁摇了摇头说，“那对我来说是唯一的一个灿烂的夜晚，让我觉得如处仙境。我知道那是你们司空见惯的夜晚，可对我则不然。我的生活再也达不到那样高的境界了。我跟哲学已断了缘分，再也不想听到一句有关哲学的话。”

“这是我有生以来靠哲学赚到的第一笔钱，”克拉斯走到门口时，停下脚步说，“可接下来，市场就垮了。”

有一天，马丁在街上碰见摩斯夫人乘车经过。她冲他笑笑，点了点头。他还了一个微笑，把帽子朝上抬了抬。这件事没有给他任何感触。要是发生在一个月前，他也许会产生厌恶，或者感到困惑，会不由自主地去揣摩她当时的心情。如今可一点刺激性也没有，他想也没有去想它。转身就把它忘了个干净，就像他一走过中央银行大楼或市政厅，就会把它们忘掉一样。然而，他的大脑却超乎寻常地活跃，繁杂的思绪没完没了地兜圈子。处于圈子中心的是“作品早已脱稿”这句话；它像一条永不死亡的蛆虫咬啮着他的脑髓。他早晨一醒来就想到这句话，而夜间在梦里折磨他的还是这句话。周围的一切事物，只要一经过他的感官，立刻就跟这句话挂上了钩。他沿着一条残酷无情的逻辑进行推理，最后得出结论：他是一个不值得一提的小人物。小流氓马丁·伊登和水手马丁·伊登是真实的他，而著名作家马丁·伊登是根本不存在的。著名作家马丁·伊登只不过是公众心里产生的幻象，由着公众的意念硬是安到了小流氓和水手马丁·伊登的躯体上。但这蒙骗不了他，他知道自己绝不是那个公众所崇拜，并用宴席祭祀的太阳神。

他在杂志上阅读有关他的文章，仔细留意那些文章是怎样描绘他，后来简直无法把自己跟那些描绘对上号。他曾经活得潇洒，活得刺激，而且坠入过爱河；他性情随和，以宽厚的态度对待生活中的种种缺憾；他当过水手，随船浪迹异国他乡，过去还带人打过群架；第一次到公共图书馆时，他面对浩瀚的书海惊诧不已，但后来学会了在书海中遨游，直至掌握书本里的知识；他挑灯夜读，睡觉时床上还放着马刺，最后终于写出了自己的书。这些描绘尚有踪可寻，但有一点却是无中生有——说他胃口大得惊人，求食于诸家百姓。

杂志界还有些现象令他啼笑皆非。各家杂志社均声称他是自己发现的。《沃伦月刊》在寄给订户的广告中说，他们一向致力于发现新作家，如马丁·伊登就是他们引荐给读者的。《白鼠》《北方评论》以及《麦金托许氏杂志》都抢着要戴这顶桂冠，后来《环球》得意扬扬地出示了一个合订本，才塞住了他们的口，因为那部被改得面目全非的《海洋抒情诗》就隐没在里边。《少年与时代》躲过了债务之后，又重新还了阳，这当儿也声称马丁是他们最先发现的，可惜的是这番言辞只有农家的孩子能读得到。《横贯大陆月刊》义正词严、有根有据地讲述了他们是怎样最先发现马丁·伊登的，不料却遭到了《大黄蜂》激烈的驳斥，后者还展示了《仙女与珍珠》一文，辛格尔屈利·达恩莱出版公司那不太响亮的声明被淹没在了这一片喧闹中。再说，这家出版公司没有自己的杂志，没法把话说得响亮些。

报界对马丁的版权税进行过统计。几家杂志曾付给他优厚稿酬这一事实，以某种方式泄露了出去。于是，奥克兰的牧师带着友好的态度前来登门求见，而他的邮件堆里开始有了专业团体请求捐款的信件。但比这更糟糕的是女人的纠缠。他的照片被登出来，传播面很广，而专栏作家则利用他那坚毅的紫铜色面孔、身上的伤疤、结实的肩膀、清澈安详的眼睛以及苦行者似的微微凹陷的脸颊大做文章。看到这些，他会回忆起狂放的少年时代，生出几丝微笑。和女人们在一起时，他时常会发现她们当中有人用眼瞟他，对他进行估价和挑剔。他暗自发笑，想起勃力森登的警告，他又是一笑。女人是绝对毁不了他的，这一点可以肯定，因为他早已过了那个阶段。

有一回，丽茜在他的陪伴下到夜校去，途中发现一位衣着考究、花容月貌的资产阶级女子朝他瞟了一眼。那一瞟时间太长了些，意味太深远了些。丽茜明白其中的含义，不由气得浑身发紧。马丁看在眼里，知道里边的缘由，便告诉她说，他已经对这种目光习以为常，一点也不往心上放。

"你应该往心上放才对。"她目光逼人地说，"你有病，问题就在这里。"

"我还从来没有这么健康过呢，体重比以前增加了五磅。"

"不是指你的身体，而是指你的大脑。你的思维机器出了故障，这连我这个微不足道的小人物都看得出来。"

他在她旁边走着，陷入了沉思之中。

"只要你能恢复过来，叫我干什么我都愿意。"她感情冲动地说，"女人用那样的眼光看你，像你这样的男人是不应该漠不关心的。这不正常。换上女里女气的男人倒还说得过去，可你不属于那种人。说实话，要是有个合适的女子前来唤醒你的心，我会为你感到高兴的。"

他把丽茜送到夜校，就回到了都市饭店里。

回到自己的房间，他便一屁股坐到一把莫里斯安乐椅上，呆呆地望着前方。他没有打盹，也没有思考，脑子里空空荡荡的。不过，每隔一会儿，就会有记忆中的场景出现在他的眼皮底下，色彩绚丽、光芒四射。他看得到这些场景，然而却几乎意识不到它们的存在，就好像它们是梦境似的。不过，他又没有睡着。有一回，他打起精神望了望手表，看到才八点钟。他无事可做，上床睡觉又太早。后来，他的大脑又变成了空白，一幕幕场景在他的眼皮底下忽隐忽现。这些场景没有什么特别突出的地方，老是一簇簇树叶和灌木似的树枝，枝叶间透洒着火热的阳光。

一声叩门惊愣了他。他并没有睡着，听到叩门声，脑子里立刻想到是有人来送电报、信件，要不就是服务员从洗衣房取回了洗净的衣服。他心里在想着乔，想着乔现在不知身处何方，嘴里却说了一声："请进。"

他仍在想着乔，没有扭过头望门那儿，只听到房门轻轻地闭上了。接着便是长时间的沉寂。他忘记了有人敲过门，依旧目光茫然地望着前方。正在这时，他听到了一声女人的抽泣。那抽泣是不由自主突然发出的，随后便强行压抑住了——待他觉察到这些，便转过了身去。紧接着，他霍地跳起了身。

"露丝！"他叫了一声，显得又惊异又慌乱。

她脸色苍白，神情紧张。她紧靠在门边，一只手撑在门上，另一只手垂到身旁。她可怜巴巴地向他伸出双手，走了过来。当他牵住她的手，把她引到莫里斯安乐椅跟前时，他觉得那双手冷冰冰的。他又拉过来一把椅子，坐在了宽大的把手上。他慌乱得说不出话来。在他的心里，他和露丝的事已经结束，已经加了封印。他此刻的感觉，就好像雪莱温泉旅馆的洗衣房把整整一个星期的活突然送到了都市饭店来，让他马上洗干净。他几次想说话，但每一次都迟疑着没说出口。"我来这里没人知道。"露丝以微弱的声音说，同时动人地笑了笑。

"你说什么？"他问。

他听到自己的声音，颇觉意外。

她把刚才的话又重复了一遍。

"噢。"他支吾了一声，随后就再也想不出有什么话可说的了。

"看到你进来，我在外边又等了一会儿。"

"噢。"他又支吾了一声。

他的舌头还从来没有如此僵硬过。其实，他心里根本就不知道说什么好。他感到既困窘又难堪，但就是要了他的命他也想不出可说的话。雪莱温泉旅馆的洗衣房来送脏衣服，也比这好应付些。那时他可以挽起袖子，干活就是了。

“后来你就进来啦。”他终于说了这么一句。

她点了点头，带着几分调皮的神情解开了脖子上的围巾。

“最初我是在马路对面看见你的，当时你和那个姑娘在一起。”

“噢，是的，”他简短地说，“我送她到夜校去。”

“见到我你不高兴吗？”两人又沉默了一阵之后，她问道。

“高兴，高兴，”他急忙说，“不过，你到这里来是不是有点冒失？”

“我是溜进来的。没有人知道我来这里。我想见见你。我想对你说，我当初真是太傻了。我来是因为我再也不能不来了，因为我的心在催促着我，因为——因为这是我的愿望。”

她从椅子上立起身，向他这边走过来。她把手搭在他的肩上，急促地喘着气，随后投入了他的怀里。他豁然大度，生性随和，不愿意伤害别人的感情。他心里清楚，如果拒绝了她的献身，就等于给了她一个女人所能承受得了的最严重的伤害。于是，他用胳膊把她抱住，紧紧地搂住她。然而，他的拥抱缺乏温情，只有接触，没有一丝一毫的爱抚。她投入了他的怀里，而他抱住了她，就是这么多。她紧偎在他怀中，后来换了个姿势，把手朝上摸去，搭在了他的脖子上。可这双手摸到的不是火焰一般的肌肉，这时的他觉得既尴尬又不舒服。

“你怎么抖得这么厉害？”他问，“是冷了吧？要我生炉子吗？”

他移动了一下想脱出身去，可她却偎得更紧了，浑身似筛糠般颤抖着。

“只不过是有点激动而已，”她上下牙打着架说，“一会儿就会安静下来的。瞧，我已经好些了。”

她慢慢地就不再发抖了。他仍然搂着她，心里却不再感到纳闷了。现在他已经知道她的来意了。

“我母亲当时想让我嫁给查利·哈普哥德。”她说道。

“查利·哈普哥德就是那个满口陈词滥调的家伙？”马丁咕哝了一

句。随后他又说道："而今，你母亲大概想让你嫁给我吧。"

他这话不是以提问的方式说出来的，而是带着肯定的语气。随即，他的版权钱数排成队伍在他的眼前飞舞了起来。

"对此她不会反对的，我心里有数。"露丝说。

"她认为我有资格吗？"

露丝点了点头。

"可是拿现在跟她解除咱们婚约的那个时候相比，我的资格一点都没有增加。"他若有所思地说，"我没有变，仍是从前的那个马丁·伊登，只不过稍微堕落了些——我现在开始抽烟了。你从我嘴里闻不出来吗？"

她没有答话，仅伸展手指按在他的嘴唇上，动作既优雅又顽皮，指望结果跟从前的历次一样，他会吻她的手指。可是马丁的嘴唇连一点亲热的反应也没有。他等着对方把手指移开，然后又说了下去。

"我没有变，仍然没有工作。我现在不找工作，而且将来也不会找。我依旧认为赫伯特·斯宾塞是一位伟大高尚的人，而勃朗特法官是十足的笨蛋。那天晚上我跟他吃了顿饭，所以不会搞错。"

"可是你却未接受家父的宴请。"她责怪地说。

"原来这事你也知道？是谁派他来的？是你的母亲吧？"

她没有吭声。

"原来真是她指派他来的，我当时就这么想过，我想这次你也是她派来的。"

"我来这里没人知道，"她反驳道，"你以为我母亲会允许这种事吗？"

"我只知道她会允许你嫁给我。"

她尖声叫了起来。"啊，马丁，别太绝情了。你还一次也没吻过我呢，就像一块冷冰冰的石头。你想想我冒了多么大的风险。"她战栗了一下，朝四下里望了望，不过她的目光里有一半是好奇，"你想想，我所来的是什么地方。"

"我愿为你死去！我愿为你死去！"丽茜的话在他的耳朵里回响。

"以前你为什么不敢冒险呢？"他刻薄地问，"当我没有工作，饥肠辘辘的时候，你为什么不敢冒险呢？现在的我跟从前一模一样，还是那个人，那个艺术家，那个马丁·伊登呀。多日来，我一直在心里提这样的问题——这不仅仅涉及你的态度，也涉及大众的态度。你看得出我没有变化，可是我那猛然倍增的身价却在不断地迫使我承认自身的变化。我骨头上还包着那些肉，身上还长着那十个手指和脚趾。我还是从前的我，没增长新的力量，没培养新的美德。我的大脑还是从前的大脑，甚至对文学或哲学也未产生新的看法。我本身的价值跟没有人理睬我的那个时候一样，可他们现在却开始理睬我了，这真让我想不通。显然，他们关心的并非我本人，因为我仍然是以前他们不理不睬的那个我。由此看来，他们感兴趣的是另外一种东西，一种我身外的东西，一种不是'我'的东西！想听听那究竟是什么吗？那是我所获得的名声。可名声并非我本人，它仅存在于他人的心目中。另外还有我已经挣到的以及正在挣的钱。但钱也不是我本人，它存在银行里，装在某某人的口袋里。你现在来找我，难道就图这些，图我的名声和钱吗？"

"你的话叫我心碎。"她抽泣了一声说，"你知道我爱你，正是因为爱你，我才到这里来的。"

"恐怕你没听懂我的意思，"他温和地说，"我的意思是，如果你一直爱我，那么，现在的爱为什么会比以前强烈得多？当初的爱为什么那么软弱，使你竟然抛弃了我？"

"忘掉往事，原谅我吧。"她充满激情地大声说，"我曾经爱了你那么长时间，你可不能忘本啊。而今，我来到你跟前，投入了你的怀抱。"

"我大概算得上一个精明的生意人，总是盯着秤星，想称称你的爱有多少分量，弄清那是什么种类的爱。"

她从他的怀里抽出身，坐得笔直，用探询的目光把他打量了好半晌。她正要说话，半途却停了下来，没有说出口来。

"你瞧，我是这样看的，"他继续说道，"那时的我跟现在的我毫无两样，可是除了我本阶层的人，好像谁都不喜欢我。我的书那时全都写出来了，可看过手稿的人似乎就没有一个喜欢的。其实，正是由于我的作品，他们反倒愈加不喜欢我。因为我写了那些作品，就好像我干了什么——至少说是降低身价的事情吧。人人见了我都说：'找份工作吧。'"

她动了动，想说反对的话。

“是的，是的，”他说，“除了你一个人，因为你劝我谋个职位。‘工作’这个俗里俗气的词，就像我的作品一样叫你反感，让你觉得不舒服。我可以告诉你，当我认识的人就像劝一个浪子改邪归正一样劝我找工作时，我也觉得这个词让人不舒服。再回到刚才的话题上——我的作品一出版，公众一开始青睐于我，就使得你的爱发生了质的变化。当初的马丁·伊登虽然已经把那些作品全部写出，你却不愿嫁给他。那时你对他的爱不够强烈，所以你不能嫁给他。可现在你的爱却强烈了起来。我不得不做出这样的结论：你的爱情力量来自于我作品的发表和公众的青睐。对于你，我就不提版权税了，不过我敢肯定正是那些钱使你父母的态度发生了变化。自然，这一切都让我感到不高兴。但最为糟糕的是，这些使我对爱情，对神圣的爱情产生了怀疑。难道爱情如此庸俗，必须用出版的书籍和公众的青睐培育吗？看来是这么回事。我一直坐着思考这个问题，头都眩晕了。”

“可怜的脑袋呀，真够你呛的。”她伸出手，用手指抚慰地理着他的头发，“不要让你的脑袋再眩晕了。让咱们重新开始吧。我一直都是爱你的。我知道自己不该太软弱，屈从于母亲的意志。我真是不应该呀。我常听你以宽厚的态度说，人免不了会犯错误，会有缺点。把你的宽厚也给我一点吧。我错了，请原谅我。”

“哦，我原谅你，”他急忙说，“当实际上没有什么可原谅的时候，原谅别人是不难的，你做的事情没有一桩需要得到原谅。人是按照自己的世界观行事的，不必强求。这就像我不必因为自己没有去找工作而请求你原谅一样。”

“我当时是出于好意，”她抗辩道，“这你是知道的。我不可能一方面爱着你，一方面却不怀好意。”

“不错。可你的那片好意会毁掉我的。”

“是啊，是啊，”他见她要反驳，便抢着说道，“你可能会毁掉我的写作和我的事业。现实主义适合于我的天性，可资产阶级的精神和现实主义是相互抵触的。资产阶级是懦夫，他们害怕生活。你所做的一切是让我也害怕生活。你希望能塑造我，把我塞进一个狭小的生活框架里，那里的价值是空洞的、虚伪的和庸俗的。”他觉得她不服气地动弹了一下，“庸俗——彻头彻尾的庸俗，依我看是资产阶级教养及文化的基础。正如我说的那样，你希望能塑造我，用你们的阶级理想、阶级价值和阶级偏见把我改造成你们那个阶级当中的一员。”他伤心地摇了摇头，“即便现在，你也不理解我在说什么。你在我的话中所理解的，并非我想表达的意思。我的话在你看来荒诞不经，可对我却是实实在在的。你很可能会感到有些不解，会惊奇地想，这个野小子，刚从荒蛮的泥沼中爬出来，竟然对我的阶级评头论足，说我的阶级庸俗。”

她无精打采地把头靠在他的肩上，由于情绪不安，身子一阵阵抖动着。他等了一会儿不见她说话，便又管自说了下去。

“你现在却想重温旧情，想得到我，和我结百年之好，不过，我可会说，如果我的书没有打响，我倒还会是现在这个样，而你却不会来找我。全都是因为他妈的那些书——”

“别说脏话。”她打断了他的话。

她的责备先是吓了他一跳，可接着他便刺耳地哈哈笑了起来。

“瞧，又来啦，”他说，“在此关键时刻，正当你终身幸福危若累卵之际，你又像过去一样害怕起了生活——害怕生活，害怕朴实的脏话。”

他的话把她一激，使她意识到自己的言行是多么的幼稚。不过，她觉得他过分地夸大其词，于是心里有些气愤。他们好半天默默无言地坐着，她绝望地思索着，而他则在追忆着他的那份逝去的爱。他现在才发现，他没有真心爱过她。他所爱的是一个理想化的露丝，一个他一手创造的天仙，爱的是他的爱情诗当中所描绘的那个金光闪闪、灿烂耀目的精灵。这个满身资产阶级的缺点，脑子里无可救药地装满了资产阶级思想的真正的资产阶级的露丝，他却从来都没有爱过。

她突然开口说了话。

“我知道你的这番话是有道理的。我害怕生活，过去对你爱得不够，可现在我已经学会了怎样去爱。我爱你的现在，爱你的过去，甚至还爱你成长的道路。我爱你与那个被你称为我的阶级的不同之外，爱你的那些我虽然不理解，但相信一定会理解的观点。我将全力以赴去了解你的信仰。连你抽烟和说脏话我也要爱，因为它们是你的一部分。而且，我还可以学嘛。在刚才的十分钟里，我已经学到了不少东西。我敢冒风险来这里，就证明了我学习的成果。啊，马丁！——”她抽咽着，紧偎在他身上。

这一回，他才怀着怜悯之心温情地拥抱了她，而她感激涕零，高兴地晃动了一下身子，脸上散发出异彩。

“为时太迟了。”他说着，想起了丽茜的那席话，“我已患病在身——啊，病的不是我的躯体，而是我的心灵，我的大脑。我好像对什么都不看重，对什么都无所谓了。如果几个月前你能像现在一样，事情就会不同，如今太迟了。”

“还不算太迟。”她叫喊道，“我会让你看到的。我要向你证明我的爱已经加深，这份爱对我来说已经超越了我的阶级，超越了我所珍重的一切。资产阶级所珍重的一切都会遭到我的蔑视。我不再害怕生活。我要离开父母，不在乎我的朋友怎样嘲笑我。我愿立时就搬到这里来。如果你愿意，咱们可以同居。和你在一起，我会感到自豪和幸福。假如说我曾经背叛过爱情，那么现在为了爱情，我将背叛以前使我产生背叛行动的所有人。”

她站在他面前，两眼闪闪发光。

“我在等待，马丁，”她低声说，“等着你接受我。你瞧瞧我。”

他瞧了瞧她，心里赞叹不已。她补偿了自己过去的欠缺，终于挺直了腰杆，成为一个真正的女人，摆脱了资产阶级习俗铁的桎梏。她是那样了不起和出类拔萃，又是那样不顾一切。可是，他到底怎么啦？她的所作所为并没有引起他的激情或打动他的心。他只是从理智上觉得她了不起和出类拔萃。在这个应该迸发出火一般热情的时刻，他却在冰冷冷地对她进行评估。他心里没有受到感动，觉察不到一丝一毫对她的欲望。这时，他又想起了丽茜的话。

“我病了，病得很重，”他绝望地摆了摆手说，“直到现在我才知道自己病得这么严重。有样东西从我的心里消失了。我素来不害怕生活，但做梦也想不到会对生活感到餍足。我的心里被生活填充得严严实实，对任何事情都不会再产生欲望了。如果我的心里还有空地方，现在我一定会接受你的。你看得出我病得有多么厉害。”

他把脑袋朝后一靠，合上了眼睛；像一个哭泣的孩子，透过瞳孔上蒙着的一层模糊的泪水，一望到阳光便忘了内心的悲哀，马丁看见眼睑里出现一丛丛草木，看见火热的由光穿过枝叶发出耀眼的光芒，便忘掉了自己的病，忘掉了露丝的存在和所有的一切，那绿茵茵的草木并没有给人以宁静感。那阳光太强烈、太灿烂，看了让人觉得眼痛，可他还是在望着，自己也不知这是为什么。

门把手咔嗒一声响，使他清醒了过来，只见露丝站立在门边。

“我怎么出去呢？”她泪水汪汪地问，“我感到害怕。”

“哦，实在对不起，”他大声说着，跳起了身子，“瞧，我病得多厉害，竟然忘了你在这里。”他用手摸了摸头，“你知道，我的脑子有点不正常。我送你回家去。咱们从服务员的门出去，没有人会看到的。你把面纱拉下来，一切都会平安无事的。”

她紧挽住他的胳膊，穿过灯光黯淡的甬道，走下了狭窄的楼梯。

“现在没事啦。”他们一上了人行道，她就这么说道，同时想把手从他的胳膊上抽回来。

“不，不，还是让我把你送到家吧。”他回复道。

“请别送了，”她不同意地说，“没这个必要。”

她又想把手移开，这让他一时觉得奇怪。她这会儿已脱离了危险，却仍然一副害怕的样子。她惊慌失措，只要甩掉他。他想不出原因来，于是便把这归结于她太紧张的缘故。他拉住她的那只往回抽的手，陪着她继续朝前走。一段马路才走了一半，他瞧见一个身穿长大衣的男子缩进了一个门洞里。从旁边经过时，他朝门洞里望了一眼，尽管那人把衣领高高地翻起，但马丁认出他就是露丝的弟弟诺曼。

一路上，露丝和马丁都很少开口说话。她惊慌得魂不守舍，而他心灰意冷。有一回，他提了提自己要远走他乡，回到南海去；还有一回，她请求他原谅，说她不该来找他。除此之外，两人再没有别的话。到了她家门口，分手时平平淡淡。他们握了手，道了晚安，而后他把帽子朝上抬了抬。大门关上了，他点起一根烟，转身回旅馆去。当走到刚才看见诺曼缩进去的那个门洞前时，他停住了脚步，心里沉思着往里边望了望。

“她是个骗子。”他出声地说，“她明明知道那个送她来的弟弟在外边等着领她回去，却要我相信她冒了很大的风险。”他忍不住放声大笑起来，“呸，这些资产阶级呀！当我一贫如洗的时候，说我不配跟他的姐姐在一起。当我在银行有存款的时候，他却把她送上了门。”

他扭过身来就走，一个跟他走同一方向的流浪汉在后边问他讨钱。

“喂，先生，能给我半角钱让我找个过夜的地方吗？”那人说。

那人的声音勾得他回过了头来。一眨眼工夫，马丁就和乔握起了手。

“还记得咱们在温泉旅馆分手时的情形吗？”对方说，“我当时就说咱们还能见面，因为我打心里能感觉得到。这不，咱们又相遇了。”

“你看起来气色很好，”马丁羡慕地说，“你比以前还胖了些。”

“当然喽，”乔满脸喜气地说，“直到开始流浪，我才懂得了什么是生活。我体重增加了三十磅，感觉棒极啦。唉，在过去的那些日子里，我累得筋疲力尽。流浪生活非常适合我。”

“可你还不是要找过夜的地方，”马丁不屑地说，“今天晚上可真够冷的。”

“呃？找过夜的地方？”乔刷地把手伸进臀部口袋，掏出一大把零钱来，“这比干活强吧，”他得意地说，“我是看你像阔佬，才想敲你竹杠。”

马丁哈哈笑了笑，算服了他。

“这钱够你美美喝上几杯了。”他揶揄道。

乔把钱又放回了口袋里。

“再不喝了，”他宣称，“我可不想喝个烂醉。没有什么能阻止我饮酒，只不过我不愿喝罢啦。跟你分手后，我喝醉过一次，当时空着肚子，但没料到会醉。像牲口一样干活时，就像牲口一样开饮。当我过上人的生活，我就像人一样喝酒——兴致来了就偶尔喝上一杯，情况就是如此。”

马丁约好第二天与他见面，然后便径直回饭店了。他在前台停了停，查了查船期表。马利波萨号五天后驶往塔希提。

“明天打电话为我订个房舱，”他吩咐服务员说，“不要甲板上的，而要甲板以下的，要上风舷的——左舷，别忘了，要左舷。你最好写下来。”

回到自己的房间，他爬上床，像个孩子一样悄然入睡了。今天晚上发生的事情没有给他留下什么印象。他的大脑麻木得已经不能够接受印象了。他跟乔见面时突发的热情瞬间便逝，一转眼他便厌烦了那个从前的洗衣匠，觉得同他谈话十分勉强。五天之后，将乘船奔赴心爱的南海，这件事也引不起他的兴趣了。他闭上眼睛，正正常常、舒舒服服地一觉睡了八个小时。他睡得很安宁，没有变动姿势，也没有做梦。睡眠可以叫他忘掉一切。每天醒来，他都有一种遗憾的心情。生活使他烦恼、厌倦，而时间给他带来的是痛苦。

第四十六章

第二天早晨，他一见到自己以前的工友便说："听我说，乔，第二十八大街有个法国人。他赚了许多钱，眼下要回法国去。他有家呱呱叫的、设备齐全的小规模蒸汽洗衣店。如果你想安顿下来，就拿这家店做个开端吧。这些钱你拿去买套衣服，十点钟到这个人的办公室去，洗衣店是他替我物色的，让他带你去那儿看看。如果你看中了，觉得价钱也合适——总共一万两千块钱——，只消跟我说一声，它就是你的了。你快去吧，我还忙着呢。咱们回头见。"

"你竖起耳朵听着，马特，"对方一字一板地说，同时心里的怒火直朝上冒，"今天早晨我是来看望你的。明白吗？我可不是来要什么洗衣店的。我是看在老朋友的面子上来和你聊聊，可你却把一家洗衣店施舍给了我。让我告诉你怎么做吧。你可以和那家洗衣店一道下地狱。"

他说完就想冲出屋子去，却被马丁一把扳住了肩膀，使他转回了身。

"你也给我听着，乔。"他说，"如果你再这么不懂事，我就揍你的脑袋瓜。正因为咱们是老朋友，我要狠狠地揍。明白吗？我会狠狠揍你的。愿意听话吗？"

乔猛地抱住他，想把他摔倒，而他拼命扭动着身子，想从乔的怀里挣出来，不让他占上风。两人搂抱成团在屋子里摔起了跤，最后哗啦一声倒在一把柳条椅上，把椅子压得粉碎。乔被压在下边，两条胳膊展开着被牢牢地按住，马丁用一个膝盖顶在他的胸口上。待马丁放开他的时候，他呼哧呼哧地直喘粗气。

"现在咱们可以谈谈啦，"马丁说，"你可别跟我对着干。我要你先把洗衣店的那桩事处理好，然后回来找我，那时咱们可以叙叙惜别之情。我说过我很忙。你瞧瞧。"

一位服务员送早班邮件，拿来一大堆信和杂志。

"我要看这许多东西，又要跟你谈话，这怎么能成呢？你去定洗衣店的事，回头咱们再谈。”

“好吧，”乔勉强地同意了，“原以为你会冷淡我呢，看来我猜错了。不过，要是正规打架，你可打不过我。我的拳头比你的硬。”

“那就让咱们改天见个高低吧。”马丁笑了笑说。

“当然好呀。我把洗衣店一安排好，咱们就较量。”乔说着，伸出了一条胳膊来，“看到这拳头了吗？它会打得你鬼哭狼嚎。”

待房门在这位洗衣匠的身后关上时，马丁如释重负地吁了口气。他对交往产生了抵触的情绪。他愈来愈觉得难以体面的态度待人了。有人在跟前他就不安，一与人谈话他就恼火。人们令他烦躁，于是他刚和人们接触，就想方设法要摆脱他们。

他没有看邮件，懒洋洋地在椅子上足足坐了有半个小时，什么事情也不干。只有些模糊和不完整的念头偶尔渗入他的意识，或者更确切地说，他那忽明忽暗的意识里只有这些隔很长一段时间才出现一次的念头。

后来他强打精神，开始翻阅信件。有十几封信是请求他亲笔签名的——他一看就知道；其中也有专业团体要求捐款的信；还有些是怪人寄来的信，其中有一个说他制作了一台永动机，还有一个说他能证明地球的表面下是一个空心的球体，另外有一个则请求他给予经济援助，说要买下加利福尼亚半岛，建立一个共产主义社会。有些信是女人写来的，想跟他结识。他看到其中的一封这样的信不由笑了起来。因为有个女人在信里附了张交付教堂座位费的收据，以此证明她的虔诚和高尚。

每天的邮件堆里总有编辑和出版商的信，前者低三下四地要他的文章，后者死乞白赖地要他的书稿——岂不知他在那几多凄风苦雨的日月里为了把这些可怜的、遭人鄙弃的手稿邮寄出去，当掉了自己所有的东西。邮件堆里也有意想不到的支票，有英国人购买连载权的钱，也有外国译本出版人预付的版税。他在英国的代理人通知他有三本书已经卖掉了出德译本的版权，并通知他瑞典文译本已经问世，但由于瑞典不是伯尔尼[①]会议的缔约国，他一分钱也拿不到手。此外，还收

① 1886年在瑞士首都伯尔尼召开的会议，缔结了国际版权公约。

到俄国的来信，请求准许出俄译本——这是有名无实的，因为这个国家也不是伯尔尼会议的缔约国。

他回过头来看他的新闻代理人寄来的一大包剪报材料，看到他和他的作品已红得发紫。他创作的所有东西，全都似一股旋风出现在公众的眼前，看来这就是他的走红原因。他像吉卜林一样，风靡了读者群。正当他奄奄待毙时，公众却群情激昂，突然对他的书产生了兴趣。他忘不了，正是这些遍布全世界的读者曾经捧读吉卜林的作品，虽然一点也看不出个名堂，却为吉卜林高声喝彩，可是没过几个月，他们又猛扑到吉卜林身上，将他撕成碎片。想到这里，马丁苦笑了一声。他算老几，难道敢肯定几个月后不会有同样的遭遇？所以，他要捉弄一下公众。他要远走高飞到南海去，在那里盖草房、贩卖珍珠和椰子干，他将划着轻巧的独木舟越过珊瑚礁去捕鲨鱼和鲣鱼，将到泰奥海伊峡谷旁边的悬崖峭壁上猎野山羊。

想着想着，他便意识到自己已到了穷途末路。他清楚地看到自己正置身于幽灵峡谷。他的生命在消失、衰弱，走向死亡。他发现自己睡眠太多，睡觉的欲望过于强烈。过去他痛恨睡眠，因为睡眠夺去了他宝贵的生活时间。二十四小时里睡四个小时的觉，就等于少活四个小时。当时他是多么仇恨睡神啊！而现在他仇恨的却是生活。生活一点也不美好，在他看来一点也不甜蜜，有的只是苦涩。这是一个危险的信号。一个人如果不向往生活，就是在向生命的终点迈进，一种淡淡的求生的本能在他的体内蠕动，他知道自己必须离开这里。他在屋里朝四下望了一眼，觉得整理行李是个负担。也许，最好把整理行李放到最后去做。利用这段时间，可以去筹备一套行头。

他戴上帽子，走出房门，来到枪支店，用了半上午的时间购买自动步枪、弹药和渔具。做买卖的方式起了变化，他发现自己必须抵达塔希提后才能够订货。这也没关系，反正货物会从澳洲发来的。这样一来，他反倒高兴了起来。这件事他总算躲过去了，眼下无论干任何事情都叫他不快。他愉快地回到饭店，一想到那把舒适的莫里斯安乐椅在等着他，心里就有一种满足的感觉；可进了自己的房间，看到乔坐在那把莫里斯安乐椅上，他不禁暗自哼了一声。

乔对洗衣店十分满意，一切都已安排妥当，就等着第二天接管了。

当他滔滔不绝讲话的时候，马丁闭着眼睛躺在床上。马丁的思绪飘得很远，远得他几乎都觉察不到自己在思索了。他几次都是很勉强地回答了对方的问话。这位可是他过去一直都很喜欢的乔啊。然而，乔过于热爱生活，这一点如汹涌的浪涛冲击着他腻烦的心灵，似钢针刺疼了他疲惫的神经，当乔提醒他说他们将来可以找个时间较量一下时，他差一点尖叫起来。

“别忘了，乔，你得根据你当初在雪莱温泉旅馆制订的那些章程管理这家洗衣店。”他说，“不许加班，不许开夜车，轧液机旁不用童工，别的地方也不能用童工，工资要公平合理。”

乔点了点头，掏出一个笔记本来。

“你瞧这个。这是我早饭以前拟出的章程。不知你意下如何？”

他把章程念了一遍。马丁都同意了，同时心里在嘀咕着，不知乔什么时候才肯离开。

待他醒来时，天色已近黄昏。他慢慢地回到了现实生活中来。他把屋里四下望了望。乔显然是在他昏然睡去后悄悄溜走的。他觉得乔还是怪能体贴人的。后来，他合上眼又睡着了。

后边的几天里，乔忙于筹划和接管洗衣店，不太来打搅他。直到启航的前一天，报纸上才宣布他要乘坐马利波萨号旅行。他那求生的本能又一次在他体内跳动，于是他去找医生检查了身体。他一点毛病也没有。医生说他的心和肺都非常健康。据医生的了解，他的每一个器官都很正常，功能没有任何异样。

“你一点毛病都没有，伊登先生，”医生说，“我肯定你没有任何毛病。你的健康状况极佳。老实说，我很羡慕你的身体，真是棒极啦。瞧瞧这胸脯。你之所以有着良好的体质，其秘诀都在你的胸膛里。像你这样的体格，可谓千里——万里挑一。要是不出意外，你可以活到一百岁。”

马丁情知丽茜的诊断是正确的。他的身体没有毛病，出故障的是他的“思维机器”，除了到南海去，别无灵丹妙药。麻烦在于，正值即将启程的节骨眼上，他却不想去了。南海和资产阶级文明一样，对他失去了吸引力。在想到要出发的时候，他没有一丝热情，出去旅行这件事使他惊慌，因为那会叫他的肉体感到劳累。如果已经上了船，已经扬帆启航，他倒会感觉好受些。

最后一天像受刑一样让人痛苦。从早报上得知了他将乘船旅行的消息后，伯纳德·希金波森和葛特露带着全家，以及赫尔曼·冯·施米特夫妇都赶来话别。另外还得料理事务、清付账单，以及应付纷至沓来的记者。他到夜校的门口跟丽茜·康诺莱匆匆道了别，便急忙走开了。回到饭店里，他发现乔在等他。乔忙了一整天洗衣店的事，此刻才脱出身来。马丁觉得这最后的时刻实在难熬，但他抓住椅子的把手，又是听又是说，足足有半个小时。

“你要知道，乔，”他说，“你不必把自己死死绑在洗衣店里。那儿可没有绳子捆你。你随时都可以卖掉洗衣店，把得来的钱花掉。什么时候你厌倦了，又想过流浪生活，那你就退出，反正你怎么高兴就怎么来。”

乔摇了摇头。

“谢谢你的好意，我可是再也不想流浪了。流浪生活倒是挺不错，就是有一点不足——找不到姑娘。这就让人受不了，因为我这人就喜欢女人，离了女人是不行的。可当了流浪汉就得清心寡欲，有时候路过举办舞会和聚会的人家，听到女人的笑声，从窗口看到女人的白裙子和笑脸——嗨，那滋味真是痛苦极啦。我非常喜欢跳舞、野餐和在月光下散步等娱乐。我愿意开洗衣店，活得排排场场，口袋里大洋叮当叮当响。我已经交上了女朋友，虽然是昨天才交的，但我真恨不得马上跟她结婚。一想到这件事，今天我就高兴得直吹口哨。她长得很美，有一双温柔的眼睛，说话和蔼可亲。我一定娶她，你等着瞧吧。我问你，你有这么多钱，为什么不结婚呢？你能得到天下最好的姑娘。”

马丁笑着摇了摇头，内心里觉得奇怪，不明白一个男人为什么要结婚。结婚好像是一种莫名其妙，叫人无法理解的事情。

快开船的时候，他从马利波萨号的甲板上望见丽茜·康诺莱站在码头上，躲在前几排人丛中。他产生了一个念头，想带她一起走。这可是轻而易举之事，她一定会大喜过望。这个念头刹那间几乎对他形成了诱惑，但紧接着他就恐慌了起来。他内心的想法让他感到惊乱，他的那颗疲倦的心大声地发出了抗议。于是，他呻吟一声，从栏杆那儿扭过身去，喃喃地说：“伙计，你病得太厉害了，病得太厉害了。”

他逃进船舱，在那儿一直躲到轮船离开码头。中午在餐厅里吃饭的时候，他被安置到贵宾席位上，坐在船长的右首。他很快就发现自己成了船上了不起的人物，但再了不起也没有给他一丝一毫称心如意的感觉。下午，他躺在甲板躺椅上，闭着眼一个劲打盹，晚上早早就上了床。

第二天一过，晕船的都复原了，所有的旅客都露了面，可是他跟他们接触得愈多就愈讨厌他们。他知道这样看待他们是不公正的。他强迫自己承认他们是些善良的好人，而就在承认的当儿又得出这样的结论——他们虽善良，但与所有的资产阶级是一样的，具有褊狭的心理和空洞的思想。和他们交谈让他厌腻，因为他们那卑鄙和浅薄的大脑里简直是一片空白；而年轻一代那兴高采烈的情绪和过分旺盛的精力却使他颇为惊讶。他们从来不肯安分，一刻不停地在甲板上掷绳圈，抛铁环，来回溜达，要不，闹嚷嚷地涌到栏杆边观看水里跃起的海豚和第一批出现的飞鱼。

他的觉睡得很多。一吃过早餐，他就拿上一本永远也看不完的杂志往甲板躺椅上坐。那些铅字让他疲倦。他想不通人们怎么有这么多的素材可写，想着想着就在躺椅上打起盹来。午饭的铃声响时，他不得不起来，这让他又气又恼。他一点也不愿意醒着。

有一回，他想摆脱这种昏昏欲睡的状态，便打起精神到水手舱去找水手们。然而，这些人似乎跟他当水手时的同伴不一样。他觉得自己和这些面孔呆板、思想愚鲁、缺乏理性的人之间没有任何相通之处。他陷入了绝望之中。在上层社会，喜欢他的人当中没有一个喜欢的是他马丁·伊登本人，而现在他又无法再回到过去曾喜欢过他的那个自己的阶层中去。他不喜欢他们，无法容忍他们，就像他无法容忍头等舱里的那些愚蠢的旅客以及那些吵吵嚷嚷的年轻人一样。

他觉得自己是一个病人，而生活像一道强烈的白光刺得他那疲倦的眼睛发疼。在有知觉的每一秒钟里，都有生活的火光在他的周围、在他的身上闪耀，照得他难受，使他痛不欲生。他这辈子还是头一回乘坐上等舱。以前航海时，他不是住水手舱、三等舱，就是在黑洞洞的煤舱深处搬煤。在那些日子里，他攀着铁梯爬出闷热的船舱时，常常看到乘客穿着凉爽的白衣服，悠闲自得地什么也不干，头上张着帆布篷遮挡阳光和风，把唯命是从的服务员指挥得跑来跑去，当时他觉得他们身处仙境，过的是天堂里的生活。现在他自己成了船上了不起的人物，成了人们心目中的中心人物，坐在船长的右首，可他偏要回到水手舱里去徒劳无益地寻找失去的天堂。他非但未发现新的天堂，也未找到旧的天堂。

他想振作起来，找点能引起兴趣的事做。于是，他到船员餐厅里去吃饭，但待在那里只让他不高兴。他和一位下了岗的舵手进行了交谈，那人生性聪敏，马上对他展开社会主义宣传，把一叠传单和小册子塞进了他手里。马丁听那人讲解奴隶的道德观，听着听着便倦怠地思索起了自己的那一套尼采哲学。这一切都有什么价值呢？他记得尼采说过一句疯话，疯狂地怀疑真理。谁说得准呢？也许尼采是对的，任何事物都无真理可言，连事实里都没有真理——根本就不存在真理这回事。他的大脑很快就累了，很想回到椅子上打盹。

船上的日子已经够难熬了，可他偏偏又产生了新的苦恼。到了塔希提后会怎么样呢？那时他得上岸去，得定购货物和乘帆船到马克萨斯群岛去，得干一千一万件想起来都让人害怕的事。每当他硬着头皮思索的时候，就会发现自己身处极其危险的境地。实际上，他已走进了幽灵峡谷，他的危机就在于他一点儿也不害怕。假如他感到害怕，他肯定会逃生的。正因为无怯意，他才一步步向谷底走去。在过去所熟悉的事物中，他找不到一点乐趣。马利波萨号正顶着东北贸易风行驶，那美酒般的风儿吹拂在他身上，却让他气恼。他挪开椅子，想躲避这过去日夜陪伴着他的同伴那热情洋溢的拥抱。

马利波萨号驶入赤道无风带的那天，马丁更加苦恼了。他睡得过多，再也睡不着了，于是只好醒着忍受生活那白炽火光的照耀。他走来走去，烦躁不安。空气黏糊糊、湿漉漉，暴风雨也没有给人带来凉爽。生活使他痛苦。他在甲板上四处溜达，实在受不了就在椅子上坐坐，然后起来再转悠。最后，他强迫自己看完了那本杂志，又从船上的图书室里挑了几本诗集。但这些诗集引不起他的兴趣，于是他又踱起了步。

晚饭后他在甲板上待了很长时间，然而这也无济于事。回到舱里，他还是无法入睡。连这种短暂的休息他也享受不到，这叫他无法忍受。

他打开电灯，想看会儿书。有一本诗集是斯温伯恩的著作。他躺在床上翻阅了起来，翻着翻着突然来了兴趣。他把一个章节看完，还想朝下看，可不由又翻了回来。他将书反扣在胸口上，陷入沉思。答案就在这里，这就是答案。奇怪，以前他怎么就没想到过！所有的一切都在此不白自明；他的漫游一直都走的是这个方向，而今斯温伯恩向他指明这就是痛快的出路。他渴望安息，而归宿就在这里。他望了望敞开的舷窗，看到那儿倒是挺宽敞。几个星期以来，他第一次有了喜悦的心情，因为他终于找到了治疗自身病疾的良方。他捧起诗集，慢慢地朗诵那一节：

放弃了对生活的热恋，
摆脱恐惧、告别希望，
我们虔诚地祈祷，
感谢冥冥的上苍，
幸喜生命终有尽期；
死去的不复站起；
纵使疲倦的河流蜿蜒曲回，
总会平安归向海洋。

他又望了望那舷窗。斯温伯恩提供了答案。生活是一场噩梦，或者更确切地说，它变成了一场噩梦，化为叫人无法忍受的东西。“死去的不复站起！”这一诗行深深打动了他，令他感激涕零。这可是天地之间唯一叫人向往的事情。当生活充满了痛苦，令人厌倦的时候，死亡会哄你沉沉入睡、长眠不醒。还有什么可犹豫的呢？该走啦！

他立起身，抱头探出舷窗，低头望着那浑浊的浪花。马利波萨号满载着旅客，吃水很深，用两手抓住窗子，便可以把脚伸进水里。他可以无声无息地钻入水里，谁都听不见，一朵浪花飞溅起，打湿了他的面孔。他的嘴唇发咸，那味道很是不错。他想着是否应该写一篇绝笔，但随即便一笑置之。已经没有时间了，他迫不及待地要赴黄泉之路。

他熄掉舱里的灯，免得暴露行踪，然后把脚先伸出了舷窗，不料肩膀却被卡住了，于是他抽回身，将一条胳膊紧贴在身旁，再次朝外钻。船体的摆动帮了他的忙，他借力钻出，用手抓紧窗子。双脚一触到海水，他就松了手，落入浑浊的泡沫里。马利波萨号的舷体似一堵黑墙从他身边擦过，星星点点的舷窗里亮着灯光。轮船向前疾驶，几乎未待他清醒过来就把他甩到了后边。他慢慢地在泡沫飞溅的海面上游着。

一条鲣鱼在他白皙的身子上咬了一口，惹得他笑出了声。他身上掉了一块肉，疼痛感才使他想起了投海的目的。他刚才过于忙碌，竟忘了自己的目标。马利波萨号上的灯光在远方愈来愈模糊，而他却在这儿满怀信心地游着泳，就好像一门心思要游到千里开外的最近的陆地似的。

这是一种不由自主地求生本能。他停止了游泳，但一觉得海水漫过嘴，便又猛然伸手划水，让身子朝上浮。他心想这是求生的意志，随即便轻蔑地哼了一声。哈，他还有意志——坚强的意志！只消最后一用劲，这意志就会毁于一旦、烟消云散。

他变变姿势，直立起来，抬头望望静悄悄的群星，同时吐净了肺里的空气。他猛然手脚并用，狠劲划水，将肩膀和半个胸脯都露出水面。这样做是为了能在潜水时多一份冲力。接着，他放松身子，一动不动地朝下沉，似一尊白色雕像没入海中。他有意识地深深吸一口海水，就像一个人服麻醉剂一样。他感到窒息，可这时他的胳膊和腿却乱划一气，把他托出水面，使他又清楚地看到了群星。

他竭力不让空气进入他那快要破裂的肺里，但却徒劳一场。他不屑地心想这是求生的意志在作祟。看来，必须重新换 种方法。他把空气吸进肺里，让里边充得满满的，这样便可以潜得深一些。他转过身，头朝下用出全身的力气和全部的意志往底层游去。他愈潜愈深，睁眼望着那磷光闪闪、幽灵般冲来冲去的鲣鱼群。他一边游，一边希望那些鱼不要来咬他，因为那样会摧毁他紧绷的意志。幸好那些鱼没有咬他，于是他充满了感激之情，感谢生活赐给他这最后一点好处。

他不断地往下游，累得四肢发酸，几乎动弹不得。他知道自己已到了深处。他的耳膜被海水挤压得发痛，脑袋嗡嗡作响。他的耐受力正在崩溃，可他拼命划动四肢把自己朝更深处送，直至意志动摇，肺里的空气猛然喷射出来。一串串气泡朝上泛起，似小气球般跳动着，摩擦着他的脸颊和眼睛。旋踵而至的便是疼痛和窒息。他眩晕的大脑里闪过这样一个念头：这不是死亡，因为死亡没有痛苦。他还活着，这是生存的痛苦，是一种可怕的令人窒息的感觉。这是生活所能给予他的最后一击。

他那倔强的手脚开始击打水，间歇地，有气无力地划动。他愚弄了它们，愚弄了驱使它们击打和划动的求生意志。他游得太深了，它们已无法把他送到海面上去了。他似乎懒洋洋地漂浮在梦境的海洋里。五彩光环包裹着他、沐浴着他，浸透了他的身体。那是什么？好像是一座灯塔。其实，那东西仅存在于他的大脑中——是一道耀眼夺目的白光，闪动得愈来愈快。随着长长的一声轰隆巨响，他觉得自己滚下了非常长的一条宽楼梯。到了底层，他跌入黑暗之中。他明白自己坠入黑暗的世界。就在他明白这一点的瞬间，他的感觉停止了。

书号	书名	定价	作者
978754472379401	爱丽丝漫游奇境记	38.00	(英国) 刘易斯·卡罗尔
978754471779301	安徒生童话	42.00	(丹麦) 汉斯·克里斯蒂安·安徒生
978754472322001	傲慢与偏见	62.00	(英国) 简·奥斯汀
978754474456001	奥赛罗	28.00	(英国) 威廉·莎士比亚
978754475420001	奥兹国历险记	32.00	(美国) L.弗兰克·鲍姆
978754472717401	八十天环游地球	45.00	(法国) 儒勒·凡尔纳
978754477151101	彼得兔的故事	39.00	(英国) 毕翠克丝·波特
978754476668501	彩虹鸽	35.00	(美国) 达恩·葛帕·默克奇
978754475418701	地心游记	42.00	(法国) 儒勒·凡尔纳
978754472074801	动物庄园	28.00	(英国) 乔治·奥威尔
978754472611501	格列佛游记	48.00	(英国) 乔纳森·斯威夫特
978754476723101	格林童话	45.00	(德国) 雅各布·格林　威廉·格林
978754476805401	公主的月亮——詹姆斯·瑟伯童话集	38.00	(美国) 詹姆斯·瑟伯
978754474504801	哈姆雷特	32.00	(英国) 威廉·莎士比亚
978754473306901	海底两万里	65.00	(法国) 儒勒·凡尔纳
978754472256801	红字	38.00	(美国) 纳撒尼尔·霍桑
978754472347301	呼啸山庄	58.00	(英国) 艾米莉·勃朗特
978754475485901	化身博士	25.00	(英国) 罗伯特·路易斯·史蒂文森
978754472102801	假如给我三天光明	38.00	(美国) 海伦·凯勒
978754476270001	居里夫人的故事	35.00	(英国) 埃列娜·多丽
978754476383701	昆虫记	45.00	(法国) 让-亨利·法布尔
978754473885901	老人与海	26.00	(美国) 欧内斯特·米勒·海明威
978754474482901	李尔王	28.00	(英国) 威廉·莎士比亚
978754472643601	了不起的盖茨比	35.00	(美国) F.S.菲茨杰拉德
978754475421701	柳林风声	38.00	(英国) 肯尼斯·格雷厄姆
978754472620701	鲁滨孙漂流记	48.00	(英国) 丹尼尔·笛福

书号	书名	定价	作者
978754474661801	罗密欧与朱丽叶	28.00	（英国）威廉·莎士比亚
978754475262601	绿山墙的安妮	48.00	（加拿大）露西·莫德·蒙哥马利
978754476535001	马丁·伊登	58.00	（美国）杰克·伦敦
978754472365701	马克·吐温中短篇小说选	58.00	（美国）马克·吐温
978754474481201	麦克白	28.00	（英国）威廉·莎士比亚
978754475468201	美丽新世界	42.00	（英国）阿道司·赫胥黎
978754472321301	欧·亨利中短篇小说选	58.00	（美国）欧·亨利
978754477207501	青鸟	30.00	（比利时）莫里斯·梅特林克
978754472021201	人性的弱点	42.00	（美国）戴尔·卡耐基
978754476639501	狮子、女巫与魔衣柜	32.00	（英国）C.S.刘易斯
978754473364901	时间机器	28.00	（英国）H.G.威尔斯
978754477684401	书屋环游记	38.00	（英国）亚瑟·柯南·道尔
978754472026701	泰戈尔诗选	30.00	（印度）泰戈尔
978754477532801	王子与贫儿	42.00	（美国）马克·吐温
978754474505501	威尼斯商人	28.00	（英国）威廉·莎士比亚
978754472466101	雾都孤儿	65.00	（英国）查尔斯·狄更斯
978754475491001	小公主	38.00	（美国）弗朗西丝·霍奇森·伯内特
978754475772001	小熊维尼	42.00	（英国）A.A.米尔恩
978754472358901	小王子	28.00	（法国）安东尼·德·圣埃克苏佩里
978754472310701	野性的呼唤	28.00	（美国）杰克·伦敦
978754476570101	伊索寓言	38.00	（古希腊）伊索
978754475739301	月亮与六便士	56.00	（英国）威廉·萨默塞特·毛姆
978754472025001	致加西亚的信	24.00	（美国）埃尔伯特·哈伯德
978754473012901	最后一课——都德短篇小说选	38.00	（法国）阿尔封斯·都德

图书在版编目（CIP）数据

马丁·伊登：汉英对照 /（美）杰克·伦敦（Jack London）著；方华文译．—南京：译林出版社，2016.8（2021.4 重印）
（双语译林．壹力文库）
书名原文：Martin Eden
ISBN 978-7-5447-6535-0

Ⅰ．①马… Ⅱ．①杰… ②方… Ⅲ．①英语－汉语－对照读物 ②长篇小说－美国－近代 Ⅳ．① H319.4：I

中国版本图书馆 CIP 数据核字（2016）第 173173 号

书　　名	**马丁·伊登**
作　　者	〔美国〕杰克·伦敦
译　　者	方华文
责任编辑	陆元昶
特约编辑	王正磊
出版发行	凤凰出版传媒股份有限公司 译林出版社
出版社地址	南京市湖南路 1 号 A 楼，邮编：210009
电子信箱	yilin@yilin.com
出版社网址	http://www.yilin.com
印　　刷	三河市华东印刷有限公司
开　　本	640×960 毫米　　1/16
印　　张	22.25
字　　数	259 千字
版　　次	2016 年 8 月第 1 版　2021 年 4 月第 4 次印刷
书　　号	ISBN 978-7-5447-6535-0
定　　价	58.00 元

译林版图书若有印装错误可向承印厂调换